LE COMPLOT SWEETMAN

Graham Masterton est né à Édimbourg en 1946. Après des études de journalisme, il a travaillé pour *Mayfair*, où il a encouragé William Burroughs à rédiger une série d'articles scientifiques et philosophiques qui ont fourni la matière des *Garçons sauvages : un livre des morts*. Masterton a fait des débuts fracassants dans le roman d'épouvante avec *Manitou*, paru en 1976. Aussitôt propulsé dans les listes des meilleures ventes, le livre a été adapté à l'écran. Depuis, Masterton a publié plus de trente-cinq romans d'épouvante. Par ailleurs, il a à son actif plus de cent romans de genres très divers – allant du thriller au roman-catastrophe, en passant par la saga historique – et quatre recueils de nouvelles. Il a également écrit des livres d'épouvante pour la jeunesse et vient de terminer le cinquième volume d'une série à succès pour jeunes adultes.

GRAHAM MASTERTON

Le Complot Sweetman

TRADUIT DE L'ANGLAIS PAR FRANÇOIS TRUCHAUD

LE CHERCHE MIDI

Titre original :

THE SWEETMAN CURVE

ISBN : 978-2-253-11535-9 – 1re publication LGF

LIVRE PREMIER

Les puissants

1

C'était le genre d'homme qui, lorsqu'il entrait dans une pièce, pouvait faire taire toutes les personnes présentes. Il semblait maussade, renfrogné, et violent de façon imprévisible.

Il était assis seul à une table sur l'étroite terrasse du restaurant Old World sur Sunset Boulevard, et il mangeait ses œufs brouillés avec un dégoût manifeste.

Il était grand de façon déconcertante, cela se voyait bien qu'il fût assis, avait des cheveux noirs plaqués en arrière et des lunettes de soleil aux verres miroirs. Il portait un jean de velours côtelé noir, une chemise sport grise, et trois lourds bracelets en or étaient passés à son poignet gauche. À en juger par son nez anguleux et ses pommettes saillantes, on aurait pu dire qu'il était arménien ou tchèque.

C'était un vendredi. La matinée était encore brumeuse, et seul le contour estompé des gratte-ciel et des tours jumelles de Century City surgissait du smog qui recouvrait Los Angeles. De l'autre côté du trottoir, à côté d'un immense panneau publicitaire de John

Denver au large sourire, une enseigne lumineuse annonçait à l'homme qu'il était 9 h 27 et que la température atteignait les 30 degrés. La circulation était incessante sur la chaussée bombée, mais il se contentait de lever les yeux, de façon quasi imperceptible, lorsqu'une voiture passait trop près du trottoir.

Le garçon, un jeune homme au visage couvert de taches de rousseur, sortit sur la terrasse avec un nouveau pot de café.

— Désirez-vous encore du café, monsieur ?

L'homme tendit sa tasse sans dire un mot.

— Désirez-vous autre chose, monsieur ? Nous avons des gaufres, des muffins aux airelles, de la glace enrobée de chocolat chaud ?

L'homme secoua la tête.

Le garçon entreprit de rassembler les assiettes vides.

— Est-ce que vous avez vu le film de Woody Allen à la télévision hier soir ? demanda-t-il pour engager la conversation. Je voulais voir ce putain de film depuis cinq ans. J'étais plié en deux, je riais aux larmes !

L'homme de haute taille redressa la tête. Dans les verres miroirs de ses lunettes de soleil, deux jeunes garçons, tous deux craintifs, risquèrent un coup d'œil depuis deux mondes déformés.

— L'addition, chuchota l'homme.

Le garçon lui fit un petit sourire crispé, puis haussa les épaules.

— Entendu. J'essayais juste d'être aimable.

— C'est inutile, chuchota l'homme.

Le garçon hésita, prit le couteau et la fourchette de l'homme, puis il retourna à l'intérieur, après avoir jeté un regard déconcerté par-dessus son épaule. L'homme l'ignora, but une gorgée de café brûlant, et sortit ses cigarettes de sa poche de chemise. Il en alluma une précautionneusement avec une pochette d'allumettes portant l'inscription « Benihana's de Tokyo », puis il s'appuya sur le dossier de sa chaise et exhala un petit nuage de fumée. Le panneau lumineux de l'autre côté de la rue indiquait qu'il était 9 h 30.

L'homme ne semblait pas réfléchir à quoi que ce soit. Il regardait le monde derrière ses lunettes de soleil aux verres miroirs avec une expression qui aurait pu être de l'intérêt, ou de la douleur, ou de l'ennui, ou de la colère.

Lui-même ne savait pas ce que c'était.

Il attendit encore quatre minutes. Puis il se leva de sa table, entra dans le restaurant, et se dirigea vers la caisse. La salle était bondée, des garçons allaient et venaient avec des plateaux d'ananas, de salades vertes et d'œufs au bacon, tandis que la faune de Sunset Boulevard fumait, bavardait et riait. L'homme posa sur le comptoir un billet de dix dollars avec l'addition, tourna les talons, et partit.

Derrière la caisse enregistreuse, la fille aux longs cheveux blond-roux tapa 6 dollars 25, puis elle chercha du regard la personne à qui rendre la monnaie.

– Hé, Myron ! lança-t-elle au garçon. La table 9 a laissé sa monnaie.

– Okay, il vient juste de partir ! répondit le garçon.

Il sortit rapidement vers la lumière du soleil pour rattraper l'homme. Il regarda à droite et vit que le trottoir était quasi désert, à l'exception d'une Mexicaine aux hanches aussi larges qu'une brouette. Aussi trottina-t-il et il tourna le coin vers Holloway Drive.

Il ne vit pas l'homme tout de suite. Il plissa les yeux pour regarder vers le parking en pente à l'arrière du restaurant, mais il n'y avait personne. Puis il scruta la rue. Une cinquantaine de mètres plus loin, sous l'ombre des arbres en surplomb, il aperçut l'homme de haute taille qui se tenait devant le coffre ouvert d'une Grand Prix gris métallisé.

– Hé ! Monsieur ! appela-t-il.

L'homme ne sembla pas l'entendre. Myron commença à courir sur le béton du trottoir, dans le couinement de ses mocassins usés, jusqu'à ce qu'il soit à cinq ou six mètres de celui-ci. À ce moment, il entrevit quelque chose dans le coffre ouvert de la voiture. Il s'arrêta brusquement.

L'homme de haute taille se tourna vers lui.

– Oui ? chuchota-t-il.

Ses yeux derrière les verres miroirs ne laissaient rien paraître. Le garçon lui tendit une poignée de billets froissés et des pièces poisseuses.

– Vous… euh, vous avez oublié votre monnaie. L'addition s'élevait à 6 dollars 25.

L'homme de haute taille ne bougea pas pendant un moment, ne répondit pas. Puis il referma le coffre violemment et se dirigea vers le garçon d'une démarche lente et souple.

– Merci, dit-il avec une douceur glaciale, et il prit l'argent dans la main du jeune homme.

Celui-ci essuya la sueur sur son front du dos de la main. Une chose était sûre, il n'aurait pas de pourboire, mais étant donné ce qu'il avait vu dans le coffre de la voiture, il s'en fichait complètement.

– Passez une bonne journée, monsieur, dit-il prudemment, et il rebroussa chemin en hâte vers le restaurant.

À l'angle de Hollloway et Sunset, il se retourna. L'homme était toujours à côté de sa voiture et l'observait. Le soleil faisait étinceler les verres miroirs de ses lunettes de soleil tel un message transmis par un héliographe.

– Tu l'as rattrapé ? demanda la fille aux longs cheveux roux lorsque Myron regagna le restaurant.

Le jeune homme la regarda et hocha la tête.

– Oui. Il a dit merci.

Elle leva les yeux vers lui.

– Qu'y a-t-il, Myron ? Tu es pâle comme un linge.

Il battit des paupières, comme s'il ne l'avait pas entendue.

– Quoi ? Oh, non, tout va bien. Mais je crois que je viens de l'échapper belle !

– Que veux-tu dire ? C'était un homosexuel ?

Le jeune homme secoua la tête.

– Ce type avait un véritable arsenal dans le coffre de sa voiture. Si tu avais vu ça ! Le coffre était bourré de flingues.

– Qu'est-ce que tu comptes faire ? Tu vas prévenir la police ?

Il s'épongea le visage avec une serviette en papier.

– Tu veux rire ? Ce type est probablement un maniaque homicide. Quelqu'un qui possède autant de flingues a l'intention de s'en servir, et j'ai eu de la chance qu'il ne s'en serve pas sur moi !

– Alors tu vas le laisser filer ? Tu trouves que c'est une attitude responsable ?

Deux jeunes Noires aux yeux brillants en T-shirts moulants entrèrent, et le garçon récupéra son calepin pour se diriger vers leur table.

– C'est une attitude responsable envers ma tête, déclara-t-il. Je tiens à ce qu'elle reste sur mes épaules !

La fille haussa les épaules et prit un bonbon à la menthe dans la petite corbeille à côté de la caisse enregistreuse.

2

Le soir précédent, la onzième victime de l'Étrangleur de L.A. avait été découverte dans des buissons à Griffith Park, et Mme Benduzzi n'avait pas très envie que Ricardo sorte pour sa promenade. Elle était assise sur les coussins de son canapé de velours rose, une publicité corpulente et flamboyante de ce que des gâteaux à la crème fraîche et des pizzas au pepperoni ingurgités quotidiennement étaient capables de faire pour distendre un pantalon fuseau jusqu'au point de rupture. Sa perruque blond cendré était de guingois, et elle serrait Ricardo si fort contre son corsage orné de fleurs que les yeux du pauvre chien étaient protubérants.

– Madame Benduzzi, lui dit John, je suis certain que l'Étrangleur ne s'en prend pas aux caniches. J'ai le sentiment qu'il s'intéresse davantage aux humains.

– Vous pouvez peut-être dire cela, vous ! répliqua Mme Benduzzi. Mais Ricardo est presque humain, n'est-ce pas, mon chéri ? Il me parle, vous savez. Lorsque nous sommes seuls à la maison, il parle. Vous seriez étonné par tout ce qu'il me dit.

John se frotta la nuque avec une patience infinie. Il était foutrement sûr que l'heure des cocktails de Mme Benduzzi avait commencé très tôt ce matin. Après tout, que pouvait faire d'autre une femme entre deux âges habitant à Beverly Hills, excepté déambuler dans sa somptueuse maison toute la journée, trop manger et boire trop de tequilas sunrise ? Elle était trop grosse pour prendre un amant, et trop solitaire pour suivre un régime. À part son mari, un directeur de casting chez CBS à la moustache tombante et aux yeux battus, avec à peu près autant de personnalité qu'un plat de tagliatelles froides, Ricardo était tout ce que Mme Benduzzi avait.

– Vous voulez que j'arrête les promenades, alors ? demanda John.

– Je ne sais pas trop, répondit Mme Benduzzi. Et il semble faire très chaud aujourd'hui, en plus. Est-ce qu'ils n'ont pas parlé d'une vague de chaleur ? Je ne suis pas encore sortie. Avec ce maniaque qui rôde dans le coin, je ne suis pas sûre que je vais le faire.

– Madame Benduzzi, je peux vous affirmer que Ricardo sera tout à fait en sécurité avec moi, déclara John. Je donnerai ma vie pour le protéger, si nécessaire.

– Oh, ne parlez pas de cette façon ! s'exclama Mme Benduzzi d'une voix mal assurée. Écoutez… et si vous astiquiez la voiture au lieu de sortir Ricardo ? Vous le promènerez demain. Entre-temps, ils l'auront peut-être attrapé. C'est scandaleux de laisser un individu comme ça agir en toute impunité et terroriser des chiens sans défense.

– Madame Benduzzi, je ne pense pas qu'il…

Mais Mme Benduzzi n'écoutait pas. Elle était trop occupée à couvrir Ricardo de baisers. Cela écœurait toujours John, cette sentimentalité larmoyante à propos des animaux. Néanmoins, depuis qu'il promenait des chiens à Hollywood et à Beverly Hills, il en était venu à comprendre, malgré son dégoût, que les chiens et les chats étaient souvent les seuls amis fidèles que ces femmes connaissaient. Indépendamment de ce fait, s'il désirait augmenter ses revenus de façon appréciable, il était bien obligé de s'entendre avec ses clientes, et il ne pouvait pas demander dix dollars de l'heure s'il dégueulait ouvertement chaque fois qu'une dame étreignait amoureusement son schnauzer.

— Très bien, madame Benduzzi, dit-il d'un air résigné, si c'est ce que vous voulez.

Mme Benduzzi lui adressa un sourire indulgent et tendit sa main grassouillette et rose.

— Vous êtes tellement compréhensif, monsieur Cullen. Si j'avais cinq ans de moins, et si mon cœur était libre…

Il lui serra la main assez fort pour appuyer ses bagues de diamants et de saphirs sur sa chair et pour lui faire mal, un tout petit peu.

— Madame Benduzzi, je ferais mieux d'aller astiquer la voiture.

Il dit cela d'une voix tellement rauque, de façon délibérée, que, durant un moment embarrassé, elle pensa qu'il avait fait une allusion outrageusement érotique. Cela n'avait rien de très surprenant. Il devait s'avouer à lui-même qu'il n'avait jamais été aussi en forme de toute sa vie. Il était grand, musclé, et ses petits boulots lui avaient donné l'occasion de parfaire un bronzage superbe. Il y avait quelque chose chez lui qui indiquait qu'il n'était pas un Californien de naissance – une sorte de défense intérieure, une tension constante, caractérisant les hommes et les femmes qui ont grandi dans les villes de l'Est – mais, pour des femmes comme Mme Benduzzi, qui étaient excitées par de jeunes hommes anxieux, c'était d'autant plus attirant. Il avait un visage mince, un long nez droit, et des yeux marron qui pouvaient être doux de façon enjôleuse pour les gens qui lui plaisaient, et inexpressifs de façon déconcertante pour les gens qui lui déplaisaient. Ses cheveux étaient coupés très court, et on aurait pu le prendre pour un poseur de lignes de téléphone un brin macho ou pour un éventuel boxeur poids moyen.

Il adressa à Mme Benduzzi son sourire le plus charmeur, le sourire qu'il réservait habituellement aux employées des guichets de théâtre qui tentaient de lui dire qu'il n'y avait plus de places pour *A Chorus Line*, puis il traversa le séjour à la moquette moelleuse et aux rideaux de brocart pour se diriger vers la porte à deux battants. C'était le genre de porte qu'il avait toujours envie d'ouvrir à la volée en annonçant : « Madame est servie ! » Il se retourna et adressa à Mme Benduzzi un dernier sourire affecté, puis il referma la porte derrière lui. Il s'avança dans le couloir. Il avait envie d'en griller une comme cela ne lui était pas arrivé depuis plusieurs jours. Cela faisait une semaine maintenant qu'il avait arrêté de fumer.

Il ne savait pas très bien comment ou pourquoi sa vie avait pris ce tournant. Promener des chiens et astiquer des voitures n'étaient pas le genre de jobs auxquels on aurait pu s'attendre logiquement de la part d'un garçon qui, à l'âge de dix-huit ans, avait déclaré solennellement à ses parents qu'il serait le second Frank Lloyd Wright. Mais, durant ses premières années fastidieuses en tant que dessinateur industriel à Trenton, New Jersey, il en était venu à comprendre avec une frustration croissante que l'architecture n'avait pas grand-chose à voir avec la construction de villes idéales, ou même de demeures relativement confortables où des gens pouvaient vivre. Son patron l'avait félicité une seule fois, lorsqu'il avait trouvé un moyen pour poser une toiture de tuiles en utilisant une centaine de bardeaux en moins qu'il n'en fallait habituellement, et avec les budgets serrés alloués à ses premiers ouvrages, il n'avait pas été en mesure de s'autoriser la décoration luxueuse de l'entrepreneur Charles Sales, encore moins de Frank Lloyd Wright. À vingt-six ans, il avait laissé tomber l'architecture, et ses seules contributions au patrimoine américain avaient été deux supérettes et une rangée de garages à Ewing, New Jersey.

Il était venu à Los Angeles pour trouver son identité, ou peut-être pour la fuir, il ne savait pas très bien. Il voulait également découvrir pourquoi la beauté et l'humanité étaient des produits aussi coûteux, et, pour cette quête au moins, il avait choisi le bon endroit. Il avait travaillé pendant cinq ans comme représentant de commerce pour Euclid Schwarz, les principaux constructeurs sur la côte Ouest d'immeubles en copropriété et de maisons de retraite. Les opinions de gauche de John agaçaient M. Schwarz, et un avancement lui était passé sous le nez tellement de fois qu'il avait fini par donner sa démission. Il avait eu une liaison passionnée et tumultueuse avec une jeune Anglaise qui était caissière au Mann's Chinese Theatre – disputes violentes, dos griffés et assiettes cassées – et cela l'avait laissé épuisé, émotionnellement et moralement, et disposé à accepter n'importe quoi, du moment que c'était calme.

À présent, âgé de trente-deux ans, loin d'être riche, mais en bien meilleure santé, et beaucoup plus en paix avec le monde, John Cullen consacrait son temps à écrire des articles pour le *Los Angeles Liberal Journal*, un journal modérément radical avec des idées fixes concernant un gouvernement ouvert et la dépénalisation de la pornographie, bien que pas dans cet ordre, habituellement. Il passait également une partie de son temps à dessiner des villages du futur pour des revues luxueuses consacrées à l'architecture, à retaper sa vieille maison en bois dans Topanga Canyon, où il vivait avec sa nouvelle compagne, Vicky, et à faire sécher des feuilles de polymnia sur sa véranda de derrière – une tentative pour trouver un substitut à la marijuana qu'il n'aimait pas, de façon inexplicable.

Aujourd'hui, cependant, il était là pour gagner de l'argent. C'était 10 dollars pour promener des chiens de race, 7,50 dollars pour des corniauds. C'était 10 dollars pour astiquer une voiture de luxe. Il se dirigea vers la cuisine pour prendre ses chiffons et l'encaustique.

La cuisine était une véritable cathédrale, tout en carreaux italiens bleus et blancs. John l'appelait, dans le privé, « le chou à la crème ». Dans la lumière du soleil qui filtrait par les hautes fenêtres aux vitres plombées, la domestique noire, Yolande, affublée de son bonnet et de son tablier blancs, était occupée à nettoyer le plan de travail tout en chantant « La femme derrière chaque homme ».

— Comment vont les enfants ? demanda John en ouvrant le placard des produits d'entretien pour prendre la cire Turtle.

— Oh, ils vont très bien, répondit Yolande. Ils sont noirs et ils sont fiers.

— Toujours branchée sur la politique raciale ?

Elle le regarda.

— Comme nous tous, non, monsieur Cullen ? C'est ça, la politique… la race.

Il secoua le bidon de cire et ôta le capuchon.

— La race est seulement une partie de la politique. La race n'en est qu'une fraction ! Si les Noirs étaient un peu plus décontractés à propos de la race, nous pourrions nous entendre foutrement plus vite.

Yolande haussa les épaules.

— Vous êtes blanc, monsieur Cullen. Quand on est blanc, on peut se permettre d'être décontracté.

Il s'appuya sur le plan de travail.

— Vous pouvez m'appeler John si vous voulez.

— Monsieur Cullen, c'est parfait.

Elle hésita, puis elle demanda :

— Vous emmenez la houppette faire sa promenade ?

Il secoua la tête.

— Mme Benduzzi est terrifiée par l'Étrangleur. Elle est persuadée qu'il pourrait tenter un chienticide, juste pour garder la main.

— Vous dites ça comme si le meurtre vous amusait.

Il ouvrit la porte de derrière.

— C'est plus amusant que de promener des chiens.

Elle sourit. Elle était irrésistiblement jolie lorsqu'elle souriait.

— Allez donc faire briller les pare-chocs de Mme Benduzzi ! le gronda-t-elle.

— On sort ensemble un soir ? répliqua-t-il. Ou que diriez-vous d'un petit viol vite fait ?

Elle éclata de rire.

— Même si je ne savais pas que vous vivez avec quelqu'un, je dirais non, espèce de sale Blanc !

— Comme vous voudrez. Mais vous le regretterez quand vous serez vieille avec des cheveux gris !

Il referma la porte de la cuisine et traversa l'allée couverte jusqu'au garage. Il faisait incroyablement chaud pour un mois de novembre, dans les 35 degrés, et il sortit ses lunettes de soleil de sa poche de chemise et les chaussa. Les yuccas dans le jardin méticuleusement entretenu de Mme Benduzzi bruissaient à peine dans la brise infime, et il entendait, venant des montagnes, le *flap-flap-flap* d'un hélicoptère de la police de la route. Il toussa.

Dans le froid du garage climatisé, l'Eldorado Georgian Silver de Mme Benduzzi attendait, toujours brillante depuis la dernière fois qu'il l'avait astiquée. Les seules fois où Mme Benduzzi la prenait, c'était lorsqu'elle allait chez son coiffeur-styliste sur Beverly Boulevard, et la voiture avait probablement moins de deux cents kilomètres au compteur. Cependant, il n'était pas envieux. Il préférait les automobiles des années cinquante, avec des ailettes démesurées, des phares énormes et un moteur puissant dévoreur d'essence. Sa propre Chrysler Imperial Crown de 1959 était maladroitement garée dans l'allée en forme de lacs d'amour des Benduzzi. Il ouvrit la porte du garage et sortit l'Eldorado pour la mettre à l'ombre des palmiers.

Il était 11 h 02. Si John avait marché jusqu'au portail de la maison de Mme Benduzzi juste à ce moment, il aurait eu le temps de voir la Grand Prix gris métallisé passer lentement et continuer vers l'ouest. L'homme de haute taille au jean de velours côtelé et à la chemise sport grise conduisait tranquillement, les doigts posés négligemment sur le volant, et il fumait une cigarette. Il pensait à la jeune prostituée blonde qu'il avait ramassée la nuit dernière devant le Fish-and-Chips anglais sur Hollywood Boulevard, et à la façon dont elle était restée assise dans sa chambre, les yeux grands ouverts, pendant qu'il lui montrait son colt automatique. Il l'avait démonté à son intention en 45 secondes pile, puis il l'avait remonté et chargé. Ensuite, dans les draps froissés et empestant la sueur de son lit-divan, il l'avait tringlée. Pendant qu'il la tringlait, il avait enfoncé le canon graisseux du colt dans l'anus de la fille, jusqu'à ce qu'elle soit pénétrée à la fois par un homme et par un pistolet. Le danger démentiel de cet acte les avait excités tous les deux à tel point qu'ils suffoquaient et tremblaient sous l'effet d'une pure terreur érotique.

3

John ôta sa chemise à carreaux et la suspendit à la colonne d'alimentation d'eau du jardin.

Il lava à grande eau la voiture dans des arcs-en-ciel d'eau et de lumière, puis il l'essuya avec une peau de chamois. C'était agréable et reposant de nettoyer des voitures. Cela vous donnait une demi-heure pour vous-même, cela vous permettait de penser à ce que vous vouliez. C'était à coup sûr plus gratifiant que de promener des chiens. Les voitures ne se mettaient pas à baver lorsqu'une autre voiture passait à proximité, et elles n'essayaient pas de renifler leurs pots d'échappement respectifs. Il entreprit de nettoyer le pare-brise. Il régnait une fraîcheur agréable sous les arbres, et les feuilles rouge foncé des poinsettias de Mme Benduzzi se livraient à une danse extatique autour de lui.

Au bout d'une demi-heure d'efforts soutenus, il leva les yeux et aperçut Yolande qui venait vers lui, apportant une bière fraîche sur un plateau. Il se redressa, s'étira, et replia sa peau de chamois.

– Mme Benduzzi a pensé que vous auriez peut-être la gorge sèche, dit Yolande, avec un brin d'amusement dans sa voix.

John regarda par-dessus l'épaule de Yolande vers la maison. Il vit Mme Benduzzi derrière la fenêtre, emprisonnée dans son luxueux palais climatisé, et il lui fit des signes de la main. Ravie, embarrassée, Mme Benduzzi agita la main en réponse.

– Jouez bien vos cartes, sale petit Blanc, et vous pourriez faire votre pelote avec elle, dit Yolande.

John but une gorgée glacée de Coors.

– Moi et Mme Benduzzi ? dit-il en s'étranglant.

– Pourquoi pas ? Elle est pleine aux as. Vous lui plaisez. Elle est restée plantée toute la matinée derrière la fenêtre, à lorgner votre joli cul avec ses jumelles de théâtre.

– Elle s'attendait à quoi ? Que je chante *I Puritani* ?

Yolande sourit.

– Je vous le répète. Vous plaisez à la dame, et elle est riche.

– Écoutez, s'insurgea John, je ne mange pas de ce pain-là, compris ?

Yolande haussa les épaules.

– J'ai l'impression que vous n'en aurez pas l'occasion, de toute façon. J'aperçois des ennuis à l'horizon !

L'air de la fin de la matinée fut transpercé par le grondement strident d'une moto. Remontant les tournants de l'allée, penchée en arrière sur la selle d'une petite Puch, apparut une jeune femme de haute taille en casque intégral cramoisi, T-shirt blanc et short blanc moulant.

– Je ferais bien de rentrer vite fait, dit Yolande avec un sourire pincé. Lorsque Mme Benduzzi la voit, cela signifie des bouderies et des accès de colère pour le restant de la journée !

– À tout à l'heure, dit John. Et merci pour la bière.

– Je n'ai fait que l'apporter, répliqua Yolande, et elle s'éloigna en tortillant des hanches.

John replia les branches de ses lunettes de soleil et les rangea dans sa poche de chemise. La motocycliste s'arrêta près de lui, à l'ombre des arbres, et descendit de sa moto. Elle ôta son casque, secoua la tête pour dégager ses longs cheveux châtains, et vint vers lui. Ils s'embrassèrent.

– Tu ressembles à William Holden dans *Picnic*, lui dit-elle.

– Je n'ai pas vu ce film, répondit-il en l'embrassant à nouveau.

C'était une jeune femme au teint de brune, avec une ossature extraordinairement carrée et des yeux bleu ciel magnifiques. Elle avait une bouche aux lèvres boudeuses qui le faisait toujours penser à Brigitte Bardot lorsqu'elle était jeune, ou à une mineure effrontée faisant du stop sur les chemins de terre en Alabama. Elle n'était pas particulièrement jolie, mais elle était très bronzée et sensuelle, et elle avait eu droit à une photo dans *Playboy*. Elle avait des seins énormes, avec de larges mamelons foncés visibles à travers son T-shirt, et un derrière insolent et provocateur qui était, une longue expérience le lui avait appris, une invitation pour tout mâle américain passant près d'elle à lui donner une tape.

– Je croyais que tu terminais ce collier de perles indiennes pour Mme Tadema, dit-il.

– Oui, bien sûr, répondit-elle. J'aurais pu.

– Excepté quoi ?

– Excepté que j'ai eu un coup de fil.

Il se pencha sur le capot de l'Eldorado et continua de le polir, mais il observa son reflet sur le vernis métallisé luisant.

– Quelqu'un que je connais ? lui demanda-t-il avec circonspection.

Ils se disputaient énormément ces derniers temps, se chamaillaient à propos des disques à écouter, de la chaîne de télévision à regarder, de ce qu'ils voulaient manger, et il commençait à se demander si elle n'avait pas l'intention de le quitter. C'était une fille impulsive et émotive. Elle donnait l'impression de l'aimer à la folie et, un instant plus tard, il ne comprenait même pas pourquoi elle prenait la peine de rester avec lui.

Elle s'appuya sur le flanc de la voiture. Il polissait une zone triangulaire de cire terne, et il y voyait un reflet du short blanc qui était moulant d'une façon incroyablement révélatrice.

— Quelqu'un que *tu* connais, lui dit-elle.

Il perçut une effervescence dans sa voix, et il se redressa.

— Quelqu'un que *je* connais ? Et c'était urgent au point de laisser tomber ce collier pour Mme Tadema et de venir tout de suite ici ?

Elle fit le tour de la voiture, passa ses bras autour de sa taille et embrassa sa joue couverte de sueur.

— C'était ton père. Il arrive cet après-midi, à 16 heures. Aéroport de Los Angeles. Une visite surprise. C'est formidable, non ?

John avait du mal à le croire. Il avait toujours adoré son père, il l'avait toujours considéré comme quelqu'un de spécial. C'était un principal de collège à Trenton, un homme distrait, un peu loufoque, aux idées de gauche, et durant toutes ces années où John s'était démené pour devenir un architecte créatif, son père l'avait soutenu, encouragé, conseillé. Il l'avait aidé à comprendre les frustrations et les déceptions que l'on ressent quand on est un libéral convaincu dans une société qui l'est beaucoup moins.

— À quelle heure a-t-il appelé ? Est-ce qu'il allait bien ?

— Il a dit qu'il allait très bien. Il a appelé peu après ton départ, mais je ne suis pas venue tout de suite parce que je pensais que tu promenais le clebs.

John ne put s'empêcher d'arborer un large sourire.

– C'est magnifique ! Je suis fou de joie ! Hé, on pourrait déjeuner et aller ensuite à l'aéroport. Je peux mettre ta moto dans le coffre.

Il finit de polir énergiquement l'Eldorado qui était déjà étincelante, tandis que Vicki se promenait dans le jardin et arrachait des brindilles de poinsettia pour les accrocher dans ses cheveux.

– Okay, dit-il en soufflant une dernière fois sur les rétroviseurs extérieurs pour les faire briller. Terminé. Accorde-moi deux minutes, le temps d'aller chercher l'argent que me doit Mme Benduzzi, et on file.

Il rentra la Cadillac dans le garage, referma la porte, puis il retourna dans la maison. Yolande le regarda en haussant les sourcils lorsqu'il traversa la cuisine. Cela signifiait que Mme Benduzzi n'était pas du tout ravie.

Il ouvrit la porte « Madame est servie ! », Mme Benduzzi était là, assise seule sur son canapé rose, la tête rejetée en arrière dans une attitude qui pouvait seulement signifier : « Vous m'avez mise au rebut comme une paire de chaussures usées, mais cela m'est parfaitement égal. »

– Madame Benduzzi, dit-il.

Une pendule italienne ornée de dorures, une copie, entreprit, laborieusement, de sonner les douze coups de midi. Durant presque une minute, toute conversation fut impossible, tandis que des anges affublés de trompettes entraient et sortaient par de petites portes, que des clochettes retentissaient, et que des mécanismes ronronnaient.

Puis Mme Benduzzi dit :

– Votre argent est sur le guéridon. Vous n'avez pas besoin de venir demain. Ricardo m'a dit qu'il avait envie de quelqu'un d'autre pour le promener.

— Madame Benduzzi…

Elle leva les yeux vers lui. Elle était grassouillette et pathétique. Elle lui adressa un pâle sourire, une ride infime sur une assiette de céréales, et dit :

— Tout va bien. Laissez-moi une semaine ou deux, et je suis sûre que tout redeviendra comme avant.

— Je suis désolé, dit John.

— Je ne le suis pas, répondit-elle doucement. Bon, votre argent est là. Prenez-le et partez. J'ai énormément de choses à faire.

Il se dirigea vers le guéridon. Sous un presse-papiers en onyx et or, il y avait un billet de 50 dollars. Il la regarda.

— C'est la somme exacte, dit-elle sans changer d'expression.

Il hocha la tête et fourra le billet dans sa poche de chemise.

— Entendu. À bientôt, alors ?

Elle lui sourit, le sourire affreusement solitaire de ceux qui savent qu'ils sont peu aimés, et qui ont appris à accepter ce fait. Il hésita un moment, puis il s'approcha du canapé, se pencha, et déposa un baiser sur son front.

— Vous êtes très spéciale, madame Benduzzi. Ne l'oubliez jamais.

Puis il tourna les talons et alla rejoindre Vicki.

À 14 heures, la Grand Prix gris métallisé était garée à l'angle de Sepulveda Boulevard et de Pigott Drive, à l'ombre de l'autoroute de San Diego. L'homme de haute taille aux cheveux noirs était assis sur le siège du conducteur. Il fumait une cigarette et écoutait les Modern Lovers sur sa radio FM. À côté de lui sur la banquette, il y avait le papier d'emballage froissé d'un

cheeseburger Jack-in-the-Box, qui avait été son déjeuner. Il attendait avec une patience glaciale indiquant
qu'il avait l'habitude d'attendre. Attendre, comme il le
savait parfaitement, était un talent très particulier.

Par moments, l'homme donnait l'impression de
dormir, mais ses yeux, bien que réduits à des fentes,
n'étaient jamais complètement fermés. Il surveillait
constamment le coin de Sepulveda juste devant lui, et
regardait également dans ses rétroviseurs extérieurs.
Une ou deux fois, ses doigts tambourinèrent brière-
ment sur le volant, comme s'il les assouplissait.

– *Le Massachusetts, quand il fait froid dehors...*,
chantait la radio. *La radio allumée...*

À côté de son siège, blotti contre le tableau de bord,
il y avait son colt .38 automatique, celui qu'il avait utilisé avec la pute, rangé dans un étui en peau de chamois
graisseuse. Une balle tirée par cette arme pouvait transpercer des planches en pin de vingt-cinq centimètres
d'épaisseur à une distance de neuf cents mètres, et à
une vitesse de trois cents mètres par seconde, mais
l'homme avait l'intention de tirer sur une cible qui,
le moment venu, se trouverait à moins de cinq ou six
mètres de lui.

Il leva les yeux. Dans son rétroviseur, il aperçut une
voiture de patrouille qui tournait le coin de Pigott Drive
derrière lui et venait lentement dans sa direction. Il battit des paupières, mais il ne bougea pas. Ses lunettes de
soleil aux verres miroirs étaient posées sur le tableau
de bord.

La voiture de patrouille arriva à sa hauteur, s'arrêta
un moment, puis elle tourna à gauche dans Sepulveda et
disparut. Les doigts de l'homme battirent le rappel sur
le volant un instant. L'horloge à affichage digital sur
son tableau de bord imitation noyer indiquait 14 h 04.

4

Ils mangèrent une salade de thon au Butterfield, assis sur la terrasse près du jet d'eau. Il faisait frais sous les arbres, même si le soleil de novembre dessinait des ombres en forme de puzzle sur leurs visages et faisait briller la carafe givrée de vin blanc placée entre eux. À la table voisine, une femme avec un foulard en soie noué autour de la tête et un visage aussi tanné que la selle d'un cow-boy endurci affirmait à l'homme au crâne dégarni assis en face d'elle que *Nippon Chinbotsu* était le film de science-fiction le plus inspiré qui ait jamais été tourné.

Vicky leva son verre et dit :

– À la santé de ton père ! Je meurs d'envie de voir à quoi il ressemble !

John sourit et ils choquèrent leurs verres.

– Il me ressemble énormément, en plus vieux de quelques siècles ! Cela me surprend que tu sois aussi enthousiasmée par sa venue. Je pensais que tu ne croyais pas à la famille.

– Je ne crois pas à la mienne, répliqua-t-elle d'un air espiègle, tout en grignotant une feuille de salade frisée. À ton avis, pourquoi ai-je quitté le Minnesota ? Lorsque ta mère est une Sweet Adeline et ton père un membre important des Elks de Cannon Falls, je ne pense vraiment pas que l'on puisse s'attendre à une communication parents-enfant constructive. Tu n'es pas de mon avis ?

– Cela dépend, répondit-il avec un large sourire. Tu n'as jamais eu envie de faire partie de la chorale des Sweet Adeline ?

– Espèce de crétin ! dit-elle.

Il la regarda affectueusement. Il ne l'avait pas vue aussi enjouée depuis des semaines. Il termina sa salade de thon, but une gorgée de vin, et demanda deux cafés à la serveuse. Il aurait mis sa jambe gauche au clou pour une cigarette, surtout lorsque la femme au foulard en soie en alluma une juste à côté de lui, et que la fumée commença à flotter vers lui, mais il afficha un sourire stoïque et résista à la tentation.

– Est-ce que tu souffres ? lui demanda Vicky.

– Un peu. Ça se voit ?

– Seulement lorsque tu te penches en avant pour aspirer avec tes narines la fumée qui passe devant toi.

Il saisit une pochette d'allumettes et commença à tordre les allumettes plates.

– Je peux t'affirmer une chose. Je ne prononcerai plus jamais un mot désagréable contre les drogués.

Elle dit, d'une voix très différente :

– Et je ne prononcerai plus jamais un mot désagréable contre *toi*.

Il cessa de jouer avec les allumettes et leva les yeux.

– Qu'est-ce que cela signifie ?

Vicky baissa ses longs cils.

– Cela signifie que nous nous entendions comme chien et chat ces derniers temps, d'accord ? Mais j'espère que nous avons passé le cap maintenant.

– J'ai l'impression que tu as quelque chose à me dire.

– Ma foi, cela se pourrait, répondit-elle.

– Tu es arrivée à la conclusion que tu m'aimes, tout compte fait ? Et je pourrai écouter mes albums de Rod Stewart chaque fois que j'en aurai envie ?

– Je t'aime, dit-elle en le regardant avec une douceur inattendue dans ses yeux bleu ciel. Pour les albums, je ne sais pas encore.

Il prit les allumettes à nouveau. Un petit morceau de thon était coincé entre ses dents, et il chargea sa langue de le déloger.

– Tu as envie de m'en parler ? lui demanda-t-il.

– Je ne sais pas. Tu vas être jaloux ?

– C'est aussi grave que ça ?

– Je ne sais pas, dit-elle avec un petit haussement d'épaules. Je suppose que cela aurait pu être pire.

Il s'appuya sur le dossier de sa chaise, croisa les jambes, puis il les décroisa et se pencha en avant.

– Hé, ne me tiens pas en haleine ! Qu'est-ce qui aurait pu être pire ? Ne me dis pas que tu es sortie avec Warren Beatty !

Elle ne le regarda pas lorsqu'elle parla. Ses ongles rouge foncé effleuraient le bord de la table, dans un sens puis dans l'autre, comme si elle disait un rosaire ou lisait du braille.

– Cela s'est passé il y a trois semaines environ, le jour où tu étais allé à Encino avec Philip. J'ai eu un coup de fil d'un ancien petit ami du Minnesota. Il m'a dit qu'il venait vivre à L.A. et qu'il avait envie de me revoir. Il avait probablement eu le numéro par ma mère.

– Continue, dit John d'un ton sec.

Elle poussa un soupir.

– Il s'appelle Ed Tucker. Disons que c'était mon idole à l'époque. Toutes les filles du lycée se pâmaient lorsqu'il passait à proximité, elles lui envoyaient des lettres d'amour et ce genre de choses. Il était très grand et beau comme un dieu, et il était le meilleur en tout. Athlétisme, football, tout ce qu'on peut imaginer. Il ne m'a pas remarquée tout de suite, il était trop occupé à sortir avec une Italienne, Annette Marino. Lorsque j'ai eu quatorze ans, mes nibards ont commencé à pousser, ils ont grossi et grossi à tel point que toutes les filles du lycée semblaient aussi plates qu'Olive Oyl, y compris la splendide Annette Marino. C'est à ce moment qu'il s'est brusquement aperçu que j'existais. Il a largué Annette, et nous sommes restés ensemble pendant presque cinq ans. C'était le deuxième type avec qui je couchais.

— Le deuxième ? Qui était le premier ?

— Quelle importance ? Je te parle d'Ed.

En ce moment, John avait envie d'une cigarette comme jamais durant toute cette semaine, ne serait-ce que pour enfumer sa jalousie.

— D'accord, dit-il en constatant qu'il avait beaucoup de mal à sourire. Cela n'a aucune importance.

Vicky tendit le bras par-dessus la table et prit sa main. Elle avait un air tout à fait solennel.

— Je dois avouer que j'avais un fantasme à propos d'Ed. J'avais cette image éclatante d'une sorte de super-étalon athlétique, tu sais, caleçon renflé au bon endroit et dents étincelantes. Et je dois également avouer que cette vision me faisait craquer, dit-elle si doucement que ce fut à peine s'il l'entendit.

John secoua lentement la tête avec incrédulité.

— Es-tu en train de me dire que nous avons eu toutes ces disputes, toutes ces bagarres, uniquement parce que tu en pinçais pour un sportif à la noix surgi de ton ado-lescence et originaire de Cannon Balls, Minnesota ?

— Cannon Falls.

— D'accord, d'accord. Raconte-moi la suite.

Vicki demeura silencieuse un moment, embarrassée, puis elle hocha la tête.

— Il m'a téléphoné lundi, dit-elle. Pour m'inviter à dîner.

– Ainsi, au lieu de voir Phoebe, comme tu me l'avais dit, tu es sortie avec lui ?

Elle hocha la tête à nouveau.

– C'était horrible de te mentir. Mais je ne savais pas quoi faire d'autre. Je devais absolument le revoir. Je devais absolument savoir si mon fantasme était la réalité.

– Alors, comment était-il ? lui demanda-t-il.

Elle leva les yeux vers lui. Son visage exprimait son regret de lui avoir menti, mais aussi un certain amusement devant sa tentative absurde pour renouer une affaire de cœur depuis longtemps révolue.

– Minable, dit-elle. Il était minable. Parfaitement insignifiant. Je devais le retrouver Chez Dino, et tu sais qu'il fait foutrement sombre dans ce restaurant. Je ne l'ai pas repéré lorsque je suis entrée, parce que, dans le cas contraire, j'aurais tourné les talons et serais partie en courant. Quel crétin, tu ne peux pas savoir ! Finalement, je lui ai dit que j'étais lesbienne, juste pour me débarrasser de lui. Je lui ai dit que j'étais follement amoureuse d'une fille de Mishawaka, Indiana, et que notre seul problème était le fait que nos poitrines étaient si opulentes que nous ne pouvions pas nous serrer l'une contre l'autre.

John la considéra pendant presque une minute sans rien dire. Puis il murmura :

– Tu sais quoi ? Je commence à t'aimer comme je n'ai jamais aimé une fille avant toi. Une lesbienne, toi !

Elle se pencha par-dessus la table et l'embrassa.

– Je sais, chuchota-t-elle. Ça se voit.

Ils terminèrent leur vin, puis ils gravirent les marches en pierre vers la rue. La Chrysler Imperial Crown bleu clair de John était garée un peu plus loin. Son toit brillait dans le soleil de l'après-midi. John tint la portière de Vicki, puis il contourna l'avant de la voiture et se glissa derrière le volant.

Tandis qu'il sortait la clé de contact de sa poche, il eut un petit rire.

– J'aurais sacrément voulu être caché Chez Dino lorsque tu es entrée et que tu as aperçu ton béguin d'adolescente. Je crois que je me serais fait une hernie à force de rire.

Vicki fit semblant d'être vexée et fronça le nez.

– Oh, allons, lui dit-il. Tu ne pouvais pas savoir qu'il avait tourné débile complet !

Elle l'embrassa.

– Je pense que nous ferions mieux de laisser tomber ce sujet, sinon nous allons être en retard pour accueillir ton papa chéri !

Il mit le contact et s'inséra dans la circulation sur Sunset Boulevard. La Chrysler était l'une de ses voitures préférées des années cinquante. Il avait passé deux ans à en trouver une et dépensé 2 000 dollars pour la remettre en état. Elle avait une énorme calandre en acier chromé, un empattement de quatre mètres, et deux ailettes à l'arrière avec des stops en forme de torpille. Elle bondissait et glissait sur une suspension pneumatique. Leur voisin à Topanga Canyon, un écologiste triste et convaincu du nom de Mel, l'avait baptisée l'U.S.S. *Enterprise.*

John utilisa la cour de l'hôtel Hyatt pour effectuer un demi-tour et il se dirigea vers l'ouest, vers un soleil aveuglant qui commençait déjà à décliner. Vicki mit la radio et se blottit contre lui. Sa main lui ébouriffait les cheveux et ses seins énormes étaient pressés contre son bras. La lumière mandarine du milieu de l'après-midi formait des stries brillantes sur leurs visages. Ils traversèrent Beverly Hills, passèrent devant le Beverly

Hills Hotel peint en rose et le portail du Bel-Air, puis ils abordèrent le virage menant à la bretelle d'accès de l'autoroute de San Diego.

La circulation était plus intense que d'habitude, et John fut obligé de louvoyer d'une voie à l'autre afin de maintenir sa vitesse. Ils prirent la direction du sud, vers l'aéroport. L'autoroute était une rivière scintillante de voitures qui montait et descendait les collines et les vallées de Los Angeles Ouest et de Mar Vista.

Le smog flottait encore dans l'air en voiles ténus lorsqu'ils dépassèrent Palms et Culver City. John toussa. Il se demanda pendant combien de temps on avait envie d'en griller une avant que le besoin de nicotine disparaisse.

– Parle-moi de ton père, dit Vicky. C'est un père paternel, ou bien un père copain-copain ?

– Oh, un père paternel, à coup sûr, répondit John en doublant deux Hell's Angels et un break personnalisé rempli de gosses chinois. J'étais tenu de l'appeler « monsieur » jusqu'à l'âge de vingt-deux ans. Mais c'était également un ami. Il était très compréhensif, tu sais, et il n'a pas de préjugés sur quoi que ce soit. L'une de ces personnes qui sont la bonté même.

Il sortit de l'autoroute à Sepulveda Boulevard et continua vers l'aéroport. Ensuite, malgré les indications fantaisistes et déroutantes de Vicki, il localisa le parking et prit un ticket à l'entrée. L'employé sortit la tête de sa guérite, considéra la Chrysler, et demanda :

– Qui vous a vendu ce monstre ? Batman ?

Ils avaient vingt minutes d'avance. Le vol de JFK n'était pas attendu avant 16 h 10. Ils flânèrent dans les boutiques du terminal, puis ils allèrent au bar et commandèrent deux cocktails, un Bloody Mary et un Old Fashioned. Les serveuses en minijupe ressemblaient à une réponse de l'Amérique banlieusarde à Hugh Hefner.

– C'est dingue, non ? fit John. Tout d'un coup, j'ai le trac !

Il attendait derrière le volant de sa Grand Prix gris métallisé, au croisement de la 83ᵉ Rue, Westchester, et de Sepulveda Boulevard. L'horloge du tableau de bord indiquait 15 h 57. Il avait vu passer la Chrysler bleu clair, en route vers l'aéroport, et il avait appelé le comptoir d'United Airways pour vérifier l'heure d'arrivée du vol. Il leur laissait vingt-cinq minutes après l'atterrissage de l'avion – débarquement des passagers, bagages, parking, sortie – avant qu'ils repassent par ici.

C'était le moment de sortir l'automatique de son étui en peau de chamois. Il retira le chargeur, puis il rechargea l'arme soigneusement. Une balle dans la chambre, sept dans le chargeur. Chaque cartouche contenait 1,20 gramme de poudre et 92 grammes de plomb. Chargé, l'automatique pesait 900 grammes. Il le soupesa, puis il le rangea dans l'étui.

Il releva ses lunettes de soleil et se frotta les yeux. Il n'avait pas très bien dormi la nuit dernière, parce que le chien de son voisin avait aboyé continuellement. Il songeait à déménager de San Juan Avenue depuis plusieurs mois mais, pour une raison ou pour une autre, il semblait incapable de trouver le temps de chercher un nouveau point de chute. Au moins ce secteur de Venice était tranquille, et personne ne l'embêtait. Il pouvait rester assis sur son lit tous les soirs, il démontait et nettoyait ses armes, regardait les rediffusions de *Kojak* à la télévision, et il aimait que sa vie soit ainsi. Sûre, discrète, et réglée. Il portait ses draps à la laverie automatique chaque jeudi après-midi, mangeait des plats chinois à emporter tous les samedis soir, allait voir des films pornos le lundi, et passait tous les dimanches au lit, à lire le *Los Angeles Times* en entier, jusqu'aux publicités pour des chambres à coucher rococo vendues au rabais. Une fois par mois environ, il prenait sa voiture et se rendait à Hollywood Boulevard, où il ramassait une pute, une jeune de préférence, et il claquait 50 ou 60 dollars pour s'adonner à ses fantasmes. Il avait une cuisinière électrique pour préparer ses repas et, au dos de la porte de sa penderie, il y avait la photographie de Chesty Morgan, la dame au tour de poitrine de rêve.

Il jeta un coup d'œil à l'horloge. 16 h 04. À travers la vitre teintée de sa voiture, il voyait des gens qui faisaient leurs courses, et une bande de gosses débraillés assis sur le perron d'un immeuble délabré qui mastiquaient du chewing-gum et jouaient aux dés. Il bâilla. C'était le premier signe d'ennui qu'il laissait paraître de toute la journée.

5

Ce fut Vicki qui l'aperçut la première.

– Est-ce que c'est lui ? dit-elle. Il te ressemble tellement !

C'était bien lui, traversant la salle des bagages. Un homme assez grand aux cheveux gris, en veste de tweed à chevrons marron, un imperméable fauve sur le bras. Il portait des lunettes sans monture, et son visage avait la minceur et la douceur de l'âge, mais c'était incontestablement le père de John.

Ils s'avancèrent l'un vers l'autre, John et son père. Vicki tenait absolument à rester aux côtés de John afin de les regarder, parce qu'elle n'avait encore jamais vu une affection aussi manifeste entre un fils et son père. John tendit les bras et étreignit son père. Il perçut la rugosité de sa veste de tweed et sentit l'arôme persistant de son tabac préféré, Golden Returns de Jacob.

– Papa, dit John. C'est tellement bon de te voir.

Son père le serra dans ses bras et le regarda avec fierté.

– Tu as rajeuni, dit-il. C'est la Californie qui a cet effet sur toi, ou bien est-ce le fait d'avoir renoncé à l'architecture ?

– C'est le fait de mener une vie saine au grand air, répondit Vicki en souriant.

Le père de John se tourna et aperçut Vicki pour la première fois. Il donna un coup de coude à John.

– Tu ne fais pas les présentations ? J'ai l'impression que tu as trouvé bien plus que du soleil ici.

John arbora un large sourire.

– Toujours le vieux satyre que je connais et que j'aime ! Vicki, voici mon père, William Cullen, *docteur* William Cullen, pour être tout à fait précis. Papa, je te présente Vicki Wallace.

William Cullen, son numéro de *Newsweek* roulé en tube dans la poche de sa veste, se pencha en avant et fit un baisemain à Vicki.

– Nous autres pères cacochymes et gâteux sommes censés faire ce genre de choses chevaleresques, déclarat-il en souriant. Indépendamment de ce fait, c'est la seule façon pour nous de prendre notre pied.

Tous les trois éclatèrent de rire, Vicki sans la moindre gêne.

36

Ils allèrent récupérer la valise de William. Ils ne parlèrent pas beaucoup tandis que les sacs de voyage des autres voyageurs, malles, fourre-tout écossais, cannes à pêche, valises assorties en cuir de buffle et poussettes d'enfant, défilaient sous leurs yeux, mais ils éprouvaient un sentiment chaleureux, comme s'ils avaient beaucoup de choses à se dire plus tard et que, pour le moment, ils désiraient seulement quitter ce lieu public afin d'être seuls ensemble.

Finalement, la valise verte cabossée de William apparut, et John s'en empara. Ils sortirent du terminal et retrouvèrent la chaleur de l'après-midi. John les précéda vers le parking.

– Quel bonheur ! s'exclama William. Tu sais combien il fait à Jersey ? 10 degrés. Et la température continue de baisser.

– Désolé, mais cela ne durera pas indéfiniment, fit remarquer John. Nous avons une vague de chaleur.

– Cela m'est égal même s'il neige, déclara William. Je n'ai pas pris de vacances depuis la mort de ta mère.

– Tu occuperas le loft, lui dit John. Je sais que tu aimes l'architecture des années quarante. De la fenêtre, on a une vue superbe de l'arrière de la caserne des pompiers de Topanga. Poubelles, tuyaux d'incendie usés, échelles rouillées, le grand jeu !

Ils arrivèrent à la Chrysler de John et mirent la valise dans le coffre, à côté de la petite moto de Vicki. William fit le tour de la voiture d'un air admiratif, puis il dit :

– C'est une sacrée voiture, hein ? D'accord, tu m'avais envoyé un Polaroid, mais il faut la voir pour le croire.

– C'est le triomphe de l'argent sur le bon sens, répondit John en ouvrant la portière. C'est pour cette raison que j'aime cette voiture.

– Tu n'as jamais eu le moindre goût, dit William, tandis qu'il montait à côté de John et Vicki, et refermait la portière. Je préfère ne pas penser à ce que l'Amérique serait devenue si tu avais obtenu ton diplôme d'architecte. Vulgaire aurait été un mot trop faible !

– Oh, je pense que tout le monde a besoin d'un peu de vulgarité de temps en temps, dit Vicki en se blottissant contre John comme ils sortaient du parking et se dirigeaient vers le nord sur Sepulveda Boulevard.

William baissa sa vitre et appuya son bras sur le rebord de la portière.

– L'ennui avec votre génération, c'est que vous pensez que les années cinquante étaient uniquement rock'n roll, flirts au lycée, et emprunter les clés de la voiture de votre père décrépit. Vous n'avez jamais réfléchi à ce qui était vraiment important. Vous étiez trop occupés à peigner vos bananes et à écouter des disques sur le juke-box.

– Allons-nous parler du fossé entre les générations dès la première journée que nous passons ensemble ? demanda Vicki, tandis qu'ils s'arrêtaient au feu rouge de Manchester Avenue.

– À dire vrai, je préférerais prendre un bain, répondit William. J'ai l'impression d'avoir porté la même chemise pendant cinq ans.

– Hum, fit John en humant l'air. Tu aurais peut-être mieux fait de t'asseoir à l'arrière.

Ils riaient toujours lorsqu'ils dépassèrent la 83ᵉ Rue, avec six minutes d'avance sur l'horaire que l'homme dans la Grand Prix avait calculé. John, conduisant dans la circulation du milieu de l'après-midi et se sentant euphorique, ne remarqua pas la voiture gris métallisé qui surgissait du carrefour derrière eux et les suivait prudemment le long de Sepulveda vers le nord.

– En fait, je mène une vie très rangée ces derniers temps, dit William en sortant de sa poche sa pipe de bruyère et sa vieille blague à tabac en cuir. Je crois que le problème, c'est que je suis trop jeune pour les soirées « échange de femmes entre maris » de la plupart de mes collègues, et bigrement trop vieux pour mes étudiantes sexy.

– Alors, comment passes-tu ton temps ? demanda John. Tu tisses des couvertures en macramé pour tes dictionnaires ?

William sourit.

– J'aimerais en être capable. Cela rapporte probablement plus d'argent que la politique.

– Tu fréquentes à nouveau les défenseurs des droits civiques ?

– Plus ou moins. Ils ont mûri et sont mieux organisés. Nous essayons d'œuvrer pour ce que nous appelons une société de respect mutuel. À savoir que nous voulons que les simples particuliers soient respectés par leur gouvernement, légalement et moralement. Et nous estimons que, en retour, les simples particuliers en viendront petit à petit à respecter leur gouvernement et à lui faire confiance. Ce sera un long et lent processus, mais il faut que cela se produise. Le gouvernement est devenu tellement impersonnel aujourd'hui qu'il est obligé de faire un immense effort pour se mettre à l'écoute des gens qui l'ont élu.

– Plutôt idéaliste, fit remarquer John en s'arrêtant au feu rouge juste avant l'autoroute de San Diego.

Il regarda dans son rétroviseur et vit la Grand Prix gris métallisé qui stoppait juste derrière lui. Cependant, il ne pouvait pas voir le visage du conducteur – il était caché par un reflet triangulaire de l'échangeur en béton.

Le feu passa au vert. John passa sous le pont et s'engagea sur la bretelle d'accès à l'autoroute. La Grand Prix le suivit.

— J'ai écrit un certain nombre d'articles sur les conditions que nous devrions imposer à notre prochain gouvernement, poursuivit William. J'en ai apporté quelques-uns pour que tu les lises, si cela t'intéresse. J'ai pensé qu'ils pouvaient intéresser également ton journal. Le *Trenton Liberal* les a beaucoup aimés.

— L.A. est un brin plus bizarre que Trenton, dit John en déboîtant sur deux voies de l'autoroute et en accélérant. Les gens, ici, sont plutôt branchés sur le mysticisme et le yoga. Alors, la politique libérale ! L'autre soir, nous avons rencontré au cours d'un dîner un type qui prétendait être Toutankhamon revenu d'entre les morts. Il a même proposé de me montrer ses bandelettes.

William poussa un grognement.

— Ce n'est rien ! Au cours d'un dîner, j'ai fait la connaissance de la femme d'un maître assistant et elle a proposé de me laisser tâter son corset.

— J'espère que vous l'avez prise au mot, sourit Vicki.

John regarda dans son rétroviseur. La Grand Prix gris métallisé venait de surgir de derrière un camion et les rattrapait lentement. John tendit la main vers la radio et demanda :

— Un peu de musique ?

— Tout ce que tu veux, du moment que ce n'est pas de la country, répondit William.

À présent la Grand Prix était arrivée à leur hauteur, sur la droite. John faisait du 90, et la voiture gris métallisé roulait à la même vitesse. Ils restèrent ainsi jusqu'à l'échangeur de l'autoroute de Santa Monica, puis un camion Coca-Cola déboîta devant la Grand Prix et l'obligea à ralentir. John n'y prêta pas attention et maintint sa vitesse.

William était assis confortablement, les mains croisées sur le ventre, et observait le paysage de béton qui défilait rapidement.

— La dernière fois que je suis venu à L.A., cette autoroute n'existait même pas, leur dit-il. La circulation était un véritable enfer.

John quitta la voie de gauche, doubla une file de camions, puis il se rabattit et fut obligé de doubler un break au pot d'échappement branlant qui se traînait. Il se rabattit vers la voie de gauche, et il aperçut à nouveau la Grand Prix dans son rétroviseur.

— C'est dingue, non ? dit-il à son père. J'étais vraiment nerveux à l'idée de te revoir. Je ne savais pas ce que j'allais dire.

— Tu étais nerveux ? fit William en riant. Moi, j'ai eu une attaque aiguë de paumes en sueur !

— Maintenant je suis sûr que tu aurais dû t'asseoir à l'arrière !

À présent la Grand Prix les rattrapait, et lorsqu'ils dépassèrent la sortie de Santa Monica Boulevard, elle était quasiment à leur hauteur. Puis elle resta où elle était, dans l'angle mort de John, quelques mètres derrière eux, et n'essaya pas de les doubler ou de se rabattre. John regarda dans son rétroviseur et dit :

— Mais qu'est-ce qu'il fout, ce connard ?

Ils parcoururent huit cents mètres ainsi, flanc contre flanc. La Grand Prix se maintenait juste en dehors du champ de vision de John. William tourna la tête pour la regarder et fit remarquer :

— Ce type est foutrement près.

Brusquement, ils entendirent un fort claquement métallique, et John fit une violente embardée.

— Merde, qu'est-ce que c'était ? cria-t-il, effrayé.

Puis il y eut une autre détonation, et la Chrysler vibra comme si elle avait été frappée par une masse de dix kilos.

— *Il nous tire dessus, John ! Il nous tire dessus !* hurla Vicki.

John écrasa la pédale de l'accélérateur éperdument, et l'énorme Chrysler fonça. Mais la Grand Prix accéléra à son tour et les suivit, bien que l'aiguille du compteur de vitesse de John indiquât 110, 130, 140.

Devant lui, un camping-car roulait à la moitié de sa vitesse sur la même voie. La Grand Prix arriva à sa hauteur, sur sa droite, décidée à le coincer. Sur sa gauche, le rail de séparation en béton et acier défilait à toute allure, à seulement un mètre de distance.

— *Qu'est-ce qu'il fait ? John, qu'est-ce qu'il fait ? Il veut nous tuer !* hurla Vicki.

John donna un brusque coup de volant pour se déporter vers la Grand Prix. Un grincement de métal et de plastique retentit comme les deux voitures se tamponnaient et tanguaient. Vicki cria et fut projetée contre l'épaule de John. Il y eut un horrible hurlement de pneus prolongé tandis que les deux voitures dérapaient, s'écartaient l'une de l'autre, puis revenaient pour une nouvelle collision. John voyait seulement l'asphalte et les voitures qui fonçaient sur lui. Il n'entendait que la tôle qui crissait et le bourdonnement des klaxons d'autres conducteurs.

Durant un instant terrifiant, il sentit qu'il avait perdu le contrôle de la Chrysler. Il braqua frénétiquement et essaya de contrebalancer sa glissade maladroite et interminable. Au moment où la voiture semblait se redresser, il aperçut la Grand Prix qui revenait à la charge, tel un requin gris métallisé harcelant une baleine. Avec une netteté étrange et terrifiante, il vit le visage d'un homme avec des miroirs à la place des yeux. Celui-ci se trouvait si près qu'il aurait pu lui lancer une cigarette.

– Rabats-toi ! cria William d'une voix rauque. Freine et rabats-toi ! Il y a une sortie là-bas !

John serra les dents et bloqua les freins de la Chrysler. Les pneus de la voiture émirent un cri strident de protestation comme elle se cabrait et piquait du nez.

Ce qui se produisit alors fut tellement irréel et si lent que John s'en souviendrait par la suite comme si cela avait pris une semaine, ou même un mois. Alors qu'il freinait, la Chrysler fut heurtée par-derrière par un énorme camion vert, qui écrasa le coffre et les ailettes, et poussa inexorablement la voiture au-delà de la Grand Prix, vers le rail de séparation en acier. John braqua en vain tandis que sa voiture était traînée et broyée contre le rail, son pare-chocs arraché et son capot défoncé. Il vit que Vicki se protégeait le visage des mains, et il comprit qu'elle hurlait, même si le vacarme horrible du métal froissé couvrait tous les autres bruits. Il vit son père qui s'agrippait au rebord de la portière, le visage terrifié et les yeux grands ouverts.

Mais, au moment où il pensait que c'était terminé, et qu'ils avaient survécu, il sentit quelque chose asperger l'intérieur de la voiture, quelque chose qui scintillait et brillait, et il réalisa que c'étaient des milliers d'éclats minuscules de verre brisé. Il saisit Vicki et la poussa vers le plancher de la voiture. Il tendait la main vers son père lorsque l'arrière des cheveux gris de celui-ci se souleva comme si c'était une perruque. Sous ses yeux, la joue et le nez de son père semblèrent enfler, comme si un terrifiant furoncle noir poussait sur son visage, puis ils éclatèrent en un geyser de muqueuses et de sang. Les mains de son père se levèrent vers son visage en un geste de surprise, puis il bascula en avant et s'effondra sur le plancher de la voiture.

Il y eut un silence étrange. Puis il entendit quelqu'un tirer sur la portière tordue de sa voiture, et demander :

– Vous n'êtes pas blessés ? Merde, répondez-moi ! Vous n'êtes pas blessés ?

6

Il avait attendu dans le hall d'accueil de l'hôpital pendant plus de cinq heures, sous une lumière fluorescente qui lui blessait les yeux. Il y avait une table basse avec une pile de *National Geographic* aux pages cornées et un cendrier, mais il était incapable de porter son attention sur les rituels de chasse des Dayaks, et, curieusement, il ne lui vint pas l'idée de fumer. Une infirmière au visage ingrat et aux dents mal plantées lui apporta une tasse de café, et il le but sans sentir sa saveur. Il savait qu'il était probablement en état de choc, mais aussi longtemps que son père serait au bloc opératoire, il voulait rester éveillé.

Une demi-heure plus tôt, on l'avait autorisé à voir Vicki. Son visage était blême, aussi blanc que la pile d'oreillers auxquels elle était adossée. Ses deux yeux étaient tuméfiés, et il y avait des lacérations sur ses bras, mais elle n'avait pas de blessures graves, et le docteur lui avait dit qu'elle pourrait probablement sortir de l'hôpital dans deux jours. John l'avait embrassée, faiblement, mais lorsqu'elle avait voulu lui demander ce qui s'était passé, et pourquoi, il avait posé son index sur ses lèvres et avait secoué la tête.

— Je veux que tu dormes, lui avait-il dit doucement. Nous en parlerons demain.

Depuis l'endroit où il était assis, il apercevait le comptoir des infirmières et l'ascenseur. Une ou deux fois, il avait vu des médecins d'un certain âge sortir de l'ascenseur et aller parler à voix basse à l'infirmière de service, mais les heures passaient et personne ne venait dans sa direction. Il changea de position sur le canapé de vinyle bleu. Il se sentait la tête vide, effondré et irrémédiablement épuisé.

Peu avant 22 heures, un homme mince portant une veste verte et un pantalon chiffonné survint, murmura quelque chose à l'infirmière, puis se dirigea vers lui. L'homme avait un teint basané, des yeux noirs, et il était affublé d'un petit chapeau vert qui ne lui allait pas. Il s'approcha de John et lui présenta un portefeuille en cuir contenant une plaque en argent.

— Lieutenant Morello, du Département de police de Los Angeles.

John haussa les épaules.

— J'ai dit à votre officier tout ce que j'avais vu, et tout ce que j'avais entendu. Que voulez-vous de plus ?

— Cela ne prendra que deux minutes. Mais je peux revenir demain.

John secoua la tête.

— Non, asseyez-vous. Cela me fera du bien de parler à quelqu'un.

Le lieutenant Morello s'assit en face de lui et redressa méticuleusement la pile de revues.

— Vous avez dit dans votre déposition que vous n'aviez pas très bien vu le visage du type. Juste des lunettes de soleil, avez-vous dit.

— C'est exact. Des lunettes de soleil aux verres miroirs.

– Et c'est vraiment tout ce que vous avez vu ? Pas de traits du visage ? Aucune idée de la conformation générale du type ? Pas de cicatrices ?

John se frotta le front avec lassitude.

– J'essayais de garder le contrôle d'une automobile qui allait emboutir le rail de séparation de l'autoroute. Je n'admirais pas le paysage.

Le lieutenant Morello se renversa dans son fauteuil et croisa les jambes, laissant apparaître des chevilles maigres et blanches.

– Mais vous êtes absolument sûr que ce type était seul ? Il n'avait pas de passagers avec lui ?

– Pas que j'aie remarqué. Mais, comme je viens de vous le dire, j'étais plus occupé à garder mes mains sur le volant.

– Nous pensons que ce type était seul, dit le lieutenant Morello.

– Oh, vraiment ?

– Ma foi, tout le laisse supposer. Il a tiré sur vous à quatre reprises. Une balle a touché le pare-chocs, c'était la première. Puis une autre a touché la portière avant, juste sur la charnière. La troisième a traversé la lunette arrière après que le camion vous a heurté, et la quatrième a atteint votre père.

John toussa.

– Et cela signifie que ce type était seul ?

– Tout semble l'indiquer. Tout d'abord, il a tiré deux fois au jugé, et eu égard au fait qu'il se trouvait à moins de cinq mètres de vous, c'était un tir plutôt médiocre. L'arme, soit dit en passant, était un colt automatique calibre .38. Ils ne sont pas réputés pour leur précision, mais même un néophyte serait capable de toucher la tête d'un homme à moins de cinq mètres de distance.

Notre hypothèse est qu'il conduisait et tirait en même temps et, dans ce cas, il était probablement seul.

John acquiesça de la tête.

– Je vois. Alors vous recherchez un maniaque qui agit seul.

– Nous le pensons. Un maniaque homicide qui choisit une voiture au hasard et qui tire sur ses occupants.

– Cela s'est déjà produit ?

– Vous ne lisez pas les journaux ? Nous avons eu onze tueries au hasard sur l'autoroute en autant de mois. Certains coups de feu ont été tirés depuis une voiture qui passait, d'autres depuis des ponts ou depuis des fourrés aux aires de stationnement. C'est une véritable épidémie.

John se leva et alla jusqu'à la baie vitrée de l'hôpital. À travers le store, il apercevait la circulation nocturne qui passait lentement devant MacArthur Park, huit étages plus bas.

– Vous pensez que c'est le même type, ce maniaque homicide ?

– Nous n'en sommes pas certains, mais sur les lieux des onze tueries, nous avons retrouvé seulement trois sortes de balles. Colt automatique, comme celui qui a atteint votre père, et deux fusils de l'armée, un M-14 et un M-16.

– Dans ce cas, il pourrait s'agir de trois maniaques homicides, non ?

Le lieutenant Morello prit une cigarette dans sa poche et l'alluma. John le regarda, mais n'en demanda pas une. Peut-être sortirait-il et fumerait-il tout un paquet s'il apprenait que son père vivrait. Peut-être ne fumerait-il plus jamais.

– Il pourrait s'agir de *onze* maniaques homicides, répliqua le lieutenant Morello. Mais, à chaque fois, un type a appelé le *Los Angeles Times* le lendemain, a donné un nom de code et a revendiqué les meurtres. Il se fait appeler « L'Aigle à tête blanche ». (Il marqua un temps.) Nous l'appelons le Dingue de l'autoroute.

John s'éloigna de la baie vitrée et se tint devant le lieutenant Morello, tel un avocat harassé qui n'a presque plus de questions à poser à son témoin.

— Vous n'avez aucune piste ? lui demanda-t-il. Aucune idée de celui qui aurait pu faire ça, ou pour quel motif ?

Le lieutenant Morello secoua la tête.

— Au jour d'aujourd'hui, apparemment, les gens n'ont plus besoin d'avoir un motif pour s'entretuer, comme c'était le cas autrefois. J'ai interrogé un gosse la semaine dernière, et il a avoué avoir poignardé un vieux clodo à Cahuenga Peak parce qu'il s'ennuyait. Il avait séché l'école, et il s'ennuyait.

— Et pour cette fusillade ? Qu'avez-vous l'intention de faire ? demanda John.

— Poursuivre cette enquête de notre mieux. Nous finirons bien par l'attraper.

— Combien de gens devront se faire tuer avant que vous trouviez suffisamment de preuves pour l'arrêter ?

Le lieutenant Morello eut l'air peiné.

— Nous avons affaire à un dingue, protesta-t-il. Les dingues obéissent à certaines pulsions, mais, la plupart du temps, ces pulsions n'ont aucun sens, excepté pour eux-mêmes. L'année dernière, je me suis occupé d'un dingue homicide qui étranglait uniquement des femmes qui portaient un jean Chemin-de-Fer. Ne me demandez pas pourquoi. Mais il est évident que nous avons affaire au même genre de cinglé dans le cas présent.

— Il n'y a aucun schéma récurrent ? demanda John. Rien qui vous permettrait de l'alpaguer ?

Le lieutenant Morello secoua la tête.

– Les victimes n'ont absolument rien en commun. Aucune d'elles n'avait des ennemis. Toutes étaient des personnes heureuses et bien équilibrées. Elles se sont trouvées dans la voiture qu'il ne fallait pas, au mauvais moment, sur l'autoroute qu'il ne fallait pas, c'est tout. Ce type tue au hasard. Il fait ça uniquement pour le plaisir.

John se mordilla la lèvre.

– Je n'avais pas vu mon père depuis trois ans. Il avait peut-être des ennemis.

– Les mêmes ennemis qu'avait Ken Galozzo. M. Galozzo était un représentant en mercerie de Pasadena. Ensuite, il y a eu Mme Helen Walker, une femme au foyer de Sherman Oaks. Juan Fernando, un employé d'une station-service dans le centre de LA. Sans parler de M. Ben Oliver, un pilote de ligne retraité de Missoula, Montana, qui était venu voir des amis. Tous ces gens ont été abattus, monsieur Cullen, sans la moindre putain de raison, si ce n'est qu'un barjo les a choisis au hasard et a décidé que c'était leur jour pour mourir.

John demeura silencieux un long moment. Puis il dit :

– Okay. M'est avis que vous vous heurtez à un mur. Je suis désolé.

– Oh, nous l'aurons, ne vous en faites pas ! dit le lieutenant Morello. Mais nous ne faisons pas de miracles. Nous sommes des êtres humains et nous essayons de trouver quelqu'un qui n'a absolument rien d'humain.

À ce moment, une infirmière survint et dit doucement :

– Monsieur Cullen ?

– Qu'y a-t-il ? Il est sorti du bloc opératoire ? demanda John d'une voix tendue.

L'infirmière lui adressa un gentil sourire.

– Si vous voulez bien me suivre, monsieur Cullen.

John regarda le lieutenant Morello, mais celui-ci se contenta de hocher la tête et dit :

– Allez-y. Si j'ai besoin de quelque chose, je vous appellerai chez vous.

L'infirmière s'éloignait déjà dans le couloir. Ses chaussures à semelles de caoutchouc couinaient sur le linoléum encaustiqué. John la rejoignit en hâte. Ils tournèrent le coin, passèrent devant le comptoir d'accueil, et franchirent une porte à deux battants. Cela le fit penser, brusquement et de façon poignante, à la porte de Mme Benduzzi, mais cela semblait s'être passé dans une autre vie.

Un médecin en blouse blanche et grosses lunettes à monture en écaille l'attendait, debout derrière son bureau. Il était de très petite taille et ressemblait presque à un enfant précoce déguisé en docteur. Il avait des cheveux aussi noirs et bouclés que de l'astrakan.

– Je suis le docteur Nathan, dit-il. Désirez-vous vous asseoir ?

John obtempéra, inquiet.

– Comment va mon père ? demanda-t-il dans un chuchotement.

Le Dr Nathan fit le tour de son bureau et posa une main sur son épaule.

– Je veux vous dire la vérité, déclara-t-il.

Il apportait avec lui l'odeur de l'antiseptique et du savon non allergénique.

– La vérité ? Qu'est-ce que cela signifie ?

– La vérité, c'est que votre père ne reprendra pas connaissance. Nous avons fait tout ce qui était en notre pouvoir pour le sauver, mais la balle a endommagé son cerveau de façon irrémédiable. Il est mourant.

John sentit sa gorge se serrer violemment.

— Il n'y a aucun espoir ? s'entendit-il demander.

Il avait l'impression d'être quelqu'un d'autre. Est-ce qu'il s'agissait vraiment de *son* père ? Il ne parvenait pas à comprendre.

— Je suis désolé.

Il s'ensuivit un silence gêné. Puis John demanda :

— Est-ce que je peux le voir ?

Brusquement, il fut au bord des larmes. C'était à peine s'il pouvait parler.

— Bien sûr. Veuillez me suivre. Infirmière, venez avec nous.

Il avait l'impression de se trouver dans un rêve étrange. L'hôpital ne pouvait pas être réel. Pourtant ses jambes semblaient le porter tandis qu'il s'avançait dans le couloir, passait près de chariots contenant des instruments de chirurgie, et croisait un groupe d'internes qui se retournèrent pour le regarder. Finalement, ils arrivèrent devant une porte à l'arrière du bâtiment, une porte qui donnait sur une chambre aux murs peints en bleu.

Son père était allongé dans un lit aux draps blancs au milieu de la pièce, relié par des fils à un goutte-à-goutte et à des moniteurs. Le son de ses pulsations cardiaques, amplifié électriquement, égrenait ses derniers instants. Le côté gauche de son visage était dissimulé par des pansements, et son œil droit tuméfié était fermé.

John s'approcha du lit.

— Papa ? dit-il.

— Il ne peut pas vous entendre, dit le Dr Nathan. Il est dans le coma.

— Est-ce qu'il va reprendre connaissance ? Est-ce que je pourrai lui dire quelque chose ?

Le Dr Nathan secoua la tête.

John regarda à nouveau vers le lit où cet homme frêle gisait, inconscient et mourant. Il pensa à tous ces jours de son enfance où cet homme avait fait son éducation, s'était occupé de lui et l'avait aidé. Le jour où ils étaient allés prendre au filet des têtards dans la rivière. John était tombé dans l'eau, et son père l'avait porté jusqu'à la maison, trempé, sur un chemin de terre ensoleillé. Le jour où ils avaient fait voler des cerfs-volants, avec les nuages gris qui défilaient dans le ciel. Le jour où son père lui avait parlé des relations sexuelles, d'une manière si chaleureuse et bienveillante qu'il avait été excité autant par la possibilité d'aimer que par la perspective de l'acte sexuel lui-même. Des jours de rires, de barres de chocolat Hershey, de base-ball et d'amitié.

Les larmes coulaient sur ses joues. Il ne pouvait s'empêcher de se sentir affligé et malheureux comme il ne l'avait jamais été de toute sa vie.

– Papa, dit-il. Oh, papa. Oh, merde !

Il prit la main glacée qui était posée sur le drap blanc. Elle ne ressemblait pas du tout à une main réelle. Mais il se pencha et la porta à ses lèvres, comme s'il pouvait lui insuffler la vie.

Le signal des pulsations cardiaques sauta un battement, puis hésita.

– Il nous quitte, docteur, dit l'infirmière.

John garda les yeux fixés sur le visage de son père, comme si, au dernier moment, celui-ci allait se réveiller miraculeusement, et lui donner au moins une chance de lui dire qu'il l'aimait, et qu'il lui manquerait jusqu'à la fin de ses jours.

Le signal des pulsations cardiaques hésita, puis se tut.

Il s'ensuivit un silence insupportable.

John serra les lèvres de toutes ses forces pour réprimer ses sanglots, mais un son étouffé de douleur irrépressible passa néanmoins, et il fut incapable de refouler ses larmes. L'infirmière passa son bras autour de ses épaules et le fit sortir doucement de la chambre. John s'assit sur une petite chaise pliante dans le couloir et donna libre cours à ses larmes.

7

La climatisation de la Fleetwood blanche était tellement glaciale qu'elle était emmitouflée dans son étole de vison blanche et la serrait sur son cou avec ses doigts qui scintillaient de saphirs, de rubis et de diamants. Elle aimait ce froid. Elle aimait à se prendre pour la Reine des Neiges, l'impératrice érotique et frigide qui gelait le cœur des hommes jusqu'à ce qu'il se brise en de minuscules morceaux. Et même après toutes ces années, même après que *De l'autre côté du Yukon* et *Les Prétendants passionnés* eurent été rediffusés tellement de fois que la plupart des chaînes de télévision les reléguaient à deux heures du matin ou plus tard, et que la plupart de ses rôles au cinéma eurent été des « participations exceptionnelles », elle était toujours séduisante de façon troublante, toujours féline de façon carnassière, et méritait toujours le commentaire fait en privé par un chroniqueur mondain qu'elle était « la femme la plus hautaine à avoir retiré sa petite culotte ».

Adele Corliss, cinquante-neuf ans, était tout ce que son chirurgien esthétique pouvait faire pour elle. Son visage aux traits bien dessinés, aux yeux écartés et au petit nez droit, était aussi lisse et exempt de rides que celui d'une jeune femme de vingt-cinq ans. Son cou était velouté et ferme, ses mains ne présentaient pas la moindre tavelure ni le moindre pli. Sous l'étole et la robe en satin blanc moulante, ses seins avaient été remontés, son ventre avait subi une liposuccion, ses cuisses étaient minces et douces. Elle ne croyait pas au fait de vieillir, que ce soit avec élégance ou non. Elle croyait à la jeunesse que l'argent pouvait vous offrir.

Elle s'admira dans le petit miroir qu'elle prit dans son sac à main. Elle avait des cheveux blond cendré bouclés et coiffés en tresses, et retenus à l'arrière de la tête par un ruban de soie blanche. Ses yeux brun clair la regardèrent depuis un hâle doré. Elle aurait pu contempler sa propre fille, si ce n'est que sa fille était moins bien conservée qu'elle. La seule chose qui la préoccupait, c'est qu'elle avait la vague sensation de regarder la diapositive d'un visage jeune en surimpression sur un obsédant visage vieux.

Au volant, son chauffeur noir, Mark, engoncé dans son uniforme blanc, fredonnait tandis qu'il empruntait Laguna Canyon Road pour rejoindre l'Interstate 5. C'était un magnifique après-midi ensoleillé, et le ciel avait ce bleu d'encre intense de l'été, bien que ce fût la mi-novembre. Ce vendredi matin, ils avaient fait le trajet de Palm Springs jusqu'à Laguna Beach afin de faire leur visite mensuelle à la mère d'Adele, âgée de quatre-vingt-trois ans, dans sa maison de retraite. Comme d'habitude, elles s'étaient assises sur le balcon et avaient contemplé le soleil scintiller sur l'océan, tandis que la vieille Mme Corliss, aux cheveux blancs effilés et aux lunettes à verres épais, marmonnait et radotait, parlant du temps jadis, de sa maison à Anaheim, démolie depuis longtemps, et de la nuit où oncle Richard s'était coincé le pied dans un seau en zinc, et avait été obligé de rentrer chez lui ainsi en pleine nuit, *bonk-clang, bonk-clang,* tout le long de Brookhurst Avenue.

Adele n'aimait pas qu'on lui remémore cette époque. Cela avait été une époque de pauvreté, de chambres minables et, indépendamment de ce fait, elle semblait lointaine d'une façon déconcertante. Depuis, Adele avait fait son chemin jusqu'à la célébrité, d'abord enfant prodige, et ensuite star. Elle s'était mariée quatre fois, avait eu deux enfants, avait tenté de se suicider à trois reprises, avait possédé sept maisons, bu des milliers de bouteilles de champagne, brisé d'innombrables miroirs, s'était rendue dans des flottilles de Cadillac à des dizaines de premières, avait voyagé, pleuré, eu de violentes disputes, avait crié, supplié, ri, et même si tout ce qu'elle avait maintenant, c'était sa demeure de Palm Springs, des revenus confortables, sa beauté et sa santé d'esprit, elle était tout à fait satisfaite. À condition, bien sûr, qu'elle ait suffisamment d'hommes.

– Vous êtes heureux, Mark ? demanda-t-elle d'un ton mi-sarcastique, tandis qu'ils laissaient derrière eux la dernière perspective bleutée de l'océan.

– Comme d'habitude, mademoiselle Corliss, répondit Mark en la regardant dans son rétroviseur.

Adele sourit.

– Vous êtes très diplomate. Mais avec un engin comme le vôtre, vous pouvez vous permettre d'être heureux.

– Je vous remercie, mademoiselle Corliss, dit Mark d'une voix terne.

Adele se renversa dans la banquette en cuir souple et blanc.

– Vous n'avez pas besoin d'être aussi modeste, le taquina-t-elle. N'est-il pas écrit dans la Bible que ceux qui sont bien pourvus par la nature hériteront de la terre ?

– Les humbles, mademoiselle Corliss, si je puis me permettre.

Elle haussa un sourcil.

– Ma foi, dans ce cas, vous êtes gagnant sur les deux tableaux.

– Je vous remercie, mademoiselle Corliss.

Ils approchaient du croisement d'El Toro Road. Adele tendit la main pour ouvrir le bar en ronce de noyer et prendre une demi-bouteille de champagne, et elle faillit ne pas voir l'auto-stoppeur. Mais il fit des signes depuis le bas-côté de la route comme ils le dépassaient. Elle se retourna vivement et dit :

– Mark, arrêtez-vous ! Mark !

La Fleetwood blanche brillante se rangea sur le bas-côté poussiéreux. Mark, silencieux et soumis comme toujours, coupa le moteur. Ensuite il n'y eut plus que le léger bourdonnement de la climatisation, et le bruit des bottes de l'auto-stoppeur tandis qu'il courait vers la voiture.

L'auto-stoppeur se pencha vers la vitre teintée. Mark la baissa poliment en appuyant sur un bouton du tableau de bord. L'auto-stoppeur était jeune, avait des cheveux bouclés décolorés par le soleil, des yeux de la couleur de violettes fanées, et une mâchoire énergique de joueur de football. Sa chemise rouge à carreaux était déboutonnée jusqu'à la taille et laissait voir sa poitrine musclée et son ventre dur et plat. Trois chaînes en or étaient passées à son cou, et un bracelet en or enserrait son poignet, mais le sac de marin qu'il portait sur son épaule était usé et élimé.

– Merci de vous être arrêtée, dit-il. J'attendais ici depuis un bon bout de temps.

Adele le considéra avec une appréciation froide et réservée.

– L'endroit était plutôt mal choisi pour faire du stop, non ? fit-elle remarquer. J'ai failli ne pas vous voir.

Le jeune homme se frotta le nez du dos de la main.

– En fait, le type qui m'avait pris en stop à Laguna Beach prenait l'embranchement vers El Toro. Je lui ai dit que je préférais descendre ici et essayer de trouver quelqu'un qui se rendait à Santa Ana. Avec cette chaleur, je n'aime pas faire du stop sur les autoroutes.

– C'est là où vous allez ? lui demanda-t-elle. À Santa Ana ?

Il secoua la tête.

– San Bernardino, en fait. Mais je trouverai bien quelqu'un à Santa Ana si vous allez vers le nord.

Elle sourit, son célèbre sourire de cinéma glacial.

– Vous feriez mieux de monter, dit-elle. Nous allons à Palm Springs, et nous pouvons vous laisser à l'échangeur de Riverside. Mark, vous voulez bien déverrouiller les portières ?

Mark obtempéra, et les portières furent débloquées. Le garçon ouvrit la portière et monta à l'arrière de la voiture. Il fit glisser le sac de son dos et le posa sur le plancher moquetté de blanc. Mark verrouilla les portières à nouveau, remonta la vitre, et démarra.

– Je vous suis très reconnaissant, dit le garçon en essuyant la sueur sur son front avec un mouchoir gris. Je croyais que j'allais passer la nuit ici.

– C'est le moins que je pouvais faire, répondit Adele en resserrant son étole autour d'elle comme la température baissait.

Le garçon s'appuya sur le dossier de la banquette.

– Au fait, lui dit-il, je m'appelle Ken Erwin, je viens de Butte, Montana. Je suis ravi de faire votre connaissance.

– Vous me flattez, répondit Adele d'un ton sarcastique qui échappa au garçon.

– Je suis venu ici pour trouver du travail. Je suis ce qu'on pourrait appeler un homme à tout faire. C'est ce que je fais pour manger, en tout cas. Mais mon véritable but, c'est de devenir acteur.

– C'est le but de tout le monde, murmura Adele.

Ken commença à boutonner sa chemise.

– Qu'y a-t-il ? demanda-t-elle.

Il lui adressa un petit sourire gêné.

– Euh, rien, m'dame. Il fait un peu froid dans cette voiture, c'est tout. J'étais en plein soleil.

Adele le considéra de ses yeux marron limpides et profonds. Il changea de position sur la banquette, mal à l'aise. Il semblait ne pas savoir s'il devait continuer ou non de boutonner sa chemise.

– Allez-y, dit-elle finalement. Inutile que vous preniez froid, après tout.

– Je vous remercie, dit-il, et il boutonna sa chemise jusqu'au col.

Ils rejoignirent l'Interstate 5, l'autoroute de Santa Ana, et se dirigèrent vers le nord. Sur leur droite, les monts de Santa Ana s'élevaient vers des couronnes effilochées de nuages blancs.

– La vague de chaleur prendra peut-être fin demain, mademoiselle Corliss, fit remarquer Mark.

Ken Irwin lui lança un regard. Elle soutint son regard. Son expression hautaine le mettait presque au défi de parler.

– Vous n'êtes pas *la* mademoiselle Corliss, hein ? lui demanda-t-il. Pas *Adele* Corliss ?

Elle croisa ses longues jambes. Sa robe de satin blanc était fendue sur le côté, et il voyait sa cuisse au bronzage parfait.

– Bien sûr que si, dit-elle en s'efforçant de paraître amusée. Vous ne m'aviez pas reconnue ?

Ken rougit.

– Euh, si, enfin, il me semblait bien vous avoir reconnue lorsque vous vous êtes arrêtée. Mais j'ai pensé que…

– Que quoi ? Que j'étais trop jeune ?

– Oh, certainement pas ! Mais vous êtes très…

Elle tendit sa main gauche et saisit son poignet.

– Très *quoi* ?

Il déglutit.

– Vous êtes superclasse, dit-il maladroitement. Enfin, vous êtes incroyablement belle, vue de près. Exactement comme dans vos films.

Elle le considéra un moment en silence. Il s'éclaircit la gorge, se pencha en avant sur son siège, et joignit ses mains nerveusement. De temps en temps, il lui lançait un rapide regard pour voir si elle était contrariée.

Finalement, elle laissa échapper un petit rire grêle.

– Ken, vous êtes vraiment adorable, dit-elle. Vous le savez ?

– Je ne sais pas. C'est la première fois que quelqu'un me dit que je suis adorable.

Elle avança sa main et lui effleura du bout des doigts le front, le nez, et les lèvres. Il n'essaya pas d'embrasser ses doigts, comme tellement d'hommes l'avaient fait. Il semblait gauche et embarrassé, déconcerté par sa célébrité et sa sensualité glaciale. Elle se pencha vers lui jusqu'à ce que leurs visages soient seulement à quelques centimètres l'un de l'autre.

– *Moi*, je vous trouve adorable, chuchota-t-elle. Est-ce que cela vous suffit ? La grande Adele Corliss, qui vous trouve adorable ?

Il changea de position sur son siège, mal à l'aise.

– Oui, bien sûr. Je suis flatté.

– Ne le soyez pas. C'est la vérité. Ouvrez donc ce bar et sortez deux demi-bouteilles de champagne, d'accord ?

Soulagé, Ken lâcha sa main et se mit à genoux pour ouvrir le bar. Celui-ci était réfrigéré et contenait des rangées de champagne Krug, ainsi que des whiskies au citron et des martini déjà préparés.

– Prenez les verres tulipes, lui dit-elle. Il n'y a que les starlettes de Hollywood et les Canadiens qui utilisent des coupes. C'est déplorable pour les bulles.

– Oui, bien sûr, fit Ken.

Il remplit deux verres soigneusement, avec toute l'application d'un néophyte.

– Parfait. Fêtons ça, dit Adele avec un sourire.

Ken leva son verre.

– Je ne sais pas très bien ce que nous sommes censés fêter.

Elle but une gorgée de champagne picotant.

– Nous fêtons votre nouvel emploi, bien sûr. Vous avez bien dit que vous étiez un homme à tout faire, n'est-ce pas ?

– Oui, bien sûr, mais…

– Mais quoi ? Vous voulez ce travail, oui ou non ? J'ai une maison comportant douze chambres à coucher à Palm Springs qui nécessite un entretien constant. Épousseter, encaustiquer, passer l'aspirateur, astiquer. Ce n'est pas le genre de choses que vous faites ?

– Si, mais…

Elle posa la main sur son épaule comme si elle l'adoubait.

– Dans ce cas, c'est parfait. Vous êtes l'homme qu'il me faut.

Ken se mordilla la lèvre.

– En fait, mademoiselle Corliss, j'ai déjà deux boulots en vue.

– Annulez-les.

– Mademoiselle Corliss, j'ai donné mon accord à ces personnes.

– Annulez-les. Vous me plaisez trop pour que je vous laisse partir. Dès que je vous ai vu sur le bas-côté de la route, je me suis dit : voilà un garçon qui pète le feu. Et quelle meilleure combinaison un homme et une femme peuvent-ils avoir que le feu et la glace ?

– Mademoiselle Corliss…

– *Regardez-moi*, ordonna-t-elle.

Elle se redressa et fit glisser l'étole de vison de ses épaules. À l'avant de la voiture, Mark lui lança un regard dans le rétroviseur, puis, le visage impassible, il reporta son attention sur la route. Mark n'était pas jaloux. Le corps d'Adele n'appartenait qu'à elle, après tout, et si elle le partageait avec lui les nuits où elle se sentait seule et âgée de cinquante-neuf ans, ma foi, il n'en était pas pour autant le propriétaire. Il aimait autant passer l'après-midi à bricoler le moteur à injection de la Cadillac que d'être allongé nu sur le dessus-de-lit en satin blanc d'Adele pendant qu'elle gémissait et s'extasiait devant la beauté de couilles noires entre des cuisses blanches.

Ken Irwin, pour sa part, était gêné et excité. Il savait l'âge qu'elle devait avoir. Merde, elle avait joué dans des films avec Douglas Fairbanks Jr. ! Mais il ne pouvait s'empêcher de baisser les yeux vers sa robe moulante en satin blanc, et vers le profond décolleté en V qui laissait voir des seins siliconés, fermes et parfaits. Elle avait donné des milliers de dollars pour avoir un corps superbe, et il était impossible pour quiconque, quels que soient ses goûts sexuels, de l'ignorer. Il releva la tête. Les yeux d'Adele étaient distants et froids. Pourtant, leur froideur même était incroyablement érotique.

— Mademoiselle Corliss, dit-il d'une voix rauque. J'ignore si vous vous moquez de moi ou non. Je ne suis pas assez intelligent pour le savoir. Mais la vérité, c'est que j'ai déjà passé un contrat avec une agence de placement à San Bernardino, c'est un travail régulier et honnête, et ce que vous me proposez est plutôt insensé, pour ne pas dire plus.

Elle s'emmitoufla à nouveau dans son étole de vison. Son expression glaciale ne se modifia pas.

— Vous n'aimez pas faire quelque chose d'insensé ? lui demanda-t-elle. Ne me dites pas que vous aimez la poussière et la cire, et rien d'autre.

Il prit un air penaud.

— Non, bien sûr. Je suis aussi robuste que n'importe quel type. Mais j'avais mis au point ce projet, la façon dont j'allais mener ma barque, et j'avais bien l'intention de m'y tenir.

Adele le considéra un moment, puis elle posa doucement sa main sur sa cuisse recouverte de toile de jean bleue. Il baissa les yeux et regarda craintivement sa main, comme si elle allait remonter rapidement le long de sa jambe tel un scorpion de l'Arctique, et le piquer là où c'était le plus douloureux.

— Vous avez peur, hein ? lui demanda-t-elle. Oui, c'est ça... vous êtes terrifié.

Le visage du jeune homme s'empourpra.

Elle leva son verre de champagne vers lui. Maintenant ils traversaient Orange et se dirigeaient vers l'autoroute de Riverside. Des maisons blanchies à la chaux, des palmiers et des poteaux de lignes téléphoniques défilèrent rapidement.

— Si vous avez peur, chuchota-t-elle d'une voix qui lui glaça le sang, alors nous devrons tout mettre en œuvre pour vous redonner confiance.

Mark soupira de manière inaudible.

— Je ne sais vraiment pas, mademoiselle Corliss, dit Ken Irwin. Je crois que je préfère descendre à l'échangeur de Riverside.

Adele éclata de rire.

— Vous êtes du genre têtu, hein ? Un vrai montagnard du Montana ! Reprenez du champagne, bon sang ! Le champagne aide à oublier qui l'on est.

C'était déjà le crépuscule lorsque la Fleetwood franchit les grilles en fer forgé de l'hacienda qu'Adele Corliss avait obtenue pour solde de tout compte après son quatrième divorce. Le ciel du désert était granuleux et pourpre. Ken Irwin fut obligé de plisser les yeux à travers les vitres teintées de l'automobile pour voir le paradis privé de pelouses impeccablement tondues, de yuccas en rangées ordonnées, de dragonniers soigneusement palissés, de poinsettias, de magnolias et d'orangers. Une brume d'humidité multicolore flottait dans l'air, produite par les arroseurs automatiques du jardin.

Mark, tout en fredonnant, remonta l'allée de gravier et s'arrêta devant la maison. Il coupa le moteur, descendit et ouvrit leurs portières. Ken descendit avec précaution. À Palm Springs, l'air de la soirée était parfumé et chaud après le froid aseptisé de la Fleetwood. Il contempla la maison, une imitation en forme de E de la demeure espagnole d'un propriétaire de vignobles, comportant deux ailes. La façade était enduite de plâtre rugueux et badigeonnée d'un jaune primevère, et les murs étaient une débauche de balcons en fer forgé, de fenêtres munies de grilles, d'arches et de vérandas. De la vigne vierge pendait depuis le toit d'argile rouge. Une fontaine ornée de chérubins joufflus en ciment murmurait doucement dans le crépuscule. Sur sa gauche, Ken

aperçut le reflet lilas d'une piscine, entourée silencieusement de statues pseudo-romaines de nymphes nues et
de lanceurs de disque sensuels.

Quelque part dans le jardin, quelqu'un taillait une
haie. Le *tchac-tchac-tchac* patient des cisailles ressemblait à l'appel plaintif d'un oiseau.

Adele descendit de la voiture et tendit les bras vers la
chaleur du soleil qui diminuait.

– C'est un endroit ravissant, dit Ken.

– On dirait que vous n'aimez pas, fit Adele.

– Oh, non, c'est tout à fait splendide, répondit-il en
hâte.

Adele fit le tour et saisit la main de Ken. Lorsqu'elle
se tint près de lui, il fut surpris de constater qu'elle
était très petite. Même avec ses chaussures blanches
à talons aiguilles, elle ne devait pas faire plus d'un
mètre soixante. Dans ses films, elle paraissait toujours
si grande et élancée, mais peut-être faisait-elle comme
Alan Ladd, et montait-elle sur une caisse pour jouer
une scène. Malgré lui, malgré les véritables raisons de
sa présence ici, il ressentit l'envie de passer son bras
autour de sa taille et de la protéger, cette petite blonde
sexy qui était assez vieille pour être sa grand-mère.
Mais elle le tira par la main et dit :

– Entrons. Nous allons faire un brin de toilette et
prendre un verre. Vous aimez la tequila ?

– À vrai dire, je préfère la bière.

Un maître d'hôtel d'un certain âge en smoking
crème et cravate marron attendait devant la porte en
chêne sculpté de style espagnol. Son nez était aussi busqué que le bec d'un toucan, et ses cheveux gris étaient
laborieusement gominés et plaqués en arrière. Adele
dit : « Bonsoir, Holman. Vous avez passé une bonne
journée ? » Le vieil homme acquiesça de la tête, puis il

sortit brusquement un mouchoir de sa poche et se moucha en reniflant bruyamment. Il fit entrer Ken comme si celui-ci était un représentant vendant des balais ou l'homme qui vient nettoyer le jacuzzi.

Le vestibule était dallé de carreaux mexicains marron, et les murs enduits de plâtre rugueux comportaient des portes voûtées par où Ken entrevit un séjour spacieux où crépitait un feu de bois, et une salle à manger austère mais impressionnante, avec une table en chêne. Une odeur aromatique de bois de santal, d'encaustique et de capitonnage en cuir coûteux flottait dans l'air.

– Mon ex-mari, Roger Sumter, se prenait pour Emiliano Zapata, fit remarquer Adele en tendant son étole de vison au maître d'hôtel. Nous avions des tableaux horribles représentant des héros mexicains et des combats de taureaux sur tous les murs avant le divorce. Je lui ai permis de les emporter et, croyez-moi, cela a été un soulagement encore plus grand que d'être débarrassée de lui !

Une domestique mexicaine en robe noire démodée apparut dans l'embrasure de l'une des portes. Elle avait un visage sévère et flegmatique, et portait des bas à varices élastiques.

– Je fais couler votre bain, mademoiselle Corliss ? demanda-t-elle.

– *Notre* bain, oui, la reprit Adele.

Elle se tourna vers Ken dans sa robe moulante en satin blanc et lui adressa un sourire de petite fille, à tel point qu'il eut l'impression d'être un nouveau marié que l'on amène à la maison pour sa nuit de noces.

– Comme vous voudrez, mademoiselle Corliss, répondit la Mexicaine d'un ton aigre.

Elle s'éloigna dans un claquement de ses sandales en plastique.

— La maison vous plaît ? demanda Adele à Ken. Je vous ferai visiter lorsque nous aurons fait un brin de toilette. À vrai dire, cette demeure est bidon de façon écœurante, mais vous ne trouvez pas que c'est mieux qu'une demeure qui arbore un cachet de façon prétentieuse ?

— Euh, c'est possible, répondit Ken.

Adele le prit par la main et l'entraîna vers le passage voûté donnant sur l'escalier principal. Celui-ci était en chêne, et chaque marche avait été frottée au papier de verre puis malmenée avec des marteaux et des burins pour donner l'impression que des serviteurs mexicains l'avaient gravi et descendu pendant trois siècles.

— Horrible, non ? dit Adele. Mais Roger préférait les copies personnalisées aux véritables meubles d'époque. Il n'a jamais compris la différence entre la patine du temps lentement acquise et modeler quelque chose en le martelant pendant dix minutes. Il s'y est pris de la même façon pour notre mariage.

Ils gravirent l'escalier et arrivèrent sur le palier d'où partait un grand couloir. Les fenêtres le long de celui-ci étaient ouvertes sur l'air sec et chaud du désert, et Ken sentit l'étrange fraîcheur des arroseurs automatiques du jardin.

Ils remontèrent le couloir vers une porte éclairée tout au fond.

— Mon analyste dit que le fait d'être seule est simplement la manifestation sociale de ma nature exceptionnelle, déclara-t-elle. Bien sûr, ce sont des foutaises caractéristiques d'un analyste. Être seule est l'expression du fait que lorsque vous êtes une star de cinéma, vous n'avez que deux sortes de personnes dans votre vie, les flagorneurs cupides et les ennemis jaloux.

– Je n'ai rien d'un flagorneur, et je ne suis certainement pas un ennemi, affirma Ken.

Elle lui adressa un sourire fugace, à moitié réchauffé.

– C'est ce que nous verrons, mon cher. Pour le moment, vous me connaissez à peine.

Néanmoins, tandis qu'elle le poussait doucement pour lui faire franchir la porte, il sentit sa main s'attarder sur son dos et caresser ses muscles à travers sa chemise. La reine des glaces, toute compliquée et royale qu'elle fût, était apparemment en chaleur.

La chambre à coucher était une immense pièce voûtée qui avait été conçue pour donner au dernier mari d'Adele l'impression qu'il était un noble espagnol se reposant après une dure journée passée à cravacher les ouvriers agricoles de son *bodegón*. Il y avait un lit à colonnes sculpté, drapé de soie blanche, aussi haut et majestueux qu'un autel. Les tapis étaient à longs poils blancs, et partout où Ken regardait, il y avait de grands miroirs dans des cadres dorés. Deux appliques baroques en cuivre répandaient une douce lumière jaune dans la chambre.

Venant d'une autre porte voûtée, Ken sentit l'odeur de sels de bain et de buée.

– Je vais voir si Dolores a terminé, dit Adele. C'est une vraie mégère, vous savez. Elle resterait avec nous et nous laverait derrière les oreilles si je la laissais faire.

Ken attendit dans la chambre pendant qu'Adele allait dans la salle de bains. Il examina rapidement le dessus de la coiffeuse, où étaient placés une grande photographie en couleurs d'Adele, de dix ou quinze ans plus jeune, avec des montagnes suisses à l'arrière-plan, un petit coffret en argent contenant des produits de beauté, et un assortiment de peignes et de brosses en os et en écaille. Puis il ouvrit les deux tables de nuit et promena ses regards sur quinze ou vingt livres de poche, un nébuliseur Dristan, une boîte de mouchoirs en papier, et deux tubes de K-Y ratatinés.

Il se redressa et se retourna. Tous ses reflets dans tous ces miroirs se retournèrent également et lui causèrent un choc. Puis il soutint le regard de ces lui-même et eut un sourire de guingois devant sa nervosité. Dix-huit reflets lui rendirent son sourire de guingois.

Adele sortit de la salle de bains, suivie de la sévère Dolores, laquelle lança à Ken un regard furibond de sous ses sourcils épilés avant de sortir et de fermer la porte derrière elle avec un mécontentement manifeste.

Adele éclata de rire.

– Ne vous laissez pas impressionner par Dolores. Elle est arrivée à un âge où les seuls hommes qui lui plaisent sont des prêtres, et encore pas tous !

– Et vous ? demanda Ken.

C'était une question provocatrice de toutes sortes de manières. Pour la première fois, Adele perçut que Ken Irwin n'était peut-être pas un péquenot faisant du stop, comme il s'efforçait de le faire croire.

– Je suis arrivée à un âge où les seuls hommes qui me plaisent sont silencieux et bien montés, répondit-elle.

Il ôta sa chemise et la laissa tomber par terre.

– Vous avez un peignoir ? lui demanda-t-il.

– Vous en avez vraiment besoin ?

Il haussa les épaules.

– Je ne veux pas que vous pensiez que je suis impudique.

– Impudique ? Où avez-vous appris un mot pareil ?

– À l'église.

– Eh bien, répliqua-t-elle, vous n'êtes pas à l'église en ce moment, alors inutile de vous préoccuper de cela. Vous voulez bien dégrafer ma robe ?

Il s'approcha d'elle et sentit l'odeur fauve de son corps. Il releva les cheveux blond cendré sur sa nuque et tira lentement la fermeture Éclair de sa robe jusqu'au creux de ses reins et jusqu'aux rondeurs de ses fesses. Elle se retourna et se défit du satin blanc comme si c'était le papier d'emballage d'une nectarine fraîchement cueillie.

Ken demeura immobile, tout près d'elle, et la contempla. Elle était bien faite de sa personne, pourtant il y avait quelque chose d'irréel à propos de son corps qui le fit penser à une poupée gonflable. Ses seins étaient haut placés, fermes et ronds, avec des mamelons qui pointaient comme des cerises sur un gâteau. Son ventre était plat, sans le moindre signe de muscles flasques. Sa vulve était rasée, semblable à celle d'une enfant, ce qui augmentait cette impression d'irréalité, et les os de son bassin étaient plats, comme si elle n'avait jamais eu d'enfants. Elle était bronzée sur tout le corps, un hâle qui luisait légèrement et témoignait de crèmes solaires coûteuses et de longues journées allongée nue au bord de la piscine.

— Vous êtes vraiment stupéfiante, murmura-t-il.

Elle haussa un sourcil et répondit laconiquement.

— Vous vous attendiez à quoi ? À Sarah Bernhardt ?

Il sourit et haussa les épaules. Elle s'approcha et défit la grosse boucle en argent de sa ceinture. Il ne savait pas s'il avait envie d'être excité ou non, mais ce fut plus fort que lui et, lorsqu'elle tira la fermeture Éclair et ouvrit son jean, elle fut obligée de prendre son érection à deux mains pour l'extirper de son caleçon.

Il ôta son jean. Elle se serra contre lui, une main continuant de serrer son pénis gonflé.

— L'heure de ton bain, petit garçon, lui chuchota-t-elle à l'oreille.

Nus, ils allèrent dans la salle de bains. La baignoire était en émail bleu foncé et les robinets plaqués or étaient en forme de dauphins bondissants. Les murs étaient recouverts de miroirs veinés d'or, et il y avait des plantes partout, dans des corbeilles et dans des bacs en rotin.

Adele descendit dans la mousse, se retourna, et lui tendit la main. Il grimpa dans la baignoire, précautionneusement et d'un air timide, mais elle le tira brusquement, et il se retrouva dans l'eau parfumée jusqu'au cou, le souffle coupé et crachotant.

— Je vais te savonner, dit-elle en l'embrassant sur le nez. Alors tu ferais mieux de te lever.

— N'importe quoi plutôt que de se noyer, m'dame, acquiesça-t-il.

Lorsqu'il dit « m'dame », elle lui lança un vif regard, mais il se leva, son corps musclé ruisselant d'eau, et elle décida de remettre à plus tard les doutes et les questions.

Elle se leva à côté de lui et entreprit de lui savonner les épaules avec du savon à la fraise et à la glycérine. Elle embrassa et mordilla ses lèvres, puis elle enfonça sa langue mouillée dans sa bouche et lui lécha les dents. Il sentit ses mains couvertes de mousse de savon lui frictionner le dos et caresser ses fesses. Puis elle lui savonna la poitrine, le ventre, et descendit vers ses poils pubiens et son érection rouge et rigide.

Elle s'agenouilla et caressa son scrotum de ses mains enduites de savon, puis elle promena ses doigts en des mouvements glissants sur la hampe de son pénis. Il gémit, même s'il n'en avait pas envie, même s'il croyait qu'il s'en foutait et qu'il ne voulait pas s'abandonner.

Au moment où il éprouvait une sensation entre ses cuisses, comme du mercure montant dans un thermomètre lors d'une vague de chaleur, elle le lâcha et s'assit dans la baignoire. Il y avait une lueur moqueuse et érotique dans ses yeux.

– Allez, rince-toi, le taquina-t-elle. Ensuite tu me savonneras.

Il s'agenouilla, sans sourire, et prit une éponge dans une corbeille à côté de la baignoire. Il la pressa et fit tomber de l'eau sur ses épaules et dans son dos. Ensuite il récupéra le savon et le frotta entre ses mains jusqu'à ce qu'il produise une mousse abondante.

Adele se mit debout et posa doucement ses mains sur ses épaules.

– Tu es un très beau garçon, dit-elle précautionneusement en le considérant. Tu es presque trop beau pour être originaire du Montana.

Il commença à lui savonner le ventre et le dos. Sa peau semblait beaucoup plus jeune qu'il ne l'avait imaginé. Il avait presque l'impression de caresser une adolescente. Ses doigts descendirent le long de ses flancs, autour de ses cuisses. Elle frissonna de plaisir.

– Des types très beaux sont originaires du Montana, lui dit-il. Evel Knievel, par exemple.

– C'est un motard, répliqua-t-elle. Et toi ?

– Lorsque je ne suis pas homme à tout faire ?

– Exactement.

Il se mit debout, prit ses seins dans ses mains et les savonna jusqu'à ce que les mamelons soient durs et turgescents.

– Ma foi, dit-il, je suis du genre serviable. Je suppose que je ferais n'importe quoi.

Elle ouvrit ses yeux marron tout grands.

– Tu mens, dit-elle. J'ignore pourquoi, mais tu mens.

Il l'embrassa.

– Est-ce que cela ressemble à un mensonge ? dit-il d'une voix chaude et rauque.

Ses yeux étaient toujours grands ouverts.

– Tous les baisers sont des mensonges. Les gens vous embrassent seulement lorsqu'ils n'ont pas envie de se donner la peine de montrer ce qu'ils éprouvent vraiment.

Il lui savonna le dos et promena le bout de ses doigts sur la fente de ses fesses et entre ses jambes. Il effleura les lèvres satinées de sa vulve, puis il les écarta d'une main, tel un magicien ouvrant une orange, afin de glisser son médius en elle.

Elle s'agrippa à lui, ses bras passés autour de sa taille. Son médius s'enfonça plus profondément et caressa ses plis intérieurs. Elle murmura « Ohhh... » Ses seins fermes, aussi glissants que des phoques apprivoisés, se pressèrent contre lui.

Elle saisit brusquement son poignet. Les yeux de Ken, qui étaient presque fermés, s'ouvrirent. Il y avait de nouveau ce sourire calculateur sur le visage d'Adele. Un sourire troublé par ses sensations, mais toujours empreint d'une certaine froideur.

– Qu'est-ce qui ne va pas ? lui demanda-t-il.

Elle abaissa ses cils.

– Toi, chuchota-t-elle.

Il s'ensuivit un silence gêné.

– Qu'est-ce qui vous fait dire une chose pareille ? lui demanda-t-il craintivement.

Elle leva son visage vers lui et l'embrassa, lèvres ouvertes.

– Je te veux entièrement, dit-elle. Pas seulement un doigt d'une main. Je veux te voir frissonner et souffrir. Je veux te terrasser.

Elle sortit de la baignoire et lui tendit la main.

– Viens, dit-elle.

Il hésita un moment, puis il obtempéra en silence.

Ils ne dirent pas un seul mot tandis qu'ils retournaient dans la chambre. Ken s'assit au bord du lit. Tout autour de lui, dix-huit reflets s'assirent au bord du lit. Adele le fit s'allonger sur le dessus-de-lit en soie blanche, et il la sentit se coller sur son corps mouillé. Puis elle se mit à califourchon sur lui et prit son érection dans son poing menu.

– Ce n'est pas ce que tu voulais ? dit-elle. Ce n'est pas pour cette raison que tu as attendu au bord de la route si longtemps ?

– Vous pensez que je vous attendais ?

Elle considéra son visage un moment.

– Je n'en suis pas certaine, répondit-elle. Mais cela semble bien trop beau pour être vrai. Tu ressembles trop à Roger, Janoscz, Harry et Mike, tous les quatre en même temps !

– Vous voyez peut-être des fantômes, lui dit-il.

Elle ne répondit pas. Elle guida précautionneusement son érection entre ses cuisses minces et glissa la tête gonflée entre les lèvres écartées de sa vulve. Leurs regards étaient rivés l'un à l'autre, en une étrange rencontre qui ne semblait pas avoir grand-chose à voir avec de l'affection ou de l'amitié, mais bien plus avec l'excitation froide et grandissante d'une peur réciproque. Puis elle s'assit lentement sur lui en faisant tourner ses hanches d'une manière sensuelle, jusqu'à ce qu'il soit aussi profondément dans son corps qu'il lui était possible d'aller. Elle était presque aussi étroite qu'une vierge, et il comprit que les chirurgiens d'Adele avaient pratiqué leur art également dans des endroits invisibles.

Elle se pencha en avant et embrassa son visage. Ses yeux, ses joues, son front, sa bouche. Sa respiration s'exhalait en de petits halètements contrôlés.

– C'est un très grand honneur pour toi, murmura-t-elle. En ce moment tu forniques avec la plus grande actrice de cinéma du siècle, à l'exception de Garbo, peut-être.

Il demeura silencieux un moment, ne bougea même pas, mais son pénis tressaillit involontairement en elle.

– Garbo n'était rien, comparée à vous, dit-il d'une voix rauque. Absolument rien.

Elle commença à bouger sur lui en un mouvement de va-et-vient, comme si elle montait à cru avec élégance un étalon bien dressé. Ses yeux étaient fermés, et il ne pouvait même pas deviner ce qu'elle voyait derrière ses paupières. Ses mouvements étaient souples, elle se soulevait si haut à chaque poussée ascendante qu'elle le perdait presque, mais elle le gardait au tout dernier moment et lui imprimait une petite pression avec l'anneau de muscles autour de son vagin. Il commença à sentir des ondes de chaleur se répandre dans son corps, et une tension croissante qu'il était incapable de maîtriser.

Elle se souleva et s'abaissa plus vite, s'enfonça plus profondément et plus violemment. Ses longs ongles agrippèrent les muscles de son ventre jusqu'à ce qu'il grimace de douleur. Elle se pencha en avant de nouveau et lui mordit le cou, le visage, les tétons, jusqu'à ce qu'il crie. Puis, alors que son corps était parcouru par les premiers spasmes de son premier orgasme, elle saisit ses cheveux, les tordit et les tira, au point que ses yeux se remplirent de larmes.

Durant un moment, ce fut comme si le monde avait disparu. Un moment en suspens de tout et de rien, comme une maison sur le point de basculer d'une falaise, une main sur le point de faire un geste, une bombe sur le point d'exploser, une bouche qui s'ouvre pour parler.

Puis il sentit qu'il éjaculait, et elle cria et cria, les hurlements d'une femme de cinquante-neuf ans, et son corps trembla comme si elle allait tomber en morceaux.

Il n'avait jamais vu une chose pareille. Elle resta allongée sur le dessus-de-lit en soie blanche, se tordant, se contorsionnant, hurlant, tandis qu'elle avait orgasme après orgasme, longtemps après qu'il se fut redressé, puis levé, puis fut allé vider la baignoire et prendre une douche. Il revint de la salle de bains pour la regarder. Tandis qu'il se tenait là, les miroirs de la chambre donnèrent l'impression qu'il avait été peint dix-huit fois cet après-midi par le Greco.

Finalement, elle se tut et demeura immobile.

– Ça va? lui demanda-t-il.

Elle acquiesça de la tête.

Il s'approcha et s'assit au bord du lit. Le visage d'Adele ruisselait de sueur. Elle lui sourit et prit son poignet en un geste affectueux.

– Il faut que j'appelle mon agence à San Bernardino, dit-il.

– À cette heure de la nuit?

– Elle est ouverte vingt-quatre heures sur vingt-quatre.

Elle se pencha vers lui et embrassa sa main.

– Je ne te fais pas confiance une seule seconde, lui dit-elle. Tu me fais l'effet d'être un garçon qui a... comment dire? Des motifs cachés.

– Des motifs cachés? Quel genre de motifs cachés?

– Je n'en sais rien. Mais je le sens.

Il toussa et dit :

– J'aimerais dîner de bonne heure, si c'est possible.

– Bien sûr. Le cuisinier va s'en occuper. Tu aimes la selle d'agneau?

Il se leva et se gratta la tête.

– Vous avez un pantalon ?

– Un pantalon ? Bien sûr. Quelle cuisson préfères-tu ?

Il se retourna pour la regarder, prêt à sourire. Mais Adele ne souriait pas du tout. Elle avait connu trop de trahisons et trop de maris pour ne pas savoir ce que les hommes étaient et ce qu'ils n'étaient pas. Même si Ken Irwin était vraiment un étalon obligeant et un homme à tout faire insouciant originaire de Butte, Montana, il était également autre chose. Quelque chose d'inhabituel, d'insoupçonné, et peut-être quelque chose de dangereux.

– Tu peux mettre le smoking de Roger, dit-elle. Ici, nous nous mettons toujours en tenue de soirée pour dîner. Je suppose que l'on pourrait appeler cette habitude les derniers vestiges de la civilisation.

Avant le dîner, dans ce qui avait été le dressing-room de Roger, assis à un secrétaire encombré de photographies de la mère d'Adele et de son père décédé, Ken Irwin passa son appel téléphonique à San Bernardino.

Le téléphone sonna un long moment avant que l'on décroche. Ensuite, il y eut presque une minute de silence.

– T.F. ? dit Ken.

– Salut, Ken, répondit une voix.

– T.F., je suis dans la place. Elle est plutôt méfiante, mais pas de quoi se faire de la bile.

Un silence à nouveau. Puis la voix dit :

– Okay, on se voit comme convenu. Même heure, même endroit.

– C'est parfait, répondit Ken. Des nouvelles de tu sais qui ?

– Rien jusqu'à présent.

– Bon. Je te tiendrai au courant.

Le téléphone fut raccroché à l'autre bout de la ligne, et Ken n'entendit plus que la tonalité. Il raccrocha à son tour et se leva. Adele se tenait dans l'embrasure de la porte.

– Tu as passé ton coup de fil ? lui demanda-t-elle.

– Bien sûr. Ils ont dit que je pouvais laisser tomber ces jobs sans problème. Ils ont quelqu'un d'autre pour me remplacer.

Adele le considéra avec froideur mais gentiment, avec une expression semblable à un sorbet de pample-mousse saupoudré de sucre.

– À mon avis, tu es irremplaçable, dit-elle. Bon, allons dîner. Tu dois entretenir ta précieuse forme, n'est-ce pas ?

8

Un vent chaud et salé soufflait de l'Atlantique, et les palmiers le long de Miami Beach bruissaient et s'agitaient. Il était huit heures du matin, le dimanche, le moment de la journée le plus changeant, et le soleil blafard se glissait entre des couches de nuages bas. Des mouettes décrivaient des cercles et criaient dans le ressac peu profond.

Sur le toit en terrasse du gymnase de l'hôtel Dorai, dans son bermuda violet et jaune et son vieux maillot bleu avec CXC brodé sur la poitrine, Carl X. Chapman faisait son jogging avec un entêtement solitaire. C'était ce qu'il appelait son « heure pour agiter les dés » – le moment où il pouvait repasser dans son esprit tous les problèmes imminents de la journée et les urgences, sans être interrompu par ses assistants, ses secrétaires, ses téléphones, ses téléscripteurs, ou même par sa femme. « J'ai besoin d'une heure le matin pour agiter ces dés, de la même façon que d'autres personnes ont besoin d'œufs au bacon », avait-il coutume de dire, trop fréquemment pour que la plupart de ses amis éclatent de rire.

C'était un homme corpulent, ventru, aux cheveux gris fer et au visage massif et rugueux qui rappelait aux gens les politiciens arrivés par eux-mêmes, au franc-parler, des années trente. Les gens disaient qu'il avait une personnalité paternelle, le genre de père qui passe son bras autour de vos épaules et vous dit de donner la moitié de votre sucre d'orge à votre ami, parce que l'amitié est plus importante que tous les sucres d'orge au monde, et que vous vous haïssiez d'aimer au point de faire effectivement ce qu'il disait.

C'était ce côté paternaliste qui avait permis à Carl X. Chapman de remporter son deuxième mandat de sénateur républicain dans le Minnesota. Il semblait être partout en même temps, plaisantant et réprimandant de sa voix grave et râpeuse. Il semblait connaître tous les problèmes qui préoccupaient le plus ses électeurs, et lorsqu'il s'asseyait à côté d'un fermier, d'une femme au foyer ou d'un ouvrier, il était capable de boire de la bière à même la canette et de manger une cuisse de poulet à même le carton d'emballage, et de leur donner le sentiment qu'il était prêt à consacrer le restant de sa vie à résoudre leurs inquiétudes personnelles.

Ses admirateurs républicains à Minneapolis-St Paul estimaient que cela revenait à avoir une visite privée de Dieu. Ils l'abordaient et lui serraient la main dans la rue. À Noël, ils envoyaient des cadeaux à sa famille. Ils le vénéraient avec une telle ferveur qu'un chroniqueur politique sarcastique avait demandé un jour quand il marcherait sur les eaux du lac Minnetonka et nourrirait toute la population de St. Paul Park (5 500 habitants) de deux barres Mounds et d'un sachet de chips.

Carl X. Chapman n'aimait pas les critiques sarcastiques. En fait, il n'aimait aucune forme de critique. De son point de vue, ce qu'il faisait était au-dessus de tout jugement, parce que la cause qu'il défendait était le rêve américain, pour chacun de ces Américains qui l'avaient mérité. Il se voyait comme un personnage patriotique, impressionnant et bourru, sous le regard duquel, sévère mais bienveillant, les Américains réapprendraient leurs tout premiers principes : le travail et la prière.

Il pouvait s'accommoder des critiques, bien sûr, et même s'il en parlait rarement, c'était ce qui faisait de lui un homme politique jouissant d'une endurance à toute épreuve et d'une popularité inchangée. À Washington, il avait la réputation d'être un battant coriace et retors, et *Rolling Stone* avait déclaré à propos de sa dernière campagne électorale qu'il « avait accumulé tellement d'accusations compliquées de corruption, d'infamie, de magouilles et de pots-de-vin sur la tête de son adversaire que certains électeurs commençaient à se demander si un homme qui était si bien informé de toutes ces pratiques douteuses n'avait pas pu en utiliser certaines lui-même ».

Mais Carl X. Chapman était d'avis qu'on devait frapper ses adversaires le premier, et les frapper si fort qu'ils ne terminaient même pas le premier round. Tandis qu'il joggait sur le toit en terrasse de son hôtel à Miami, il essayait de temps en temps un pas de danse à la Muhammad Ali, faisait des feintes, esquivait et décochait des coups dans le vent du matin. Un gauche, un coup du droit, et un jab dans les reins.

Il avait eu soixante-six ans en mai, et il aimait rester en forme. Son père avait été allergique à quasiment tout, y compris au crin de cheval et aux fruits de mer, et sa mère était morte d'une pleurésie alors qu'il avait huit ans. Il avait vécu une enfance triste et renfermée dans une petite rue sordide de Rochester, Minnesota, à proximité de St. Mary's Park, et son père était sous-directeur du magasin à prix unique Kress. Encore aujourd'hui, il revoyait son père rentrant à la maison chaque soir après une journée de dix heures de travail, le visage grisâtre et la poitrine maigre, suspendant son chapeau melon au portemanteau minable dans l'entrée. Il se représentait également sa mère, les jours précédant sa mort, son visage aussi pâle que du savon sur l'oreiller. Encore aujourd'hui, il ne supportait pas l'odeur du menthol, parce que cela lui évoquait les vapeurs tenaces des inhalateurs Leininger au formaldéhyde et au menthol, lesquels, sa mère l'avait affirmé jusqu'au matin où elle était morte, lui avaient sauvé la vie.

Mais ce qui était resté gravé dans son esprit par-dessus tout, c'était le jour où il avait parcouru à pied neuf blocs jusqu'au magasin Kress afin d'apporter à son père ses lunettes que celui-ci avait laissées sur la tablette de la cheminée. Carl avait erré dans l'immense magasin bondé de clients, rempli du sol au plafond de balais-éponges, de seaux en zinc et de casiers à légumes, parmi les rayons où étaient entassés des bijoux bon marché brillants, des bonbons, des cahiers aux pages multicolores, des peignes, des bibelots en plastique, des serviettes aux couleurs criardes tellement minces qu'il se demandait comment on pouvait se sécher avec. Finalement, dans un renfoncement où étaient exposés des serrures, des poignées de porte et des loquets, il avait trouvé son père. Celui-ci pleurait.

Il n'avait jamais su pourquoi, et il ne le lui avait jamais demandé. Il lui avait simplement tendu les lunettes et était rentré à la maison en courant. Mais, en grandissant, il avait juré que le monde ne l'obligerait jamais à se cacher dans un coin pour pleurer. Aucun salopard ne l'écraserait, *lui*, aucun salopard au monde.

Il balança des coups à nouveau. Un gauche en souvenir de son père. Un coup du droit encore plus dur pour tous les fumiers et les abrutis qui avaient humilié son père. Son père avait fait à Carl une faveur qui n'avait pas de prix. Il l'avait inscrit dans un collège. Carl avait été un élève maladroit, susceptible et agressif, mais il avait eu la chance de connaître un professeur tout aussi belliqueux, un Irlandais. Ils s'étaient affrontés si violemment et si souvent que cela lui avait permis de comprendre que, sans instruction, l'agressivité ne servait à rien. Il avait obtenu ses diplômes – l'un des jeunes Républicains les plus coriaces et les plus brillants de la région – et à vingt-six ans, dans un costume rayé avec un gilet assorti et un chapeau melon impeccablement brossé, il avait été élu sénateur, l'un des plus jeunes sénateurs que le Minnesota ait jamais connus.

Il trouva un soutien pour son rêve d'une Amérique travaillant dur auprès d'industriels, de banques et de grandes sociétés, et lors du raz-de-marée républicain de 1946, puissamment financé et soutenu par Horace Ossenbacker des Aciéries Ossenbacker, il avait été élu au Dix-Huitième Congrès, ardent, vibrant de jeunesse, atrabilaire, et avide de se faire un nom.

Horace Ossenbacker était mort en 1951, mais pas avant d'en avoir eu pour son argent en finançant Carl. Les Aciéries Ossenbacker échappèrent à la loi antitrust en 1948 d'une façon que le *Wall Street Journal* avait qualifiée de « quasi miraculeuse ».

Carl X. Chapman, quant à lui, se jeta dans le plus douteux des combats politiques avec la plus grande délectation. Son nom fut cité lors de scandales concernant des pots-de-vin donnés par de grosses entreprises à des représentants de la Chambre, lors des procès intentés aux communistes durant la « chasse aux sorcières », à l'occasion d'enquêtes sur des élections truquées. À présent il ne restait qu'un seul honneur que Carl X. Chapman désirait pour couronner une carrière qui avait été tumultueuse, spectaculaire et rentable. Il voulait être président en 1980. Il voulait tellement être président que pas un seul instant il n'avait envisagé sérieusement qu'il ne le serait pas. Art Buchwald avait déclaré un jour qu'il avait « une hypothèque mentale sur la Maison-Blanche ».

« Carl Chapman sera-t-il président en 1980 ? » demandait Carl lors de réceptions et de dîner officiels. « Est-ce que le Potomac se jette dans la baie de Chesapeake ? »

Ce matin, tandis qu'il joggait, sa bedaine tressautait à chaque foulée, et il songeait aux démarches qu'il avait déjà entreprises et qui le mèneraient à la Maison-Blanche en 1980. Certains des appuis importants sur lesquels il comptait se montraient hésitants, et il savait que sa politique étrangère devait prendre une forme beaucoup plus séduisante. Mais il pourrait régler ces problèmes lorsque les primaires approcheraient, et lorsque les résultats de la bataille électorale à venir commenceraient à se clarifier.

Ce qui le préoccupait, cependant, c'était ce qu'il estimait être un changement fondamentalement malsain des opinions politiques en Amérique. Il affirmait qu'il sentait cela dans le vent. Ce vent qui soufflait sur le Midwest depuis les Rocheuses, et ce vent qui glaçait l'Est. C'était un abandon des idéaux nationaux au profit des idéaux personnels, une abdication de la responsabilité partagée d'une Amérique formant une famille, une faiblesse de l'esprit de la société.

Carl détestait ce changement, et il le redoutait également. Les gens qui l'éliraient à la présidence en 1980 devaient être des gens qui croyaient en un rêve collectif national, le rêve de l'Amérique, le rêve de Carl Chapman. Ceux qui rêvaient leurs propres rêves, aux dépens de cet idéal, étaient ses ennemis.

Il était bientôt 9 heures. Les nuages bas s'étaient effilochés et dissipés dans la chaleur vive du soleil. Il transpirait à présent. En contrebas, au bord de la piscine, la première des veuves de Miami s'était risquée à sortir, une femme de quatre-vingts ans dans une sortie de bain bigarrée, affublée de lunettes de soleil aussi énormes que l'arrière d'une Buick de 59.

Il continua de jogger jusqu'à ce qu'il atteigne le parapet donnant sur la plage. Il ralentit son allure, s'arrêta, et se baissa pour toucher ses orteils deux fois. Il respirait bruyamment, sentait son cœur monter et descendre comme quelqu'un qui patauge dans l'eau au bord du rivage. Il récupéra sa serviette à rayures à l'endroit où il l'avait laissée sur le parapet, et il s'épongea le visage.

Une voix sèche, distinguée, dit derrière lui :

– Bonjour, chéri.

Il se retourna et aperçut sa femme, Elspeth, qui venait vers lui, un sourire légèrement dédaigneux sur le visage. Elle portait un cafetan blanc brodé qui s'agitait au gré du vent telle la voile d'un bateau, et ses cheveux noirs étaient coiffés en mèches éparses. Son visage, sous ses énormes lunettes de soleil teintées, était tiré et ridé. C'était le visage d'une chasseresse politique et mondaine, une femme dont les yeux scrutent toujours les horizons lointains, et qui ne parviendra jamais à croire tout à fait, même en présence de personnages royaux, des Rockefeller et des Huntington, qu'elle est vraiment arrivée.

Elle s'accouda au parapet et contempla le ressac en contrebas.

— Je savais que je te trouverais ici, dit-elle. Tu élimines les excès de la soirée ?

Carl ne répondit pas. Il replia sa serviette et la posa sur le muret.

Elspeth se tourna vers lui.

— Comment allait Henry ? demanda-t-elle. Est-ce qu'il t'a promis les fonds supplémentaires ? Ou bien est-ce qu'il t'a dit que tu étais trop vieux ? Les présidents ont besoin d'une grande énergie, tu sais. Comme les maris infidèles.

Carl la considéra, le visage crispé et las.

— Est-ce que nous allons avoir de nouveau cette conversation ? Tu ne crois pas qu'il serait temps que nous parlions d'autre chose ? Du temps qu'il fait, par exemple, ou bien de l'état de la nation ?

Elle sourit, pas le moins du monde décontenancée.

— Tout ce que tu dois faire, c'est arrêter de le faire, alors j'arrêterai d'en parler.

— Elspeth... tu essaies de me faire passer pour une sorte de satyre effréné. J'aimerais avoir ne serait-ce que la moitié de la vigueur nécessaire pour satisfaire ne serait-ce que la moitié des femmes que tu penses que je m'envoie. Tout cela se passe dans ta tête, Elspeth. Tout cela se passe dans ta stupide petite tête.

— Comme Helen Pruitt, je suppose. Helen Pruitt, ta secrétaire de vingt-quatre ans, n'était que le produit de mon imagination enfiévrée !

Carl poussa un petit soupir exaspéré, mais il ne répondit pas. Helen Pruitt était un sujet sensible.

– Écoute, mon chéri, poursuivit Elspeth, je sais ce que tu vas dire. Je suis une femme soupçonneuse et intrigante, je ne t'ai jamais aimé, et je reste avec toi uniquement pour m'installer à la Maison-Blanche. Eh bien, c'est complètement faux, figure-toi ! En l'occurrence, je te porte beaucoup d'affection, et si tu m'en donnais l'occasion, je pourrais même t'aimer.

Il poussa un grognement.

– Tu es bien généreuse ce matin. Que se passe-t-il ?

– Oh, épargne-moi les sarcasmes, Carl, répliqua-t-elle. Je suis sincère, même si tu ne me crois pas.

– Alors, quelle est cette histoire d'adultère ?

Elle ôta ses lunettes et plissa les yeux, éblouie par la lumière du soleil. Elle avait des yeux couleur de bleuet et des sourcils soigneusement faits au crayon. Il y avait longtemps de cela, là-bas au Montana, elle avait été presque belle.

– Cela vaut la peine que je reste avec toi si tu veux être à la hauteur en tant que président, mon chéri, et si tu veux être à la hauteur en tant que mari. Pour le moment, je ne suis pas sûre que tu le sois dans les deux cas.

– Oh, vraiment ? Et pour quelle raison ?

– Parce que tu me trompes, pour commencer. Surtout d'une façon aussi flagrante que la tienne.

Carl se frotta les yeux.

– Je lorgne le décolleté d'une secrétaire, et je te trompe ? Je suis un homme, Elspeth, et il serait temps que tu le comprennes. Je suis un homme vigoureux qui a de gros appétits. Ce n'est pas parce que tu te sens inadéquate que tu dois t'en prendre à moi. Ce n'est pas *ma* faute si tu te sens inadéquate. Est-ce que je ne t'ai pas dit suffisamment de fois que tu étais adéquate ?

– *Adéquate* ? C'est un compliment ?

– Ce n'est pas une insulte.

Elspeth s'assit sur le parapet et sortit une cigarette de sa poche, ce qui irriterait Carl, elle le savait. Elle mit ses mains en coupe autour de son briquet en or et platine pour protéger la flamme du vent matinal, puis elle exhala par les narines deux petits nuages de fumée grise.

– Je croyais que nous étions venus à Miami pour affaires, dit-elle. Enfin, si l'on peut appeler « affaires » soutirer de l'argent à Henry Ullerstam.

– Tout va bien avec Henry. Il nous soutient depuis des années.

– Oh, bien sûr. Du moment qu'il reçoit un dollar cinquante en services rendus pour chaque dollar qu'il donne.

– Il donne cet argent, et c'est tout ce qui compte.

Elspeth tira une longue bouffée de sa cigarette et regarda son mari avec un mélange d'affection et de déception.

– Ainsi le pétrole de Waurika ne compte pas ? demanda-t-elle. Laisser Henry forer au beau milieu d'une région protégée, cela ne compte pas ?

– C'était un marché.

– Un marché ? s'exclama-t-elle. Je ne pense pas que l'agence de protection de l'environnement ait eu connaissance de ce marché !

Carl lui décocha un vif regard.

– Elspeth, dit-il, où veux-tu en venir ? J'espère que tu ne dénigres pas Henry ? Parce que si c'est le cas…

Elle détourna la tête.

– Je pensais que nous étions venus à Miami pour affaires, c'est tout. Je suppose que j'avais oublié que ces affaires comportent leurs petits services et leurs petits cadeaux. C'était vraiment stupide de ma part.

Tu as rendu tellement de services à Henry que cela ne devrait pas me surprendre qu'il t'ait rendu un service à son tour.

— Un service ? Quel service ?

— Une compagne bien roulée pour le dîner, par exemple.

Carl pinça les lèvres.

— La seule compagne vaguement bien roulée que nous avons eue pour le dîner hier soir était Olive Ullerstam. Et merde, Elspeth, au moins elle est venue, contrairement à toi !

Elle haussa les épaules.

— Ces tractations sordides me donnent toujours la migraine.

— Ta migraine nous emmerde !

Elspeth eut un rire ravi.

— Tu es merveilleux ! Tu parles dans la réalité comme tu le fais au Sénat.

— Et tu parles comme tu le fais avec ton analyste. Tu es persuadée que j'ai une pulsion jungienne de baiser collectivement le cerveau de toutes les filles en Amérique.

— Mon analyste est freudien, pas jungien.

— En tout cas, il te farcit la tête de suffisamment de conneries pour obstruer le canal de Panama. Si tu crois que ça m'amuse de payer les honoraires de cet enfoiré !

Elspeth se mit en colère.

— Et ton cher Dr Lipman ? Qu'a-t-il jamais fait, excepté remplir deux verres d'Old Crow, faire circuler les cigares, et te demander deux cents cinquante dollars pour une conversation de deux heures sur la pêche au gros ?

Carl prit une longue inspiration contrôlée.

– Le Dr Lipman est un génie. Le Dr Lipman a réglé tous mes problèmes d'identité et tous mes problèmes de virilité.

– Et que t'a-t-il dit ? Que coucher à droite et à gauche avec des jeunes femmes redonne confiance à un vieillard ? S'il a dit cela, il se trompe. Il se trompe dans les grandes largeurs. Des jeunes femmes épuiseront le peu de virilité qui te reste, monsieur « Ernest Hemingway » Chapman, et elles te feront voir le vieux birbe que tu es vraiment !

– Elspeth, dit Carl d'un air las, il est 9 heures du matin. Nous pourrions peut-être parler d'autre chose. Indépendamment de ce fait, c'est complètement faux.

– Qu'est-ce qui est complètement faux ?

– Ce que tu insinues.

– J'insinue seulement que des jeunes femmes ne valent rien pour des hommes de ton âge. Que croyais-tu que j'insinuais ?

Carl appuya son regard sur elle.

– Tu insinues que Henry m'a fourni une fille pour la nuit dernière, non ? C'est là où tu veux en venir... que je t'ai trompée encore une fois.

Elle secoua la tête lentement.

– Je me demande comment tu as le culot de prendre cet air innocent, répliqua-t-elle avec une amertume qui était aussi douceâtre qu'un fruit pourri. Je me demande comment tu peux faire ce que tu fais et jurer tes grands dieux que je me méprends sur ton compte.

– Elspeth, si tu crois que la nuit dernière...

Elle eut un brusque mouvement de la tête comme si elle chassait un taon.

– Bien sûr que je le crois, répondit-elle. La nuit dernière et une centaine d'autres putains de nuits ! Tu me prends pour une idiote ? Tu rentres te coucher à 3 heures du matin en empestant le parfum d'une inconnue et tu crois peut-être que je n'ai rien remarqué ? Tu dînes dans le même foutu hôtel où je suis couchée, indisposée, et tu es assis devant la baie vitrée avec Henry, Olive, et une satanée pouffiasse en robe du soir lamée or, avec une chevelure rousse et des nibards qui t'éborgnent quasiment, et tu as pensé que je ne l'apprendrais pas ?

— Elspeth, bordel de merde !

— Oh, ne sois pas aussi puéril, le supplia-t-elle. Je sais que tu ne m'aimes plus. Je sais que tu ne m'as jamais beaucoup aimée. Mais tu as besoin de moi, Carl, pour ta carrière. Et pour ce que j'attends de la vie, bon sang, j'ai besoin de toi !

Carl dit, d'une voix aussi posée que possible :

— D'accord, une rousse était effectivement assise à ma table hier soir, mais seulement pendant quelques instants. En l'occurrence, elle venait d'arriver de chez elle, à Northfield. Elle voulait savoir ce que j'avais l'intention de faire en faveur du programme de santé publique là-bas.

Elspeth le regarda fixement un moment, puis elle éclata d'un rire strident. C'était comme d'entendre du verre voler en éclats.

— Le programme de *santé publique* ? Carl, où vas-tu chercher ça ? Des filles en robes du soir lamée or et aux nibards pointus ne s'intéressent pas au programme de *santé publique* ! Si tu avais dit avortement, je t'aurais peut-être cru à moitié. Ou problèmes de drogue. Mais la santé publique ! Tu veux être président, et tu n'es même pas capable de trouver un mensonge qui se tient !

Carl s'avança et la saisit par les épaules.

— Arrête de me provoquer, d'accord ? la prévint-il, les yeux aussi durs que des diamants. Tu arrêtes tout de suite, compris ?

Elle le regarda avec une tristesse non dissimulée.

– Jamais, répondit-elle. Aussi longtemps que tu te donneras en exemple à d'autres personnes. Parce que si j'arrêtais de te provoquer, tu continuerais de te comporter de la même façon, et ce pays te suivrait jusqu'à la catastrophe.

Il serra son poing comme s'il allait la frapper au visage, mais elle demeura impassible.

– Tu n'oserais pas, murmura-t-elle. Le futur candidat à la présidence, donnant un coup de poing à la future Première Dame ?

Il la lâcha.

– Je vais prendre mon petit déjeuner, dit-il d'une voix glaciale. Tu viens ?

Elle secoua la tête.

– Je veux savoir que tu seras un mari fidèle avant de prendre mon petit déjeuner avec toi, Carl. Je veux savoir que tu seras honnête et sincère dans nos relations, quelles qu'elles soient.

Il baissa les yeux vers ses chaussures de sport usées et élimées.

– Elspeth, dit-il d'une voix rauque, nous devons penser à notre pays aussi bien qu'à nous-mêmes.

– Qu'est-ce que cela signifie ?

Il releva les yeux vers elle.

– Cela signifie que je me suis donné un lourd fardeau à porter durant ma vie, Elspeth, et qu'il m'arrive parfois de faire un faux pas et de glisser. Je ne suis pas un saint, je le reconnais bien volontiers. Mais je ferai toujours de mon mieux pour toi, et je ferai toujours de mon mieux pour l'Amérique, et si je ne parviens pas à répondre à tes espérances de temps à autre, ou aux espérances de mon pays, alors je puis seulement implorer le pardon.

90

Elle s'assit sur le muret et demeura silencieuse un long moment. Puis elle dit :

— Va donc manger tes céréales saupoudrées de sucre, Carl, avant de me donner le mal de mer.

9

Carl Chapman prit une douche, se rasa, et mit un veston sport écossais rouge et vert, un pantalon vert clair, et des chaussures blanches. Embaumant l'eau de toilette Armani, il prit l'ascenseur et monta jusqu'au douzième étage, où Henry Ullerstam passait le week-end dans sa suite réservée à l'année. Un agent de la sécurité de la compagnie pétrolière Bayshore se tenait devant la porte, trapu et engoncé dans son uniforme beige chiffonné, aussi expressif qu'une bouche d'incendie. Il barra la route à Carl comme celui-ci s'approchait.

— M. Ullerstam est là ?

— C'est de la part de qui ?

— Dites-lui que c'est le prochain président.

Lorsque Carl fut admis, Henry Ullerstam, le président-directeur général de la compagnie pétrolière Bayshore, âgé de quarante-huit ans, était debout devant la fenêtre. Vêtu d'un peignoir en soie bleu paon, il mangeait un muffin anglais en regardant une fille au Bikini minuscule qui prenait un bain de soleil sur la terrasse de l'hôtel adjacent.

— Bonjour, Carl, dit-il. Qu'en pensez-vous ?

Carl jeta un regard vers la fille en contrebas.

— Je vous remercie, mais pas ce matin.

Henry haussa un sourcil avec urbanité. C'était un bel homme de haute taille, aux cheveux coiffés en arrière et au nez busqué. Son épouse, Olive, avait coutume de dire qu'il ressemblait plus à Basil Rathbone que Basil Rathbone lui-même, même si, pour sa part, elle ressemblait à Barbara Stanwyck d'une manière frappante, mais ne voyait absolument pas la ressemblance.

– Tout s'est bien passé avec Lollie ? Elle a été à la hauteur ? Elle vous a fait profiter de sa spécialité ? s'enquit Henry.

Carl acquiesça de la tête.

– Lollie a été parfaite. C'est une fille ravissante. Mais le problème, c'est Elspeth. Elle l'a appris, Dieu sait comment, et elle m'a fait son numéro attristé mais plein de dignité. Nous venons d'avoir une prise de bec sur la terrasse du gymnase.

– Cela m'étonne qu'elle l'ait appris, dit Henry. J'avais demandé à Shapiro de surveiller la porte de sa chambre toute la soirée, et il affirme qu'elle ne s'est montrée à aucun moment. Peut-être est-elle sortie par la fenêtre après avoir noué des draps pour faire une corde.

Carl se laissa tomber dans l'un des luxueux fauteuils jaunes. Il commençait à ressentir la fatigue de ce vol de dernière minute pour Miami, de ces six heures d'âpres négociations avec Henry, de ce dîner trop riche – queues de homard et steak en marinade – et de ses ébats harassants dans le lit de Lollie, tout en seins, jambes et bras, sans parler d'une bouche avide qui ne lui avait pas laissé un seul instant de répit. Et pour couronner le tout, son jogging.

– L'un des serveurs a peut-être renseigné Elspeth au petit déjeuner, déclara Henry. C'est possible. Mais si c'est le cas, je veillerai à ce que son nœud papillon soit coupé en deux, ses menus déchirés et ses lacets de chaussure noués ensemble, et je veillerai également à ce qu'il soit renvoyé comme un malpropre.

Carl toussa.

— Il n'y a pas de quoi plaisanter, Henry. Elspeth peut me briser.

Henry ôta de la main des miettes de muffin sur son peignoir.

— Je sais que ce n'est pas le moment de plaisanter. Mais vous la laissez peut-être vous faire peur de façon excessive. Ce n'est qu'une femme, vous savez, et quoi qu'elle dise, elle a envie d'être la Première Dame aussi éperdument que vous avez envie d'être président.

Carl se pencha en avant d'un air sombre.

— J'aimerais avoir votre confiance en elle.

Henry sourit et prit place dans le fauteuil placé en vis-à-vis. Il posa ses pieds nus sur le plateau en verre de la table basse. Ses orteils étaient recourbés et il y avait un oignon prononcé sur son pied droit.

— Vous devriez peut-être faire preuve de plus d'attentions à son égard, suggéra-t-il. L'amadouer avec des diamants, des manteaux de fourrure, et de fréquents baisers. Lui faire l'amour de temps en temps.

Carl soupira.

— J'ai l'impression que vous avez probablement raison. Mais préférerais que vous ayez tort.

Henry prit un coffret à cigarettes en marbre indien sur la table basse, sortit une cigarette et l'alluma. À travers les volutes de fumée bleutée, il dit :

— Cela a toujours constitué une surprise pour moi de voir à quel point des hommes qui désirent gérer les vies de deux cent cinquante millions de personnes ont de telles difficultés élémentaires à gérer leur propre vie. Roosevelt, Kennedy, et tant d'autres.

Carl demeura silencieux. Il n'y avait personne d'autre dans tout l'univers à qui il aurait permis de lui parler de la sorte, et même avec Henry, il ne se hasardait pas à répondre par quelques mots enjoués ou spirituels. Aussi demanda-t-il d'une voix rauque :

— Vous avez parlé à vos commanditaires ?

Henry souffla des ronds de fumée.

— Oh, bien sûr. Je les ai tous tirés du lit à 5 heures ce matin.

— Et ?

Henry fit une grimace.

— Ils vous aiment bien, et ils aiment bien ce que vous dites. Ils apprécient tout particulièrement votre promesse d'accorder à des compagnies privées des droits de forage dans la plupart des champs pétrolifères fédéraux.

— Mais ?

— Mais, ma foi, ils ont *certaines* réserves, dit Henry.

— Quelles réserves ? demanda Carl. *Vous* n'en aviez pas, hier soir.

— En effet, dit Henry prudemment, mais je n'ai rien d'un comptable. Je n'ai pas leur esprit de comptable froid et inflexible.

— Qu'est-ce qui les rend froids et inflexibles ?

Henry sourit à nouveau, un sourire plus réservé cette fois.

— C'est difficile d'exprimer cela en termes aimables, Carl, mais je vous demande de comprendre que ce n'est pas l'expression de mes sentiments personnels envers vous en tant que politicien. *Ou* en tant qu'homme. Mais mes conseillers financiers ont le sentiment que votre estimation du soutien populaire en votre faveur en 1980 est un peu trop optimiste. Ils trouvent que vous êtes… comment dire ?… trop confiant.

Carl ne répondit pas. Il tambourina sur l'accoudoir de son fauteuil.

– Ils ne comprennent pas, poursuivit Henry, comment vous pouvez compter sur un report des voix en votre faveur que vous estimez à 6 ou 7 %. Vous ne savez même pas quels seront les résultats des votes majeurs de 1980. Et vous n'avez aucun sondage d'opinion permettant de prévoir si les gens vous accepteraient comme président.

Carl considéra Henry Ullerstam un long moment, puis il dit :

– Qu'est-ce que vos commanditaires veulent me faire comprendre, Henry ? Que les gens ne m'aiment peut-être pas ?

Henry leva les mains avec circonspection.

– Vous devez comprendre que des commanditaires voient tout en noir. Ce sont des pessimistes professionnels, disons. Mais ils font valoir que vous avez été impliqué dans le passé dans des... je suppose que l'on pourrait appeler cela des affaires plutôt douteuses. Et pour cette raison, ils ne sont pas du tout convaincus que les électeurs voteront pour vous.

Il ajouta, aussi doucement que possible :

– Être sénateur d'un État est une chose, Carl, mais la nation, c'est très différent. George McGovern l'a appris à ses dépens.

Carl sentit sa poitrine se serrer. C'était dû en partie à la fatigue physique, mais pour une toute petite partie.

– Hier soir, déclara-t-il, je vous ai dit que je garantissais mon succès. Ce n'était pas une estimation ou une conjecture. Je l'ai *garanti*.

– Hum, fit Henry, j'aimerais bien savoir comment.

Il trouva un petit morceau de muffin sur ses genoux et le fourra dans sa bouche.

– Je ne peux pas vous dire comment. Pas maintenant, en tout cas.

– Carl, dit Henry d'une voix légèrement tendue, il ne s'agit pas en ce moment d'appeler American Express et de vérifier votre degré de solvabilité. Nous allons vous donner treize millions de dollars, d'une façon ou d'une autre, et pour treize millions de dollars vous *devez* nous dire comment. Vous savez les risques que nous prenons, en blanchissant cet argent ? Nous avons une société commerciale au Canada, et un énorme projet de plate-forme de forage off-shore, tous deux spécialement et spécifiquement mis sur pied pour blanchir les fonds destinés à votre campagne.

Carl demeura silencieux pendant presque une minute, les mains jointes sur le ventre. Il donnait l'impression de réfléchir profondément, et Henry Ullerstam l'observait avec une expression à la fois sarcastique et circonspecte. Tout en l'observant, il tirait des bouffées de sa cigarette.

Finalement, Carl déclara :

– Il y a une marée, vous savez, en politique, et cette marée est la volonté des gens. D'abord, ils veulent un certain mode de vie, puis ils en veulent un autre. D'abord, ils veulent la censure, ensuite ils veulent la libre parole. D'abord, ils veulent l'Etat providence, ensuite ils veulent que tout un chacun se débrouille tout seul.

– Oui, oui, fit Henry d'une voix terne.

– Cette marée n'est pas régulière, tout comme la marée de la mer. Elle ne semble pas avoir de flux et de reflux prévisibles. Elle peut monter et soutenir le parti républicain pendant dix ans, et puis changer de manière imprévue du jour au lendemain, et remettre à flot les démocrates.

— Une image bien trouvée, dit Henry.

— Jusqu'à présent, continua Carl en s'échauffant peu à peu, les candidats étaient ballottés dans cette marée comme des bouteilles contenant des messages, et ils espéraient que la marée ferait suffisamment atten-tion à leurs messages pour les déposer sans dommage sur le rivage. Être élu a toujours été une question de chance, une affaire hasardeuse, dépourvue de toute véritable science. Un peu de marketing, oui. Mais pas de science.

Henry écoutait Carl patiemment. Il avait huit maisons d'un bout à l'autre de l'Amérique, dont deux manoirs coloniaux en Virginie et en Caroline du Nord. Il avait six avions privés, quinze automobiles, deux cent neuf domestiques, une femme, et trois Van Gogh authentifiés. La plupart des Américains éprouvaient à son égard une sorte d'affection méfiante, surtout après le tour qu'il avait joué à un éminent politicien républicain et à sa famille en les invitant à un « bal costumé ». À leur arrivée, déguisés en cinq laitues pommées, ils avaient découvert qu'ils étaient les seuls à être costumés.

Henry était plein d'esprit, concis, habituellement charmant mais rarement avisé, surtout pour un milliardaire, et c'était pour cette raison qu'il estimait que c'était une corvée nécessaire d'écouter Carl X. Chapman.

Carl se leva et alla jusqu'à la fenêtre. La fille au Bikini marron était allongée sur le dos à présent, et il y avait une fente tentante dans son slip moulant. À contrecœur, il leva les yeux vers Collins Avenue et la circulation du matin qui avançait lentement entre les palmiers. Il aurait tellement voulu qu'Elspeth ne lui donnât pas toujours aussi mauvaise conscience.

– Henry, j'ai découvert, il y a environ un an et demi, qu'il *existe* des moyens de prévoir comment et quand les opinions politiques des gens évolueront dans les années à venir.

Carl dit cela comme si c'était une déclaration d'une telle importance que Henry Ullerstam serait obligé d'applaudir. Celui-ci n'en fit rien. Il se contenta de dire, dissimulant son ironie :

– Vous avez découvert cela, mais personne d'autre ne l'a découvert ?

– Personne d'autre dans le monde politique. Vous comprenez, l'ennui avec les pronostiqueurs politiques et les instituts de sondages, c'est qu'ils pensent en termes politiques. Ils oublient que les électeurs sont des gens, et non des décisions abstraites dans des urnes, et parce qu'ils oublient que les électeurs sont des gens, ils oublient que ceux-ci vivent, évoluent et changent d'avis, comme tous les gens le font.

Henry demeura silencieux un moment. Puis il dit :

– C'est tout ? Juste des marées, des plages, des bouteilles contenant des messages, et des gens ?

– J'essaie d'expliquer cela d'une façon simple, répondit Carl. En fait, c'est un peu plus scientifique.

– Jusqu'à quel point ?

Carl se retourna. Derrière lui, le soleil brillait à travers la vitre embuée de sel et formait une auréole. Henry se demanda presque s'il recevait un signe divin lui disant d'avoir confiance en l'avenir politique de Carl X. Chapman. Mais Henry était un pétrolier, et un financier, et il ne croyait pas aux signes divins.

– Vous ne mettez pas en doute ma parole ? dit Carl. Vous ne dites pas que la compagnie pétrolière Bayshore n'a aucune confiance en moi ?

Henry secoua la tête.

— Carl, nous avons confiance. Nous avons entièrement confiance. Mais vous nous demandez de débourser treize millions de dollars, et la majorité de cet argent se trouve en dehors des limites les plus strictes de la loi. Un accord pour ce genre d'investissement politique doit reposer sur des preuves. Les choses étant ce qu'elles sont, nous ferions peut-être mieux de miser ces treize millions de dollars sur un cheval de course à Santa Anita.

Carl voulut dire quelque chose de caustique, puis il se ravisa. Il eut un petit sourire qui voulait dire « d'accord, vous avez gagné », et il revint vers son fauteuil.

— Écoutez, Henry, dit-il en s'asseyant, toute élection présidentielle a ses facteurs inattendus et imprévisibles. Qui peut dire si la santé d'un candidat résistera à la tension de la campagne, ou si un dingue ne va pas sortir de la foule et l'assassiner ? Personne. Mais ce que j'ai été à même de faire, c'est réduire le nombre des facteurs imprévisibles en question, et j'ai notamment ôté le facteur le plus imprévisible de tous — la volonté des électeurs.

« Je vous certifie que je suis en mesure de prévoir avec une marge d'erreur de cinq millions de voix comment ce pays réagira à ses candidats à la présidence en 1980.

— En présumant que les candidats à la présidence seront Jimmy Carter et vous, dit Henry.

— Ma foi, c'est exact. D'accord, il subsiste un certain doute quant aux résultats des primaires, mais lorsque vous considérez l'opposition éventuelle à une investiture, c'est quasiment insignifiant. Il y a Mullins, bien sûr, mais il est déjà compromis dans ce scandale de la centrale hydroélectrique dans l'Iowa. Ensuite il y

a Krolnik. Mais a-t-on jamais entendu parler d'un président qui s'appelle Krolnik ?

— Ne soyez pas aussi sûr de vous, fit Henry. Krolnik
est malin.

— Malin, oui. Mais pas suffisamment. Il a fait sa
pelote au Colorado, mais il est trop jeune. Tout en
pomme d'Adam et chaussettes à rayures. L'Est ne
l'aime pas, et le Sud estime qu'il est un Richard Nixon
Junior.

— Je vais prendre un verre, dit Henry. Et vous ?

Il fit tinter une petite sonnette posée sur la table
basse.

Carl considéra Henry attentivement, puis il dit :

— Vous allez être obligé de me faire confiance,
Henry, à un moment ou à un autre. Je vous demande
de me faire confiance maintenant. Je vous demande
de retourner voir vos commanditaires et de leur dire :
« Carl X. Chapman sera à la Maison-Blanche en 1980,
point final. »

Henry sourit.

— J'aimerais être en mesure de le faire. Malheureusement, vous oubliez deux arguments de poids.

— Lesquels ?

— Voyons, Henry, vous les connaissez parfaitement.
Est-ce que cette marée de l'opinion publique que vous
affirmez être capable de prévoir sera en votre faveur ou
en celle de Jimmy Carter ? Et que comptez-vous faire si
elle se retourne contre vous ?

Carl demeura silencieux un moment. Puis, d'une
voix douce, il répondit :

— J'ai réfléchi à cela, et j'y travaille depuis un bon
moment. Vous avez raison, bien sûr. Le problème n'est
pas tellement de prévoir l'avenir, mais plutôt de le
contrôler une fois que vous l'avez prévu.

100

— Et comment pouvez-vous le contrôler ? demanda Henry en souriant mais sans humour. Il faut que nous le sachions, Carl, avant d'accepter de vous donner l'argent.

Carl considéra Henry Ullerstam avec lassitude mais de façon intense. Sur le visage du président en puissance, Henry voyait toute une vie de pratique politique, des années de luttes, des décennies de déceptions, de succès, d'ambitions, de conflits. Il savait que Carl se donnait l'image du père, mais Henry était encore un écolier en culottes courtes lorsqu'il avait deviné les motivations secrètes de son père, Albert Ullerstam, et il en savait plus sur le besoin complexe de pouvoir et de richesse que ce que Carl pourrait jamais concevoir.

— Jusqu'à quel point puis-je vous faire confiance, Henry ? demanda Carl. Est-ce que je peux vous confier ma propre vie ?

Henry haussa les épaules.

— Si vous êtes élu président, je vous confierai la mienne.

Une jeune femme, une blonde d'aspect Scandinave en robe courte bleue et tablier de femme de chambre fraîchement repassé, entra dans la pièce et demanda :

— Désirez-vous quelque chose, monsieur Ullerstam ?

Henry acquiesça de la tête.

— Apportez-nous un pichet de Martini sec, Trudy. Un Martini, cela vous convient, sénateur ?

Carl se renversa dans son fauteuil et regarda la jeune femme d'un air appréciateur.

— Je crois que vous avez l'intention de me tuer avant que je prononce mon discours d'inauguration, plaisanta-t-il. Bien sûr, un Martini, avec plaisir.

Henry alluma une autre cigarette et considéra Carl avec une nouvelle gravité.

— S'il n'y avait eu aucune confiance entre nous, Carl, nous n'aurions pas fait toute cette route ensemble. Allons, je suis déjà aussi profondément impliqué que vous l'êtes. C'est de cette façon que des amis doivent se comporter. J'ai besoin de savoir comment vous allez prévoir vos résultats en 1980, et s'ils ne sont pas en votre faveur, comment vous vous y prendrez pour être sûr qu'ils le soient.

Carl baissa les yeux. Il se sentait étrangement humble en présence d'Henry, comme si celui-ci était sa conscience. Il avait déjà fait un sacré bout de chemin pour se convaincre que tout ce qu'il faisait afin d'être élu en 1980 était justifié par la nécessité criante de l'Amérique d'avoir un président fort et protecteur, mais c'était la première fois qu'il devait convaincre une autre personne.

— Avant de vous le dire, je veux que vous compreniez que nous parlons en ce moment du destin de l'Amérique, ni plus ni moins. Je veux que vous compreniez ce que je vous dis dans ce contexte.

— Entendu, répondit Henry. Je vous écoute, dans ce contexte.

Carl sembla mal à l'aise. Il hésita un moment, comme s'il se demandait s'il devait dire quoi que ce soit à Henry ou bien se taire. Mais il avait travaillé pendant quarante ans dans ce but, et sa mère était morte pour cette raison, et son père avait pleuré dans un magasin minable du Minnesota.

Il déclara d'une voix étouffée :

— Cela va vous paraître choquant, et cela va vous paraître scandaleux. Mais c'est la première action positive à long terme que quelqu'un ait jamais entreprise afin de protéger ce pays de lui-même.

10

Elle descendit maladroitement les marches du yacht de plaisance de quinze mètres et chercha à percer la pénombre. Les lames du store étaient inclinées de telle sorte que quelques barres seulement de lumière du soleil éclairaient la cabine, et l'homme lui-même était assis dans le coin opposé, son visage entouré d'un nuage de fumée de cigarette.

– Monsieur Radetzky ?

– Entrez. Vous êtes en retard, dit-il.

Elle descendit les dernières marches dans un claquement de ses chaussures à talons hauts, puis elle s'avança dans la cabine et jeta un regard à la ronde. Elle mastiquait bruyamment un chewing-gum, et elle avait le manque d'assurance incongru caractérisant les très jolies filles qui ont reçu une éducation médiocre. Après deux ou trois pas dans la cabine, elle s'assit sur une banquette en face de son hôte et croisa ses longues jambes avec un manque d'élégance qui était presque comique.

– C'est la première fois que je viens sur un bateau comme celui-ci, fit-elle remarquer en mastiquant son chewing-gum et en grimaçant un sourire.

L'homme eut une petite toux polie.

– Si vous me donnez un coup de main, vous pourrez vous offrir un bateau comme celui-ci. Il y a beaucoup d'argent à gagner.

Elle gloussa, sans raison apparente. De haute taille, elle avait une chevelure d'un roux saisissant, des taches de rousseur à profusion, et des yeux verts qui brillaient avec autant d'éclat que des feux de signalisation. Elle portait un boléro en coton blanc qui menaçait de faire éclater les boutons et laissait sa taille nue, et un short rouge foncé avec une décalcomanie de Popeye et une grosse ceinture en toile blanche. Ainsi que le portier du Dorai l'avait noté : « Du sex-appeal, elle en a à revendre, mais de la classe... pas question ! »

– Je pense que vous avez passé des moments agréables avec le sénateur Chapman la nuit dernière ?

La jeune femme fronça les sourcils.

– Qu'est-ce que cela signifie ?

L'homme dissipa la fumée de sa cigarette de la main. Il était jeune, pas plus de vingt-sept ou vingt-huit ans, et il avait un visage ovale au menton bleu qui ressemblait à un œuf trempé dans de l'encre de Chine. Ses cheveux noirs étaient coupés très court, comme ceux d'un étudiant, et il portait un complet bleu luisant à la Nixon, une chemise à col blanc, et une cravate. Il avait l'air professionnel, calme et posé, comme s'il savait exactement ce qu'il faisait tout le temps, et pourquoi.

– Nous n'avons pas besoin de jouer à cache-cache, mademoiselle Methven, fit-il. Je sais ce que vous avez fait, je peux le prouver, et je ne suis pas ici pour vous dénoncer à la police, ni pour vous faire arrêter, ni pour en informer votre mère.

La jeune femme parut un brin nerveuse.

– J'ai fait mon boulot, répondit-elle. J'ai fait ce qu'on m'avait dit de faire. L'homme m'a payée, et j'ai fait ce qu'il m'avait dit de faire.

– Bien sûr, fit M. Radetzky calmement.

Derrière lui, à travers une rangée d'interstices parallèles dans le store, elle apercevait l'eau de Biscayne Bay, et la circulation de midi sur Collins Avenue.

– Que signifie « bien sûr » ? demanda-t-elle. Si vous n'avez pas l'intention de me dénoncer ou de me faire arrêter, pourquoi m'avez-vous demandé de venir ici ? Vous allez me donner une médaille du mérite ?

M. Radetzky esquissa un sourire.

– Pour votre performance, vous en méritez une. Regardez plutôt.

Il appuya sur un bouton à côté de lui. Dans un léger bourdonnement, un écran de cinéma blanc descendit de la cloison. Puis il appuya sur un autre bouton. Un projecteur se mit à ronronner et remplit l'écran tout d'abord d'une vive lumière blanche, puis de chiffres scintillants, et, enfin, à la grande horreur de la jeune femme, d'un film granuleux mais parfaitement explicite : deux personnes nues sur un grand lit, une jeune femme rousse portant uniquement des bas noirs et un porte-jarretelles noir, et un homme ventru aux cheveux gris.

– Seigneur ! chuchota-t-elle. Je suis dans un film !

Sur l'écran, la rouquine caressait et léchait l'homme d'un certain âge, le chevauchait, porte-jarretelles distendu et seins qui ballottaient. Puis elle se déplaça, embrassa son ventre aux poils gris, et prit son pénis dans sa bouche avec un plaisir évident. L'homme aux cheveux gris garda ses yeux fermés et son visage crispé jusqu'à ce que ce soit terminé, jusqu'à ce que la jeune femme lève les yeux vers lui. Ses lèvres et son menton étaient enduits de sperme crémeux. Il n'y avait pas de son.

Le film s'effaça dans un fondu et s'arrêta. M. Radetzky éteignit le projecteur et appuya sur le bouton pour faire remonter l'écran. Puis il regarda la jeune femme avec un sourire patient.

— Vous vous appelez Dolores Methven, dit-il. Vous êtes tantôt strip-teaseuse, tantôt préposée au vestiaire, tantôt accompagnatrice. Vous habitez à El Portal avec votre mère qui est veuve. Vous avez été engagée la nuit dernière par des hommes qui travaillent pour M. Henry Ullerstam, de la compagnie pétrolière Bayshore. Ils vont ont donné trois cents dollars pour que vous vous rendiez à la chambre 1126 de l'hôtel Dorai et pour que vous donniez le pied de sa vie à un vieux monsieur non identifié.

M. Radetzky toussa et sortit un paquet de Lucky. Il offrit une cigarette à Lollie, mais elle secoua la tête et continua de mastiquer son chewing-gum.

— Ce que ni vous ni M. Ullerstam ni votre vieux monsieur ne savaient, c'est que votre vieux monsieur était étroitement surveillé par moi. L'heure de votre arrivée à l'hôtel a été enregistrée, ainsi que l'heure de votre départ. Tout ce que vous avez fait dans la chambre 1126 a été filmé.

Lollie Methven battit des paupières, mal à l'aise.

— J'ai fait mon boulot, dit-elle. J'ai fait ce qu'ils m'avaient demandé de faire. Est-ce que vous refuseriez trois cents dollars pour sucer la queue d'un vieux type ? Enfin, peut-être que vous refuseriez, vous !

M. Radetzky leva la main.

— Je ne vous accuse de rien du tout. Je ne vous reproche absolument rien. Je suis un enquêteur privé, pas un flic. Je travaille pour Mme Chapman, et je dois obtenir des preuves contre le sénateur Chapman afin que celle-ci engage une procédure de divorce.

— Alors, vous avez toutes les preuves dont vous aviez besoin, non ? Le film ?

M. Radetzky secoua la tête. Lollie trouvait qu'il ressemblait à un horrible pisse-froid, le genre de type avec

qui vous couchez, pour découvrir qu'il a les pieds gla-
cés. Elle l'imaginait parfaitement en train de prendre
son pied en tringlant une fille tandis qu'il portait des
bottes en caoutchouc et un imperméable, les poches
remplies de maquereaux.

— Ce que vous avez fait la nuit dernière avec le sénateur Chapman était une preuve suffisante pour obtenir
un divorce sans problème, répondit M. Radetzky. Mais
c'est insuffisant pour Mme Chapman. Elle veut des
preuves irrécusables de rapports sexuels adultères afin
d'avoir la certitude que le sénateur recherche davantage
que, euh, un soulagement de temps à autre.

Lollie mastiqua son chewing-gum plus lentement.

— Et que voulez-vous que je fasse? lui demanda-
t-elle. Que je baise avec le type devant sa femme?

— Ce ne sera pas nécessaire. Tout ce que je veux que
vous fassiez, c'est accepter de prendre un avion pour
Las Vegas mercredi prochain, d'aller retrouver le sénateur Chapman à l'hôtel Scirocco, de coucher avec lui,
et de veiller à ce que vous ayez des rapports sexuels. Je
me charge de la surveillance et de l'enregistrement des
preuves.

Les yeux de Lollie s'étrécirent.

— C'est une sorte de coup monté, non? Je suis une
fille qui fait ce qu'elle fait le mieux, monsieur Radetzky,
c'est tout.

M. Radetzky secoua la tête à nouveau.

— Vous n'avez aucune inquiétude à avoir. Tout ce
que vous avez à faire, c'est répondre quand on vous
appelle, faire ce qu'on vous dit de faire, et vous touche-
rez mille dollars, en liquide.

Il sortit de sa poche un portefeuille Cartier rouge
foncé et prit deux billets de cent dollars tout neufs.

– Ceci, dit-il tranquillement, est l'expression de notre confiance en vous.

Lollie regarda l'argent un long moment. Puis M. Radetzky posa les billets sur la table de la cabine. Sous leurs pieds, le yacht se soulevait et s'abaissait doucement au gré de la houle de Biscayne Bay.

– Vous m'appellerez ? demanda Lollie d'un air incertain. Et vous paierez mon billet d'avion pour Las Vegas ?

M. Radetzky acquiesça.

– Bon, c'est d'accord, dit-elle. Ce type est un foutu bourgeois, de toute façon. Je le ferai.

Elle prit les billets, les plia d'une main experte, et les glissa dans le creux de ses seins. M. Radetzky se renversa dans son fauteuil et sourit.

– Je vous promets que vous ne le regretterez pas, dit-il. Croyez-moi, vous ne le regretterez pas.

11

Le mardi matin, John vint la chercher à l'hôpital. Il faisait froid, le ciel était couvert, et le smog avait recouvert le centre de Los Angeles de voiles grisâtres et tristes. Il s'engagea sur le parking au volant d'une Volkswagen orange cabossée avec une longue antenne CB et une bouche au rouge à lèvres criard peinte sur le capot.

Il descendit de la voiture d'un air las et claqua la portière avec sa hanche. À présent il avait surmonté le pire du choc. Depuis vendredi, il avait bu quatre bouteilles de whisky, écouté Santana à un volume sonore tel qu'il avait mal aux oreilles, fait de longues promenades solitaires dans le canyon jusqu'à ce qu'il fasse trop sombre pour voir quoi que ce soit. Il avait même fumé des joints d'achillée sternutatoire dont son voisin, Mel, lui avait vanté les effets. « C'est comme de te réveiller le matin et de t'apercevoir que tu as mangé ton oreiller d'herbes dans ton sommeil. »

Il avait un visage blême et affligé, mais ces horribles moments sur l'autoroute devenaient déjà des souvenirs, au lieu d'être des impressions récentes et vivaces. Il commençait à gérer ce qui s'était produit, malgré son besoin de pleurer la mort de son père, et même à chercher une sorte de motif expliquant pourquoi cela s'était produit.

Elle l'attendait dans le hall d'entrée de l'hôpital, en chandail bleu foncé et jean blanc. Ses cheveux bruns, coiffés en arrière, étaient cachés sous un foulard jaune parce qu'ils étaient sales, et elle avait toujours un hématome jaunâtre sous un œil.

Il l'embrassa et la serra contre lui un long moment sans rien dire. Puis il s'écarta et la regarda.

– Je suppose que si nous pouvons être reconnaissants de quelque chose, c'est du fait qu'au moins deux d'entre nous aient survécu, dit-il d'une voix rauque.

Il savait qu'il avait les larmes aux yeux, et il savait qu'il devait paraître tout à fait sentimental, mais c'était ce qu'il éprouvait.

– Partons, dit-elle. Je ne supporte plus cet endroit.

Il prit sa valise, et ils descendirent les marches vers le parking, sous un ciel gris perle.

– Quelle voiture as-tu prise ? lui demanda-t-elle.

– Mel m'a prêté sa Volkswagen.

– Le garage t'a dit quelque chose pour l'Imperial ?

Il haussa les épaules.

– Ils ne sont pas très optimistes. En fait, ils sont carrément pessimistes. Le type du service des pneus a dit qu'autrefois il avait des pièces détachées de suspension à air pour les Chrysler Imperial, mais qu'elles avaient été perdues durant la Grande Inondation.

Ils arrivèrent devant la Coccinelle délabrée, et John fut obligé de donner un coup de pied dans la portière pour l'ouvrir.

– Cette voiture est masochiste, comme tous les Allemands, déclara-t-il. Si tu enfonces tes ongles dans la garniture intérieure, elle augmente sa vitesse de sept kilomètres à l'heure en troisième.

Vicki prit son bras. Il se tourna et la regarda. Ses grands yeux marron étaient tout à fait sérieux.

– Tu n'es pas obligé de faire des plaisanteries, John. À moins que tu n'en aies envie. Je peux m'accommoder d'un peu de tristesse, si c'est ce que tu ressens intérieurement.

Il acquiesça de la tête. Il fut obligé de s'éclaircir la gorge pour être à même de lui répondre.

– Merci, dit-il doucement. Il y aura un ou deux moments pénibles. Mais la plupart du temps, ça va.

Il abaissa le siège du conducteur et coinça la valise de Vicki à l'arrière. Ils montèrent, s'assirent côte à côte, et regardèrent à travers le pare-brise poussiéreux en se demandant quoi dire.

– Cette voiture n'a pas la CB ? fit Vicki.

John secoua la tête.

– Mel avait seulement de quoi acheter l'antenne. Il met de l'argent de côté pour s'offrir le reste l'année prochaine.

Vicki toucha sa main.

– Qu'as-tu l'intention de faire maintenant ? Au sujet de ton père ?

– Je vais commencer par l'enterrer.

– Et ensuite ?

Il avala une grande goulée d'air.

– Je ne sais pas. La police n'arrête pas de dire qu'ils ont la situation en main, qu'ils connaissent leur boulot. Mais ils n'ont pas la moindre piste, apparemment. Et s'ils ne sont pas capables d'arrêter l'Étrangleur, quel espoir ont-ils d'arrêter ce type ? Ils l'appellent le Dingue de l'autoroute. Le bon vieux sens de l'humour de la police.

– Allons, John, Ce sont seulement des flics qui se comportent comme des flics. Ils font de leur mieux.

Il mit le contact, et le moteur hennit comme une vieille jument. Il appuya sur l'accélérateur une ou deux fois, et un nuage de fumée noire sortit du tuyau d'échappement.

– Je ne comprendrai jamais comment Mel a le culot de se qualifier d'écologiste et de se déplacer en trimbalant un tel pic de pollution, grommela John tandis qu'il effectuait une marche arrière et braquait pour se diriger vers le portail de l'hôpital.

Il continuait de se colleter avec le levier de vitesse lorsqu'on donna un petit coup sec sur la vitre de la voiture.

– John, dit Vicki.

John leva les yeux. C'était le lieutenant Morello. Il portait un costume en toile donnant l'impression qu'il avait dormi avec, puis qu'il l'avait prêté à son grand-père, lequel avait également dormi avec. John baissa sa vitre et dit :

– Oui ?

– Bonjour, monsieur Cullen. Comment allez-vous ?
Et c'est bien mademoiselle Wallace, n'est-ce pas ?

– C'est exact.

– Il me semblait bien l'avoir reconnue. Vous avez
meilleure mine, mademoiselle Wallace. Vous aussi,
monsieur Cullen.

– Je vous remercie, dit John.

Il était désagréablement conscient du boucan du
moteur de la Coccinelle et de la fumée grasse qui
s'échappait de l'arrière.

– Nous avons retrouvé la voiture du tueur ce matin,
déclara le lieutenant Morello. Elle avait été louée chez
Avis à Hollywood. Un scout l'a découverte dans Big
Dalton Canyon. Les gars du labo l'examinent en ce
moment.

– Vous pensez qu'ils trouveront quelque chose ?
demanda John.

– Difficile à dire. Il n'y avait rien d'évident. Pas d'empreintes, ni rien de ce genre. Mais on peut apprendre
énormément de choses sur un homme d'après la voiture qu'il conduit, même s'il s'agit d'une voiture de
location.

– Vous avez des chances de l'attraper ? dit Vicki
doucement.

Le lieutenant Morello fit une grimace.

– Qui sait ? Peut-être s'il fait quelque chose d'irréfléchi ou de stupide. Jusqu'ici, il a réussi à dépister la
police très habilement.

– Mais vous êtes toujours persuadé qu'il s'agit d'un
psychopathe ? demanda John.

Le lieutenant Morello plissa les yeux.

– Que voulez-vous dire ? Que pourrait-il être
d'autre ?

– Je ne sais pas. Mais je trouve très étrange qu'un
type présentant des troubles mentaux soit capable de

tuer douze personnes sur trois autoroutes différentes et réussisse néanmoins à échapper à la police.

— Vous croyez que, parce que c'est un psychopathe, il devrait laisser des indices partout ?

— À vous de me le dire. Je pose la question, c'est tout.

Le lieutenant Morello se mit à croupetons près de la voiture, et son visage apparut devant la vitre baissée comme s'il présentait un spectacle de marionnettes.

— Je vais vous expliquer une chose, dit-il d'un ton solennel. En règle générale, un psychopathe tue parce qu'il est persuadé d'avoir une sorte de mission divine qui consiste à détruire d'autres personnes. Pour cette raison, il tue sans la moindre mauvaise conscience, et parce qu'il tue sans la moindre mauvaise conscience, il n'est pratiquement jamais nerveux ou pressé dans ce qu'il fait. Un psychopathe pense à des détails que la plupart des tueurs sains d'esprit n'imaginent même pas.

— Par exemple ? demanda Vicki d'une voix si basse qu'elle n'était même pas sûre que le lieutenant Morello l'avait entendue.

— Par exemple, nous avons eu un dingue, un chauffard, voilà six ou sept ans. Après chaque homicide, il lavait les pneus de sa voiture avec du savon et de l'eau, puis il roulait sur une étendue de boue qu'il avait aménagée dans son arrière-cour. Il avait apporté cette boue depuis Sausalito, et cette boue de Sausalito était censée prouver qu'il avait rendu visite à sa mère à Mill Valley au moment du meurtre. Cependant, nous avons fini par le coincer. L'un des gars du labo a fait remarquer qu'il aurait dû avoir sur ses pneus de la boue provenant de chaque centimètre de l'Interstate 5 entre ici et San Francisco s'il était vraiment allé là-bas, et pas uniquement cette boue particulière.

John eut un sourire pincé.

– Je vois, dit-il.

Il n'avait aucune envie de parler des méthodes de la police en ce moment. La Volkswagen ferraillait et vibrait, il régnait une chaleur désagréable dans l'habitacle, et il commençait à transpirer, une sueur poisseuse et fiévreuse.

Il n'arrêtait pas de voir le visage de son père durant les dernières secondes avant que le tueur commence à tirer, et d'entendre cette voix douce et enjouée disant : « *Tu* étais nerveux ? Si tu m'avais vu ! J'ai eu une attaque aiguë de paumes en sueur ! »

Il demanda au lieutenant Morello :

– Vous nous tiendrez au courant si vous avez du nouveau ?

Le lieutenant Morello hocha la tête.

– Bien sûr. De toute façon, nous aimerions que vous jetiez un coup d'œil à d'autres photos d'identification judiciaire durant le week-end.

– Mais si vous trouvez quoi que ce soit sur le mobile du type, vous nous le ferez savoir, n'est-ce pas ?

Le lieutenant Morello sortit un mouchoir de sa poche et entreprit de le plier soigneusement en un tampon afin de se moucher.

– Je ne suis pas certain de vous comprendre.

– Lieutenant, dit John, j'ai besoin de savoir que mon père n'est pas mort à cause d'un coup de malchance parfaitement stupide. J'ai besoin de savoir qu'il est mort pour une certaine raison. À cause de ce qu'il était, ou de ce à quoi il croyait.

Le lieutenant Morello se moucha.

– Très peu de personnes meurent de cette façon, monsieur Cullen. Je suis désolé.

John le considéra. Puis il détourna la tête, se frotta la nuque d'un air las, et dit :

– Bien sûr, vous avez raison. Je n'insinuais pas que vous ne faites pas votre boulot. Je suppose que c'est très difficile à accepter, c'est tout, de mourir pour rien.

Le lieutenant Morello reprit :

– Ce matin, une jeune femme rentrait chez elle à bord de sa Pinto, sur Santa Monica Boulevard. Un type complètement ivre dans une camionnette a brûlé le feu rouge à La Brea, il roulait à plus de 90 km/h. Il a heurté la Pinto de plein fouet et la jeune femme a été tuée sur le coup. Réfléchissez à cela.

– Je crois qu'il a suffisamment de quoi réfléchir pour le moment, lieutenant, dit Vicki. Nous partons à présent.

Le lieutenant Morello se releva.

– Je vous tiendrai au courant, promit-il. Mais vous voulez bien me faire une faveur ?

– Qu'est-ce que c'est ?

– Faites régler votre pot d'échappement. Je n'ai pas envie que mes principaux témoins se fassent arrêter pour émission de gaz polluants.

John hocha la tête et passa la première. Tandis qu'il franchissait le portail de l'hôpital et rejoignait la circulation du centre de Los Angeles, il ne savait pas s'il devait éclater de rire, ou demeurer silencieux, ou se cacher le visage dans les mains et pleurer pour tous les gens qui meurent par suite d'une imprudence ou d'une intention criminelle, et pour tous ces amis affligés et amers qu'ils laissent derrière eux.

12

Ils atteignirent enfin leur allée en pente dans Topanga Canyon. La Coccinelle orange toussait et ahanait comme un vieil asthmatique. John se gara sous les arbres devant leur véranda verte et descendit. Il s'étira, respira à pleins poumons l'air du canyon, et leva les yeux vers le ciel bleu brumeux entre les feuilles des arbres.

– John... la voiture part en arrière ! s'écria Vicki.

John se retourna, ouvrit à la volée la portière côté conducteur, et serra le frein à main juste à temps. Puis, en tenant le frein fermement, il dit à Vicki :

– Tu veux bien m'apporter deux briques ? J'ai complètement oublié que Mel m'avait dit de caler les roues en cas de pente raide. Les freins usés, tu sais ? Un jour, sa Coccinelle a traversé tout un parking et a déboulé sur Sunset sans heurter une seule voiture. C'est ce qu'il prétend, en tout cas. Mais tu sais comment est Mel.

– Comment *est* Mel ? demanda Mel en traversant l'allée en pente, une grosse bouteille givrée de chablis à la main.

Il était trapu, barbu, portait des lunettes à monture en corne et avait une bedaine qui menaçait de faire craquer sa chemise de cow-boy à carreaux.

– Mel est généreux et scrupuleux à l'excès, répondit Vicki. Il est également merveilleux et avisé, et le meilleur voisin que l'on puisse souhaiter avoir, à condition d'avoir envie de perdre la vie dans une Volkswagen orange.

Mel la rejoignit et l'embrassa.

— Surtout reste en vie, trésor. Ta vie est trop précieuse pour la perdre n'importe où. Salut, John. Comment vas-tu ?

— Je remonte la pente, merci. Ce vin est pour nous ?

— Un petit cadeau pour fêter votre retour à la maison. Je sais que le vin est dégueulasse à l'hôpital.

— Quel vin à l'hôpital ? s'exclama Vicki. J'ignorais qu'ils donnaient du vin à l'hôpital.

— C'est bien ce qui est dégueulasse !

John sortit la valise de Vicki de la voiture. Ils gravirent les marches du perron à la peinture verte écaillée, traversèrent la véranda, et entrèrent. La maison était une vieille demeure en bois patiné, paisible et pleine de dignité. Elle avait été construite par un peintre décorateur à la retraite, il y avait bientôt vingt ans, et elle avait été conçue pour être un refuge loin du monde et un lieu où celui-ci pourrait se consacrer à des peintures qui faisaient seulement quelques centimètres carrés, et non des demi-hectares. Elle avait échappé à plusieurs incendies en raison de son emplacement inhabituel dans une cuvette isolée, et c'était l'une des plus vieilles demeures dans le canyon, avec un toit en croupe, un balcon aux balustrades sculptées style tyrolien, et des fenêtres munies de volets.

John et Vicki avaient entrepris de restaurer la maison avec patience et minutie, et le séjour où ils pénétrèrent ce matin-là était déjà terminé. Il y avait un grand manteau de cheminée sculpté, encombré de bibelots du Staffordshire, un plancher en pin poli comme du verre, et de gracieux fauteuils anciens tapissés de velours couleur de raisins foncés. Par la baie vitrée, on avait une vue verdoyante et ombragée des arbres, des fleurs, et de la lumière du jour pommelée.

Vicki apporta trois verres à pied verts et John ouvrit la bouteille de vin.

– Tu connais un type à cheveux blonds ? demanda Mel. Le genre surfeur, ou fana de football ?

– Non, répondit John en remplissant les verres. À moins que tu ne parles de Sammy, et il est en vacances à Hawaï.

– Eh bien, je ne le connaissais pas, moi non plus, dit Mel. Mais il s'est amené ici ce matin alors que tu étais allé chercher Vicki. Il a remonté l'allée, il a examiné la maison, et puis il est reparti.

John tendit son verre à Vicki, et elle lui lança un regard inquiet.

– Tu ne penses pas que cela a quelque chose à voir avec ce qui s'est produit sur l'autoroute, hein ? lui demanda-t-elle. Ce ne pourrait pas être lui de nouveau, n'est-ce pas ?

John secoua la tête.

– Non, je ne le pense pas. C'était probablement un touriste qui se promenait. Ce n'est pas parce qu'un maniaque a décidé de s'exercer au tir sur nous en nous apercevant sur l'autoroute que cela signifie qu'il va nous suivre partout où nous allons.

Vicki but une gorgée de vin.

– J'ai fait des cauchemars à ce sujet, dit-elle. Des cauchemars où il y avait des hommes aux cheveux bruns, et des voitures qui me poursuivaient et essayaient de me tuer.

– Dans ce cas, tu fais erreur, dit Mel. Ce type était blond. Un blond ordinaire, inoffensif, 100 % américain !

Vicki alla jusqu'à la baie vitrée. Son reflet pâle la regarda depuis le jardin verdoyant, tel un fantôme d'elle-même égaré.

– J'espère que tu as raison, dit-elle. En ce moment, j'ai l'impression que je ne pourrai plus jamais dormir paisiblement.

– À quoi ressemblait ce type blond ? demanda John. Il était jeune ?

– C'est plutôt difficile à dire, répondit Mel en grattant sa barbe rousse. Il était robuste, tu sais, et foutrement bien bâti. Le genre athlète, je dirais, mais le lancer de javelot plutôt que la course à pied. Il portait une chemise écossaise et un jean. Mais je serais incapable de le repérer dans une foule. La moitié des types en Californie ont ce look, et l'autre moitié me ressemble.

Vicki se détourna nerveusement de la baie vitrée.

– Je déteste les mystères. J'aime que tout soit explicable. Je suppose que c'est parce que je suis Capricorne.

John arbora un large sourire.

– Et si tu commençais par être Verseau et allais te faire couler un bain et te laver les cheveux ? Tu ne sens pas la rose, crois-moi ! Pendant ce temps, je vais nous préparer de savoureux hamburgers maison. Mel, ça te dit, un savoureux hamburger maison ?

Mel émit un gloussement.

– Autant me demander si j'ai envie de respirer !

– Eh bien, tu peux continuer de respirer, si tu préfères. C'est plus économique.

– Je n'en ai pas pour longtemps, dit Vicki. Ne mangez pas tous les pickles avant mon retour !

Mel leva son verre vers elle. Alors qu'elle traversait le séjour, il appela :

– Vicki !

Elle se retourna. Un nuage cacha le soleil et assombrit la maison. Mel déclara :

– Je veux juste porter un toast aux Parques, quelles qu'elles soient, parce que tu es saine et sauve. Nous avons été bigrement seuls ici durant ton absence.

Vicki hocha la tête, et ses yeux s'embuèrent légèrement. Elle vint vers Mel, l'embrassa sur le front, et chuchota :

– Que Dieu te bénisse, Mel. Que Dieu bénisse tous les amis.

John avait rempli son verre de nouveau, et il franchit la porte cintrée en pin sculpté pour aller dans la cuisine. Il sortit la viande hachée du réfrigérateur et entreprit de hacher menu des oignons et des fines herbes. Il ouvrit la fenêtre de la cuisine, et il y eut l'odeur chaude et parfumée de l'automne californien, et une vue de la vallée entre les arbres vers Topanga et la route. Mel le rejoignit, apportant son verre de vin, et se percha sur un tabouret de bar près du comptoir du petit déjeuner.

– Cette affaire a vraiment secoué Vicki, hein ? dit-il.

John leva les yeux.

– Plus qu'elle ne le dit.

– Son psy peut l'aider ? Qui consulte-t-elle ces derniers temps ?

– Elle pratique le traitement réfléchi naturel. Comme moi.

– Le traitement réfléchi naturel ? Connais pas !

– Ça ne m'étonne pas, dit John en battant un œuf dans la viande hachée et en ajoutant du poivre et du thym. Cela consiste à te regarder dans la glace chaque matin et à te dire : « Bonjour, personne parfaitement équilibrée ! Pourquoi une personne parfaitement équilibrée comme toi devrait-elle gaspiller dix mille dollars par an chez un psychanalyste ?

Mel ôta le couvercle du bocal contenant des noisettes et en fit tomber quelques-unes dans le creux de sa main potelée.

– Elle aimerait peut-être participer à mes séances de yoga. J'ai l'impression qu'elle a été traumatisée par cette tuerie, et elle aura besoin d'un sacré soutien pour s'en sortir.

– Tu n'auras qu'à le lui demander. Vicki prend ses décisions toute seule.

– Je sais. C'est vraiment triste ce qui lui est arrivé. Ainsi qu'à toi. Tu crois que tu as déjà surmonté le pire ?

John versa un peu d'huile sur le grill et alluma le gaz.

– Je suppose que j'ai accepté le fait que mon père est mort. Mais ce n'est pas le meurtre lui-même qui me choque tellement. C'est le fait qu'il était parfaitement incompréhensible. Je ne parviens pas à me mettre à la place d'une personne qui tue au hasard des personnes innocentes, sans le moindre motif. Je pense à mon père, tu sais, c'était un homme ordinaire, gentil, bienveillant. J'aurais pu accepter sa mort un peu plus facilement s'il avait travaillé pour la Mafia, ou le KKK, ou s'il avait été membre d'un syndicat. Mais c'était juste un type comme tant d'autres.

– Tu crois que les flics ont raison ?

– À quel propos ?

– À propos de ce Dingue de l'autoroute. Tu crois vraiment qu'il tue des gens au hasard ?

John fronça les sourcils. L'huile crépitait. Il prit un tablier à rayures bleues et blanches et le passa autour de son cou. Il y avait maintenant une odeur piquante de viande légèrement brûlée et de fines herbes.

– Je ne vois pas où tu veux en venir. Ce type est un psychopathe, point final. Il tue des gens parce qu'il aime ça. Le premier venu qui croise sa route.

Mel ôta ses lunettes et essuya les verres. Ses yeux de myope étaient bleu pâle.

– Un jour, j'ai suivi des cours de pensée analytique, dit-il. Une bonne partie était plutôt louftingue, mais cela m'a appris quelque chose de très utile. Il faut arrêter de faire des hypothèses superficielles.

– Un type massacre sur l'autoroute douze personnes qui n'ont aucun lien entre elles, et c'est une hypothèse superficielle de dire que ce type est un dingue ?

– C'est une hypothèse superficielle tant que tu n'as pas fait la preuve de ce que tu avances. Et j'ai l'impression, d'après ce que tu as dit, que les flics n'avancent pas beaucoup dans ce sens.

– Ils recherchent le tueur. Que peuvent-ils faire d'autre ?

– Ils pourraient essayer un peu de pensée analytique, et chercher du côté des victimes.

John retourna les hamburgers avec sa spatule. Il dit doucement :

– Ils n'auront pas beaucoup de mal à trouver mon père. En ce moment, il est dans un cercueil à l'établissement de pompes funèbres.

Mel hocha la tête en une acceptation silencieuse.

– Je sais, John. Je n'essaie pas de remuer le couteau dans la plaie, crois-moi. Mais je ne crois pas aux faits qui se produisent totalement au hasard. Je ne crois pas qu'un type tire sur des gens sans le moindre motif. C'est pourquoi je pense que les flics devraient s'intéresser de nouveau aux victimes, et voir si elles n'avaient pas quelque chose en commun.

John leva les yeux. Il avait l'air triste et las, mais Mel savait à quel point il désirait savoir que son père n'avait pas été tué pour rien.

— La première chose qu'elles ont en commun, c'est qu'elles ont toutes été abattues par le même type, dit John.

— Quoi d'autre ?

— Rien. Absolument rien. Il y avait une femme au foyer, un représentant de commerce, un mécanicien garagiste, un courtier en assurances. Tous d'âges différents, tous de milieux différents.

— Tu parles comme un flic, fit Mel.

— Comment ça, je parle comme un flic ?

— Tu parles comme un flic parce que tu décris ces gens en fonction de ce qu'ils étaient *extérieurement*, et non en fonction de ce qu'ils étaient *intérieurement*.

John se dirigea vers la boîte à pain vernie en vert pour prendre les petits pains.

— Je ne comprends pas ce que tu essaies de dire. Sois un peu plus clair.

— D'accord, je vais être plus clair. Ton boulot consiste à promener des chiens, exact ?

— Exact.

— Bien, dit Mel. Maintenant, si tu remplissais un questionnaire pour rencontrer la femme de tes rêves, est-ce que tu dirais que ton boulot consiste à promener des chiens ?

John réfléchit un moment, puis il répondit :

— Non, je ne crois pas. Je risquerais de me retrouver avec une nana qui adore les chiens. Je risquerais même de me retrouver avec un chien.

— Alors, qu'est-ce que tu mettrais ?

— Et merde, je n'en sais rien ! Un truc comme « mâle charismatique, sensible, ouvert à tout, avec une prédilection pour les automobiles bizarres, Stravinsky, et les parties de jambes en l'air sur la plage ».

– C'est précisément ce que je voulais t'expliquer. Un signalement de la police est complètement superficiel et concerne uniquement ce qu'une personne est en surface. Bon, tu as une femme au foyer, un représentant de commerce, un mécanicien garagiste. Mais comment sais-tu qu'ils n'adoraient pas Stravinsky, ou n'étaient pas tous des supporters des Dodgers, ou des amateurs de parties de jambes en l'air sur la plage ? Comment sais-tu qu'ils n'avaient pas quelque chose en commun qui a amené ce type à vouloir les tuer ?

– Mel, l'interrompit John, si mon père et tous ces gens ont été tués parce qu'ils avaient quelque chose en commun, alors, ce que tu suggères, c'est que tous ces meurtres étaient prémédités, préparés, calculés. Tu suggères que ce type nous a suivis et qu'il a abattu mon père de propos délibéré.

Mel se servit un autre verre de chablis et remplit également le verre de John.

– Je ne suggère rien du tout. Je dis simplement que c'est une éventualité. Et jusqu'à présent, c'est une éventualité que la police n'a pas écartée.

John s'assit sur un tabouret à côté de Mel. Il poussa un long soupir et se passa la main dans les cheveux d'un air las.

– Je connais cet état d'esprit, Mel. Tu étais dans le même état d'esprit lorsque tu as essayé de me persuader de faire partie de ce groupe de naturistes passionnés d'OVNI.

– C'était le superpied ! fit Mel avec un sourire pincé. C'est là que j'ai connu cette catcheuse, Vivienne. Tu te rappelles ?

– Qui pourrait oublier Vivienne ? Elle ne pouvait pas ouvrir une porte sans arracher la poignée.

Mel émit un grognement amusé à ce souvenir. Puis il dit :

– Je n'essaie pas de te forcer la main pour que tu fasses quelque chose que tu n'as pas envie de faire, John. J'espère que tu me connais suffisamment bien pour ne pas penser ça. Mais depuis que ton père a été tué, j'ai réfléchi à ce psychopathe et, d'une façon ou d'une autre, il ne me fait pas du tout l'effet d'être un psychopathe.

– Que veux-tu dire ?

– Je veux dire qu'un psychopathe ne se donnerait pas tout le mal que ce type se donne. J'ai relu tous les articles parus dans le *Los Angeles Times*. Attends, j'ai apporté les coupures de presse.

Il sortit de sa poche revolver une liasse mal pliée de pages de journal arrachées et les étala sur le comptoir du petit déjeuner.

– Regarde cet article. Il concerne la femme au foyer. Elle a été tuée par une balle de M-16 alors qu'elle rentrait chez elle et empruntait l'autoroute de Hollywood après avoir conduit sa fille à sa leçon d'équitation. Elle s'est engagée sur l'autoroute à la hauteur de Buffside Drive, et elle n'a pas été plus loin que la sortie suivante à Primera Avenue. Le sniper qui l'a abattue a été obligé de s'introduire dans les studios Universal avec un M-16, en évitant de se faire repérer assez longtemps pour accéder à un endroit dominant l'autoroute, tirer sur la femme, et filer. Selon la police, il a fait tout ça en moins de quinze minutes. Il a peut-être été encore plus rapide. En d'autres termes, il avait manifestement préparé ce qu'il allait faire, de quel endroit il le ferait et comment il le ferait. Est-ce qu'un homme qui prépare son geste minutieusement, et se donne tout ce mal, tirerait sur un conducteur qui passe sur l'autoroute, juste pour prendre son pied ?

John prit la coupure de presse et la lut en silence.

– Voici un autre article. C'est le mécanicien garagiste. Il a été abattu sur l'autoroute de Ventura depuis une Chevy rouge qui lui avait filé le train depuis Pasadena jusqu'à Sherman Oaks. Le détail intéressant ici, c'est que des témoins oculaires ont vu la Chevy derrière lui à Pasadena. Et d'autres témoins oculaires ont vu la Chevy derrière lui à Sherman Oaks. Mais il est écrit ici qu'il est sorti de l'autoroute pendant un moment, à Hollywood Nord, afin de faire le plein. Par conséquent, le tueur l'a nécessairement suivi lorsqu'il a quitté l'autoroute, a attendu qu'il fasse le plein, et l'a suivi de nouveau lorsqu'il a regagné l'autoroute.

John se dirigea vers la cuisinière et retourna les hamburgers une dernière fois.

– Cela ne prouve toujours pas que les meurtres étaient prémédités, dit-il. Cela prouve peut-être, tout simplement, que le type est encore plus psychotique qu'on ne l'a pensé. Peut-être qu'il choisit quelqu'un au hasard, et qu'il le suit.

Mel secoua la tête.

– Hon-hon. S'il prenait son pied de psychopathe en choisissant quelqu'un au hasard et en le suivant, alors il agirait ainsi tout le temps. Mais ce n'est pas le cas. À chaque fois, il change sa méthode en fonction de la personne qu'il veut tuer. Si la victime a l'habitude de passer à un endroit précis sur une autoroute précise au même moment tous les jours, alors il a tendance à lui tirer dessus depuis un endroit fixe. Mais si la victime n'a pas ce genre d'allées et venues régulières, alors il a tendance à la suivre et à lui tirer dessus, de voiture à voiture. Comme dans le cas de ton père, désolé d'avoir à le dire.

126

John sortit du toaster les petits pains au sésame et les mit sur des assiettes chinoises avec un motif d'oiseaux. Puis il plaça les hamburgers, coupa un oignon en tranches pour faire une garniture, et tendit une assiette à Mel.

– Tu as sacrément pensé à tout ça, hein ? dit-il.

– J'adore penser. Surtout penser à mes amis.

John le considéra durant un long moment.

– Tu crois vraiment que cela pourrait être vrai ? Que ces douze personnes avaient quelque chose en commun ?

Mel prit une bouchée de son hamburger et commença à mâcher.

– Mmm. C'est délicieux. Si Dieu faisait des hamburgers, ils auraient exactement cette saveur !

– Tes preuves sont plutôt minces, reprit John. Ce n'est pas parce que ce type se donne tout ce mal que cela prouve qu'il veut tuer quelqu'un en particulier.

– Tout à fait. Mais cela vaut la peine de vérifier, d'accord ?

John hocha la tête. Cela lui procurait une souffrance étrange, de penser que son père avait peut-être été tué en raison de quelque point commun avec onze autres personnes qu'il ne connaissait même pas, toutes mortes à présent et enterrées dans leurs tombes respectives. Mais c'était une souffrance plus acceptable que la douleur de penser que son père avait été tué par suite d'un hasard complètement insensé, sans le moindre motif, excepté faire frissonner de plaisir durant un moment l'hypothalamus d'un dingue homicide.

Ils retournèrent dans le séjour. Vicki venait de descendre du premier après s'être lavé les cheveux. Elle était assise sur le canapé, emmitouflée dans un peignoir en soie noire qui collait à son corps du fait de l'électricité statique. Elle avait noué une serviette de toilette rouge autour de sa tête, et elle semblait atrocement pâle.

Ils approchèrent des chaises de la table de salon. Celle-ci était trop basse pour manger, et ils étaient obligés de se pencher sur leurs hamburgers.

— Je ne pensais pas que j'aurais faim, dit Vicki. Mais je me sens capable d'en manger au moins cinq.

— J'ai toujours su que tu aurais dû vivre avec quelqu'un comme J. Wellington Wimpy, dit John en souriant. Je mène une vie trop ascétique pour toi.

— Tu crois que nous devrions aller parler à deux ou trois personnes ? demanda Mel.

— Quelles personnes ? voulut savoir John.

— Eh bien, les rescapés. Des parents, des amis.

Vicki lança un regard à John, inquiète et déconcertée.

— Les rescapés ? demanda-t-elle.

John posa son hamburger.

— Mel pense que ces meurtres sur l'autoroute n'ont peut-être pas été commis au hasard. Il pense que toutes les victimes avaient peut-être quelque chose en commun. Quelque chose qui a amené ce maniaque à les abattre.

Vicki demeura silencieuse un moment, bouleversée. Puis elle demanda à John :

— Et *toi*, qu'en penses-tu ?

Il haussa les épaules.

— Je ne sais pas très bien. Je ne parviens pas à imaginer ce que mon père aurait pu avoir en commun avec tous ces gens, mais, comme Mel l'a fait remarquer à juste titre, nous ignorons qui étaient vraiment ces gens.

— Ils étaient innocents, non ?

Mel acquiesça d'un signe de tête.

– Innocents, bien sûr, en ce qui concerne la santé d'esprit et la logique. Mais ils étaient peut-être tous coupables de quelque crime imaginaire dans l'esprit de ce psychopathe. Et dans ce cas, alors, tous étaient probablement coupables du même crime.

– Un crime ? Quel genre de crime ? fit Vicki.

– Les psychopathes peuvent transformer n'importe quoi en crime, répondit Mel. Un jour, j'ai lu un article sur une femme qui s'était mis dans la tête de tuer toute personne qui ressemblait à ses anciennes camarades de lycée, parce qu'elle avait toujours eu l'impression que celles-ci lui en voulaient. Et il y a eu ce type à Medellin, Colombie, qui a poignardé huit personnes parce que leurs noms figuraient avant le sien dans l'annuaire.

– La police sait certainement tout ça, non ? Pourquoi nous en mêler, *nous* ?

– La police pense d'une façon trop classique, répondit John. C'est ce que croit Mel, en tout cas. Et je suis plutôt d'accord avec lui.

– Alors tu vas jouer les détectives ?

– Ce n'est pas plus infamant que de promener des chiens.

– C'est foutrement plus dangereux ! Et si ce psychopathe découvre ce que tu fais ?

– Comment le pourrait-il ?

– Comment nous a-t-il trouvés et a-t-il tué ton père ?

– Je n'en sais rien. Mais je crois que j'aimerais bien le savoir.

Vicki posa son assiette et tendit le bras par-dessus la table pour prendre les mains de John.

– John, dit-elle doucement.

Il baissa les yeux.

– Et si tu ne pensais plus à tout ça ? Enterre ton père avec dignité et laisse la police poursuivre son enquête. Ils connaissent leur boulot. Es se sont certainement déjà occupés de centaines d'affaires comme celle-là.

– Ils ne réfléchissent pas d'une façon analytique, dit Mel.

Vicki ne releva pas. Elle se contenta de répéter d'une voix rauque :

– N'y pense plus, John, je t'en prie. Fais-le pour moi.

John hésita, puis il serra les mains de Vicki.

– Laisse-moi interroger juste une personne. Je dois savoir s'il y a une part de vérité, même infime, dans cette affaire. Il faut que je sache que mon père n'a pas été tué pour un motif totalement insensé.

Elle laissa retomber ses mains. Mel la regarda, puis il regarda John. Au-delà de la baie vitrée, dans le jardin, le soleil réapparut et éclaira le séjour silencieux en des nuances scintillantes de vert et de jaune.

Vicki plaqua sa main sur sa bouche. Des larmes commencèrent à couler sur ses joues.

13

Il était assis sur une chaise en bois dans sa chambre sur San Juan Avenue. Le M-14 démonté était posé sur ses genoux. Il avait attaché sur le côté le rideau de tulle taché afin de voir au-delà du rebord de la fenêtre à la peinture écaillée la rue en contrebas et observer la circulation du milieu de la matinée. Le soleil était toujours voilé par le smog, mais il commençait à faire plus chaud, et on avait annoncé à la météo une température dépassant les 20 degrés.

Il avait une prédilection pour le M-14. Pour le travail particulier qu'il préparait, le M-14 était une arme parfaite. Un tir en diagonale sur une distance de deux cent cinquante mètres environ, à travers une ouverture très étroite. Il s'était entraîné dans les montagnes, et il avait été à même de sectionner des brins d'herbe avec le M-14, de détacher des pétales sur des fleurs.

Sur l'écran du téléviseur, en noir et blanc, Clark Gable disait quelque chose de sérieux et de véhément dans *Le Retour*. L'homme de haute taille aux cheveux plaqués en arrière avait vu *Le Retour* quatre fois déjà, mais il trouvait cette répétition réconfortante plutôt qu'ennuyeuse. Sur le lit à côté de lui, il y avait un numéro de *Hustler*, ouvert aux pages centrales dépliables, et il s'était dit que ce pourrait être amusant de l'emporter lors de ses prochains exercices de tir et de voir combien de balles il pouvait loger dans la chatte anormalement rose de la fille aux cuisses écartées.

Il commença à remonter le M-14 avec soin et dextérité. Il avait légèrement modifié la hausse télescopique afin de contrebalancer un tir vers le bas, et il avait réglé la tension de la détente de telle sorte qu'une légère pression du bout de son index déclenchât le tir. D'après ses informations, l'ouverture par laquelle il devrait tirer faisait moins de dix centimètres de largeur, et le fusil devrait rester aussi stable que c'était humainement possible.

Il emporterait également le M-16, si jamais il était obligé de tirer à courte portée. Mais il n'aimait pas la dérivation horizontale du M-16, et il trouvait que la poignée était mal conçue et peu pratique. Il l'utilisait uniquement pour des tirs rapides sur l'autoroute, lorsque la vitesse était plus importante que la précision.

Une voiture de patrouille passa dans la rue en contrebas. Il l'observa jusqu'à ce qu'elle ait tourné le coin pour continuer sur Electric Avenue. Puis il leva le fusil et procéda à une dernière vérification. Le M-14 était d'une propreté irréprochable, parfaitement équilibré. Quelqu'un lui avait dit un jour que toutes les armes sentent la mort, mais ce fusil sentait seulement le métal et l'huile de graissage.

Il commença à penser à la nourriture et au sexe. On était mardi, et le mardi il se rendait habituellement à Hollywood Boulevard pour voir un film porno. Il aimait les films où les filles étaient battues, ou attachées. Il était également fasciné par les films sentimentaux, même si parfois son intérêt pour eux lui donnait mauvaise conscience. Ensuite, il traversait la rue, prenait un chili-dog et une tasse de café, puis il examinait les filles qui arpentaient le trottoir. Il se demanda si l'une de ces filles accepterait de lui jouer une scène sentimentale pour dix dollars de plus. Il toussa.

À l'étage du dessus, à travers le plancher craquant de l'appartement de Mme Santini, il entendait le rythme lourd de la samba, martelé par des talons hauts et accompagné par une sorte de frottement de pieds hésitant. Le frottement de pieds était celui de l'élève de Mme Santini, tandis qu'elle essayait de lui apprendre la danse hispanique. Mme Santini avait un visage évoquant un busard en colère, et de longues épingles décorées dans ses cheveux noirs et gras. La samba, c'était 5 dollars, la rumba, 6, une leçon complète de flamenco, 15,5 dollars, taxes comprises. Un coup vite fait sur les ressorts grinçants de son lit, sa jupe retroussée jusqu'à la taille et ses épingles à cheveux plantées sur le côté du matelas pour plus de sécurité, 86,5 dollars.

L'homme de haute taille se leva et détacha le rideau de tulle pour le laisser retomber devant la fenêtre. Il demeura immobile pendant deux ou trois minutes, comme s'il s'efforçait de prendre une décision. Puis le téléphone sonna. Le bruit de la sonnerie lui donna de manière inattendue un goût de sel dans la bouche.

14

C'était l'une de ces maisons de plain-pied peintes en blanc et bien entretenues dans la 6e Rue entre San Vicente et Fairfax. Une Cudass beige un brin fatiguée était garée dans l'allée et un petit garçon au visage sérieux jouait sur la véranda avec un chien Fisher-Price que l'on tirait avec une ficelle. Ils garèrent la Volkswagen délabrée de Mel et descendirent. Il était un peu plus de 3 heures de l'après-midi, l'air était lourd et il faisait chaud.

John et Vicki se dirigèrent vers la maison en se tenant par la main, suivis de Mel. Le petit garçon les regarda avec curiosité quand ils montèrent les marches de la véranda. Il plissait un œil à cause de la lumière du soleil.

– Est-ce que ta maman est là ? demanda John.

Le petit garçon hocha la tête.

– C'est un chien super que tu as là, fit remarquer Mel, tandis que John allait jusqu'à la porte d'entrée et appuyait sur la sonnette.

Le petit garçon hocha la tête à nouveau.

– Est-ce qu'il fait le beau et demande un sucre ? demanda Mel.

Le petit garçon secoua la tête.

– Non. Mais si vous vous approchez de lui, il vous arrachera la jambe d'un coup de dents.

Mel eut un petit rire. Il continuait de rire lorsque la porte d'entrée s'ouvrit. Une femme au visage très pâle et aux cheveux grisonnants, portant une robe imprimée terne, sortit sur la véranda. Son expression reflétait un tel défaitisme et une telle lassitude que le rire de Mel mourut dans sa gorge.

– Madame Daneman ? demanda John.

La femme les considéra, le menton levé. Elle ne pouvait pas avoir été jolie dans sa jeunesse. Ses cheveux étaient trop rêches, son nez trop gros. Mais elle donnait l'impression d'avoir été pressée entre les pages d'un livre volumineux, comme une fleur des champs, et d'avoir perdu toutes ses couleurs et toute sa substance. Un souvenir desséché de ce qu'elle avait été jadis.

– Je ne vous connais pas, hein ? dit-elle.

John s'éclaircit la gorge, gêné.

– Nous n'avons pas l'intention de vous importuner. Mais nous espérions que vous pourriez nous aider.

Mme Daneman plissa les yeux, éblouie par la lumière, comme si elle était habituée à des pièces où les stores sont toujours baissés, ou comme si ses soirées étaient consacrées uniquement à lire ou à regarder la télévision.

– C'est un truc religieux ? dit-elle. Vous n'êtes pas des mormons, hein ?

– Nous sommes juste des gens comme vous, m'dame, intervint Mel. Monsieur Cullen ici présent vient de perdre son père de la même façon que vous avez perdu votre mari.

Mme Daneman regarda John tandis qu'elle commençait à comprendre vaguement.

— Tué par balles ? demanda-t-elle.

— Cela s'est produit vendredi. C'était dans les journaux.

— Oh, oui, dit Mme Daneman. Il me semble me rappeler avoir lu l'article. Votre père était professeur de collège, n'est-ce pas ? Oui, je m'en souviens maintenant.

Il s'ensuivit un silence embarrassé, puis Mme Daneman dit :

— Je suis vraiment désolée. Perdre un être cher est la
chose la plus cruelle au monde.

— En fait, madame Daneman, dit Mel, nous espérions que vous pourriez nous raconter ce qui s'est passé
dans votre cas. En fait, nous pensons qu'il y a peut-être
un rapport entre tous ces meurtres commis sur l'autoroute, un genre de lien.

Mme Daneman battit des paupières.

— Je ne comprends pas, dit-elle avec hésitation. Je
ne connaissais absolument pas votre père, et je suis
sûre que Charles ne le connaissait pas. Du moins, il ne
m'a jamais parlé de quelqu'un du nom de... comment
s'appelait-il ?

— Cullen. William Cullen, répondit John.

— Non, dit-elle. Il ne m'a jamais parlé de quelqu'un
portant ce nom.

— Madame Daneman, dit Mel, nous ne pensons pas
que votre mari *connaissait* monsieur Cullen. Mais nous
pensons qu'ils avaient peut-être un intérêt en commun
dans la vie. Un passe-temps, ou une association. Peut-
être avaient-ils fréquenté le même collège, ou fait leur
service militaire ensemble.

Mme Daneman les considéra, puis elle regarda
l'herbe brûlée par le soleil de la pelouse. À une certaine

époque, la pelouse avait dû être verte, et les bordures soigneusement égalisées. Puis elle déclara :

– Nous n'allions même pas à un endroit particulier, vous savez. Nous avions pris la voiture pour faire un tour, pour prendre l'air. Puis Charles a proposé que nous allions à Descanso Gardens, à proximité de La Canada. Nous sommes passés devant Griffith Park sur l'autoroute de Ventura, et Andy, notre fils, chantait.

Elle soupira. Ses mains pendaient mollement devant elle, se crispaient l'une contre l'autre, semblables à deux calmars tristes.

– Je ne sais même pas quelle marque de voiture c'était, chuchota-t-elle. Je ne reconnais jamais les marques. Je sais que la nôtre était une Pontiac, mais c'est tout. C'était une voiture blanche, elle est arrivée à notre hauteur. Un instant plus tard, les sièges et les vitres étaient couverts du sang de Charles.

Elle esquissa un pâle sourire.

– La police nous a dit qu'Andy et moi avions eu de la chance d'être toujours en vie. Nous avons heurté un talus et nous nous sommes arrêtés contre une clôture. Je savais que Charles était mort, mais j'ai attendu à l'hôpital jusqu'à ce qu'on vienne me l'annoncer officiellement.

– Est-ce que nous pourrions entrer ? demanda John avec douceur. Nous serions plus à l'aise pour parler.

– Si vous y tenez, répondit-elle. Vous devrez m'excuser pour le désordre. Je n'ai plus le courage de faire quoi que ce soit depuis que Charles n'est plus là.

John lança un regard à Mel comme ils entraient. Le vestibule étroit était sombre, mal aéré, et il sentait l'indifférence, la négligence, et le lait aigre. Sur le guéridon du téléphone, il y avait un cendrier rempli de mégots, un rappel de la mort récente de son mari aussi explicite qu'une assiette remplie d'asticots. Vicki serra le bras de John, et Mel se tint tout près derrière eux. C'était comme de s'avancer dans le mausolée d'une famille pour contempler les morts.

Le salon de devant était peu éclairé et silencieux. Il y avait un papier peint jaune au motif entrecroisé, et une lithographie représentant une jeune fille de Bali aux seins nus. Dans une vitrine, il y avait trois petits trophées de golf ternis et un service à thé bon marché qui avait probablement été un cadeau de mariage. Sur le dessus du téléviseur, il y avait la photographie d'un homme au crâne dégarni et à la moustache mal taillée qui souriait face au soleil. Dans la corbeille à papier, il y avait le plateau en feuille d'aluminium d'un dîner télé, soigneusement raclé.

Mme Daneman s'assit la première, dans un fauteuil élimé, et prit un paquet de cigarettes. Elle en alluma une et tira nerveusement une longue bouffée.

Mel prit place dans un horrible fauteuil aux pieds noirs écartés, tandis que John et Vicki s'asseyaient côte à côte sur le canapé d'un vert terne.

– Je ne vois pas ce que je pourrais vous dire, déclara Mme Daneman. Charles était gentil et affectueux, mais c'était un homme tout à fait ordinaire.

– Est-ce que vous pourriez le décrire ? demanda Mel. Plus précisément, est-ce que vous pourriez le décrire en tant que personne ?

Elle baissa les yeux vers le tapis rouge et gris.

– Je suppose que l'on pourrait dire qu'il était doux et bienveillant. Je ne sais pas quoi dire d'autre. Il avait quarante-six ans, il était courtier en assurances, et c'est tout. Il m'aimait, il aimait Andy, et il espérait qu'Andy, en grandissant, s'en sortirait mieux que lui.

– Où était-il né ? demanda John.

– À Acmetonia... c'est tout près de Pittsburgh.

– Vous connaissiez ses parents ?

– Oh, bien sûr. Ses parents étaient venus à notre mariage. Son père était chirurgien à la Clinique des Mineurs. Il a fait un travail merveilleux sur la silicose. Vous savez, la maladie du poumon des mineurs.

John acquiesça de la tête. Il commençait à réaliser que cela allait être très difficile de trouver un facteur commun dans les vies de douze personnes différentes. Même la plus simple et la moins discutée de ces personnes, comme Charles Daneman, agent d'assurances, était faite d'un millier d'endroits, de dix mille noms, et de milliers et de milliers de moments de la journée. Ici, il y avait Charles Daneman au collège, avec son nœud papillon à pois et ses joues tachetées pour aller de pair. Là, il était dans les Marines, avec son calot et son clin d'œil trop sûr de lui. Là, il était sur la plage de Las Tunas, avec Betty Daneman, sa jeune épouse, et là, il était avec son fils, encore bébé, dans un jardin où séchait du linge.

Ici se trouvait sa vie, sur des photographies Kodak fanées et sur des articles découpés dans des journaux de province. Mais quel lien pouvait-il y avoir entre cette vie et la vie de William Cullen, de Trenton, New Jersey, un homme qui avait habité à plus de quatre mille kilomètres de là, et dont les jours étaient consignés dans des albums de photos complètement différents, dans des souvenirs totalement différents ?

Tandis que l'après-midi avançait lentement, Mel faisait preuve de la plus grande endurance et se montrait tout à fait minutieux. Il nota par écrit des détails sur l'école de Charles Daneman, son collège, sa maison d'étudiants, ses sujets préférés, ses records d'athlétisme, ses états de service à l'armée, ses meilleurs amis, ses chansons favorites, et ses céréales préférées pour le petit déjeuner. Il découvrit où les Daneman avaient passé leurs vacances au cours de ces vingt-trois dernières années. Il nota les titres des livres favoris de Charles Daneman, les films, les magazines et les émissions télévisées. Il apprit que Charles Daneman aimait Jackie Coogan, le gâteau de Savoie, buvait trois canettes de Coors tous les soirs, prenait de l'essence Getty pour sa voiture, et allait à l'église baptiste.

Alors que John suffoquait dans la pièce sans air, consterné par la tâche harassante de reconstituer la vie de l'homme au crâne dégarni qui trônait sur le dessus du téléviseur, alors que Vicki était déjà sortie sur la véranda pour fumer un joint et reprendre ses esprits, ce fut à ce moment que Mel demanda à Mme Daneman :

– Qu'est-ce que Charles pensait du monde ? Enfin, du monde en général ? Où se situait-il politiquement ?

Mme Daneman haussa les épaules. Quinze mégots de cigarette s'entassaient dans le cendrier à côté d'elle, et la pièce était envahie par la fumée.

– Il ne se situait nulle part, répondit-elle. Pas politiquement. Il ne s'intéressait pas à la politique. Mais il avait ses opinions. Il était un grand défenseur de la dignité humaine. Il estimait que tous les hommes étaient nés égaux, comme il est dit dans la Constitution, mais c'était son père qui le lui avait enseigné, bien sûr.

– Son père ?

– Son père s'occupait des mineurs atteints d'emphysème pulmonaire qui mouraient de la silicose. Cela le rendait furieux de voir tous ces hommes mourir, alors qu'on aurait pu les sauver. Il avait coutume de dire que si les propriétaires des mines donnaient la moitié de l'argent qu'ils dépensaient pour leurs propres frais médicaux à la recherche sur la silicose, on sauverait probablement plus de mineurs en un an que tous ceux qui avaient trouvé la mort dans les catastrophes minières de toute l'histoire des Etats-Unis.

– Et Charles partageait cet avis ? demanda Mel.

– Il n'approuvait pas entièrement. Mais lorsque son père est mort, l'année dernière, je pense qu'il a jugé qu'il devait essayer de poursuivre l'action entreprise par celui-ci pour parvenir à une égalité sociale. Il a envoyé des lettres aux journaux, qui n'ont jamais été publiées, et il organisait des vide-greniers en faveur des droits civiques.

– Il ne faisait partie d'aucune organisation politique ? lui demanda Mel.

Elle secoua la tête.

– Il ne voulait pas mettre le monde à feu et à sang. Il estimait simplement que le patronat, le gouvernement et les chaînes de télévision se moquaient des gens ordinaires depuis trop longtemps. Il pensait qu'ils étaient trop cyniques. Il disait qu'il était grand temps que tous ceux qui avaient juré fidélité au drapeau fassent preuve en retour d'un peu plus de fidélité envers les gens. D'un peu plus de respect.

John voyait presque le visage de son père dans la voiture à côté de lui, il pouvait presque tendre la main et toucher cette joue creusée de rides. Telle une toute petite voix sortant d'un gramophone d'autrefois, il entendait son père déclarer : « *Nous œuvrons pour ce que nous appelons une société de respect mutuel. Nous voulons que les individus soient respectés par leur gouvernement, légalement et moralement.* »

– Mel, nous avons tout ce qu'il faut, dit John.

Mel se tourna vers lui.

– Quelque chose a produit un déclic ?

– Je n'en suis pas certain. J'ai besoin d'en parler.

Le regard de Mme Daneman alla de Mel à John, puis revint se poser sur Mel. Elle semblait déconcertée et indécise.

– Désirez-vous une tasse de café ? leur demanda-t-elle. Désolée, mais je n'ai pas de bière. J'ai du Coca, si vous voulez. Andy adore le Coca.

John secoua la tête.

– Je pense que nous avons appris tout ce que nous avions besoin de savoir, madame Daneman. Vous avez été très aimable. J'espère que cela ne vous a pas trop bouleversée, de parler de votre mari.

– Pas du tout, dit-elle en esquissant un sourire. Je pense que cela me fait probablement du bien, de parler.

John et Mel se levèrent. Mme Daneman les raccompagna dans le vestibule. Sur le pas de la porte, elle dit :

– Je l'aimais, vous savez, mais il n'était absolument pas quelqu'un d'exceptionnel. Il aimait que les gens le considèrent comme un homme de bien, et comme un bon mari. Il était très fier d'être juste ce qu'il était.

Mel prit sa main et la serra.

– Pour la plupart des gens, habituellement cela suffit, madame Daneman. Merci d'avoir accepté de nous parler.

Mme Daneman les regarda d'un air absent, comme si elle avait déjà oublié qui ils étaient. Vicki était assise sur la rambarde de la véranda et parlait avec Andy. Il faisait plus frais et le ciel s'assombrissait.

– Prenez bien soin de vous, madame Daneman, dit John. Vous avez un magnifique petit garçon.

– Oui, répondit Mme Daneman, d'un ton qui semblait vouloir dire, oui, un magnifique petit garçon, mais qui n'a plus de père.

15

Il était garé de l'autre côté de la rue, au croisement de La Jolla, dans une Firebird havane, louée chez Avis. Il portait une casquette de golf verte avec une grande visière et une boucle sur la nuque, et des lunettes de soleil aux verres miroirs. Il était impatient et nerveux, et il consultait continuellement sa montre à affichage digital. La projection d'*Extase suédoise* commençait à 18 h 15, et il ne voulait pas la rater.

Il les voyait discuter sur la véranda – Mme Daneman, le jeune Cullen, cette fille brune aux gros nibards, et le gros crétin barbu. De temps en temps, ils donnaient l'impression de se décider à partir, et il tendait la main vers la clé de contact, mais ils revenaient à nouveau vers les ombres. Il ne comprenait pas pourquoi ils mettaient aussi longtemps, ni ce que Mme Daneman avait de si foutrement intéressant.

Posé sur le siège en vinyle havane à côté de lui, à peine dissimulé sous une serviette de bain, il y avait son M-16, le chargeur plein. Le volume de la radio était réglé très bas, et c'était à peine s'il entendait les chuchotements de *The Girl from Ipanema*. Il battait le rappel sur le volant, un léger tambourinement impatient.

Finalement, alors que le soleil commençait à disparaître derrière les palmiers, tous les trois descendirent les marches de la véranda après un dernier signe de la main à Mme Daneman et Andy, et ils commencèrent à traverser la pelouse vers leur Coccinelle orange délabrée. Il n'entendait pas ce qu'ils disaient, leurs voix n'étaient que des sons confus apportés par le vent, mais quoi que ce fût, ils ne semblaient pas du tout pressés. Il était garé sur une ligne rouge d'interdiction de stationnement. Il suffisait qu'une voiture de patrouille s'amène pour que les flics lui disent de dégager, ou pire, pour qu'ils lui flanquent un PV.

Il consulta sa montre à affichage digital. Il était 17 h 17. La fille d'Ipanema continuait de marcher, et tandis qu'elle marchait elle ne voyait pas...

Il vit Cullen ouvrir la portière côté passager et aider la fille à monter à l'arrière de la voiture. Le gros type barbu fit le tour de la voiture, en riant à propos de quelque chose, et se glissa derrière le volant. Comme le soleil disparaissait, la rue fut mouchetée d'ombres, et il y eut cette odeur étrange, propre à Los Angeles, de gaz d'échappement et de végétation tropicale.

Le moteur de la Volkswagen crachota et se mit en marche, et ses phares s'allumèrent. Immédiatement, l'homme tourna la clé de contact de la Firebird, passa la première, et attendit que sa proie démarre.

La Volkswagen s'éloigna du trottoir, donna un coup de klaxon, et prit la direction de San Vicente. L'homme effectua un demi-tour au milieu de la rue et la suivit. Il tenait le volant avec sa main gauche et avait posé sa main droite sur le M-16.

Quand ils s'arrêtèrent au feu rouge à l'angle de San Vicente, il stoppa si près derrière eux qu'il apercevait la tête de la fille dans la lunette arrière de la Volkswagen et le visage de profil de Cullen. Il aurait pu les descendre tous les trois en tirant trois fois, et tout aurait été terminé.

Le feu passa au vert. La Volkswagen s'éloigna dans un nuage de fumée noire et grasse qui entra par les volets d'aération de la Firebird et faillit le faire suffoquer. Il posa son fusil et s'essuya la bouche avec la serviette de bain tandis qu'il les suivait vers le nord. Ces trois-là commençaient à le faire chier. Ils étaient foutrement trop joyeux et unis, comme ces trois putains de mousquetaires. Lui-même n'avait jamais eu d'amis, des amis dignes de confiance, et des signes d'amitié chez d'autres personnes l'irritaient au plus haut point.

Il suivit les feux arrière de la Volkswagen jusqu'à Burton Way. Là, ils tournèrent pour continuer vers Santa Monica à l'ouest et (il le devina) vers l'autoroute de San Diego. Deux tirs rapides sur l'autoroute et cette affaire serait réglée une bonne fois pour toutes. Il aurait voulu avoir des balles incendiaires. Une balle dans le réservoir d'essence et personne ne saurait jamais ce qui s'était passé. Un jour, il avait vu une femme brûler vive dans une voiture accidentée sur l'autoroute, et il n'avait jamais oublié cette scène. Quinze ou vingt personnes se tenaient tout autour, à seulement quelques mètres, et la regardaient brûler, incapables de se porter à son secours en raison de la chaleur intense.

À seulement vingt mètres de distance l'une de l'autre, la Volkswagen orange et la Firebird havane roulaient lentement dans la circulation de l'heure de pointe sur Santa Monica Boulevard. Elles s'arrêtaient à quelques centimètres l'une de l'autre aux feux rouges, redémarraient ensemble, accéléraient ensemble. Lorsqu'ils atteignirent la rampe d'accès de l'autoroute de San Diego, il faisait presque nuit, et l'homme de haute taille avait ôté ses lunettes de soleil.

Il suivit la Volkswagen tandis qu'elle montait bruyamment la rampe de la voie nord et mettait son clignotant pour signaler qu'elle rejoignait la voie de droite. L'homme accéléra, regarda dans le rétroviseur, et alla sur la voie de gauche. Il prit le M-16 dans sa main droite et appuya le canon sur le rebord de la fenêtre côté passager ouverte en calant son coude sur le dossier du siège. Il commença à rattraper petit à petit la Coccinelle orange.

Il ne pouvait pas la rattraper aussi vite qu'il le désirait parce qu'il y avait une Cadillac devant lui qui roulait tranquillement. Mais, mètre après mètre, il arriva à la hauteur de la Volkswagen, jusqu'à ce que sa roue avant droite soit à quelques centimètres de la roue arrière gauche de la Volkswagen à l'aile bosselée. Il voyait maintenant la fille par la lunette arrière, elle parlait au gros type qui conduisait, mais il ne voyait pas encore Cullen distinctement. Il ôta le cran de sûreté du M-16 et s'humecta les lèvres avec soin.

La Cadillac ralentit un peu. Il fut obligé de ralentir à son tour et perdit du terrain. Il regarda rapidement les feux arrière de la Cadillac, puis la Volkswagen, et la Cadillac à nouveau, essayant de calculer s'il pourrait passer en accélérant, mais la Cadillac ralentit à nouveau. À son grand désespoir, il vit la Coccinelle orange prendre vingt ou vingt-cinq mètres sur lui et disparaître loin devant.

Il voulut se rabattre sur la voie de la Volkswagen, afin de la rattraper sur la voie de droite, mais une Buick intolérante le klaxonna furieusement, et il fut obligé de rester sur la même voie, coincé derrière la Cadillac.

À présent ils montaient la longue côte qui décrivait une courbe vers les monts de Santa Monica, et la circulation sur la voie de droite ralentit encore plus. À la radio, l'animateur disait : « Nous avons reçu toutes sortes d'appels téléphoniques sur les régimes draconiens, et nous avons eu une dame d'Encino qui estime que l'on peut ne rien manger pendant deux semaines et néanmoins se porter très bien. »

De manière inattendue, la circulation sur la voie d'à côté commença à ralentir également, et l'homme aperçut la Volkswagen à seulement trois voitures devant lui. Il prit à nouveau son fusil. Son regard alla rapidement de la voiture de devant vers la Coccinelle, estima la distance, la vitesse, le temps. Une fois qu'il aurait tiré sur la Coccinelle, il voulait la dépasser immédiatement, parce qu'elle ferait inévitablement une embardée sur le côté et heurterait la voiture qui roulait près d'elle.

Maintenant il n'y avait plus que deux voitures entre eux, et il diminuait rapidement la distance qui les séparait. Il accéléra et se rapprocha de l'arrière de la Cadillac, gagna encore un ou deux mètres.

Il voyait le gros type, et Cullen. Le coude du gros type était appuyé sur le rebord de la vitre, et ses doigts potelés donnaient de petites tapes sur le toit de la Coccinelle. La tête de Cullen se détachait sur la forme incurvée gris clair de la vitre côté passager. Il parlait et agitait la main.

L'homme était presque arrivé à la hauteur de la Volkswagen. Il était déjà à même de tirer vers la banquette arrière, mais c'était l'avant qu'il voulait viser. De toute façon, dans une circulation aussi dense que celle-là, la fille ne s'en sortirait probablement pas.

Peu à peu, centimètre après centimètre, la ligne de mire du M-16 remonta le flanc de la Volkswagen, dépassa la lunette arrière, dépassa le montant de la portière, dépassa les sièges, jusqu'à ce qu'elle atteignît le visage barbu de Mel.

À la radio, quelqu'un chantait : « Nous avons connu un seul jour de bonheur, ensuite l'amour de ma vie m'a quitté… »

En une fraction de seconde, alors qu'il pressait la détente, les stops de la Cadillac s'allumèrent, et son

pied écrasa la pédale de frein en une pure réaction nerveuse. Le fusil tressauta dans sa main, et la Firebird
fit une embardée vers le terre-plein central, comme si
l'homme en avait perdu le contrôle.

Durant quelques instants chaotiques, il ne comprit
pas ce qui s'était passé, puis la Coccinelle klaxonna
brusquement et se rabattit vers l'autre voie. L'homme
donna un coup de volant et la suivit, provoquant un
concert furieux de klaxons et de cris de la part des
conducteurs tout autour de lui.

Il perdit de vue la Volkswagen un moment, puis il
l'aperçut devant lui. Elle accélérait pour doubler un
semi-remorque. Des nuages de fumée noire sortaient
en tourbillons de ses tuyaux d'échappement.

La Firebird de location était mal réglée, mais elle
était plus puissante que la Coccinelle 1962 de Mel. Elle
se rapprocha et arriva à la hauteur du semi-remorque.
Alors que la Coccinelle déboîtait à nouveau et essayait
de se faufiler entre les voitures, l'homme appuya sur
l'accélérateur et la rattrapa sur la droite.

Il vit le visage de Cullen derrière la vitre, son bras
levé pour se protéger. Il voyait également la fille, la tête
baissée contre le dossier du siège de Cullen. Il prit le
M-16 et le leva maladroitement contre sa poitrine afin
que le canon soit posé sur le rebord de la vitre.

La Coccinelle bloqua ses freins. Derrière, le semi-
remorque émit un beuglement de klaxons à air com-
primé. L'homme tira, mais la balle se perdit de l'autre
côté de l'autoroute. Le semi-remorque klaxonna à nouveau.

La Coccinelle accéléra, distança la Firebird, puis
elle se rabattit brusquement vers la voie du milieu.
L'homme écrasa la pédale d'accélérateur pour la
suivre, mais le semi-remorque arrivait trop vite sur sa

droite, et l'intervalle où la Coccinelle s'était trouvée fut comblé.

Il fit une dernière tentative désespérée et se déporta brutalement entre l'avant du semi-remorque et l'arrière d'une Olds sur la voie d'à côté. Il entrevit l'arrière de la Coccinelle, une courbe orange avec une antenne CB qui disparaissait rapidement. Le M-16 était tellement lourd et si mal équilibré qu'il n'était pas sûr de pouvoir même espérer l'atteindre. Néanmoins, il tira une fois, puis il reposa le fusil sur le siège du passager. Il murmura : « Merde ! »

Dans le crépuscule de Santa Monica, il ralentit et quitta l'autoroute à la sortie de Rimerton Road. Une fois sur Rimerton Road, il se gara sur le bas-côté, coupa le moteur et éteignit ses phares. Il était couvert d'une sueur glacée, et il avait la bouche sèche. La radio continuait de chuchoter. Il l'éteignit.

Le silence s'instaura, à l'exception du bruissement et du sifflement de la circulation sur l'autoroute. Il n'y avait pas d'insectes, pas de voix, pas de vent. Il s'essuya le visage avec la serviette de bain, puis il se renversa dans son siège et chassa l'air de ses poumons.

Peut-être aurait-il dû les abattre lorsqu'ils étaient sortis de la maison. Peut-être aurait-il dû leur exploser la tête lorsqu'ils s'étaient arrêtés au feu rouge sur San Vicente. Mais ce n'était pas le but de ces meurtres sur l'autoroute. Ce n'était pas de cette façon que le châtiment divin était censé survenir. Le souffle glacé de l'ange de la réprobation mortelle devait prendre la vie de ces gens au vu et au su de tous, et néanmoins à l'intérieur du sanctuaire privé de leurs voitures. C'était une invasion de la matrice américaine, un avortement en masse de ceux qui ne faisaient aucun cas de tout ce en quoi il croyait.

Il s'accorda cinq ou dix minutes pour se calmer. Puis il mit le contact et repartit vers l'est sur Mulholland Drive, suivant la route sinueuse à travers les montagnes jusqu'à Laurel Canyon. Il ne savait pas s'il avait toujours envie d'aller voir un film porno. Une pulsion infiniment plus exigeante que le sexe avait été frustrée, et son esprit était envahi par une tension électrique qui n'avait aucun endroit où se soulager.

Il était 18 h 31. Il décida de s'acheter un plat chinois à emporter et de le manger dans la solitude de sa chambre. Il gara la Firebird dans Yucca Street, juste au nord de Hollywood Boulevard, et rangea le M-16 dans la mallette en cuir marron qu'il avait posée sur la banquette arrière. Puis il verrouilla les portières de la voiture, jeta les clés dans le jardin le plus proche, et continua à pied vers Hollywood Boulevard, à la recherche d'un taxi.

16

La Volkswagen gravit péniblement la côte de Topanga Canyon et parvint tout juste à remonter l'allée jusqu'à la maison, puis elle émit un halètement et cala complètement. Mel serra et tint le frein à main pendant que John cherchait à tâtons dans l'obscurité deux briques pour les caler contre les roues arrière, puis Mel et Vicki descendirent lentement de la voiture, épuisés.

Vicki passa ses bras autour de John et le serra violemment contre elle pendant presque trois longues minutes, sans rien dire. Elle tremblait sous l'effet du choc et du soulagement. Mel prit sa torche électrique dans la boîte à gants et examina minutieusement la Coccinelle.

— Ah, j'ai trouvé, murmura-t-il au bout d'un moment. Je pense que c'était la première.

Ils le rejoignirent pour regarder. Il y avait une marque en creux sur le toit de la Coccinelle, où une balle l'avait heurté puis avait ricoché.

— Je pense que la seconde balle a touché le moteur quelque part, dit Mel. Apparemment, de l'huile fuit partout, mais je ne vois pas l'impact. Je jetterai un coup d'œil demain matin.

— Nous prévenons la police ? demanda Vicki.

— Bien sûr, répondit John. Je sais ce qu'ils vont dire, mais ils doivent être informés. J'offre une tournée générale, d'accord ?

Mel acquiesça de la tête.

— Et comment ! Un Jack Daniel's, sans eau, à même la bouteille !

Ils montèrent les marches en bois, entrèrent, et John alluma les lumières. Tandis que Mel et Vicki allaient dans le séjour, il remonta le couloir jusqu'à la cuisine et ouvrit le réfrigérateur.

Durant un moment, il ferma les yeux et appuya son front sur la porte froide du réfrigérateur. Un sentiment le traversa tel un lourd drapeau noir claquant dans un ciel venteux. C'était un sentiment de peur, mais également un sentiment de survie – cette sensation extraordinaire d'avoir réchappé à un danger, sain et sauf. Il remercia Dieu d'être toujours en vie, et il remercia Dieu que Vicki soit indemne, et il remercia Dieu pour Mel et ses dons stupéfiants de conducteur.

Il se redressa et ouvrit les yeux. Maintenant il était sûr que Mel avait raison et que ce psychopathe de l'autoroute ne flinguait pas des gens au hasard. Si cela avait été le cas, pourquoi se serait-il donné la peine de les suivre et d'essayer à nouveau de les tuer ? Peut-être avaient-ils vu le tueur plus distinctement qu'il ne l'aurait aimé, la première fois, et celui-ci voulait-il éliminer d'éventuels témoins oculaires. Mais ce genre de service après-vente ressemblait bien plus à des contrats commandités par le milieu, à des meurtres prémédités et exécutés par des professionnels. Cela n'avait rien à voir avec des massacres commis au hasard par un psychopathe.

John retroussa les manches de sa chemise pied-de-poule bleue et remplit trois verres de bourbon. Il avait l'impression d'être passé de l'autre côté du miroir, d'avoir quitté ce monde de vieilles femmes chichiteuses comme Mme Benduzzi et de leurs chiens trop choyés, d'avoir quitté un monde de pelouses arrosées et de voitures soigneusement polies, et de se retrouver dans une existence étrange où il y avait la véritable peur, et la vraie mort, et où toutes les histoires que l'on lisait dans les journaux n'arrivaient pas à d'autres personnes, mais à vous.

Il emporta les verres de bourbon dans le séjour. Vicki était debout devant la baie vitrée et contemplait le jardin plongé dans l'obscurité. Mel était affalé dans un fauteuil, l'air pensif.

– Tu as le numéro du lieutenant Morello? lui demanda Vicki.

– Il est à côté du téléphone. Je l'appelle dans une minute. Laisse-moi le temps de me ressaisir.

Vicki prit son verre et but une gorgée nerveusement. Elle toussa et des larmes lui vinrent aux yeux, mais elle esquissa un sourire, et c'était plus que ce qu'il avait espéré. Il l'embrassa sur la joue, et elle effleura de la main ses cheveux coupés court.

– Je me demande bien comment il a su où nous étions, dit Mel.

— Je ne comprends pas, dit Vicki.

— Écoute, il nous a nécessairement filé le train *avant* que nous nous engagions sur l'autoroute. À coup sûr, il ne se baladait pas sur l'autoroute dans les deux sens en espérant qu'il nous apercevrait un jour ! Il nous a nécessairement suivis depuis la maison de Mme Daneman, parce qu'il ne pouvait pas savoir à l'avance quelle route nous allions prendre. Nous ne le savions pas nous-mêmes. Nous avons décidé sous l'inspiration du moment de passer par San Vicente et non par La Cienga.

— Donc, il savait que nous allions voir Mme Daneman, dit John. Et s'il savait cela, il avait certainement compris que nous avions l'intention d'enquêter sur lui.

— Plus important, cela l'a certainement *préoccupé* que nous essayions d'enquêter sur lui. Et si cela l'a préoccupé, cela signifie qu'il y a bien un facteur commun entre toutes ces victimes sur l'autoroute, et qu'il ne veut pas que nous le trouvions.

— C'est une simple hypothèse, non ? dit Vicki. Enfin, nous n'avons aucune preuve.

— Pas encore, trésor, répondit Mel, mais nous avons un début de preuve, et ce début de preuve, c'est que Charles Daneman et William Cullen avaient six ou sept choses en commun. Tous deux avaient servi dans les Marines, tous deux lisaient *Newsweek*, tous deux allaient à l'église régulièrement, tous deux aimaient les cheeseburgers, et tous deux avaient des opinions politiques bien tranchées sur le respect mutuel entre le gouvernement et les gens.

Mel but une longue gorgée de Jack Daniel's et poursuivit.

— Ce que nous devons faire maintenant, c'est parler à d'autres rescapés, et découvrir si l'un de ces fac-

152

teurs communs était partagé par la personne qu'*ils* ont perdue. L'élément politique est manifestement le plus important, bien que je n'écarte pas l'élément Marines ou l'élément *Newsweek.* Les magazines ont des listes d'abonnés, et habituellement ces listes d'abonnés sont à vendre. Il est possible que notre psychopathe tue des gens uniquement parce que leurs noms figurent sur une liste particulière.

— Et pour les cheeseburgers ? demanda Vicki, avec un sarcasme perceptible dans sa voix.

Mel accepta cette pique de bonne grâce.

— Un psychopathe peut tuer pour toutes sortes de raisons complètement dingues. En l'occurrence, peut-être n'aime-t-il pas les gens qui aiment les cheeseburgers. Mais je ne le pense pas.

Vicki demeura silencieuse un moment, puis elle passa sa main dans ses longs cheveux bruns.

— Excuse-moi, dit-elle. Je n'avais pas l'intention d'être agressive. Mais j'ai peur pour vous deux, c'est tout. Et j'ai foutrement peur pour moi-même.

John passa son bras autour de ses épaules.

— Nous le trouverons. Il s'est trahi en nous poursuivant aujourd'hui, et plus il se trahit, plus il devient vulnérable. Tôt ou tard, il va commettre une erreur qui nous montrera qui il est au juste, alors nous pourrons faire intervenir les flics et ils l'alpagueront.

Vicki esquissa un pâle sourire.

— Franchement, dit-elle, je ne sais pas lequel de vous deux est Starsky, et lequel de vous deux est Hutch.

Cette nuit-là, pour la première fois depuis une semaine, dans leur grand lit ancien en cuivre avec sa couverture en patchwork fait main, ils firent l'amour.

Ils se montrèrent prudents et tendres l'un envers l'autre, prudents avec leurs corps meurtris et tendres

153

avec leurs émotions non cicatrisées. Ils s'embrassèrent avec la douceur hésitante d'enfants, et lorsqu'il tint son sein dans sa main et prit son large mamelon dans sa bouche, elle poussa de petits soupirs paisibles qu'il ne lui avait jamais connus auparavant.

Il lui écarta les jambes avec ses doigts et se glissa en elle, lentement et doucement, jusqu'à ce qu'elle s'abandonne et soupire à nouveau. Ils furent quasi silencieux tandis qu'ils approchaient peu à peu de l'orgasme, et lorsque celui-ci survint, cela ressembla à une goutte de couleur brillante sur la surface d'un étang calme, qui s'élargissait de plus en plus, avant de se fondre dans la nuit.

Au-dessus de leur lit, il y avait une broderie encadrée comportant les mots : « Les souffrances nous rendent parfaits. »

17

Le mercredi matin, sous un soleil éclatant, le lieutenant Morello et deux policiers du département balistique se tenaient à croupetons autour du compartiment moteur de la Coccinelle et examinaient ses tuyaux rouillés comme si c'était le dernier moteur V 8 de Ford.

Les deux policiers du département balistique portaient des costumes légers chiffonnés et des chemises à col ouvert, et arboraient des moustaches tombantes assorties. Le lieutenant Morello semblait plus pimpant que d'habitude – blouson en toile crème et pantalon sport bleu clair.

John était assis sur la première marche de la véranda, en jean et T-shirt, et les observait. Vicki était sur la véranda. Elle se balançait dans leur rocking-chair du début du siècle et enfilait les dernières perles indiennes de son collier pour Mme Tadema. Elle portait un jean français moulant et un sweater très ajusté en fin coton blanc brillant. Mel attendait patiemment à côté de sa Coccinelle endommagée, les bras croisés sur sa poitrine charnue.

Le soleil du matin perçait entre les arbres en des colonnes cannelées et les bois retentissaient du chant des oiseaux.

Finalement, l'un des hommes de la balistique annonça :

– Je crois savoir où elle est allée.

Il ouvrit la portière de la Coccinelle, rabattit le siège du conducteur vers l'avant, et scruta la banquette arrière.

– La voilà. Elle s'est logée dans la garniture.

Il prit des pinces, extirpa la balle de la carrosserie, et la brandit pour permettre à tout le monde de la voir.

– C'est bien celle-là, pas de problème. Elle a traversé le capot arrière du moteur, transpercé la pompe à huile, traversé la banquette arrière, et elle a terminé sa trajectoire dans la garniture de tissu. Vous avez eu une sacrée veine. Quinze centimètres plus haut et quinze centimètres plus à droite… et c'était terminé pour vous !

Le lieutenant Morello examina la balle en fronçant le nez.

– Vous savez ce que c'est ? demanda-t-il à l'homme de la balistique.

– Difficile à dire, elle est sacrément aplatie. Mais avec cette force de pénétration, c'était nécessairement une balle tirée par un fusil. Peut-être un M-14, ou un M-16.

Le lieutenant Morello fit une grimace résignée.

– Okay, emportez-la au labo et faites-moi un rapport le plus vite possible.

Les deux hommes de la balistique firent tomber leur trouvaille dans un sachet plastique et s'en allèrent. Le lieutenant Morello se dirigea vers John. Il s'assit sur la marche à côté de lui et sortit un petit cigare de sa poche de poitrine.

– Vous avez eu le temps de voir le type ? demanda-t-il. C'était le même que la dernière fois ?

John secoua la tête.

– La dernière fois, il portait des lunettes aux verres miroirs. Cette fois, il aurait pu s'agir de n'importe qui. Il avait une casquette à visière, et on ne voyait pas son visage.

– Et la voiture ?

– Une Firebird havane. Un toit métallisé. Je n'ai pas eu le temps de relever le numéro de la plaque d'immatriculation.

– Mais elle était immatriculée en Californie ?

– Il me semble, oui.

Le lieutenant Morello alluma son cigare et rangea son briquet dans sa poche. Il contempla le canyon ensoleillé et tira des bouffées de son cigare d'un air pensif.

– J'ai l'impression que vous ne me dites pas tout, déclara-t-il sans regarder John.

– Quoi, par exemple ?

– À vous de me le dire, répondit le lieutenant Morello. C'est vous qui me cachez quelque chose.

John haussa les épaules.

– C'est juste une opinion.

– Et alors ? Les opinions sont parfois très utiles.

– Eh bien, Mel et moi sommes persuadés que ces meurtres sont probablement prémédités. Nous ne croyons pas qu'ils sont commis au hasard.

– Qu'est-ce qui vous fait croire ça ? Le fait qu'il vous ait poursuivis hier soir ?

– En partie.

– Laissez-moi deviner, dit le lieutenant Morello. Vous pensez que les douze victimes avaient peut-être quelque chose en commun qui nous a échappé, à nous autres pauvres flics dénués d'imagination. Vous n'êtes pas certains de ce que c'est, mais le tueur appréhende peut-être que vous n'en soyez certains. Alors, hier soir, il vous a filé le train et il a tenté de vous supprimer avant que vous n'ayez une illumination et que vous pointiez le doigt volage du destin sur lui.

John tourna la tête et le regarda.

– Vous êtes plus perspicace que vous n'en donnez l'impression, murmura-t-il.

– Merci de rien ! Mais pour quelle autre raison seriez-vous allés voir Mme Daneman, sinon pour établir que son défunt mari avait quelque chose en commun avec votre défunt père ?

– Vous saviez que nous étions allés là-bas ?

– Mme Daneman nous a appelés aussitôt après votre départ. Elle voulait vérifier que vous lui aviez dit la vérité. Elle doit penser à son fils, après tout.

– Je vois.

Mel les avait rejoints, et il dit :

– En l'occurrence, nous avons découvert que Charles Daneman et le père de John avaient pas mal de choses en commun. Des choses que *vous* n'avez pas prises en compte, apparemment.

Le lieutenant Morello examina le bout incandescent de son petit cigare comme s'il s'attendait à ce que celui-ci fasse quelque chose d'inhabituel, comme se couvrir de fleurs en papier, ou bien exploser. Puis, avec ce qu'il estimait manifestement être une patience infinie, il répondit :

— J'ai vérifié personnellement tous les antécédents de chacune de nos douze victimes, et je l'ai fait avec la minutie dont la plupart des gens font montre habituellement lorsqu'ils cherchent des poux dans la tête de quelqu'un.

— Et qu'avez-vous découvert ? demanda John.

— J'ai découvert que tout un chacun de par le vaste monde a un petit quelque chose en commun. J'ai découvert que nos douze victimes, en comparaison, avaient énormément de choses en commun. Mais j'ai également découvert que rien de ce qu'elles avaient en commun ne valait la peine qu'on les tue.

Il tira une bouffée de son cigare, puis il continua :

— Nous n'avons pas écarté l'éventualité que nos douze victimes aient été tuées à cause d'un facteur commun, même si ce facteur commun, pour quiconque doté d'un esprit sain, semble parfaitement insensé. Mais si elles ont été tuées à cause de quelque chose de ce genre, alors toutes ces personnes ont nécessairement été tuées par un dingue agissant seul, et nous saurons pourquoi il a agi ainsi seulement lorsque nous l'aurons alpagué et que nous lui poserons la question.

— Et pour les opinions politiques ? demanda John. Mon père était…

— Votre père était un libéral légèrement centre gauche, comme l'étaient la plupart des victimes, et comme l'est un pourcentage important de personnes dans le monde entier.

— Vous avez vraiment envisagé un mobile politique ? dit Mel.

– Nous avons envisagé tous les mobiles possibles et imaginables, répondit le lieutenant Morello. Mais pour que quelqu'un soit tué pour des raisons politiques, ce quelqu'un doit avoir une importance politique. Ce qui n'était le cas d'aucune de ces personnes. Trois d'entre elles seulement étaient des membres actifs d'un groupe politique. Cinq d'entre elles n'avaient jamais voté de leur vie.

Mel ôta ses lunettes et essuya les verres avec son mouchoir.

– M'est avis que je dois présenter des excuses à la police, déclara-t-il. Vous n'êtes pas aussi borné que je le pensais.

– Hé, pas si vite ! les interrompit John. Comment le tueur savait-il que nous étions chez Mme Daneman hier ? Il nous attendait là-bas, c'est évident, et ensuite il nous a filé le train.

Le lieutenant Morello ralluma son cigare.

– Plus vraisemblablement, il vous a suivis depuis Topanga, lorsque vous avez quitté votre maison. Ou bien peut-être emprunte-t-il régulièrement la 6ᵉ Rue, et il vous a aperçus par hasard. S'il emprunte la 6ᵉ Rue tous les jours, cela pourrait expliquer pourquoi il a décidé de suivre M. Daneman.

John se frotta le menton d'un air pensif.

– Je ne sais pas trop. Je trouve que cette explication est plutôt tirée par les cheveux.

Le lieutenant Morello se leva.

– Pas autant que d'essayer de concocter un complot et des assassinats pour des raisons politiques. Croyez-moi, monsieur Cullen, nous avons affaire à un psychopathe agissant seul, et il tue des gens pour le plaisir, ou pour un motif bizarre que ni vous ni moi ne sommes en mesure de comprendre. Maintenant, je vous serais infiniment reconnaissant de ne plus vous mêler de cette affaire, et de ne pas essayer de faire notre boulot à notre place. Vous risqueriez de mettre le tueur sur ses gardes sans vous en rendre compte, lequel nous échapperait, ou bien d'être sérieusement blessés.

Vicki descendit les marches de la véranda. Ses cheveux étaient propres et brossés, et ils brillaient dans la lumière du soleil. Elle s'assit à côté de John et passa son bras autour de sa taille.

– Merci, lieutenant, dit-elle simplement.

18

Il était allongé sur son lit aux draps froissés, entièrement habillé. Il était fatigué et en sueur. À côté de lui, il y avait une fille, nue, pas plus de treize ou quatorze ans, aux cheveux blonds emmêlés et au visage couvert de taches de rousseur. Elle dormait, la bouche légèrement entrouverte.

Il ne savait pas très bien quel jour c'était. Sa routine habituelle avait été perturbée, et le souvenir de ce qu'il avait fait la nuit précédente – après son repas chinois, il était sorti pour trouver une fille – ne collait pas du tout avec sa semaine normale. Il éternua deux fois.

Ils n'avaient pas fait grand-chose la nuit dernière, l'homme de haute taille et la fille aux cheveux blonds. Il était fatigué et distrait, et même lorsqu'elle avait voulu le caresser, il l'avait repoussée avec humeur. Elle avait haussé les épaules, puis elle s'était endormie. Pendant qu'elle dormait, il avait regardé un film à la télévision, mangé des bretzels à même le sachet, et nettoyé ses deux Smith & Wesson calibre .38 sans chien.

Il consulta sa montre à affichage digital. Il était 7 h 23. On était également mardi. Une dure journée l'attendait, une journée de dispositions à prendre, de complications et d'emmerdements. Pour commencer, il devait louer une nouvelle voiture. Il s'extirpa du lit, alla jusqu'au lavabo craquelé, et s'aspergea la figure d'eau. Puis, toujours ruisselant, il se dirigea vers la commode et prit deux billets de cent dollars dans le tas désordonné de billets fourrés dans le tiroir.

Il aperçut son visage dans la glace de la commode. Ses yeux semblaient noirs, introspectifs, et ses joues étaient creusées de rides. Il se contempla un long moment, sans bouger, puis il détourna la tête et battit des paupières comme s'il avait fait un rêve.

Son M-14 l'attendait, appuyé contre le mur dans un coin. Il lui lança un regard et sourit, comme un père indulgent pourrait sourire à son fils.

– Comment ça va, mon pote ? chuchota-t-il.

19

Elle se souviendrait toujours, quasiment à la seconde près, de l'instant où elle était tombée amoureuse. Il descendait les marches de la Mission catholique dans Merchant Street ce mercredi matin, entouré de jeunes enfants noirs qui gambadaient et riaient, et même avec sa veste noire élimée et ses chaussures non cirées, il avait l'aspect d'un homme de dévouement et de sacrifice. Mais il était également très beau, avec ce genre de visage meurtri et triste d'ange déchu, aux cheveux bouclés très noirs et au petit nez à la Michel-Ange.

Le soleil voilé par le smog illuminait la rue, et là, sur les marches craquelées, dans ce quartier de bars sordides et de maisons délabrées, au milieu des cris joyeux des enfants, elle comprit qu'elle l'aimait vraiment, comme une femme aime un homme, et non un prêtre.

Il lui fit un signe timide de la main et dit :

— Comment allez-vous ?

— Je suis venue voir si vous aviez besoin d'un coup de main pour la réunion de ce soir, répondit-elle.

Ses paroles ressemblèrent à celles d'une autre personne, telle une réplique tirée d'une pièce de théâtre. Elle se demanda pourquoi il ne la dévisageait pas et ne lui demandait pas pour quelle raison elle mentait.

— C'est très gentil de votre part, lui dit-il. Les dames qui crient le plus fort sont toujours les bienvenues.

Elle sourit.

— C'est ce que vous pensez de moi ? Une dame qui crie le plus fort ?

— Ce n'est que l'une de vos qualités, répondit-il. Vous agissez, en plus d'exprimer vos idées, et c'est ce qui importe vraiment.

— Je vous remercie, mon père.

— Je dispose de deux ou trois minutes, dit-il. Vous venez prendre un café ? Il y a un endroit un peu plus loin où ils ont des beignets tout à fait honnêtes.

— Vous jugez les beignets aussi bien que les gens en fonction de leur honnêteté ?

Il secoua la tête.

— Je ne juge pas les gens. Dieu le fera le moment venu.

Ils commencèrent à marcher et passèrent devant des voitures rouillées et des monceaux d'immondices. Un poivrot, assis sur un perron poussiéreux de l'autre côté de la rue, leva la main en un geste saccadé et lança :

– Bonjour, mon père !

Ils arrivèrent Chez Sal, un café bon marché et bruyant, au sol recouvert d'un linoléum fatigué et aux tables poisseuses. La plupart des clients étaient des habitués de longue date qui avaient appris à faire durer toute la matinée la consommation d'un beignet et d'une tasse de café. Sal lui-même s'affairait derrière le comptoir en acier inoxydable graisseux, un bonnet en papier sur la tête et un cigare éteint coincé en permanence entre les dents. Il se montrait toujours indulgent envers la pauvreté.

Le père Leonard commanda deux cafés et deux beignets et les apporta à leur table en les tenant précautionneusement.

– Je devrais faire attention à ma ligne, dit-elle comme il posait le tout sur la table.

– Votre ligne ? Vous êtes mince comme un fil. Et, de toute façon, on n'a pas besoin d'être mince pour être admise au royaume des cieux. L'humilité suffit.

Elle remua son café.

– Je ne suis même pas sûre d'être humble.

Elle avait vingt-trois ans, mais c'était seulement maintenant qu'elle commençait à faire aussi jeune qu'elle l'était vraiment. Menue et svelte, elle avait un visage triangulaire anguleux et des cheveux raides coupés court dont la blondeur avait été décolorée par le soleil pour devenir un mélange brillant de platine et d'or. Elle avait des yeux immenses, bleu foncé, et sa bouche semblait toujours esquisser un sourire.

La vingt-deuxième année de Perri Shaw avait été perdue, telles les pages arrachées d'un calendrier, à cause de son mari, Rick, dont elle était séparée. Elle avait admiré Rick de loin durant sa première année d'études à l'UCLA. À cette époque, il était en troisième année – cheveux longs, sensuel, rebelle. Au cours de sa deuxième année, elle avait osé l'aborder (après avoir bu deux Rum Collins) et lui dire qu'elle avait envie de lui. Moins d'une semaine plus tard, ils étaient amants. Il avait été fort, parfois brutal, mais toujours excitant. Elle l'avait adoré, et elle l'avait presque aimé.

Leur première liaison n'avait pas duré très longtemps. Rick avait laissé tomber ses études de sciences économiques au cours de sa quatrième année, et il avait également disparu de la vie de Perry. Elle avait appris plus tard qu'il était guetteur d'incendies dans la forêt de Wenatchee, dans l'Etat de Washington. Deux années avaient passé, et elle était sortie avec un étudiant anglais sérieux, Garth. D'une façon éloignée, tel un train sifflant de l'autre côté de la montagne, Garth avait été très affectueux.

Mais, obligatoirement et par hasard, elle avait revu Rick, au cours d'une soirée à Venice, un an et demi après qu'elle eut obtenu son diplôme en sciences politiques. Ils avaient parlé de choses et d'autres tout en prenant un verre, avec un désir charnel prudent, puis, sans un mot, il l'avait revendiquée à nouveau en l'emmenant sur la terrasse. Il avait relevé sa jupe et l'avait baisée comme un élan en rut.

Malgré la vive inquiétude des parents de Perri, ils s'étaient fiancés, puis mariés, et ils avaient emménagé, lui avec sa guitare et elle avec son dessus-de-lit brodé, dans un petit duplex à Westwood Village.

Leur mariage avait été un enfer. Elle avait découvert, trop tard, que Rick était accro à la cocaïne, et il passait des heures dans la salle de bains à renifler et à avoir des haut-le-cœur. Il était également violent, et il avait coutume de battre Perri de manière inattendue presque tous les jours, sans la moindre provocation de la part de celle-ci. Il ne rentrait pas à la maison pendant des nuits d'affilée, puis il réapparaissait, pour le sexe et la nourriture, non lavé, lui lançant des obscénités, et presque rendu fou par les drogues.

C'était cette année-là, au cours d'un séminaire universitaire sur le couple, auquel elle avait assisté avec un désespoir patient, qu'elle avait fait la connaissance du père Leonard. Il n'était pas beaucoup plus âgé qu'elle, mais il l'avait prise en amitié et lui avait donné des conseils durant des semaines de rossées et de peur. Il lui avait montré la perspective d'une vie sans souffrances et sans désespoir, et elle avait finalement trouvé le courage d'affronter Rick sur son propre terrain, de l'obliger à regarder en face ce qu'il était. Il l'avait rouée de coups, quasiment jusqu'à l'évanouissement, puis il était parti en la laissant sans argent, sans un au revoir, avec rien pour lui remémorer leur mariage, excepté des hématomes et des cheveux arrachés.

Cependant, elle avait continué de voir le père Leonard. De temps en temps, elle l'aidait dans son travail caritatif dans les quartiers pauvres de Los Angeles. Néanmoins, c'était seulement en ce mardi matin brumeux qu'elle commençait à comprendre ses sentiments envers lui, et à quel point l'aide apparemment désintéressée qu'elle apportait aux femmes battues du secteur de la 12e Rue était en fait motivée par son besoin d'être auprès de lui.

Il était serein et beau, tel un saint, avec ce genre de corps émacié qu'elle se représentait cloué sur une croix, ou bien transpercé de flèches, tel saint Sébastien. Elle l'observa remuer deux cuillerées de sucre dans son café, et elle ressentit un tel flot d'affection pour lui, ainsi qu'une telle excitation sexuelle, qu'elle savait à peine quoi lui dire.

Il releva la tête. Ses yeux étaient marron foncé, expressifs, et remplis de bienveillance.

– Je pense que ces réunions sont très utiles, dit-il. Du moins, certaines de ces femmes commencent à comprendre qu'elles ont droit à leur propre identité. Elles ne sont pas simplement une côte extraite de la poitrine de leur mari. Elles sont des êtres humains en propre, et aux yeux de Dieu.

– Comment réagissent leurs maris ? lui demanda-t-elle. Ils ne sont pas furieux que leur virilité soit remise en question ?

Il commença à manger son beignet et mastiqua soigneusement.

– Quelquefois, répondit-il en buvant une gorgée de café. Mais cela ne dure pas très longtemps, d'habitude. Lorsqu'ils réalisent que leurs épouses sont des êtres humains, et qu'elles continuent de les aimer, ils acceptent cette remise en question, en général. Bien sûr, nous avons eu un ou deux incidents. Des coups et blessures dans Industrial Street. Mais je pense que la plupart des femmes savent que la situation doit empirer avant qu'elle ne commence à s'améliorer.

– Comme j'aimerais que vous alliez à ma place au congrès du Mouvement pour la Libération de la Femme, dit-elle. Vous pourriez leur expliquer tellement mieux ce que vous faites ici.

Il secoua la tête.

– C'est vous la déléguée, pas moi. Et, de toute façon, elles ne veulent pas entendre un homme parler de la prise de conscience des femmes. Pis encore, elles ne veulent pas entendre un homme prôner l'égalité sexuelle des femmes au lieu de la domination sexuelle des femmes. Il faut quelqu'un comme vous pour le leur dire. Si *moi*, je me mettais à dire que beaucoup de maris réagissent de cette façon parce qu'ils sentent que c'est un premier empiètement sur leur statut, ma foi, elles me mettraient en pièces, membre après membre.

Elle le regarda avec douceur.

— Je les en empêcherais, dit-elle.

— De toute façon, je n'ai pas envie de partir avant que le Seigneur décide de me rappeler à Lui, dit-il. J'ai mieux à faire que de m'offrir en sacrifice à Hilary Nestor Hunter et à sa horde de féministes.

Elle sourit.

— C'est la première fois que je vous entends parler de quelqu'un aussi durement. J'ai toujours pensé que vous étiez un saint.

— C'est difficile d'être un saint quand on parle de mademoiselle Hunter, je le crains. Même l'évêque admet jusqu'à un certain point qu'il préférerait se trouver ailleurs lorsqu'il est en sa présence.

— Je suppose qu'elle a tendance à se montrer dominatrice.

— Dominatrice ? C'est un sacré euphémisme ! Dans l'univers d'Hilary Nestor Hunter, la femme d'âge mûr appartenant à la classe moyenne doit hériter de tout, y compris le scalp de son mari et les revenus de son amant. Voilà ce que vous aurez à combattre lorsque vous irez à ce congrès, Perri, et ce ne sera pas facile, croyez-moi.

Perri commença à manger son beignet. Il était étonnamment croustillant et délicieux.

— Je ferai de mon mieux, dit-elle. Il est grand temps que quelqu'un tienne tête à ces gouines de droite.

La bouche du père Leonard se crispa légèrement, mais il ne la blâma pas pour ce terme.

— Tout ce que je vous demande, dit-il, c'est de ne pas oublier que vous allez là-bas en tant que représentante du service de conseils conjugaux de l'Église, et que tout ce que vous direz rejaillira sur nous tous.

— Je sais, mon père. Je ne la traiterai pas de gouine !

Le père Leonard eut l'air amusé, puis il éclata de rire.

Pendant un moment, ils mangèrent leurs beignets et burent leur café en silence, puis elle dit :

— Je ne vous l'ai jamais demandé… depuis combien de temps êtes-vous dans cette paroisse ?

Il regarda par la fenêtre sale vers la rue sordide.

— Huit ans, à un mois près.

— Vous n'êtes jamais las de ce quartier, ou désespéré par toute cette misère ?

— Très souvent. Mais à chaque fois, je demande à Dieu de me guider, et quel que soit Son dessein, Il me fait toujours comprendre qu'Il veut que je reste ici.

— Vous n'avez jamais songé à exercer votre ministère dans un quartier résidentiel ? À Hollywood par exemple, ou à Bel-Air ?

Il secoua la tête.

— Il y a un travail bien plus urgent à effectuer ici.

— Mais les riches ont également une âme.

— Les riches sont plus à même de sauver leur âme. Ils ont les moyens d'être pieux, et d'être charitables. Ces pauvres gens, ici, n'ont pratiquement rien, excepté leur foi, et elle est infime.

Elle traça du bout de l'index un motif circulaire sur le dessus de la table en Formica, dessinant des cercles et des cercles…

— Vous n'avez jamais songé à renoncer complètement à la prêtrise ? demanda-t-elle.

Il fronça les sourcils.

168

– Pourquoi cette question ?

– Je ne sais pas. Je me demandais simplement si cette idée vous était déjà venue à l'esprit.

Il s'appuya sur le dossier de sa chaise, déconcerté.

– Une fois, oui, dit-il lentement. Je venais d'être agressé et roué de coups par une bande de jeunes Noirs dans la rue. J'y ai pensé alors. Mais les blessures se sont cicatrisées, et mes doutes se sont dissipés.

– Vous n'avez jamais songé à renoncer à la prêtrise pour une autre raison ?

– Quelle autre raison pourrait-il y avoir ?

Elle ne voulait pas le presser trop durement, l'acculer dans un coin. Mais, tandis qu'il la regardait, les sourcils froncés, avec cette expression interrogatrice sur son visage, il était plus séduisant que jamais, et elle sut que ses lèvres allaient prononcer les mots avant que sa conscience pût les retenir.

– Êtes-vous déjà tombé amoureux ? murmura-t-elle.

Il demeura silencieux un long moment. Elle se rendit compte, en voyant l'expression de compréhension subtile dans son regard, qu'il savait à présent pourquoi elle avait posé cette question. Il porta sa main à sa bouche et se mordilla les doigts, sans jamais la quitter des yeux.

Mal à l'aise, elle déclara :

– J'en ai entendu parler. Dans les journaux. Des prêtres qui tombent amoureux.

Il hocha la tête, lentement.

– En effet, cela arrive parfois.

– Mais pas à vous ?

Il se pencha en avant et poussa son assiette sur le côté. D'un ton très prudent, il demanda :

– Perri, nourrissez-vous des sentiments envers moi ? Elle eut un rire nerveux.

— J'ai l'impression d'être une criminelle !

— Je parle sérieusement, dit-il. Avez-vous des sentiments envers moi ? Des sentiments d'affection ?

Elle traça des cercles sur la table de plus en plus vite.

— Je le suppose, oui, répondit-elle d'une voix crispée. En fait, je pense que c'est plus que de l'affection.

— Vous voulez dire une attirance sexuelle ?

— Davantage que cela, mon père. Je suis tombée amoureuse de vous. Je vous aime, profondément et complètement.

— Je suis désolé.

— Mon père, vous n'avez pas à être désolé, et moi non plus.

— J'aurais dû m'en apercevoir. J'ai été stupide de ne rien remarquer.

— Comment auriez-vous pu vous en apercevoir ? Cet amour a grandi en moi au cours des semaines. En fait, je commence tout juste à m'en rendre compte moi-même.

Le père Leonard prit sa main. Il avait de longs doigts pâles, comme des doigts de violoniste, si ce n'est que ses ongles étaient cassés en raison de durs travaux.

— En tant qu'homme, dit-il, je suis très flatté.

Elle le regarda dans les yeux.

— Mais en tant que prêtre, poursuivit-il, je suis obligé de vous dire que quelle que soit la sorte d'amour profane que vous éprouviez pour moi, elle est sans espoir.

C'était une sensation tellement étrange de tenir la main de cet homme, de regarder si intensément dans les yeux de cet homme, et de savoir néanmoins que son amour de Dieu le rendait inaccessible à sa sexualité. Celui lui procurait une envie extraordinaire de faire quelque chose pour le choquer, par exemple déchirer son corsage et lui montrer ses seins. Ou bien tendre la main sous la table et saisir ses organes génitaux à travers son pantalon noir élimé.

– Vous n'avez jamais aimé une femme? lui demanda-t-elle. Jamais?

Il hocha la tête.

– Une fois, alors que j'étais très jeune.

– C'est pour cette raison que vous avez décidé de devenir prêtre?

Il sourit.

– Non. J'ai décidé de devenir prêtre parce que Dieu m'a appelé, et parce que j'aime Dieu, et Jésus-Christ, et Marie la Mère du Christ, par-dessus tout.

– Et vous n'avez jamais éprouvé l'envie de...

– L'envie de quoi? Vous pouvez le dire, vous savez. J'exerce mon sacerdoce dans le centre de Los Angeles depuis huit ans. Les seuls mots qui peuvent encore me choquer sont des mots de haine.

Elle se pencha vers lui.

– L'envie de faire l'amour à une femme, chuchota-t-elle. Écoutez, si je vous disais maintenant que vous pouvez m'avoir, que vous pouvez me faire l'amour, est-ce que vous ne ressentiriez pas un tout petit quelque chose?

Il continua de lui tenir la main.

– Bien sûr que si. Vous êtes une jeune femme très jolie. Mais des années d'autodiscipline m'ont donné la force de dire non.

– Mais je ne comprends pas pourquoi vous *voudriez* dire non.

– Ce n'est pas une question de *vouloir.* Je dirais non en raison de ce que je suis, un serviteur de Dieu qui peut servir le mieux son Seigneur en restant célibataire.

Elle se redressa et dégagea doucement sa main de la sienne. Elle ne s'en rendit pas compte, mais elle avait les larmes aux yeux. Il resta dans la même position, penché vers la table, l'ange non déchu de Merchant Street.

– Vous m'avez sauvé la vie autrefois, chuchota-t-elle. Vous m'avez délivrée de l'enfer.

– J'espère en sauver beaucoup d'autres, dit-il doucement.

– Je ne peux pas *vous* délivrer ? demanda-t-elle.

– Je n'ai pas besoin d'être délivré, excepté de mes défauts humains, et je serai délivré de ceux-ci par Jésus-Christ qui a racheté les péchés du monde par Sa crucifixion.

– Mais c'est un tel *gâchis* ! s'exclama-t-elle. Vous ne réalisez même pas à quel point vous êtes beau ! Vous ne réalisez même pas ce que vous ratez de la vie !

Il sortit de sa poche un porte-monnaie en cuir et en tira une pièce qu'il posa sur la table, sous sa soucoupe.

Il lui sourit.

– Je sais ce que je rate, croyez-moi. Mais j'ai également foi en ce qui m'attend dans la vie éternelle.

– Mais vous n'êtes pas obligé d'être célibataire pour aller au ciel.

– Non.

– Alors pourquoi ? Vous pourriez très bien continuer votre œuvre sociale en tant que laïque, et non plus en tant que prêtre. Alors vous pourriez obéir à la volonté de Dieu de la même façon, tout en ayant une femme !

– Vous ne comprenez pas, hein ? Si je ne me vouais pas à Dieu complètement, corps et âme, je n'aurais pas la force de faire ce travail. Je trouve ma force dans l'abnégation et la frugalité. Elles me rapprochent de la force de ma foi, sans bien-être personnel, ni plaisir érotique, ni amour profane. Elles m'isolent de la charge que ma foi peut me donner.

— Vous parlez comme si vous étiez un appareil électroménager !

— Je le suis, d'une certaine façon. Un appareil électroménager à travers lequel le courant de la sainte volonté de Dieu passe continuellement.

— Mais c'est pas vrai !

Ils sortirent du café et retrouvèrent la rue et la chaleur moite. Une voiture de patrouille passa lentement à leur hauteur et donna un coup de klaxon à l'intention du père Leonard. Celui-ci salua les policiers de la main, puis il dit à Perri :

— Je dois vous quitter maintenant. Je vais voir Mme Paloma à l'hôpital. Elle est tombée dans l'escalier la nuit dernière. Du moins, c'est ce qu'affirme M. Paloma. Fracture de la clavicule et de la hanche.

Perri s'essuya les yeux avec son mouchoir.

— Je présume que je dois vous dire que je suis désolée, murmura-t-elle.

Il posa sa main sur son épaule et secoua la tête.

— Vous êtes remplie d'amour, Perri, et vous êtes très jolie. Vous n'aurez aucune difficulté à trouver l'homme qu'il vous faut.

— À deux reprises, j'ai cru que je l'avais trouvé, dit-elle, la gorge serrée. Mais la première fois, c'était un démon, et cela n'a pas marché, et la seconde fois, c'était un saint, et cela n'a pas marché non plus.

— Toujours amis ? demanda-t-il.

— Oh, bien sûr, répondit-elle.

— Appelez-moi ce soir, nous parlerons de ce congrès du Mouvement pour la Libération de la Femme. J'ai un ami qui travaille à CBS, et il a dit que si nous présentions une motion à l'encontre d'Hilary Nestor Hunter, il essaierait de nous obtenir une couverture médiatique.

Et vous savez l'importance que cela aurait pour ce que nous faisons ici.

— Ainsi, vous avez un défaut humain, dit Perri avec un large sourire. Vous voulez être célèbre.

— Je n'ai pas du tout envie d'être célèbre, *moi*. Mais je veux que les femmes défavorisées de ce quartier soient célèbres, et je veux que les droits fondamentaux des deux sexes soient reconnus.

Perri se dressa sur la pointe des pieds et l'embrassa sur la joue.

— Ne vous inquiétez pas, dit-elle. Si vous ne m'aimez pas pour le moment, je vous rendrai tellement fier de moi à l'occasion de ce congrès que vous n'aurez plus le choix !

Le père Leonard éclata de rire. Mais une fois qu'ils se furent quittés, et tandis qu'il s'éloignait dans la rue vers l'arrêt de bus, son visage était renfrogné. Il fit halte un moment devant la vitrine poussiéreuse d'un prêteur sur gages pour regarder fixement le reflet d'un homme que Perri avait avec un tel regret appelé un saint.

20

Elle sortit du terminal de l'aéroport de Las Vegas, son vanity-case blanc à la main. Ses talons hauts dorés la faisaient trébucher, ses cheveux roux étaient coiffés en arrière en des cascades de mèches, son T-shirt jaune étriqué ballottait de cinq manières différentes en même temps, et son jean en satin écarlate était tellement moulant que le porteur qui la suivait avec son énorme valise était incapable de détacher ses yeux de sa croupe rebondie.

Elle parcourut du regard la zone de stationnement, telle une interprétation comique à la Ziegfeld de John Paul Jones scrutant la mer.

— Une voiture doit venir me chercher, dit-elle au porteur. On m'a promis qu'une voiture viendrait me chercher.

Le porteur, qui était courtaud et avait un tas de boutons rouge vif sur le visage, répondit :

— Pas de problème, je peux attendre.

Et il fit semblant de regarder autour de lui afin de lorgner furtivement ses seins, aussi gros que des ballons, et son mont de Vénus moulé par le satin écarlate de son jean.

— Il fait tellement *chaud* ici ! gémit Lollie. Tout de même, ce type aurait pu prendre la peine d'arriver à l'heure ! Mon rouge à lèvres est en train de fondre !

— Allons, euh, il, euh, il va arriver dans un moment, dit le porteur.

Tout en souhaitant de toutes ses forces que le type en question n'arrive jamais, et qu'elle se retrouve en plan ici, et qu'elle soit obligée d'accepter son invitation à l'accompagner dans sa piaule, pour baiser avec lui jusqu'à ce que ses oreilles bourdonnent.

À ce moment, un petit coup de klaxon retentit. Une Monarch blanche se rangea contre le trottoir à leur hauteur, et David Radetzky en descendit.

— Comment ça va, Lollie ? dit-il.

Il ouvrit le coffre pour permettre au porteur, dont les rêves s'étaient à présent envolés irrémédiablement, de mettre la valise de Lollie à l'arrière.

— Tout baigne. Vous voulez un Bubble Yum ?

— Non, merci. Il n'y a pas eu une enquête de la Santé publique à propos de ce chewing-gum ?

— Des rumeurs à la noix ! C'est cataclysmique !

– Cataclysmique ? fit David en haussant un sourcil tandis qu'il quittait le terminal et se dirigeait vers l'Interstate 15. Où avez-vous trouvé un mot pareil ?

Lollie régla la climatisation de la voiture sur « froid » et releva ses lunettes de soleil sur ses mèches rousses. La chute de température fit se dresser ses mamelons sous son T-shirt, mais David Radetzky ne le remarqua pas, ou bien cela ne l'intéressait pas. Il portait son costume luisant à la Nixon, et son menton était toujours bleu vif, comme s'il se rasait avec des lames de l'année dernière.

– C'est le sénateur Chapman qui me l'a appris. Lollie, a-t-il dit, vous êtes cataclysmique.

– Vous allez le revoir ce soir. Vous devriez peut-être lui demander ce que ce mot signifie.

Ils roulaient vers la silhouette de Las Vegas. Le soleil, chaud et pourpré, brillait à travers les vitres teintées de la voiture. L'horloge du tableau de bord de la Monarch indiquait 16 h 45. Lollie contemplait le désert brumeux, mastiquait son chewing-gum, et elle se demandait si la vie avait un sens.

– Nous vous avons réservé une suite au Scirocco, dit David. Deux cameramen et un ingénieur du son y travaillent depuis six heures ce matin. Il n'y aura aucun endroit dans toute la suite où quelqu'un puisse aller sans être filmé et enregistré.

– Même le pipi-room ?

– C'est exact.

– Et si j'ai envie d'y aller ?

– Oui, et alors ?

Lollie mastiqua et rougit.

– Eh bien, d'habitude, je demande un petit supplément pour ça. Enfin, d'habitude.

David Radetzky soupira.

– Entendu. Si vous avez besoin d'y aller, nous ajouterons vingt billets à la somme prévue. Mais seulement si vous y allez.

Ils arrivèrent à l'hôtel, une courbe brillante de béton blanc avec le nom Scirocco, écrit en lettres de néon écarlate, qui se détachait sur le ciel de l'après-midi. David fit traverser à Lollie le vaste hall de marbre et la fit entrer dans la cabine de l'ascenseur imitation rococo. Il appuya sur le bouton du dernier étage.

– Le sénateur Chapman est déjà là? demanda Lollie.

– Il arrive dans une demi-heure. Il a une réunion avec des promoteurs immobiliers. La construction d'un hôtel à Minneapolis.

– Alors, je fais comment pour le voir? Je ne vais pas le croiser par hasard dans un casino, hein?

David secoua la tête.

– Vous allez appeler le sénateur Chapman à son hôtel. Vous pouvez lui dire que vous êtes venue à Las Vegas parce que vous avez appris qu'il serait ici, et que vous mourez d'envie de le revoir. Vous pouvez même lui dire qu'il est cataclysmique, si vous voulez.

– Pas la peine de vous moquer de moi! gémit Lollie.

Les portes de l'ascenseur s'ouvrirent et ils remontèrent le couloir jusqu'à une porte ornée de dorures et comportant un écriteau « Suite Pompadour ». David ouvrit la porte et fit entrer Lollie.

La pièce principale, haute de plafond, était lumineuse et décorée dans un style que le décorateur d'intérieurs avait bizarrement jugé caractéristique du XVIIIe siècle français. Un dais de satin bleu clair ornait le plafond, et le lit comportait un chevet doré, sculpté d'angelots, de dauphins, de nymphes nues et de grandes vagues. Les tapis moelleux étaient bleu foncé, et tout autour il y avait des tentures, des rideaux et des cordons à glands.

Deux hommes en combinaison de travail avaient relevé un coin de la moquette et fixaient un fil électrique le long de la plinthe. L'un d'eux était trapu et de type mexicain. L'autre était maigre, avait un petit nez busqué et un visage triste.

— Comment ça se présente, Duke ? demanda David en ôtant sa veste et en la jetant sur le lit.

— Au poil, je pense, répondit l'homme au visage triste. Mais nous avons vérifié la réception depuis le lit, et j'ai bien peur que le son ne soit pas fameux.

— Quel est le problème ?

— Il y a le bruit des draps et des couvertures. Quand on a deux personnes assez grandes qui baisent comme des dingues, vous ne pouvez pas savoir le boucan que ça fait !

— Duke a travaillé pour Clay McCord, le réalisateur de films pornos, expliqua David à Lollie. Il est le meilleur dans sa partie.

Duke se releva et rabattit la moquette sur le fil.

— Ce qu'on pourrait faire, c'est dissimuler un micro-émetteur sur le corps de la fille. On a fait ça un jour pour un film, *Pur et Dur*, dans une scène où il y avait six personnes sur un lit, et le son était excellent.

Lollie fronça le nez.

— Vous voulez mettre un micro sur mon corps ? Où ça ?

— Ce ne sera pas dans votre chatte, c'est évident, répondit Duke d'un ton sarcastique. Ces trucs valent cent cinquante billets pièce, et je n'aimerais pas les perdre pour toujours !

Lollie se tourna vers David Radetzky et dit :

— Qui c'est, ce connard ?

178

– Calmez-vous, d'accord ? fit David. Nous devons avoir la meilleure réception possible, et si cela signifie planquer un micro quelque part sur votre corps, alors c'est ce que nous devrons faire.

– Le nombril, c'est parfait, déclara Duke. On met le micro dans le nombril, et ensuite on le recouvre avec du latex couleur chair. Ce que vous devez faire, c'est inciter le type à se mettre sur vous. Et lorsque c'est terminé, vous vous arrangez pour qu'il pose sa tête fatiguée sur votre ventre, et vous le faites parler.

– Je dois le faire parler dans mon *nombril* ?

– Il n'a pas besoin de parler *directement* dans votre nombril, fit Duke avec une certaine impatience. Et merde, vous n'avez pas besoin de bomber votre ventre et de dire « Vous voulez bien dire quelques mots là-dedans, sénateur ? » Tout ce que vous devez faire, c'est éviter d'être allongée sur le ventre et d'assourdir la réception.

– C'est ce qu'on vous apprend dans les films pornos, le sarcasme ? répliqua Lollie.

David consulta sa montre.

– Le sénateur devrait être là bientôt. Lollie, je veux que vous l'appeliez dès qu'il sera arrivé à son hôtel. Sinon, il pourrait se trouver une autre fille. Sa femme est restée dans le Minnesota cette semaine, et il compte bien profiter au maximum de cette liberté.

– Je croyais que les gens qui dirigent ce pays étaient censés avoir des principes moraux, dit Lollie.

Elle sortit son chewing-gum de sa bouche et le colla sous une desserte imitation marbre.

– Juan, tu veux bien m'apporter le micro-émetteur Mullard, dans la mallette bleue ? demanda Duke. Et la pâte en latex. C'est ça. Dans la valise portant l'inscription Département du maquillage MGM.

David alla jusqu'à la fenêtre et écarta les rideaux de tulle.

— J'ai l'impression que le sénateur arrive, annonça-t-il. Une Fleetwood noire vient de s'arrêter devant l'hôtel Xanadu, et il y a une flopée de gens dehors. Attendez. Oui, c'est lui.

— J'ai oublié à quoi il ressemblait, dit Lollie. Je me rappelle juste qu'il respirait comme un asthmatique.

— Vous pouvez ôter votre T-shirt ? demanda Duke. Je veux placer ce micro avant que vous téléphoniez. Juan, tu vérifies le son, d'accord ?

Lollie croisa les bras et fit passer par-dessus sa tête son T-shirt jaune étriqué. Les trois hommes la regardèrent avec une sorte de délectation dénuée de passion. Ses seins étaient fermes et pleins, haut placés, avec de larges aréoles roses et des mamelons dressés. Il y avait une petite constellation de taches de rousseur entre eux, que l'un de ses petits amis avait appelée autrefois « un assaisonnement ».

Sans qu'on le lui demande, elle déboutonna son jean moulant en satin rouge et le fit glisser vers ses chevilles. Son sexe était à peine recouvert d'un léger duvet de poils roux. Le jean tomba sur le sol.

Il s'ensuivit un silence, puis Duke dit :

— Juan, *s'il te plaît*, tu veux bien vérifier la réception ?

Lollie s'allongea sur le lit, et Duke entreprit de mettre en place le minuscule micro. Il le fixa avec du cyanoacrylate, qui le colla à la peau de Lollie, de telle sorte qu'il ne pourrait pas tomber, même si elle se livrait à des prouesses sexuelles athlétiques. Puis il recouvrit précautionneusement le micro avec de la gomme élastique en latex rose chair, et moula celui-ci pour lui donner la forme enroulée d'un nombril.

– Votre mère ne verrait pas la différence, dit-il lorsqu'il eut terminé. Bon, on fait un essai. Juan… tu veux
bien t'approcher du ventre de la dame et dire quelque
chose ?

Juan leva les yeux de son appareil récepteur.

– Avec plaisir, monsieur Duke !

Lorsque Duke et Juan eurent terminé leurs derniers
essais, David Radetzky décrocha le téléphone style
rococo bleu clair et composa le numéro privé de la suite
du sénateur Chapman.

– Venez, dit-il à Lollie.

Docilement, elle traversa la pièce et prit le combiné.

– Ça continue de sonner, dit-elle.

– Duke… l'amplificateur, chuchota David.

Duke alla jusqu'à une installation de fortune sur la
table basse et brancha l'amplificateur. Dans le haut-
parleur, ils entendirent le téléphone sonner, puis que
quelqu'un le décrochait. Il y eut un long silence, puis
Carl Chapman dit d'un ton bourru :

– Allô ? Qui est à l'appareil ?

– Sénateur Chapman ? dit Lollie avec une voix de
petite fille.

– C'est exact. Qui êtes-vous ? Qui vous a donné ce
numéro ? C'est un numéro privé.

– Allez, dites-lui qui vous êtes, chuchota David.
Dites-lui pourquoi vous êtes ici.

– C'est Lollie, sénateur Chapman. Lollie Methven,
de Miami, Floride. Vous ne vous souvenez pas de
l'hôtel Dorai, chambre 1126 ? Vous avez dit que j'étais
cataclysmique.

– Lollie Methven ?

– C'est exact, sénateur chéri. Vous avez oublié cette
merveilleuse pipe que je vous ai faite ? *Slurp, slurp,
slurp*, jusqu'à ce que vous n'en puissiez plus ?

Il s'ensuivit un silence gêné, puis le sénateur Chapman dit :

– Je m'en souviens, oui. Mais qu'est-ce que vous faites ici ?

Lollie lança à David Radetzky un regard déconcerté, mais celui-ci lui dit d'une voix sifflante :

– Dites-lui que vous l'aimez. Vous avez lu dans les journaux qu'il devait venir à Las Vegas. Vous l'avez suivi jusqu'ici.

Lollie émit un petit rire factice, puis elle dit :

– La vérité, sénateur chéri, c'est que je pensais continuellement à vous. Je sais que c'est ridicule, mais je suis tombée amoureuse de vous, cul par-dessus tête !

– Quel romantisme ! fit Duke en levant les mains.

Lollie gloussa à nouveau.

– J'ai lu dans le *Miami Herald* que vous veniez à Las Vegas, alors j'ai mis ma chaîne stéréo au clou pour m'acheter un billet d'avion, et me voilà !

Il y eut un autre silence méditatif. Puis le sénateur Chapman dit :

– Très bien, vous m'avez suivi jusqu'ici. Que voulez-vous ?

– Oh, sénateur chéri, c'est vous que je veux. Je veux vous déshabiller et vous embrasser partout. Je veux prendre à nouveau votre grosse queue dans ma bouche, et vous sucer jusqu'à ce que vous soyez complètement à sec !

Le sénateur Chapman s'éclaircit la gorge.

– Je suis, euh, très occupé ce soir, Lollie. J'ai deux réunions extrêmement importantes. Je ne suis pas du tout sûr de pouvoir…

– Vous le devez ! insista Lollie. Vous m'avez tellement manqué, et il y a tellement de choses que j'ai envie de vous faire. Sénateur, je vous aime. Vous êtes l'homme le plus viril, le plus sexy, que j'aie jamais connu.

— Vous le pensez vraiment ? dit le sénateur Chapman.

— Oh, oui, sénateur. Un millier de fois !

— Ma foi, euh, où pourrions-nous nous rencontrer ? D'où appelez-vous ?

— J'ai pris la suite Pompadour au Scirocco, lui dit Lollie, tandis que David Radetzky pointait frénétiquement son index sur le nom en haut de la carte du room-service. Tout est prêt pour vous, sénateur.

— Un petit nid d'amour, chuchota David.

— Un petit nid d'amour, répéta Lollie.

Le sénateur Chapman demeura silencieux un moment. Puis il dit :

— Je peux être là à minuit et demi. Cela vous convient ?

— Oh, sénateur, je vais compter les heures ! répondit Lollie, répétant la phrase que lui soufflait David.

— Eh bien, c'est merveilleux, répondit le sénateur Chapman. J'attendrai ce moment avec impatience, moi aussi. Comment est-ce, déjà ? *Slurp, slurp, slurp ?*

— Exactement, mon chéri. *Slurp, slurp, slurp.*

David reprit le combiné et le reposa sur son socle.

— C'est plutôt *ducon, ducon, ducon* ! fit Duke. C'est ça qui fait la grandeur de notre pays ? Des abrutis comme lui ?

David sortit un mouchoir propre de sa poche et essuya ses empreintes sur le combiné.

— Nous ne sommes pas ici pour juger sa politique, Duke. Nous sommes ici pour que sa femme puisse obtenir le divorce.

— Comment j'étais ? demanda Lollie. J'étais bien ?

— Lollie, vous avez été sensationnelle. Maintenant, vous avez tout le temps de prendre une douche, de mettre quelque chose de sexy, et de vous commander un dîner au room-service. Les steaks sont passables, les clams farcis sont immondes, et les cheeseburgers sont mieux que rien du tout.

— Est-ce que je vous reverrai, monsieur Radetzky? Quand ce sera terminé?

David récupéra sa veste.

— Non, sauf si quelque chose se passait de travers, et que nous soyons obligés de tout recommencer. Moins nous nous voyons, et mieux c'est.

— Et pour mon argent?

— Lorsque vous aurez terminé avec le sénateur Chapman, demandez un taxi pour vous rendre à l'aéroport. Allez au comptoir d'United Airlines et demandez un paquet qui vous est adressé. Tout votre argent sera dans ce paquet, ainsi qu'une prime si vous vous montrez super-extra-bonne.

— Et vingt dollars si je…?

David acquiesça de la tête.

— Bien sûr. Vingt dollars si vous…

— On est parés, monsieur Radetzky, annonça Duke.

— Parfait, dit David.

Il passa son bras autour de la taille nue de Lollie Methven, mais ce n'était guère plus affectueux que le geste d'un patron passant son bras autour de la taille rebondie d'une secrétaire d'un certain âge.

— Faites-moi du bon boulot, Lollie, dit-il. Et essayez de prendre votre pied, vous aussi.

Lollie se pencha vers lui et l'embrassa.

— Ce n'est qu'un boulot, monsieur Radetzky. Mais avec vous, je ne dirais pas non.

Il ôta son bras et eut un sourire gêné.

— Je n'en doute pas, dit-il en boutonnant sa veste. Mais nous ne sommes pas venus ici pour ça, d'accord?

184

21

Ken Irwin était allongé sur un matelas gonflable au milieu de la piscine, les yeux fermés en raison du soleil de l'après-midi. Ses cheveux étaient hérissés après avoir nagé. Le matelas décrivait lentement des cercles sur l'eau immobile, et il semblait dormir. Les statues romaines l'observaient avec une solennité aveugle. Plus loin, dans le jardin, il y avait le chuintement monotone d'un arroseur automatique.

Elle l'avait observé depuis une fenêtre à l'étage. Il donnait l'impression de dormir mais elle n'en était pas certaine. Il était nu, et bronzait rapidement, et elle aimait la façon dont son pénis était recroquevillé contre sa cuisse.

Elle revint vers le froid de la chambre climatisée. C'était une chambre d'amis, aux murs peints en vert, et elle était rarement utilisée. Il y avait un lit pour une personne avec un chevet arrondi en chêne, une chaise en chêne, et un tableau au mur représentant un champ de moutardes en France. Pour quelque raison, elle lui rappelait une chambre de son enfance.

Aujourd'hui, ses cheveux blond cendré étaient relevés, coiffés en boucles, et recouverts d'une fine résille de dentelle ornée de perles. Elle portait une robe blanche vaporeuse en dentelle de coton aussi transparente que de la fumée, créée spécialement pour elle par le styliste marocain Abid. Sous la robe, uniquement un minuscule slip en coton blanc.

Il y avait quelque chose chez Ken Irwin qui la préoc-cupait, et qui troublait son sommeil. C'était un amant serviable et silencieux. Il donnait un coup de main aux domestiques pour l'entretien de la maison avec effi-cacité et calme. Et pourtant, bien qu'il eût été pris en stop au bord de la route et promu à une vie de luxe en l'espace d'un seul après-midi, et qu'il fut à présent l'étalon choyé de l'une des dames les plus prestigieuses de Hollywood, il se montrait étrangement peu impres-sionné et indifférent.

Les jeunes amants qu'elle avait pris avant Ken Irwin avaient été immanquablement éblouis par elle. Ils la suivaient partout, ravis de profiter de son charisme vieillissant mais toujours érotique. Ken, lui, vaquait à ses tâches quotidiennes sans lui prêter la moindre atten-tion. Et il était là, au milieu de l'après-midi, allongé sur un matelas pneumatique, apparemment endormi.

Adele sortit de la chambre et referma la porte der-rière elle. Elle descendit l'escalier de chêne en spirale qui desservait les chambres à l'arrière de la maison, tra-versa le vestibule carrelé, et sortit par la porte de der-rière. Le soleil était très chaud, et elle regretta de ne pas avoir pris ses lunettes de soleil. Elle s'avança sans bruit sur les dalles brûlantes du patio et fit halte au bord de la piscine.

Ken, sur son matelas pneumatique, tournait lente-ment sur l'eau.

Adele dit, d'une voix claire d'actrice de théâtre :

– Regarde les nénuphars, vois comme ils poussent. Ils ne peinent pas, et ils ne tournoient pas.

Ken décrivit encore un cercle, puis il entrouvrit les yeux.

– Tu es très sexy comme ça, dit-elle. Mais si tu restes dehors encore quelque temps, ta petite zigounette va attraper des coups de soleil, et quel sera mon plaisir cette nuit si cela se produit ?

Ken grimaça un sourire.

— J'étais sur le point de me réveiller, de toute façon.

— Je suis ravie de l'apprendre, déclara-t-elle. Je commençais à croire que tu te lassais de moi.

Il se laissa basculer du matelas et tomba dans l'eau. Puis il nagea en de longues brasses régulières vers le bord de la piscine. Il se hissa un peu hors de l'eau et embrassa les orteils nus d'Adele.

— Vous êtes une déesse, dit-il. Aucun homme ne pourrait jamais se lasser de vous.

— Dommage que mon deuxième mari ne l'ait pas compris. Cela lui aurait évité une foultitude de frais pour le divorce.

Il sortit de la piscine et se secoua comme un chien trempé. Puis il récupéra la grosse serviette éponge qu'il avait suspendue sur le bras d'une nymphe romaine, et la noua autour de ses reins. Il embrassa Adele, et sa robe se colla à son corps mouillé.

— Holman m'a fait des compliments sur ton travail, dit Adele tandis qu'ils traversaient le patio. Il a dit que tu étais très compétent.

— Content de le savoir.

— Je ne sais pas s'il te l'a dit, mais nous donnons une réception samedi soir. En l'honneur de Tony Seiden. Tu sais, le réalisateur. Il termine le tournage de son nouveau thriller vendredi, et nous avons pensé que cela lui ferait du bien de s'échapper de Hollywood un moment.

— Il a réalisé *Nuits secrètes*, non ?

— Réalisé et produit. Même chose pour celui-ci. Le film n'a pas encore de titre. Il l'appelle Numéro Dix-Sept.

– Il est très engagé politiquement, n'est-ce pas ? Je n'ai pas vu *Nuits secrètes*, mais on m'a dit que c'était un film très engagé.

Adele franchit la porte de la maison en se dandinant.

– Tony est toujours engagé politiquement. C'est lui qui a fait ce film caustique sur Daley, le maire de Chicago. C'est pour cette raison qu'il est le producteur de tous ses films. Il veut garder son indépendance.

Ken se frictionna les cheveux avec la serviette éponge tandis qu'ils entraient dans le séjour. Holman, le maître d'hôtel, était là, occupé à décanter le sherry dans une carafe. Adele lui dit :

– Holman, vous voulez bien nous apporter deux mint juleps ? Bien tassés, s'il vous plaît.

– Oui, madame, répondit Holman d'un ton un brin chagrin.

– Et, Holman ?

– Oui, madame ?

– Monsieur Irwin travaille pour moi, Holman, mais il est également mon invité et mon ami. Ainsi que le vôtre, j'espère.

Holman garda ses yeux baissés vers le sol.

– J'apporte tout de suite les juleps, madame.

Une fois Holman parti, Adele fit le tour de la pièce en dansant et en tourbillonnant. Sa robe virevoltait autour d'elle. Ken eut une vision fugace et tentante de son ventre plat, de ses seins parfaits, de ses cuisses minces. Elle dit, tout en tournoyant :

– Ne t'en fais pas pour Holman. Il n'est pas content s'il n'a pas à se plaindre de quelque chose. C'est la maladie du maître d'hôtel.

Ken s'assit dans un fauteuil de style espagnol, sa serviette posée nonchalamment sur son bas-ventre. Il prit une cigarette dans un coffret sur la table basse à côté de lui, et il l'alluma avec un briquet en forme de casque de conquistador.

– Et quelle est la maladie de la star de cinéma ? lui demanda-t-il.

Elle sourit mais continua de danser.

– Je connais la maladie du jeune gigolo maussade.

– Oh, vraiment ? Et c'est quoi ?

– L'arrogance. Une confiance inaltérable en sa beauté. La ferme conviction que sa maîtresse plus âgée est tellement folle de lui qu'elle sera incapable de le mettre à la porte.

Ken demeura parfaitement immobile dans son fauteuil.

Adele continua de danser quelques instants encore, puis elle se dirigea vers lui. Elle se pencha et lui effleura le bout du nez avec son ongle pointu et nacré.

– Tu as déjà oublié une chose, dit-elle. Je suis la reine des glaces. Mon cœur est une pierre gelée.

Ken se passa la langue sur les lèvres. Il regarda au fond des yeux marron d'Adele, et il vit toutes ses années de souffrances, toutes ses années de célébrité, d'épreuves et de déceptions, tous ses efforts pour s'en sortir. Sa cigarette envoyait des volutes de fumée bleutée à travers la pièce plongée dans la pénombre. Au-dehors, il entendait l'un des jardiniers chanter *Cuando caliente el sol* tandis qu'il égalisait la bordure de plantes herbacées.

– Je n'avais pas l'intention de me croire tout permis avec vous, dit-il d'une voix rauque.

– Non, répondit Adele. Mais tu l'as fait.

– Qu'avez-vous l'intention de faire ? lui demanda-t-il.

Elle se redressa et fit quelques pas dans la pièce. Ses pieds nus produisaient un léger bruit de baiser sur le parquet.

– Je ne vais rien faire du tout, répondit-elle en souriant. Il se trouve que tu me plais trop. Et, de toute façon, puisque nous donnons une réception samedi, je tiens absolument à te présenter comme mon nouvel étalon. Plusieurs femmes de ma connaissance seront dévorées d'envie !

– J'espère que vous ne pensez pas que j'ai essayé de vous arnaquer parce que vous êtes une star de cinéma, dit Ken. Ce n'est pas du tout le cas.

Elle haussa les épaules.

– N'en parlons plus. Tu n'es pas important à ce point. Tu me plais. Je te trouve très mignon, mais souviens-toi que tu n'es pas important à ce point.

Ken tira une longue bouffée de sa cigarette. Il donna l'impression d'être sur le point de dire quelque chose, mais il n'en fit rien.

– Je veux faire *étalage* de toi samedi, poursuivit Adele. Je veux que tu sois ravissant. Une chemise en soie blanche, déboutonnée jusqu'à la taille. Un pantalon en soie blanche, tellement moulant que l'on pourra voir si tu as été circoncis ou non. Des sandales blanches. L'esclave des neiges de la reine des glaces.

– Pour qui me prenez-vous ? Pour un chien de cirque ?

Elle émit un rire qui ressemblait à un carillon de clochettes.

– Pas du tout. Mais je vais te dire une chose. Pour une raison que je ne comprends pas, tu désires rester ici bien plus que tu n'essaies de le laisser paraître. Il *faut* absolument que tu sois ici, pour quelque raison bizarre. Eh bien, cela me convient parfaitement. Tu es très décoratif, et tu es une affaire au lit. Mais c'est l'offre et la demande en ce bas monde, Ken, l'acheteur et l'acheté, et si tu désires à ce point rester ici, alors tu devras rester ici à mes conditions. Et mes conditions sont que tu te pavaneras samedi avec ta chemise déboutonnée et ton pantalon moulant, et que tu feras baver de jalousie mes amies d'un certain âge.

Holman entra, apportant les mint juleps sur un petit plateau en argent, puis il se retira, tel un toucan mité et contrarié.

— Il y a une alternative, bien sûr, déclara Adele. Tu peux partir.

Il la regarda, puis il dit d'une voix étouffée :

— Vous ne m'aimez pas du tout, hein ?

— T'aimer ? Pourquoi devrais-je t'aimer ?

— Je pensais que vous m'aimiez peut-être. Juste un peu.

— Ken chéri, comment peux-tu penser une chose pareille ? Je ne tombe jamais amoureuse de qui que ce soit.

Il se leva en tenant la serviette autour de ses reins. Un côté de son visage se détachait sur la lumière filtrant par la fenêtre du séjour, et il semblait déçu et triste.

— Je pense que si je me suis tout permis avec vous, c'est parce que j'essayais de toutes mes forces de ne pas tomber amoureux de vous, murmura-t-il.

Elle sirotait son mint julep. Elle abaissa son verre lentement.

— Qu'est-ce que tu as dit ?

Il se retourna et lui adressa un petit sourire plein de regrets.

— Ce n'était pas mon intention. Je voulais juste connaître une vie de luxe pendant quelques jours. Là d'où je viens, le Montana, ce genre de vie est inconcevable. Les gens ne croiraient pas que cela existe même si on leur montrait des photographies. Mais je suppose que j'ai obtenu bien plus que ce que j'espérais. Je suis tombé amoureux de vous, Adele. Je ne vous ai pas arnaquée. C'est *vous* qui m'avez arnaqué. Vous m'avez volé mon cœur.

Adele le considéra. Puis elle posa son verre sur la table basse et traversa la pièce. Sa robe virevoltait autour de son corps superbe. Elle se tint tout près de lui. Son sein touchait son bras à travers l'étoffe diaphane.

– Tu es vraiment incroyable par moments, dit-elle. Tout à fait incroyable. Je pense que je n'ai jamais entendu quelqu'un débiter de telles conneries avec un visage aussi sincère !

Il demeura silencieux. Sa poitrine hâlée se soulevait et s'abaissait au gré de sa respiration oppressée. Quelque part dans la maison, une pendule commença à carillonner 4 heures de l'après-midi.

Adele dit, plus doucement :

– Mais tu peux rester aussi longtemps que tu voudras. Il me tarde de voir le visage d'Hilary Nestor Hunter lorsque tu feras ton entrée samedi, et cela vaudra des millions de dollars, que tu m'aimes ou non.

Ken lui fit un petit sourire réservé. Puis il laissa la serviette tomber sur le sol, et elle vit que les grosses veines de son pénis, semblables à des racines, se gonflaient déjà.

Environ une heure et demie plus tard, sur la route poussiéreuse entre Cathedral City et Rancho Mirage, sous un ciel velouté, une Jeep AMC rouge se rangea sur le bas-côté. Ken Irwin, en jean et chemise écossaise, était au volant, une cigarette au bec et ses lunettes de motard perchées sur le bout de son nez. Il avait mis la radio très fort, et la musique semblait étrangement déformée au grand air.

Il n'eut pas à attendre très longtemps. Venant de Rancho Mirage, une Pinto jaune primevère apparut et s'approcha. Comme elle arrivait à proximité de la Jeep, elle ralentit et fit un appel de phares. Elle se rangea sur l'accotement opposé.

Ken éteignit la radio, descendit de la Jeep, et traversa la chaussée. Un léger vent murmurait, mais à part ça, on n'entendait que le bruit de ses bottes sur le sol.

La portière de la Pinto s'ouvrit, et un homme de haute taille aux cheveux plaqués en arrière et aux lunettes de soleil aux verres miroirs descendit. Il portait une chemise rouge à col ouvert et un pantalon de velours côtelé noir.

— Comment ça va, Ken ? dit l'homme de haute taille.

— En pleine forme, T.F. Et toi ?

— J'ai le cul endolori. C'est la plus grosse voiture que j'aie pu louer. Chez AAA. Je dois éviter Avis ou Hertz pendant quelque temps.

Ken s'appuya sur le toit brûlant de la Pinto.

— Je suis allé chez Cullen, dit-il. Madame me permet d'utiliser sa Jeep quand je veux.

— Qu'est-ce que tu as appris ?

— Pas beaucoup plus que ce que nous savions déjà. Cullen passe la plus grande partie des jours de la semaine à promener des chiens et à laver des voitures. La fille reste à la maison habituellement. Elle fait des colliers de perles, ce genre de conneries, qu'elle vend.

— Et le gros type barbu ?

— Il s'appelle Mel Walters. Sa maison se trouve un peu plus loin, au milieu des arbres. Ils sont très copains, apparemment, il vient dîner chez eux une ou deux fois par semaine. En général, le mardi et le jeudi.

– Alors, tous les trois pourraient être ensemble là-bas demain soir?

Ken prit un paquet de cigarettes dans sa poche de chemise.

– C'est exact. Et l'endroit est plutôt isolé. Le cirque Barnum & Bailey pourrait dresser son chapiteau dans leur allée, personne ne verrait même pas le cul d'un éléphant depuis la route.

T.F. se pencha vers la banquette arrière de la Pinto et en sortit une longue mallette en cuir. Il la posa sur le toit de la voiture et actionna les fermoirs. À l'intérieur, le canon enveloppé dans un tissu moelleux, il y avait son M-14.

– Tu pourras l'emporter dans la maison sans problème?

– Bien sûr. Elle ne me surveille jamais. Du moment que je la tringle une fois par jour, et que je me promène dans la maison d'un air maussade, elle est contente.

T.F. referma la mallette.

– Tu prends bien soin de mon flingue. J'ai ce petit bijou depuis des années. J'y tiens énormément, tu piges?

– Bien sûr, T.F. Une cigarette?

T.F. prit une cigarette et la ficha entre ses lèvres.

– Je déteste vraiment m'en séparer, tu sais, dit-il en contemplant l'horizon.

– Te fais pas de bile. J'en prendrai soin.

T.F. pencha la tête vers le Zippo de Ken pour allumer sa cigarette. Il souffla de la fumée comme si elle était amère, puis il dit :

– Les gens que j'ai allumés avec ce petit bijou, tu me croirais pas ! J'y tiens énormément.

– Et merde, T.F. !

T.F. le regarda et Ken aperçut son propre visage, incurvé et l'air stupide, dans les verres miroirs des lunettes de soleil.

– Je ferais mieux de filer, dit T.F. Il faut que je sois à San Clemente ce soir, pour un boulot là-bas.

– Je t'appelle demain à 15 heures, dit Ken.

– Entendu. Reste cool, mec !

T.F. remonta dans la Pinto avec raideur, claqua la portière, et démarra. Ken resta sur le bas-côté de la route jusqu'à ce que la voiture ait disparu dans les ondes de chaleur réfléchie qui miroitaient à l'horizon, un mirage jaune primevère qui diminua et se réduisit à rien du tout. Puis il retourna lentement vers la Jeep, la longue mallette en cuir à la main. Il la posa sur le siège du passager et la recouvrit d'un plaid, puis il se glissa derrière le volant et mit le contact.

22

Aux premières lueurs du jour, le jeudi matin, Carl X. Chapman était dans les bras de Lollie Methven, sa tête aux cheveux grisonnants posée sur ses seins. Elle lui caressait doucement les tempes du bout des doigts. La chambre dans des tons bleus et blancs était éclairée par la lumière du soleil du désert.

– Tu es une fille sensationnelle, tu le sais ? dit-il.

Elle cessa de lui caresser les tempes un moment, et elle le regarda.

– Je n'ai rien de spécial. Je suis juste une professionnelle.

– Il y a professionnelles et professionnelles, déclarat-il. Et tu es la meilleure que j'aie jamais connue.

– Tu as dû en connaître des tas, hein ?

Il eut un petit rire.

– Des centaines. Depuis que je suis marié, je pense que j'en ai connu des centaines. Des grandes, des petites, des Noires, des Blanches. Des blondes, des brunes, et des rousses comme toi.

Lollie se redressa légèrement dans le lit pour être sûre que Carl parlait tout près de son nombril.

– Tu as couché avec toutes ces filles ? dit-elle. Enfin, tu as fait l'amour avec elles ?

– Qu'est-ce que tu crois ? Que je jouais au golf miniature avec elles ?

Elle éclata de rire.

– Tu es quelqu'un de très beau, Carl. Je tiens à ce que tu le saches. Tu es très, très beau.

Il se redressa en s'appuyant sur un coude.

– Tu es sacrément belle, toi aussi, Lollie. À part ça, tu as la bouche la plus sexy de tout l'hémisphère occidental. Si je pouvais te remmener à Washington avec moi, empaquetée dans mes bagages, je le ferais.

Elle appuya à nouveau la tête de Carl sur ses seins.

– Comme j'aimerais venir avec toi, Carl ! J'aimerais vraiment.

Il soupira.

– Un homme politique qui veut arriver doit être marié, mon chou. Ou du moins, il doit *donner l'impression* qu'il est marié. C'est la garantie pour la nation qu'il est digne de confiance, chrétien, et hétérosexuel.

– C'est si important que ça ?

– Oh oui, lorsque ton but est la Maison-Blanche. Un jour, je serai président, Lollie, et un président a besoin d'une Première Dame. C'est pour cette raison que ma femme et moi sommes restés mariés aussi longtemps. Ce n'est pas un mariage d'amour, même si cela a été le cas autrefois. À présent, c'est plus une association d'affaires. Je ne pense pas que nous ayons fait l'amour pendant plus d'une année, ensuite elle a dit que je me conduisais comme un animal. Comme un *porc*, a-t-elle dit. Un porc du Minnesota.

– Tu vas être président ? dit Lollie. C'est vrai ?

Il se redressa sur un coude à nouveau.

– Aussi vrai que le soleil se lèvera vendredi.

– Mince alors ! fit Lollie. Tu veux dire que je suis au lit avec le futur président des États-Unis ?

Il gloussa.

– Tu ne te moques pas de moi, hein ? insista-t-elle.

Il s'allongea sur le dos.

– Non, je ne me moque pas de toi.

– Mais comment le sais-tu ? Il faut d'abord que tu sois élu, non ?

– Bien sûr. Mais il existe des moyens de savoir quels seront les résultats des élections.

– Tu veux dire que tu peux les prévoir à l'avance ? Comme dire la bonne aventure ?

– Quelque chose de ce genre.

Carl roula sur lui-même et se leva. Lollie voulut le retenir afin qu'il restât à portée de son micro, mais il alla jusqu'à la fenêtre, nu et bedonnant, et contempla Las Vegas et le désert. Lollie songea qu'il ressemblait à un vieil orang-outan plein de sagesse, un dirigeant politique de *La Planète des singes*.

– Lorsque je serai président, déclara-t-il, ce pays retrouvera sa grandeur. Il sera fort, fier, et pur.

Lollie, désireuse d'enregistrer tout ce qu'il disait, s'extirpa du lit, le rejoignit, et passa ses bras autour sa taille. Elle embrassa les poils gris sur ses épaules.

– C'est la première fois que je rencontre un président, dit-elle. Et que je lui parle.

– Eh bien, c'est quelque chose que tu pourras raconter à tes enfants, lorsque tu en auras.

– Je suis tellement *fiere* ! Tu ne peux pas savoir !
roucoula-t-elle.

Carl l'enlaça et la serra contre lui.

– Ce pays implore, tu sais cela ? Il a besoin d'un
homme qui soit capable de lui dire ce qu'il doit faire,
au lieu de transiger et de reculer. Il a besoin d'un
homme qui soit capable de donner l'exemple. Un pays
est comme une famille, tu comprends, et comme toute
famille, il a besoin d'un père.

Il prit une profonde inspiration et la regarda. Ses
yeux brillaient sous l'effet de l'émotion suscitée par
ses propres paroles.

– Et je suis ce père, figure-toi ! dit-il.

Lollie sourit, puis elle s'aperçut qu'il était tout à fait
sérieux, et elle cessa de sourire.

– Et si tu revenais te coucher ? proposa-t-elle. Il
n'est que 6 heures du matin. On pourrait peut-être le
refaire. Tu sais, avec du sentiment.

– Tu n'en as pas eu assez ?

Elle eut un petit rire.

– J'aime bien faire l'amour avec toi, c'est tout. Si tu
n'étais pas obligé de travailler, je pourrais rester au lit
et faire l'amour avec toi toute la journée.

Il rayonna de joie, mais il secoua la tête.

– Je n'ai pas le temps. J'ai un petit déjeuner de travail dans une demi-heure. Il faut que je m'habille et
que je rentre mes fesses au Xanadu.

– Pas même un petit dernier pour la route ? roucoula
Lollie avec sa voix de petite fille.

– Pas même un petit dernier pour la route. J'ai trois
conseillers qui m'attendent là-bas, et ils doivent déjà
disjoncter complètement.

Il s'assit au bord du lit et leva les yeux vers Lollie.
Elle se détachait sur le soleil du matin, et le soleil

brillait à travers ses cheveux roux et faisait miroiter la peau claire de ses seins et de ses cuisses.

Elle s'approcha, se tint devant lui, et posa ses mains sur ses épaules. Il embrassa son ventre plat, et ses lèvres se trouvèrent à moins d'un centimètre du micro-émetteur dissimulé dans le nombril de Lollie.

— Je vais te dire une chose, Lollie, et j'espère que tu t'en souviendras dans les années à venir. Je vais être le plus grand président que l'Amérique ait jamais connu, et c'est parce que je suis *né* pour être président.

— Tu veux dire que tu le savais depuis ton enfance ?

Il acquiesça de la tête.

— Je n'en ai jamais douté, pas une seule seconde. Même lorsque j'ai perdu des campagnes électorales, ou lorsque j'ai subi des revers au Sénat. Durant toutes ces années, je n'ai jamais perdu ma foi en moi-même, et en mon aptitude à la tâche grandiose qui consiste à guider l'Amérique.

Elle lui caressa le visage.

— Tu es étonnant, dit-elle. Tu es vraiment étonnant. Tu as une telle confiance en toi.

Il sourit.

— J'ai confiance parce que je sais que je vais gagner. J'ai confiance parce que je serai le premier président dans toute l'histoire des Etats-Unis à être élu parce que les gens ont *besoin* de lui, et non parce qu'ils le *veulent* pour président.

Elle eut un petit sourire décontenancé. Carl dit :

— Tu ne comprends pas cela, hein ?

— Cela n'a pas d'importance, répondit-elle. Je n'ai jamais été très bonne à l'école. Mais j'adore t'écouter parler.

Il releva la tête et la regarda. Son joli visage effronté était penché vers lui entre les lunes pâles de ses seins, et cette constellation de taches de rousseur, « l'assaison-nement ».

– Il y a élections et élections, Lollie, exactement comme il y a professionnelles et professionnelles.

À présent il parlait directement dans le micro de Lollie, et articulait chaque mot comme s'il était un journaliste à la télévision.

– Souvent les élections ne donnent pas une image exacte des véritables aspirations des gens. Il y a trop de pressions de la part des médias, trop de pressions exercées par la mode, trop de pressions venant des marées et des courants du temps.

– C'est de l'hébreu pour moi ! dit Lollie.

– Je vais t'expliquer, dit Carl. La télévision et les journaux disent aux gens ce qu'ils veulent. Les mouvements d'humeur à l'échelon national disent aux gens ce qu'ils veulent. Les émotions disent aux gens ce qu'ils veulent. Mais ce pour quoi les gens devraient voter, c'est ce qui sera le mieux pour eux, or ce qui est le mieux pour eux est rarement ce qu'ils veulent.

– Mais comment peut-on amener les gens à voter pour quelque chose qu'ils ne veulent pas ? demanda Lollie, toujours déconcertée. Enfin, comment peut-on les amener à se comporter de cette façon ?

Carl eut un sourire patient.

– C'est très simple, répondit-il. Dans n'importe quelle société, toutes ces émotions et tous ces mouvements d'humeur dont j'ai parlé sont générés par une toute petite poignée de personnes. Il y a des personnes dans n'importe quel groupe qui sont des leaders, et toutes les autres personnes de ce groupe suivent leur avis.

– Je sais, ils les suivent comme un troupeau de moutons, dit Lollie.

– C'est un peu plus compliqué que ça. Dans une société comme, disons, Los Angeles, tu as des leaders à toutes sortes de niveaux, avec toutes sortes d'idées différentes. Tu as des leaders ethniques, des leaders politiques locaux, des leaders dans les associations de parents d'élèves. Tu as même des leaders qui sont des leaders uniquement parce que tous les habitants de leur quartier les aiment bien et les respectent.

– Vraiment? dit Lollie en s'efforçant de donner l'impression qu'elle comprenait ce qu'il disait.

Il ôta doucement les mains de Lollie de ses épaules et se leva.

– Ce genre de choses ne devrait pas te préoccuper, lui dit-il d'une voix chaude. Et si tu t'en tenais à ce que tu fais le mieux?

– Mais c'est fascinant, déclara-t-elle.

Il récupéra son caleçon sur le sol, où il l'avait jeté d'une manière provocante la nuit dernière. Tout en l'enfilant, il reprit:

– Ce sont les leaders qui influencent le vote des autres. Par conséquent, si tu parviens à déterminer de quelle façon ils vont voter, tu sais de quelle façon l'ensemble du pays va voter. La nation suit les leaders.

Il repéra son maillot de corps.

– Au jour d'aujourd'hui, on peut déterminer de quelle façon les leaders vont voter grâce à quelque chose de très scientifique qui s'appelle la Courbe Sweetman.

Elle eut un petit rire.

– La Courbe Sweetman? C'est un nom très mignon.

– Ça l'est, en effet, parce que ça marche. Et parce qu'une fois que tu sais avec certitude comment des élections vont probablement tourner, tu peux utiliser cette information pour faire en sorte qu'elles tournent de la façon dont tu veux qu'elles tournent, et non de la façon voulue par la nation. C'est ce que je disais tout à l'heure… amener les gens à voter pour ce dont ils ont besoin, et non pour ce qu'ils veulent.

Lollie s'approcha de Carl et l'enlaça.

– Tu contactes les leaders ? demanda-t-elle. Tu les achètes, hein ?

Il l'embrassa sur le bout du nez.

– Quelque chose de ce genre.

– Et s'ils refusent ? chuchota-t-elle en lui léchant l'oreille.

– Alors nous essayons autre chose.

– Quoi, par exemple ?

Le regard de Carl devint brusquement glacial. Il saisit les poignets de Lollie et les serra violemment.

– Tu poses foutrement trop de questions.

Lollie rougit.

– Cela m'intéresse, c'est tout.

– Une fille comme toi, qui s'intéresse à la politique ?

– Tu me fais mal ! s'exclama-t-elle.

– Je t'ai posé une question, trésor, aboya Carl. Pourquoi cela t'intéresse-t-il à ce point ?

– Je te le dirai seulement si tu me lâches !

– Tu me le dis immédiatement, sinon je te brise la mâchoire, bordel de merde !

Elle le regarda, décontenancée et effrayée. Il avait perdu son calme et s'était mis en colère si brusquement, sans le moindre avertissement, qu'elle crut pendant un moment qu'il faisait semblant, que c'était un jeu. Mais sa prise sur ses poignets était si brutale qu'elle comprit qu'il était tout à fait sérieux.

– Si tu vas être président... enfin, si tu seras vraiment président... alors cela vaut la peine d'être ton amie, exact ?

– Exact.

– C'est pour cette raison que je voulais savoir. Je voulais juste savoir si tu parlais sérieusement, ou bien si tu me faisais marcher.

Il tint ses poignets quelques instants encore, puis il la lâcha. En sous-vêtements, il dit d'un ton menaçant :

— Je ne plaisante jamais. Et je ne te crois pas.

— C'est la vérité, Carl. C'est vraiment la vérité. C'est ce qui est vraiment important, non ? Je veux dire, cette histoire de divorce, cela n'a aucune importance, d'accord ?

Carl se baissait pour mettre ses chaussettes. Il se redressa vivement et la regarda fixement comme si elle était complètement folle.

— Cette histoire de divorce ? répéta-t-il. Quelle histoire de divorce ?

Elle recula.

— Cette histoire de divorce, c'est tout. Tu sais, avec ta femme et tout le reste. Tu *sais*, n'est-ce pas ?

— Savoir *quoi* ? Je ne sais foutrement rien !

Lollie saisit son peignoir en satin rose bonbon et l'enfila rapidement, comme pour se protéger.

— N'en parlons plus, dit-elle nerveusement. Je croyais que tu savais, c'est tout.

Carl traversa la chambre en trois enjambées furieuses et l'empoigna par les cheveux. Il lui inclina la tête en arrière et la regarda de si près qu'elle ne pouvait pas accommoder sur lui.

— Tu croyais que je savais *quoi* ?

— Ce n'est rien, Carl, c'est juste une blague.

— Une blague ? Quelle sorte de blague ?

Elle voulut tourner la tête de côté, mais il lui serra les cheveux encore plus fort et lui inclina la tête en arrière encore plus loin.

— Tu me fais mal, merde ! gémit-elle.

— C'est bien mon intention. Je veux en savoir plus sur cette blague. Par exemple, qui me fait cette blague, et pourquoi.

– C'est… c'est juste ta femme, haleta Lollie. Elle vou… voulait des preuves contre toi pour demander le divorce. Cette suite est… il y a des micros partout… et des caméras…

Carl releva la tête et parcourut la chambre du regard.

– Des *micros* ? chuchota-t-il. Et des caméras ?

– C'est… c'est exact. C'était un… détective privé. Il s'appelle David. David Radetzky.

– Radetzky ?

– C'est exact. Oh, lâche-moi, je t'en prie !

Carl la lâcha et la poussa violemment vers le lit.

– Tu ne bouges pas ! lui ordonna-t-il.

Puis il se dirigea vers le téléphone, décrocha le combiné et composa son numéro privé au Xanadu.

Il y eut un silence, puis il dit :

– Umberto ? C'est Carl. Oui, je sais que nous sommes en retard pour la réunion de travail. Oubliez cette putain de réunion. Je veux que vous veniez immédiatement au Scirocco. Parce que je le dis, bordel de merde ! Amenez Val avec vous. C'est exact. Encore une chose. Appelez M. Domani au Lucky Stallion et dites-lui qu'il y a un détective privé en ville, un certain David Radetzky. Dites-lui que cela nous arrangerait énormément que M. Radetzky ne quitte pas Las Vegas avant que nous ayons eu l'occasion de lui parler. C'est ça. Et faites vite.

Il raccrocha violemment et se tourna vers Lollie.

– Sale petite pute ! gronda-t-il. Tu sais où sont planqués les caméras et les micros ?

Le visage blême, elle répondit :

– Ils ne m'ont pas montré. Tout était déjà installé lorsque je suis arrivée.

– Ma foi, cela n'a pas une grande importance, murmura Carl. Car nous allons mettre la main sur ce

Radetzky, et nous le persuaderons de nous montrer où ils sont. Ensuite nous placerons les films et les bandes sur une assiette, nous mettrons un peu de ketchup Heinz dessus, et nous les lui ferons manger. Et si tu penses que je plaisante, il n'en est rien, crois-moi !

– Je ne pense pas que tu plaisantes, dit Lollie d'une voix étouffée.

Carl entreprit de s'habiller et dit :

– Aujourd'hui, tu m'as entendu dire une ou deux choses sur la politique, trésor. Des choses concernant les élections et les votes, et comment on peut les manipuler. Eh bien, je veux que tu te souviennes qu'il s'agit uniquement de théories, d'accord ? Et lorsque tu te seras souvenue de ça, je veux que tu oublies que tu as entendu tout ce que j'ai dit, et si jamais tu parles à quelqu'un de la Courbe Sweetman, je veillerai en personne à ce qu'on te brise la nuque.

– Je dirai rien à personne, Carl. Je te le promets.

Il serra le nœud de sa cravate.

– J'espère que tes promesses sont meilleures que ta grammaire.

On frappa discrètement à la porte, et Carl alla ouvrir. Deux hommes de haute taille au teint basané entrèrent. L'un d'eux portait un complet blanc immaculé, avait des cheveux soigneusement gominés, comme Rudolf Valentino, et une petite moustache soigneusement taillée. L'autre, en jean crasseux et sweater bleu avec *Franklin et Marshall College* imprimé sur le devant, avait un menton non rasé et des yeux rapprochés qui lui donnaient l'air d'un débile mental.

– Nous avons un problème, déclara Carl. Cette pute m'a attiré ici la nuit dernière sous un prétexte. La suite est truffée de micros et de caméras.

L'homme au complet blanc haussa un sourcil et jeta un regard à Lollie.

– Vous avez dit quelque chose ? demanda-t-il à Carl.

– À votre avis ? répliqua Carl d'un ton sec. Vous allez fouiller la suite de fond en comble et essayer de localiser les micros. Si vous n'y parvenez pas, vous resterez ici jusqu'à ce que M. Domani mette la main sur ce détective privé et nous l'amène.

– Et pour la fille ? demanda l'homme.

– Faites ce que vous voudrez. Organisez un petit accident.

L'homme hocha la tête.

– Entendu. Vous allez à la réunion maintenant ?

– Je vais d'abord prendre une douche et me changer. Si vous avez le moindre problème, appelez Phil.

– Phil est déjà parti pour la réunion.

– Dans ce cas, rejoignez-moi à la réunion. Mais je ne veux pas que quelque chose tourne de travers. Je veux que l'on trouve tous les films, tous les enregistrements, et je veux que l'on trouve Radetzky, et je ne veux pas d'histoires.

– Reçu cinq sur cinq, fit laconiquement l'homme débraillé.

Carl ouvrit la porte de la suite, puis il s'immobilisa.

Lollie, son peignoir serré autour d'elle, dit :

– Carl... tu ne vas pas me laisser ?

Carl sourit.

– On va prendre soin de toi. Exactement comme tu as pris soin de moi. Au revoir, Lollie.

Puis il franchit la porte et partit.

L'homme au complet blanc ôta sa veste, l'accrocha à un cintre derrière la porte, et apporta une chaise vers le lit où Lollie était assise. Il s'assit à califourchon sur la chaise, les coudes appuyés sur le dossier, et la considéra. Ses yeux étaient aussi noirs et luisants que des scarabées. L'homme débraillé se tenait légèrement derrière lui. Il se curait les ongles avec ses dents de devant.

– Je m'appelle Umberto, dit l'homme au complet blanc. Et toi ?

– Lollie, répondit Lollie anxieusement.

Umberto hocha la tête avec appréciation.

– Lollie, c'est un prénom sympa. Au fait, je te présente Val. N'aie pas peur de Val. Sa maman l'a laissé tomber quand il était gosse.

– Qu'est-ce que vous allez me faire ? demanda Lollie. Carl a parlé d'un accident. Vous n'allez pas me faire du mal, hein ?

Les yeux d'Umberto s'ouvrirent et se fermèrent comme ceux d'un chat endormi.

– Un accident ? Certainement pas. Tout ce que nous faisons, Val et moi, nous le faisons de propos délibéré.

– Lève-toi, ma petite, dit Val doucement.

Lollie interrogea Umberto du regard, mais celui-ci se contenta de dire :

– Allez. Fais ce que le monsieur te demande.

Elle obtempéra. Elle était brûlante et glacée tour à tour, et elle se demanda si la climatisation était détraquée. Val s'approcha et tourna autour d'elle comme s'il admirait une statue.

– Okay, c'est chouette, dit Val. Ôte ce peignoir.

Lollie resserra le peignoir sur son corps.

Val continua de tourner autour d'elle, puis il vint se placer devant elle. Son expression était calme, mais étrangement irrationnelle, et il n'arrêtait pas de s'humecter les lèvres comme s'il avait soif. Ses lèvres étaient gercées.

– Hum, je t'ai dit d'ôter ce peignoir, répéta-t-il, presque poliment.

Lollie ne bougea pas, mais elle sentit les battements de son cœur s'accélérer.

Val, observé depuis sa chaise par un Umberto au sourire indulgent, s'approcha de Lollie et appuya son regard sur elle. Il avait certainement mangé des oignons au petit déjeuner, car elle sentait leur odeur sur son haleine.

Avec une force brutale, il saisit le devant du peignoir en satin de Lollie et l'arracha. Puis il le lança à travers la chambre et se tint devant elle. Il respirait bruyamment. Lollie poussa une petite exclamation et soutint son regard, les yeux grands ouverts.

– Tu as un corps magnifique, Lollie, dit Umberto d'un ton aimable. Tu le sais ? Un corps aussi magnifique, ce serait vraiment dommage de ne pas en profiter.

Val ne dit rien, mais il fit passer son sweater par-dessus sa tête, découvrant sa poitrine velue, et déboucla la ceinture de son jean. Il empestait la sueur rance, mais Lollie se surprit à penser, Dieu merci, il veut seulement baiser. Dieu merci, c'est juste cela.

– Umberto, tu viens ? demanda Val du même ton étrangement poli, comme s'il invitait son ami à venir prendre le thé avec lui à l'hôtel Bel-Air.

– Si cela ne te fait rien, Val, je préfère regarder.

Val poussa Lollie vers le lit.

– Bon, d'accord. Allez, en piste !

Lollie s'allongea sur les draps, et Val se mit à cali-fourchon sur elle. Il se pencha vers elle et l'embrassa. Elle sentit les poils raides de son menton lui écorcher le visage, et les croûtes sur ses lèvres, mais tout le temps elle se força à rester au point mort et à se répéter, *c'est juste de la baise, ce sera vite terminé, c'est juste de la baise.*

Val lui pinça les seins et suça ses mamelons. Elle essaya de ne pas crier, mais ce fut plus fort qu'elle, et il la mordit encore plus durement. Puis elle sentit sa main entre ses jambes, tirant sur ses poils pubiens comme s'il voulait les arracher, la palpant, la stimulant. Elle sentit ses joues s'empourprer violemment comme elle réalisait qu'elle était excitée.

Il enfonça un doigt en elle, puis un autre, et explora sa chair tendre et humide. Puis il enfonça son pouce dans son anus et commença à tirer sur la fine membrane qui séparait ses doigts et son pouce, et elle eut l'impression qu'il lui arrachait les entrailles.

Il la monta brutalement en lui écartant les cuisses largement, si largement que Lollie crut un instant qu'elles allaient craquer. Son érection la pénétra de tout son poids, énorme et dure, et s'enfonça en elle si profondément qu'elle sursauta en une réaction purement nerveuse. Elle garda les yeux fermés avec force, elle sentait le poids de son corps velu à l'odeur infecte, elle sentait son pénis donner des coups de boutoir de plus en plus violents, et elle désirait tellement rester indifférente, croire que cela ne lui arrivait pas du tout. Mais les sensations en elle disaient autre chose. Avec honte et peur, elle sentit qu'elle commençait à trembler sous l'effet d'un orgasme. Le tremblement survint et s'estompa, tandis que Val continuait de pousser, d'ahaner, et de donner des coups de boutoir.

Lorsque Val finit par jouir à son tour, il se crispa et s'agrippa à elle comme s'il avait une attaque. Elle sentit les spasmes de son éjaculation, et à nouveau ce tremblement honteux réapparut, mais elle n'eut pas un véritable orgasme. Elle tourna la tête de côté et ouvrit les yeux. À ce moment, elle sentit quelque chose de chaud et d'humide éclabousser sa joue et lui couler dans l'oreille. Quelque chose de visqueux.

Elle leva les yeux. Umberto se tenait au-dessus d'elle, un petit sourire aux lèvres, les joues légèrement rougies. Il remettait son sexe dans son pantalon. Elle s'exclama « Oh, mon Dieu ! » et s'essuya le visage avec un drap.

Val se retira d'elle, se leva et alla de l'autre côté de la chambre. Il respirait bruyamment. Lollie resta allongée sur le lit. Elle avait déjà appris que, avec Val, on faisait ce qu'il vous disait de faire, et seulement ce qu'il vous disait.

Umberto sortit de sa poche un mouchoir en soie vert foncé, lui tourna le dos et se moucha. Puis il dit :

– Tu vois ? Nous sommes des hommes qui apprécient une jolie fille.

Val enfila son jean, boucla sa ceinture, et dit à Umberto :

– Je vais faire couler le bain.

Lollie, toujours immobile et terrifiée, entendit l'eau jaillir des robinets. Umberto marchait de long en large. Il était plus nerveux maintenant. De temps en temps, il lançait un regard à Lollie et lui adressait un petit sourire d'encouragement.

– C'est la première fois que tu viens à Vegas ? lui demanda-t-il.

Elle acquiesça de la tête, sans parler.

– C'est une ville qui a son caractère particulier, dit Umberto. Certains disent que c'est la Gomorrhe de l'Amérique. D'autres la trouvent très amusante.

Val sortit de la salle de bains et annonça :

– Okay, c'est prêt.

Ils aidèrent Lollie à se lever du lit. Tandis qu'ils l'emmenaient avec sollicitude vers la salle de bains, elle ne comprit même pas ce qu'ils avaient l'intention de faire. La salle de bains était envahie par la buée, et les murs étaient recouverts de carreaux turquoise. Elle aperçut son corps pâle dans le miroir embué, marqué d'ecchymoses rouges et d'égratignures aux endroits où Val l'avait brutalisée.

Ils l'aidèrent à monter dans la baignoire. Elle se tint là, de l'eau jusqu'au mollet, les bras croisés sur ses seins, et dit :

— L'eau est très chaude. D'habitude je ne prends pas un bain aussi chaud.

— Allons, assieds-toi, facilite-toi les choses, dit Umberto.

Lollie s'assit, leva les yeux vers eux. Alors, bien sûr, elle comprit.

Elle se redressa vivement et voulut sortir de la baignoire, mais son pied glissa, et Val lui enfonça le visage sous l'eau. L'eau était très chaude, et elle en avala une énorme gorgée. Elle entendait les genoux de Val heurter les flancs de la baignoire, des bruits sourds, déformés, et des bulles d'eau éclataient autour d'elle.

Elle parvint néanmoins à sortir sa tête de l'eau et laissa échapper un horrible gargouillis. Mais Val lui enfonça la tête sous l'eau à nouveau, jusqu'à ce que son nez soit appuyé contre le fond de la baignoire. Sa force était telle qu'elle resta ainsi, ses yeux et son nez ébouillantés, et elle comprit qu'elle allait mourir noyée.

Elle retint son souffle aussi longtemps qu'elle le put, jusqu'à ce que ses poumons lui donnent l'impression d'être en plomb. Puis elle expira dans une ruée de bulles, et elle aspira l'eau chaude du bain.

Val et Umberto attendirent dans la salle de bains pendant presque cinq minutes. Ils ne parlèrent pas beaucoup, et ils se regardaient à peine. Lorsque le temps fut écoulé, Val lâcha Lollie. Elle resta ainsi, sur le ventre. Ses cheveux roux flottaient dans l'eau et formaient une tache sombre.

— Bon, au boulot, dit Umberto en faisant sortir Val de la salle de bains. Tu cherches des fils sous la moquette et des micros sous le lit. Moi, je vérifie les miroirs pour trouver les caméras.

Val se retourna pour regarder Lollie une dernière fois.

— Tu sais quoi? dit-il à Umberto. Quand on pense aux risques qu'elles prennent, on se demande pourquoi elles le font. Ces pouffiasses sont vraiment des connes !

23

Lorsque la pendule en bois peint sur le mur du séjour sonna huit coups, le mercredi soir, John éteignit sa lampe de bureau, se frotta les yeux, et s'étira. Vicki, qui brodait une ceinture de perles, assise de l'autre côté de la pièce, demanda :

— Terminé pour ce soir ?

Il regarda d'un air las les monceaux de coupures de presse et de papiers posés devant lui.

— Ouais. Mais c'est l'un de ces problèmes que l'on ne parvient jamais à appréhender complètement. Apparemment, il y a un lien, une sorte de solution, mais on ne trouve pas de preuves concrètes.

Il se leva et alla jusqu'au milieu du séjour.

— Je prendrais bien une bière, dit-il à Vicki. Tu en veux une ?

– Si je bois une bière, elle me montera à la tête, et cette broderie sera complètement fichue. Tu te rappelles la fois où j'ai voulu raccommoder tes chaussettes alors que j'étais en plein trip ?

Il alla dans la cuisine et ouvrit le réfrigérateur.

– Je m'en souviens. Comment pourrais-je oublier ça ? C'étaient les plus belles chaussettes de toute l'histoire du raccommodage. Quelle importance qu'elles aient été cousues à l'accoudoir du fauteuil ?

– Elles étaient très utiles pour nettoyer les disques, répliqua-t-elle tandis qu'il revenait avec une canette glacée de Coors.

– Oh, bien sûr, et nous avons été le seul couple de Topanga à nettoyer nos disques avec des chaussettes Ban-Lon.

Il vint vers elle et déposa un baiser sur ses cheveux bruns et soyeux. Ils avaient une odeur de shampooing naturel, et cette odeur insaisissable de Vicki.

– Est-ce que je t'ai dit aujourd'hui que je t'aimais ? demanda-t-il.

Elle releva la tête et l'embrassa sur les lèvres.

– Tu viens de le faire, murmura-t-elle.

Il s'assit dans un rocking-chair victorien et se balança un moment.

– Mel vient demain ? demanda-t-il.

– Je pense, oui, répondit-elle. Enfin, si tu ne l'as pas effrayé avec toutes tes théories de complot.

– *Mes* théories de complot ? C'est Mel qui m'a mis cette idée dans la tête !

Elle posa sa broderie et le regarda.

– Et maintenant il a peur. Tu peux le lui reprocher ? La chose la plus agréable qu'il ait entendue de toute sa vie, c'est le lieutenant Morello déclarant qu'il avait enquêté sur les douze personnes qui ont été tuées, et que toutes les preuves indiquaient que c'était le fait d'un dingue qui agit seul.

John but une gorgée de bière et haussa les épaules.

– Je pense néanmoins que Mel a raison. Je ne parviens pas à concevoir que tous ces gens aient été tués sans le moindre motif.

– Mel a peut-être raison, en effet. Mais n'oublie pas que Mel a une femme dont il est séparé, et une petite fille qu'il aime à la folie, et lorsqu'il s'est retrouvé mêlé à cette affaire, il a été brusquement confronté à la mort. Comme nous, soit dit en passant.

– Tu veux laisser tomber, toi aussi ?

– Bien sûr. Mais je le ferai seulement lorsque tu décideras de laisser tomber.

Il réfléchit un moment, puis il dit :

– Ces meurtres ont nécessairement un motif. Il y a nécessairement un facteur commun qui les explique tous. J'ai cru au début que c'était une affaire politique, mais le lieutenant Morello a peut-être raison. Aucune des victimes n'était vraiment engagée politiquement, et même celles qui l'étaient avaient des opinions très *modérées*.

Il se leva du rocking-chair et se dirigea vers son bureau.

– Tous ces gens avaient le même genre de point de vue libéral modéré. C'étaient des enseignants, des travailleurs sociaux, des maîtres-assistants de fac, des agents d'assurances, ou des femmes au foyer. Tous avaient une bonne instruction, tous étaient des gens posés, mais des gens qui n'étaient pas disposés à accepter n'importe quoi.

– Tu essaies de me dire qu'ils ont été tués pour ça ? demanda Vicki.

– Tu vois une autre raison ?

214

Elle noua un fil bleu et le coupa avec ses ciseaux.

– Je ne sais pas, John. Je ne sais vraiment pas. Mais je crois que je commence à être de l'avis du lieutenant Morello, ne serait-ce que pour rester à l'abri du danger, tous les deux.

Elle ajouta doucement :

– Je t'aime, John. Tu es le premier homme à m'avoir apporté le vrai bonheur. Je n'ai pas envie que tu te fasses tuer à cause d'une théorie complètement dingue à propos d'un complot. Tu peux comprendre ça, non ?

Il demeura silencieux un moment, puis il hocha la tête.

– Bien sûr. Mais je constate également qu'un nombre incroyable de personnes ont été tuées dans tout le pays, des personnes totalement innocentes, et s'il s'agit vraiment d'une sorte de complot bizarre, alors il doit être révélé au grand jour.

Il prit des coupures de presse sur son bureau.

– Écoute plutôt, dit-il. Un étudiant âgé de vingt-cinq ans poursuivant des études supérieures, originaire de Madison, Wisconsin. Abattu inexplicablement alors qu'il poussait au large son bateau un matin de bonne heure, sur le lac Waubesa. Et celui-ci. Le gérant d'une épicerie, quarante-deux ans, tué par balles sans aucun motif alors qu'il rentrait chez lui à Pennsauken, New Jersey, et s'était arrêté à un feu rouge. Et un autre. Un facteur stagiaire, âgé de dix-neuf ans, tué par balles à Hattiesburg, Mississippi, alors qu'il effectuait sa première tournée.

John laissa tomber les coupures de presse sur le bureau.

– Aucune de ces personnes n'a été dévalisée. Toutes ont été tuées par des agresseurs inconnus sans aucun motif connu. Toutes ont été abattues, le plus souvent par un tireur embusqué, ou bien depuis des automobiles qui passaient à leur hauteur.

Vicki avait posé sa broderie à nouveau et était assise dans le cercle de lumière émanant de la lampe de bureau en cuivre. Son visage exprimait une certaine tristesse.

– J'ai téléphoné à toutes les familles des victimes que j'ai réussi à trouver, poursuivit John, et j'ai contacté la police de quinze États. C'est toujours la même histoire. Des balles tirées par des fusils provenant des surplus de l'armée, habituellement des M-14. Et toujours le même type de personne. Des libéraux menant une vie paisible, sans histoire. Des gens qui étaient appréciés et respectés. On dirait presque qu'ils ont été tués parce qu'ils étaient populaires.

– Tu te sens vraiment responsable d'eux ? demanda Vicki.

– Je suppose que cela dépend de ce que l'on entend par responsable. Si cela signifie ne penser qu'à soi, et au diable tes semblables, alors, non. Je ne pense pas être responsable d'eux. Mais quelqu'un a tué mon père, Vicki, et ce quelqu'un s'apprête à tuer le père d'une autre personne, la mère d'une autre personne, ou le frère, ou la sœur, ou la maîtresse. Et même si je me force à penser que ma responsabilité s'arrête sur le pas de ma porte, je ne peux pas laisser ces personnes se faire tuer sans essayer au moins de les sauver.

Elle se leva et vint vers lui.

– Il ne t'est pas venu à l'esprit que tous ces meurtres étaient peut-être une coïncidence, et rien de plus ? dit-elle. Tellement de crimes sont commis. Il s'agit peut-être d'un pourcentage normal à l'échelon national de meurtres inexpliqués.

Il lui caressa les cheveux et les coiffa doucement en des mèches séparées.

– Si, j'y ai pensé, répondit-il.

– Et ?

– Le nombre de meurtres inexpliqués aux Etats-Unis a *quadruplé* au cours de ces deux dernières années, par rapport à une augmentation générale de 7 % pour les homicides.

– Et cela signifie quoi ?

Il poussa un soupir.

– Cela signifie que beaucoup de personnes innocentes ont été abattues sans le moindre motif apparent. Cela ne prouve rien, et cela ne démontre rien, mais c'est ce que cela signifie, et je pense qu'un complot est possible. Ce n'est pas certain, peut-être même pas probable. Mais c'est possible.

Vicki se dirigea vers le téléphone et le décrocha. Elle tendit le combiné à John.

– Appelle le FBI. C'est tout ce que tu dois faire.

– Appeler le FBI ? Pour leur dire quoi ?

– Pour leur dire simplement ce que tu viens de me dire. Ensuite, tu les laisses mener *leur* enquête. Si les chiffres que tu as donnés sont exacts, ils sont probablement déjà au courant. Voyons, John, c'est leur boulot !

– Et s'ils me rient au nez ? Ou s'ils ne me rient pas au nez, mais ne font absolument rien ?

– John, appelle-les, insista-t-elle.

Il prit le combiné et le reposa sur son socle.

– Je veux faire une dernière vérification. Il y a une femme à Mar Vista dont le fils a été tué par balles sur l'autoroute de Santa Monica. Je lui ai téléphoné ce matin et j'ai promis de passer la voir. Je fais cette dernière vérification, ensuite j'appelle le FBI.

Vicky baissa les yeux et dit doucement :

— Entendu. Mais promets-moi d'appeler le FBI.

— Croix de bois, croix de fer, si je meurs je vais en enfer !

Elle l'enlaça et l'embrassa. Un long baiser affectueux, à la fois provocant et tendre.

— Je veux que tu restes en vie, chuchota-t-elle. Mort, tu ne me sers à rien. À rien du tout.

24

C'était une maison d'angle qui donnait sur le terrain de jeux de Mar Vista. Des gosses du quartier faisaient du skate ou jouaient au basket lorsqu'il se gara. Ils regardèrent sa voiture avec une curiosité manifeste. Il descendit et verrouilla les portières.

La voiture était une Lincoln Capri de 58 que lui avait prêtée l'atelier de carrosserie où son Imperial était en réparation. Le garage était spécialisé dans les automobiles des années cinquante et John était un bon client. Il l'avait prise ce matin pour venir à Mar Vista, et il souhaitait déjà avoir promené suffisamment de chiens et lavé suffisamment de voitures pour avoir les moyens de l'acheter. Elle avait la blancheur de Pepsodent, des pneus avec une bande blanche circulaire, et un avant qui ressemblait à un dragon chinois, tout en phares obliques et chromes luisants.

Un jeune Noir avec un T-shirt Charlie Brown s'approcha et lui demanda :

— Vous êtes un extraterrestre, ou quoi ?

John arbora un large sourire.

– Je viens de la planète Mongo, et voilà une pièce de vingt-cinq *cents* pour que tu gardes un œil sur mon vaisseau spatial.

Il gravit les marches poussiéreuses de la maison et examina la rangée de boutons d'appel près de la porte. Il vit « K. Perlman, deuxième étage » et il appuya sur le bouton. Une voix grésilla et demanda dans l'interphone :

– Qui est-ce ?

John se présenta et la porte s'ouvrit en produisant un déclic sec. Il s'avança dans le vestibule qui sentait le renfermé et enjamba des vélos, des poussettes et des jouets. Il monta l'escalier jusqu'au deuxième étage et frappa à une porte craquelée peinte en marron.

Il attendit un moment, puis la porte fut entrouverte de quelques centimètres, et le visage d'une vieille femme apparut. Elle était maquillée d'une façon extravagante, avec des cheveux teints au henné, des sourcils épilés, et une bouche badigeonnée d'un rouge à lèvres écarlate.

– Madame Perlman ? demanda-t-il. Je suis John Cullen.

– Je sais, lui dit-elle. Je vérifiais juste pour voir si vous aviez l'air louche ou non.

Il sourit.

– Je vois. Et quel est votre avis ?

– Ça ira, répondit-elle, et elle ôta la chaîne de sûreté. Les murs de l'appartement de Mme Perlman étaient couverts de dizaines de gravures et de daguerréotypes représentant des paysages américains et européens au XIXᵉ siècle. Dans le séjour, il y avait une table ronde avec une nappe en velours à franges, et un énorme caoutchouc mité au milieu. Mme Perlman traversa la pièce et tira une chaise pour chacun d'eux.

– Vous voulez un café ? lui demanda-t-elle. J'ai acheté du Maxwell House vendredi dernier.

– C'est très aimable à vous.

Tandis qu'il attendait, il examina la pièce. Les rideaux imprimés bon marché étaient tirés, et la lumière du soleil matinal pénétrait par les fenêtres sales tel un brouillard brillant. Sur le buffet verni, il y avait un compotier en porcelaine hideux, et la photographie encadrée d'un adolescent de dix-neuf ou vingt ans, manifestement un portrait réalisé en studio, et pour quelque raison d'autant plus poignant.

Dans une bibliothèque vitrée, il y avait des rangées de numéros reliés de *Vogue.*

Au bout de quelques minutes, Mme Perlman réapparut en traînant les pieds. Elle apportait un plateau en bois où étaient posées deux tasses de café soluble pâle et une assiette contenant des petits gâteaux à la noix de coco. Elle posa le plateau sur la table et s'assit en poussant un grand soupir.

– Du sucre, monsieur Cullen ?

– Non, je vous remercie.

Elle prit un petit gâteau à la noix de coco et le trempa dans son café.

– Vous devez m'excuser, dit-elle. Mon dentiste fait des dentiers comme un *klutz.*

John but à petites gorgées le café tiède puis reposa la tasse sur la soucoupe.

– Est-ce que la police vous a dit comment votre fils était mort ? demanda-t-il.

Elle hocha la tête, sans le regarder.

– Sur l'autoroute, en rentrant de bonne heure de son travail. Il était photographe de laboratoire pour le cinéma, il développait les rushes des films, vous savez ?

Il a travaillé sur *Transamerica Express*, avec Gene Wilder, et Gene Wilder lui a dit personnellement qu'il était le meilleur.

– C'était très gentil de sa part, dit John poliment.

Il y eut un silence, puis Mme Perlman reprit :

– La police a dit qu'ils ne voyaient aucun motif pour lequel on avait voulu l'abattre. Il rentrait à la maison, une autre voiture est arrivée à sa hauteur, et un seul coup de feu a été tiré. Dans la tête de mon pauvre Nathaniel.

– Est-ce qu'il y a eu des témoins ?

– Pas un seul. Tout le monde est aveugle lorsqu'il y a un danger. Et le *dybbuk* qui a tué mon fils est toujours en liberté.

– Quelles étaient les opinions politiques de votre fils, madame Perlman ? Diriez-vous que c'était un libéral ? demanda John.

– Un libéral, c'est exact, répondit-elle. Toujours un libéral. À son travail, il avait créé une association pour les techniciens de cinéma au chômage. Il disait que les grands studios se fichaient complètement de la valetaille.

John sortit un petit calepin de sa poche et prit des notes. Nathaniel Perlman, trente et un ans, photographe de labo, libéral. Tué sur l'autoroute depuis une voiture par un agresseur inconnu, sans mobile apparent. En deux jours d'appels téléphoniques et de visites personnelles, John avait enquêté sur vingt-sept de ces meurtres. Il avait choisi les familles au hasard en regardant les coupures de presse. Nathaniel Perlman était la vingt-huitième victime.

Il parla avec Mme Perlman pendant une heure ou deux, jusqu'à onze heures, puis il la remercia pour le café et partit. Il songea que maintenant il allait devoir tenir la promesse qu'il avait faite à Vicki, et appeler le FBI. Il regrettait seulement de ne pas disposer d'un peu plus de temps pour analyser certains de ces homicides et rendre visite à d'autres familles, afin de découvrir quel était ce fléau mortel qui purgeait systématiquement l'Amérique de personnes apparemment innocentes et estimées de tous.

Il était à mi-hauteur de l'escalier lorsque l'une des portes au premier étage s'ouvrit ; un jeune homme blond en chemise écossaise et jean apparut. John voulut passer près de lui, mais le jeune homme tendit vivement la main, saisit la rampe, et l'en empêcha. John fit prudemment un pas en arrière et considéra le jeune homme.

– Vous voulez bien me laisser passer ? lui dit-il.

Le jeune homme blond était bronzé, robuste, et semblait en pleine forme.

– Vous êtes John Cullen ? demanda-t-il.

– Qu'est-ce que ça peut vous faire ?

Le jeune homme attendit un moment, puis il demanda à nouveau :

– Vous êtes John Cullen ?

– C'est exact, répondit John finalement. Mais qui êtes-vous, bon sang ?

Sans le moindre avertissement, le jeune homme lui donna un violent coup de poing dans l'estomac. Le souffle coupé, John bascula en arrière et se cogna la tête contre la plinthe tandis qu'il s'écroulait. Puis le jeune homme lui donna des coups de pied dans les jambes et dans les côtes.

John demeura prostré, le visage appuyé sur le linoléum usé, l'estomac endolori et la tête résonnant de bruits. Il apercevait les pieds du jeune homme. Il leva les yeux précautionneusement pour regarder son visage.

Le jeune homme était impassible. Il dit, d'une voix douce mais distincte :

— Je suis désolé d'avoir été obligé de faire ça, monsieur Cullen. Mais on m'a dit de vous mettre dans un état d'esprit coopératif avant que nous partions.

John essuya le sang sur ses lèvres du dos de la main.

— Avant que nous partions ? dit-il d'une voix rauque. Pour aller où ?

Le jeune homme tendit la main et le tira par le bras.

— Vous le saurez lorsque nous serons arrivés. Entre-temps, je vous serais reconnaissant de me faciliter les choses. Vous allez vous lever et descendre l'escalier devant moi. Lorsque vous sortirez dans la rue, vous irez à gauche et marcherez jusqu'à une Buick Century marron garée près du trottoir dans Rose Avenue.

John se releva péniblement en s'agrippant à la rampe d'escalier. Il essayait toujours de recouvrer son souffle, et il avait des nausées. Le jeune homme montra du pouce les marches menant au rez-de-chaussée et dit :

— Dépêchez-vous, monsieur Cullen. Et surtout n'oubliez pas que je suis armé.

John scruta le visage du jeune homme durant un long moment de forte tension. Celui-ci sourit et dit :

— Croyez-moi, cela m'est parfaitement égal que vous viviez ou que vous mouriez. Alors, s'il vous plaît, remuez-vous !

John descendit l'escalier jusqu'au rez-de-chaussée et enjamba prudemment le fouillis dans le vestibule. Il ouvrit la porte de l'immeuble. Au-dehors, la rue était ensoleillée. Après avoir jeté un regard rapide à son ravisseur, il descendit les marches du perron et tourna à gauche vers Rose Avenue. Le jeune homme le suivit, une dizaine de mètres derrière lui. Il jetait des regards nerveux autour de lui tandis qu'il marchait.

Venant du trottoir d'en face, le jeune Noir qui avait surveillé la voiture de John traversa la chaussée en courant. Il sautilla à côté de John et dit :

— J'ai pris soin de votre vaisseau spatial, m'sieur. Je l'ai pas quitté des yeux.

John regarda par-dessus son épaule vers le jeune homme. Celui-ci lui adressa un hochement de tête pour qu'il continue d'avancer.

John dit, du coin de la bouche :

— Tu veux te faire un dollar ?

Le jeune Noir acquiesça avec enthousiasme.

— Écoute, voici ce que tu vas faire, dit John. Tu vas aller jusqu'à cette cabine téléphonique là-bas, tu composeras le 625-3311 et tu demanderas la police. Lorsqu'ils répondront, dis-leur qu'on m'a enlevé et qu'ils doivent rappliquer ici en vitesse, et lancer un avis de recherche pour cette Buick Century garée là-bas.

— Vous vous fichez de moi ? demanda le gosse en gambadant à côté de lui.

— Continuez de marcher, Cullen, lança le jeune homme. Dites à ce gamin de déguerpir.

— Il surveillait ma voiture, c'est tout, répondit John. Je lui disais de la surveiller un moment encore.

— Eh bien, dites-lui de déguerpir.

— Allez, déguerpis, dit John.

— Et mon dollar, m'sieur ? fit le gosse.

— Je te le donnerai plus tard, quand on m'aura délivré.

224

– Ouais, bien sûr ! fit le gosse d'un ton sarcastique. On m'a déjà fait le coup ! Vous me prenez pour un débile mental ?

Le jeune homme les rejoignit et dit d'un ton sec :

– Cullen, vous la fermez. Et toi, le gamin, tu files en vitesse, sinon je t'arrache les jambes pour m'en faire des cure-dents.

Le gosse détala, et le jeune homme fit avancer John brutalement vers la Buick garée près du trottoir. Il ouvrit la portière arrière et poussa John à l'intérieur. Un autre homme était au volant, un homme corpulent aux épaules énormes et aux oreilles semblables à des excroissances de champignon rouge. Il tenait le volant dans ses mains comme un jouet.

– Démarre, Merton, dit le jeune homme. On s'arrache. Direction l'autoroute de Ventura.

– À ton service, Ken ! répondit Merton.

Il mit le contact, démarra, et effectua un demi-tour dans la rue afin de tourner à droite sur Colbert. Puis il continua vers Federal Avenue, tourna à droite de nouveau à National Boulevard, et s'engagea sur la bretelle d'accès de l'autoroute de San Diego pour prendre la voie nord.

Ken et Merton demeurèrent silencieux tandis qu'ils traversaient Los Angeles Ouest. Le soleil matinal éclairait l'habitacle.

– J'avais très envie de vous rencontrer, dit John.

Ils ne répondirent pas.

John regarda par la vitre un moment, observant des représentants de commerce, des familles et des conducteurs de camionnette passer tranquillement à sa hauteur, sans se douter que sa vie était en danger.

– Je suppose que vous avez deviné ce que je faisais dès que je suis allé voir Mme Daneman, dit-il.

Ken lui lança un regard mais ne répondit pas.

— Ma foi, poursuivit John, c'était foutrement stupide de ma part de fourrer mon nez dans ce qui ne me regardait pas. Mais vous n'êtes pas très discrets, vous ne trouvez pas ? Le FBI ne mettra pas longtemps à vous alpaguer.

Merton, l'homme corpulent à l'avant, dit d'une voix essoufflée :

— Tu vas la fermer, oui ?

— Désolé. J'essayais seulement de faire la conversation, dit John.

Ken lui adressa un sourire fatigué, dénué d'humour.

— Ce n'est pas comme dans les films, monsieur Cullen. La victime n'est pas assise dans la voiture à débiter des conneries qui agacent tellement les tueurs qu'ils perdent leur sang-froid. Cela ne se passe pas du tout de cette façon.

— Vous n'allez même pas me dire ce que vous avez l'intention de faire ?

— Bien sûr que si, répondit Ken. Nous allons vous tuer.

— Vous voulez bien me dire pourquoi ?

— Vous savez pourquoi, haleta Merton. Vous venez de dire pourquoi.

— Vous voulez dire que j'ai raison ? Vous butez vraiment des gens ?

— Ne réponds pas à ça, Merton, dit Ken doucement.

— J'en avais pas l'intention, fit Merton. J'ai un rencard avec Bea ce soir, et j'économise mon souffle.

Ken se renversa dans la banquette et considéra Merton avec un sourire narquois.

— Je donnerais un million de dollars pour vous voir, Bea et toi, en train de vous envoyer en l'air. Une vraie collision entre deux zeppelins !

Merton ne fut pas du tout offusqué par cette remarque, et il émit un rire strident d'asthmatique.

– Vous n'allez même pas me dire pourquoi vous tuez des gens ? fit John. Vous avez tué mon père, et vous ne me dites même pas pourquoi ?

Ken lui lança un regard exaspéré.

– Ça suffit comme ça, Cullen ! Cela ne fait aucune différence que vous sachiez ou non.

John demeura silencieux. Il regarda ses mains qui serraient son genou, et il vit que ses jointures étaient tachetées de blanc. Ses muscles étaient bloqués tels des valets d'établi, et il était glacé. Il commençait à comprendre lentement, en une horrible révélation, qu'il était terrifié. Ces hommes, dépourvus de toute émotion, allaient mettre fin à sa vie de sang-froid. Ces hommes, qui ne le connaissaient même pas, qui ignoraient qui il était. Ils allaient lui offrir une balade et le tuer.

Ils atteignirent l'autoroute de Ventura et prirent la direction de l'est vers le soleil. Merton abaissa son pare-soleil et éternua deux fois. John regarda Ken, mais celui-ci l'observait, parfaitement impassible. Ces deux hommes auraient pu être n'importe qui. Des garçons de restaurant, des représentants de commerce, des figurants de cinéma au chômage. C'était leur aspect ordinaire qui les rendait aussi terrifiants.

Merton alluma la radio. Il y eut un flot d'informations et de publicités, puis il mit une station passant de la musique sirupeuse. John se dit avec une ironie cruelle qu'il avait vraiment de la chance, il se rendait à son enterrement aux accents de Mantovani.

Sur leur gauche, les monts San Gabriel ocre jaune étaient voilés par une brume de fin de matinée, bien que la météo eût annoncé une nouvelle journée très chaude. Merton demanda, sur le ton de la conversation :

– Tu veux venir pêcher la semaine prochaine, lorsque tu auras terminé ton boulot à Palm Springs ?

Ken haussa les épaules.

– Tu as loué un bateau ?

– Je peux le faire si ça t'intéresse. Je sais que Bea a envie de venir.

– Bea et toi sur le même bateau ? Tu vas louer quoi ? Le *Queen Mary* ?

Merton eut un rire saccadé. Il continuait de rire lorsqu'il quitta l'autoroute à la bretelle de sortie de Griffith Park, puis il tourna à gauche à la hauteur de Travel Town, où les vieilles locomotives et les trains de l'Union Pacific et de la Southern Pacific étaient exposés à ciel ouvert pour que les enfants puissent monter dedans. Ils venaient juste de dépasser le parc d'exposition lorsqu'un camion des supermarchés Hughes déboucha brusquement devant eux, et Merton fut obligé de freiner à mort.

Il baissa sa vitre et cria au conducteur du camion :

– *Espèce d'enfoiré !*

Le camion grogna et s'arrêta en travers de la route. Puis la portière de la cabine s'ouvrit. Un camionneur musclé au visage rougeaud en combinaison jaune graisseuse en descendit et se dirigea lentement vers eux.

Le camionneur s'appuya sur le toit de la Buick et regarda Merton avec un calme infini.

– T'as dit quelque chose, gros tas de graisse ?

– J'ai rien dit du tout, fit Merton d'une voix sifflante. Écoutez, je suis malade, laissez-moi passer.

Le camionneur ne semblait pas du tout pressé. Il reprit :

– Je te suggère de sortir de cette voiture, mon vieux, et de répéter ce que tu as dit. Parce que si tu as dit ce que je pense que tu as dit, je vais te transformer en un tas de graisse le plus ratatiné que l'on ait jamais vu.

John, à l'arrière, était couvert de sueur. Il regarda le camionneur, la nuque de Merton, Ken. Puis son regard se posa sur la poignée de sa portière, à quelques centimètres seulement de sa main. Ken était probablement dénué de pitié jusqu'à la démence, mais oserait-il tirer devant un témoin oculaire ? Abattrait-il également ce témoin ?

– Je suis désolé, dit Merton. Il s'agit d'un malentendu. Si vous voulez que je dise que je suis désolé, alors je suis désolé.

Le moment de tension s'estompait. Le camionneur donnait l'impression de se radoucir, et il avait ôté son avant-bras charnu du toit de la voiture. John disposait de quelques secondes, juste quelques secondes, pour décider de ce qu'il allait faire.

Cela ressembla à un rêve au ralenti. Il avança sa main vers la poignée de la portière, et il vit ses doigts s'ouvrir pour la saisir. Puis il actionna la poignée et poussa la portière de tout son poids. Elle pivota sur ses gonds. Un instant plus tard, il roulait sur lui-même et s'écorchait les mains et le visage sur l'asphalte brûlant de la route.

Il se releva et vit qu'ils tournaient la tête vers lui, le camionneur et les deux tueurs. Il se mit à courir aussi énergiquement et aussi rapidement qu'il le pouvait. Il retourna vers le musée des chemins de fer en longeant la clôture métallique qui le séparait de la route, cherchant un moyen d'entrer, cherchant des gens parmi lesquels il pourrait se dissimuler.

La Buick, sa portière arrière toujours ouverte, émit un grondement et fit une marche arrière dans sa direc-

tion en chassant d'un côté de la route à l'autre. Il continua de courir, son corps chargé de peur, ses poumons
dilatés, ses muscles vibrant d'énergie.

Il aperçut le parking du musée, et il courut dans
cette direction. Merton braqua violemment, passa la
première, et monta sur l'accotement dans l'intention de
l'écraser.

John obliqua vers la route pour l'éviter, puis retourna
sur l'accotement. Il entendit le rugissement du moteur
de la Buick et le grincement de sa suspension tandis
que Merton le poursuivait. Il franchit l'entrée du parking juste à temps. Le pare-chocs avant de la Buick
heurta la clôture du parking et lui arracha le talon de sa
chaussure.

Sautant à cloche-pied, boitant, il remonta le parking
en courant vers l'entrée du musée, sous les regards
curieux de touristes et d'enfants. Il pénétra dans le
parc d'exposition. Il y avait des dizaines de wagons
où il pouvait se cacher. Il se dirigea vers un wagon de
luxe de l'Union Pacific et grimpa les marches en bois
à l'arrière. Venant de l'entrée du parc, il entendit un
grincement de freins comme la Buick s'arrêtait brutalement.

En sueur, essoufflé, il remonta toute la longueur du
wagon mal ventilé, puis il arriva dans un wagon-lit et
essaya d'ouvrir les portes des couchettes pour voir s'il
pouvait se cacher dans l'une d'elles. Toutes les portes
étaient verrouillées. Il continua rapidement vers le fond
du wagon-lit. Par les fenêtres poussiéreuses, il aperçut
Merton et Ken franchir l'entrée du parc et regarder
autour d'eux.

Il alla jusqu'au dernier wagon et attendit près de la
porte pour voir de quel côté Merton et Ken allaient

chercher. Il ferma les yeux un moment et essaya de recouvrer son souffle. Il avait l'impression que sa respiration et les battements de son cœur étaient les bruits les plus forts dans tout le parc. Même les cris joyeux des enfants et les appels des parents – « souris, Clark, et fais semblant d'être un conducteur de loco-motive » – semblaient étouffés et minuscules en comparaison.

Il aperçut Ken, une main glissée dans sa chemise écossaise. Celui-ci passait près d'un avion Grumman Cougar de la marine de guerre, exposé plus loin. Si Ken se trouvait de ce côté du parc, alors il était probable que Merton était tout près. Il s'avança sans bruit vers la portière ouverte du wagon et risqua un coup d'œil au-dehors.

Merton était là-bas, avec son visage adipeux, hors d'haleine. Il hurla « *Ken ! Il est ici !* » quand John sortit la tête par la portière.

Il sauta du wagon, atterrit dans la poussière, et commença à courir le long du train. Merton se lança péniblement à sa poursuite. Il entendit Ken crier :

– D'accord, Merton, j'arrive !

John atteignit l'énorme locomotive peinte en noir de l'Union Pacific et gravit précipitamment les barreaux métalliques vers la cabine. Merton hurla :

– Je te tiens, Cullen ! Descends, tu es fait comme un rat !

John s'accroupit sur le sol métallique. Il entendait Merton haleter et souffler, et il savait qu'il pouvait le distancer à la course sans problème. Mais l'homme corpulent était probablement armé, et même s'il tentait de sauter de la cabine de l'autre côté, Merton lui tirerait dessus entre les roues de la locomotive.

John attendit et s'efforça de recouvrer son souffle.

Il entendit Ken arriver au petit trot.

– Il est dans la cabine de cette loco ? demanda-t-il à Merton.

– Ouais, répondit Merton. Cet enfoiré vient de me prendre trois années de ma vie !

Il y eut un court silence, puis Ken lança :

– Cullen, vous feriez mieux de descendre ! Je compte jusqu'à trois. Descendez, les mains posées sur la tête !

John attendit, en nage. Il savait foutrement bien que s'il tentait de s'enfuir, ils le tueraient, et que s'il se rendait, ils le tueraient. Il murmura : « Pardonne-moi pour ce que je vais faire, Vicki » et il commença à se diriger tout doucement vers le côté opposé de la cabine.

– Je commence à compter ! dit Ken. Un… deux…

John sauta de la cabine et atterrit sur le sol trois mètres plus loin. Il se meurtrit l'épaule sur une traverse de fer, puis il se releva et fonça à travers le parc. Il entendit quelque chose claquer et lui frôler la tête en sifflant. Il comprit vaguement qu'ils lui tiraient dessus avec des silencieux. Il courut vers l'entrée, son pied l'élançait et ses poumons étaient en feu, et il pria pour que Merton ait laissé les clés dans la Buick.

Il n'eut pas la possibilité d'essayer de s'engouffrer dans la voiture. Un groupe de jeunes enfants attendait devant l'entrée, et il fut obligé de se faufiler entre eux en les écartant doucement mais précipitamment. Ken se rapprochait de plus en plus derrière lui. Lorsqu'il eut dépassé les enfants, Ken se trouvait à quelques mètres seulement derrière lui. Il fut obligé de traverser à nouveau toute la longueur du parking, en espérant qu'il réussirait à atteindre le terrain accidenté au-delà du musée et à semer ses poursuivants une bonne fois pour toutes.

John se trouvait à quelques mètres de l'entrée du parking lorsqu'il entendit le moteur de la Buick démarrer, et un crissement de pneus alors que Merton effectuait un demi-tour pour le rattraper. Il ne pourrait pas courir indéfiniment. La sueur ruisselait sur son corps comme du sang, et son pied écorché le faisait horriblement souffrir.

Il sortit du parking en boitillant et se retrouva sur la route. La Buick arriva derrière lui dans un hurlement, en soulevant un nuage de poussière. Il comprit que les collines verdoyantes étaient bien trop loin. Ken et Merton l'abattraient avant qu'il ait eu l'occasion de les semer.

Puis il entendit un coup de klaxon. Un break apparut après le tournant de la route, surgissant de nulle part, une énorme Mercury verte, sa galerie bourrée à craquer. Merton fut obligé de donner un coup de volant pour l'éviter. La Buick dérapa sur la chaussée, fit un tête-à-queue vers le fossé, et se retourna sur le flanc.

Il y eut une seconde de silence, puis la Buick explosa dans une énorme gerbe de flammes orange et noires.

John vit que l'on ouvrait la portière côté passager d'un coup de pied. Ken s'extirpa péniblement de la voiture, le visage noirci, et hurla : « *Il est coincé à l'intérieur ! Il est coincé derrière le volant !* » Il y eut un nouveau grondement de flammes, et Ken fut obligé de s'écarter en hâte de la voiture renversée et de retourner sur la chaussée.

Personne ne pouvait absolument rien faire. Merton était pris au piège par sa propre corpulence, et la chaleur était déjà trop intense pour qu'on puisse s'approcher à moins de trois mètres de la voiture. Tandis que les flammes devenaient plus violentes, ils l'entendirent hurler d'une voix suraiguë, terrifiée. De l'essence enflammée se répandit à l'intérieur de la voiture, noircit les vitres et mit le feu aux sièges en vinyle. Une fumée noire s'élevait déjà vers le ciel. Des gens étaient sortis du parc d'exposition, mais ils pouvaient seulement rester là en un demi-cercle silencieux et regarder la Buick flamber.

Les hurlements continuèrent, puis il y eut une autre explosion violente, et ils cessèrent. Venant de l'autoroute au loin, ils entendirent le ululement de la sirène d'un camion de sapeurs-pompiers.

John et Ken se tenaient au milieu de la foule des touristes impressionnés et des enfants terrifiés, à seulement trois mètres l'un de l'autre. Ils se regardaient avec une étrange animosité et une émotion contenue. John fit un pas vers Ken, mais celui-ci secoua la tête et recula.

Finalement, lorsque le premier camion de pompiers tourna le coin d'Intervale Road, dans un scintillement de ses gyrophares bleus et dans un hurlement de sa sirène, Ken se détourna, se fraya un passage parmi les gens attroupés, et disparut.

Un vieil homme, coiffé d'une casquette en carton de conducteur de locomotive, demanda à John :

– Vous avez vu ce qui s'est passé, monsieur ? Vous avez vraiment vu ce qui s'est passé ?

John fut pris en stop par le propriétaire bavard d'une boutique de lingerie qui était venu visiter le musée avec ses enfants. Il le déposa à Hollywood. Là, John prit un taxi pour retourner à Mar Vista, où était garée sa Lincoln Capri. Il était bientôt trois heures de l'après-midi, et il était épuisé.

Alors qu'il déverrouillait les portières de la Lincoln, le jeune Noir qui était censé la surveiller survint sans se presser. Il faisait du vélo sur le trottoir. Il s'arrêta et dit :

— Salut.

— Comment vas-tu ? lui demanda John. Dommage que tu n'aies pas appelé les flics comme je te l'avais demandé.

— Je l'aurais bien fait, répondit le gosse, mais mon papa dit qu'on ne doit jamais faire confiance aux Blancs, et encore moins aux flics.

— Et qu'en penses-tu ?

— Je suis d'accord avec mon papa.

John se glissa derrière le volant de la Buick.

— Quel âge as-tu, fiston ? lui demanda-t-il.

— Dix ans.

— Eh bien, permets-moi de te féliciter. Tu es le plus jeune raciste que j'aie jamais rencontré.

— Ce dollar, vous me le donnez pas ? dit le jeune Noir.

25

Lorsque John arriva, Mel était là. Assis sur la véranda, il sirotait une bière. Il se leva et descendit les marches tandis que John garait la longue Lincoln blanche dans l'allée et coupait le moteur. C'était un après-midi très chaud, et l'air était rempli de la senteur des arbres et des arômes de la cuisine de Vicki.

— Ça, c'est de la voiture ou je ne m'y connais pas ! fit Mel en examinant les chromes étincelants à l'avant, un sourire admiratif sur le visage.

— C'est une voiture, pas de problème, répondit John. Une Lincoln Capri Nadau, Moteur V 8, 8 cylindres, 375 chevaux au frein.

— Tu l'as achetée ou on te l'a prêtée ?

— Pour le moment, je m'en sers pour échapper aux emmerdes.

Mel le regarda.

— On t'a encore tiré dessus ?

— Presque. J'étais allé voir une femme à Mar Vista pour lui parler de son fils qui a été tué sur l'autoroute. Deux types glauques m'ont alpagué et ont essayé de m'enlever. Allons à l'intérieur, je vais te raconter.

Ils entrèrent dans la maison. Vicki était dans la cuisine et préparait un ragoût en cocotte pour le dîner. Elle portait son short en jean moulant aux jambes élimées et un T-shirt rouge avec une encolure en V. Nichée au creux de ses seins, il y avait la croix ansée en or que John lui avait offerte pour Thanksgiving.

Il l'embrassa puis regarda vers la cocotte sur la cuisinière.

— Ça sent rudement bon, dit-il. Tu appelleras ça comment lorsque ce sera prêt ?

Elle haussa les épaules.

— Une surprise au bœuf. La surprise, c'est que ce n'est pas du bœuf mais du mouton.

Puis elle le regarda et demanda :

— Qu'est-ce qui t'a pris autant de temps ? Tu as l'air bizarre.

— Bizarre, moi ?

— Tu es blême. Que s'est-il passé ce matin ?

Il ouvrit le réfrigérateur et prit une bière.

— Oh, des broutilles. Mais j'ai décidé de suivre ton conseil.

— John, dit-elle en posant sa louche. Il s'est passé quelque chose, hein ?

Il fit sauter l'opercule de la canette et but une gorgée de bière. Puis il s'essuya la bouche du dos de la main et acquiesça de la tête.

— C'est ce que je disais à Mel en entrant. Deux types ont essayé de m'enlever. Je ne sais absolument pas pourquoi. Ils m'ont emmené à Griffith Park, ils disaient qu'ils allaient me tuer.

— Ils t'ont *enlevé* ? Oh, mon Dieu ! Oh, John ! (Ses yeux se remplirent de larmes, et elle se mit brusquement à trembler.) Et merde, je n'en peux plus !

Il la prit dans ses bras.

— Vicki, tout va bien. Je suis sain et sauf. Il y a eu une altercation durant le trajet, et j'ai réussi à m'échapper. Je suis indemne.

Elle se serra contre lui et l'embrassa. Les larmes coulaient sur ses joues, et il faisait de gros efforts pour ne pas pleurer, lui aussi.

— Je vais appeler le FBI, promit-il, ainsi que le lieutenant Morello, et je laisse tomber toute cette affaire. Je te le promets. Je ne sais pas ce qui se passe en ce moment, mais c'est quelque chose de très important et de très dangereux, et je n'ai aucune envie de m'en mêler.

— Ils te retrouveront et ils te tueront, dit-elle. Je le sais. Ces types sont complètement cinglés.

— L'un d'eux, peut-être. Mais l'autre est mort. Ils ont essayé de me poursuivre avec leur voiture et ils ont eu un accident. C'était un type corpulent du nom de Merton, c'est tout ce que je sais.

— C'est encore pire, non ? s'exclama-t-elle. Ils vont vouloir le venger, à tous les coups !

— Je n'en sais rien, répondit John. De toute façon, je vais prévenir les flics. Cette affaire a des ramifications bien plus importantes que je ne l'avais pensé.

— Tu veux dire que tu es vraiment convaincu qu'il s'agit d'un complot ? demanda Mel.

Il était entré dans la cuisine et avait entendu la plus grande partie de ce que John venait de dire.

— C'est bien plus que cela, déclara John. Tout se passe comme si quelqu'un essayait d'éliminer une certaine catégorie d'êtres humains, d'un bout à l'autre de l'Amérique. Des gens ordinaires, sympathiques, aux opinions libérales. Plus ils sont appréciés de leurs amis, et mieux c'est. Bordel de merde, cela ressemble à un génocide, Mel ! J'ai sur mon bureau des coupures de presse concernant plus d'une centaine de meurtres par balles inexpliqués, uniquement pour le mois dernier. Combien d'autres n'ont pas été signalés ? Combien d'autres ont été considérés comme des suicides, ou comme des accidents de la route ?

— Je ne comprends rien à rien, dit Mel. Je t'accorde que toutes les victimes avaient quelque chose en commun. Au tout début, c'était mon doute fondamental sur cette affaire. Mais maintenant nous commençons à entrevoir quel est le dénominateur commun — la douceur, disons, la gentillesse, et la modération politique — et cela ne rime absolument à rien. Qui voudrait tuer des personnes répondant à ces critères ? Et pourquoi ?

— John, tu t'es blessé au pied, dit Vicki.

Pour la première fois, John regarda sa cheville, à l'endroit où la Buick de Merton l'avait heurtée. Elle était enflée et tuméfiée, et le talon de sa chaussure était arraché.

Vicki le fit s'asseoir et examina attentivement sa cheville. John grimaça de douleur lorsqu'elle appuya sur les côtés.

— C'est peut-être une fracture, mais je ne le pense pas. Plus vraisemblablement, tu t'es fait une entorse, ou bien tu as des ligaments déchirés.

— Je t'emmène chez le toubib, d'accord ? dit Mel. Vicki s'occupe de son ragoût, et lorsque nous reviendrons, nous goûterons mon chablis maison. J'en ai apporté plusieurs bouteilles.

— Qu'essaies-tu de faire ? Nous soûler pour nous faire oublier ? dit John.

— Il faut que tu fasses examiner ta cheville, insista Vicki. Vas-y tout de suite. Le dîner sera prêt à votre retour.

La maison du Dr Pickaway était située environ deux kilomètres plus loin dans le canyon, dans la direction de Woodland Hills. Celui-ci palpa et examina la cheville et le pied de John, puis il dit :

— Tout va bien. C'est juste une mauvaise contusion. Je vais vous donner un spray pour calmer l'inflammation, mais dans deux ou trois jours, tout sera oublié.

— Est-ce que je dois le mettre au lit et le nourrir de bouillon de bœuf ? demanda Mel.

Le Dr Pickaway sourit.

— Vous devriez plutôt lui faire parcourir plusieurs fois le canyon dans les deux sens. C'est ce qu'il devrait faire, de toute façon. Se maintenir en forme est le meilleur remède préventif que l'on puisse imaginer.

— Pour rien au monde je ne renoncerais à mes voitures, déclara John en descendant de la table d'examen et en posant délicatement son pied par terre. L'exercice physique, c'est bien beau, mais les gens ne tournent pas la tête lorsque vous passez près d'eux avec des chaussures de sport comme ils le font lorsque vous passez au volant d'une dévoreuse d'essence de 1959.

Le Dr Pickaway haussa les épaules, un brin chichiteux.

— Monsieur Cullen, j'ai toujours été d'avis que les gens doivent prendre soin de la machine humaine. La plupart des maladies que j'ai à traiter ici pourraient être évitées si les gens étaient en bonne condition physique. Les gens mangent trop, utilisent trop leur voiture, fument trop, boivent trop. Regardez-vous, monsieur Walters, vous pesez au moins trente kilos de trop. Cela vous jouera des tours lorsque vous prendrez de l'âge.

— Oh, allons, docteur, répondit Mel. Des gens différents ont des physiques différents, des modes de vie différents. Des personnes corpulentes sont parfois centenaires.

— C'est vrai, jusqu'à un certain point. Mais au jour d'aujourd'hui, on peut dire quelles personnes corpulentes vont mourir prématurément, et quelles autres survivront. En fait, on peut prévoir l'espérance de vie d'une personne à trois ans près.

— Comment faites-vous ça ? demanda John.

Le Dr Pickaway fit pivoter son fauteuil et parcourut du regard ses rayonnages de livres. Il prit un numéro d'une revue médicale et fit pivoter à nouveau son fauteuil vers son bureau.

— C'est la revue *Analytical Medicine*. Elle est tirée à seulement deux ou trois mille exemplaires, mais j'aime bien me tenir au courant des techniques médicales de pointe.

— Pour ma part, je lis *Rolling Stone*, déclara Mel avec un grand sourire.

Le Dr Pickaway haussa les sourcils avec indulgence. Il tourna les pages de la revue et dit :

— Ce numéro date d'un an et demi environ, mais il y a eu des lettres de lecteurs sur ce sujet dans tous les numéros ultérieurs. À vrai dire, c'est une revue trimestrielle.

— Il faut vraiment que nous partions, docteur Pickaway, dit John. Un dîner nous attend à la maison.

– Cela ne prendra qu'un moment, répondit le Dr Pickaway. C'est un article très intéressant. Ah, voilà ! « Courbes démographiques pour la prévision exacte du développement physiologique et psychologique de l'être humain. »

Mel lança un regard à John et fit une grimace.

– En termes simples, cela signifie que l'on peut établir des courbes informatisées qui permettent de prévoir l'espérance de vie probable d'une personne, homme ou femme, d'après son origine familiale, son type physique, son mode de vie, ses antécédents médicaux, le lieu où elle vit, et en tenant compte de deux cents autres facteurs. On peut même dire quelles sont les maladies les plus probables dont sera atteinte une personne, et à quel moment.

– Alors cela veut dire que vous pouvez prévoir la semaine précédant votre départ en vacances au cours de laquelle vous attraperez la grippe, ce que vous saviez déjà, de toute façon ? dit Mel.

Le Dr Pickaway émit un petit reniflement sec lequel, supposèrent-ils tous deux, était une sorte de rire. Puis il répondit :

– En fait, c'est bien plus pointu que cela. On peut dire, alors que vous avez cinq ans, si vous mourrez d'un cancer lorsque vous aurez soixante-dix ans, à dix-huit mois près, dans l'un ou l'autre sens.

– C'est incroyable ! s'exclama John, à présent très intéressé.

– C'est incroyable, en effet, mais toutes les recherches ont été effectuées et vérifiées sur une période de trente ans. Jusqu'ici, l'exactitude des prévisions a été de 86 %, ce qui est tout à fait remarquable. L'un des médecins collaborant à ce projet a annoncé en 1954 qu'il mourrait d'un cancer des os en 1967, et cela a été le cas. On a dit à une femme, l'un des sujets de cette étude, qu'elle vivrait jusqu'à quatre-vingts ans, malgré le fait que ses parents étaient morts très jeunes, et qu'elle-même s'attendît à mourir très jeune. Elle a vécu jusqu'à l'âge de quatre-vingt-deux ans.

– Vous avez également parlé du développement psychologique. Cela marche comment ? demanda John.

– À peu près de la même façon, répondit le Dr Pickaway. On peut tracer une courbe démographique qui permet de prévoir ce que les gens penseront probablement dans les années à venir. J'imagine que ce pourrait être très utile pour des entreprises commerciales. Elles pourraient savoir à l'avance comment les consommateurs réagiront à une nouvelle sorte de céréales, ou à un nouveau modèle d'automobile, et elles pourraient adapter en conséquence leurs produits et leurs campagnes publicitaires.

– Ça a l'air miraculeux, non ? fit Mel. Mais, n'importe quel programme sur ordinateur a besoin d'informations, et qui sera en mesure d'obtenir autant d'informations sur une personne en particulier ?

Le Dr Pickaway parcourut l'article.

– Il est dit ici – et je ne fais que citer, bien sûr – que si vous connaissez l'âge de quelqu'un, ses origines raciales, sa profession, son instruction, et avez une évaluation de son crédit de solvabilité, alors vous avez presque assez d'informations pour être en mesure de prévoir quelle lessive cette personne achètera très vraisemblablement dans cinq ans, et même comment elle votera.

– Comment elle *votera* ? répéta John.

Le Dr Pickaway hocha la tête.

242

– Tout à fait. C'est dit ici, très clairement : « On pourrait tracer une courbe démographique concernant les membres de notre société qui sont influents politiquement, et le tracé de cette courbe montrerait avec une très grande exactitude de quelle façon le pays votera vraisemblablement dans les années à venir, à condition qu'il n'y ait pas de scandales politiques aussi retentissants que le Watergate. » Il y a une note en bas de page qui indique : « Influent politiquement ne signifie pas nécessairement actif politiquement. Cela désigne ces personnes dont la personnalité est suffisamment appréciée pour influer sur les opinions de leurs amis et de leurs voisins immédiats. »

John eut l'impression de s'être réveillé la nuit pour s'apercevoir qu'il était recouvert d'un drap mouillé et glacé.

– Qui a écrit cet article, docteur ? demanda John doucement.

– Il a été écrit par le professeur Arlnikov, de Berkeley, mais la plupart des travaux sur la courbe ont été effectués par le professeur Aaron Sweetman, de San Diego. Un homme d'un certain âge tout à fait charmant. J'ai fait sa connaissance à l'occasion d'un congrès médical à Atlanta. Un homme délicieux, et très intelligent. C'est pourquoi le courrier des lecteurs parle toujours de la Courbe Sweetman.

Ils comprirent qu'il y avait quelque chose d'anormal dès qu'ils dépassèrent le virage dans Topanga Canyon juste après la caserne des pompiers. Des gens couraient, et il y avait un rougeoiement malsain au-dessus de la cime des arbres.

– Merde, c'est un incendie de forêt ! s'écria Mel. Et tout près de la cuvette, apparemment !

Il mit le pied au plancher. La Coccinelle orange fer-railla et toussa comme elle prenait de la vitesse. Ils abor-dèrent le virage suivant dans un hurlement de pneus lisses. John se cramponna à la poignée pour ne pas perdre l'équilibre. Entre les arbres, ils apercevaient le scintillement de broussailles embrasées, et l'odeur âcre de la fumée infectait déjà l'air.

— Oh, mon Dieu ! s'exclama John, tandis qu'ils attei-gnaient leur allée. C'est toute cette foutue cuvette !

Deux camions de sapeurs-pompiers stationnaient déjà à mi-côte de l'allée, et des pompiers essayaient de rabattre les flammes et arrosaient le sous-bois au moyen de quatre ou cinq lances d'incendie. John s'extirpa de la Coccinelle et monta la côte en courant, suivi de Mel.

Un pompier lui barra le passage.

— Vous ne pouvez pas aller là-bas, monsieur. Nous voulons contenir cet incendie et nous ne voulons pas que quelqu'un soit blessé.

— Pour qui me prenez-vous, pour un touriste ? aboya John. C'est ma maison là-haut !

— Je regrette, monsieur, vous ne pouvez pas aller là-bas. J'ai reçu des ordres très stricts de mon comman-dant.

— Laissez-moi passer, merde ! hurla John. C'est ma maison et mon amie est à l'intérieur !

— Écoutez, monsieur, je re...

Mel s'avança et saisit le col du ciré du pompier.

— Habituellement, dit-il, je ne suis pas quelqu'un de violent, mais nous devons aller là-haut, par la force au besoin.

— Viens, dit John.

Ils écartèrent le pompier d'une poussée et remontèrent l'allée, Ils sautèrent par-dessus un enchevêtrement de tuyaux. Ils s'enfonçaient presque jusqu'à la cheville dans une eau noire de fumée. Le bruit de l'incendie était énorme. Un grondement féroce et soutenu, tels des roulements de tonnerre sans fin, qui recouvrait presque les cris des pompiers et les voix crachotantes qui sortaient de leurs talkies-walkies.

— Abattez ces taillis là-bas ! cria l'un des pompiers. Je veux une trouée, et je la veux en vitesse ! Si le vent se lève, ce sera un vrai barbecue !

— Apportez ces battes à feu ici ! parvint une autre voix rauque. Nom de Dieu, apportez ces battes à feu !

Un autre camion de sapeurs-pompiers remonta le canyon dans un mugissement. Tandis qu'il courait à travers la fournaise, la fumée et l'eau à l'odeur nauséabonde, John entendit les pompiers demander qu'on envoie un hélicoptère bombardier d'eau.

— Si nous réussissons à contenir les flammes dans la cuvette, nous sommes tirés d'affaire ! cria le commandant des pompiers. Alors magnez-vous le cul !

John et Mel arrivèrent en haut de l'allée. John, horrifié, vit que sa maison, sa maison ancienne en bois, était embrasée. Les fenêtres du rez-de-chaussée avaient déjà explosé, et des rideaux de flammes s'en échappaient violemment. La rambarde de la véranda était calcinée, brûlait, et s'était effondrée en grande partie. Il y avait un ronflement de cheminée tandis que les flammes dévoraient les planches de recouvrement. Des étincelles à l'odeur de cèdre tourbillonnaient et montaient dans le ciel obscurci par la fumée.

Trois pompiers arrosaient le toit avec leurs lances, mais la maison brûlait avec une telle violence qu'ils étaient seulement à même d'étouffer les étincelles pour que le feu ne se propage pas au-delà de la cuvette.

John courut vers eux et hurla :

— Où est la jeune femme ? Il y avait une jeune femme dans la maison !

L'un des pompiers le regarda.

— Nous n'avons rien pu faire, monsieur. La maison était déjà une vraie torche lorsque nous sommes arrivés. Nous n'avons pas réussi à nous en approcher.

— *Mais Vicki est à l'intérieur !* cria-t-il, son visage déjà rougi par la chaleur du feu. *Elle est à l'intérieur ! Vous devez aller la chercher !*

Les mains robustes de Mel saisirent son bras.

— John, ce n'est pas possible, dit-il. Il est trop tard.

John se dégagea d'une secousse.

— Mel, Vicki est à l'intérieur ! Elle est peut-être prise au piège dans une pièce !

Le pompier dit :

— Je suis désolé, monsieur, mais personne ne pourrait survivre dans cette fournaise. Si votre amie était à l'intérieur, c'est fini, je suis désolé.

— Nous avons réussi à déplacer votre voiture, intervint un autre pompier. La Lincoln blanche, c'est bien ça ? Nous l'avons mise sur l'aire de stationnement au bas de la côte.

John contempla sa maison qui flambait et crépitait. Il éprouvait un tel sentiment de terreur et de chagrin qu'il était incapable de parler ou de bouger. La maison vacillait comme quelque chose surgi d'un cauchemar, tandis que la chaleur déformait l'air. Des étincelles bondissaient vers le ciel avec une rapidité fiévreuse et anormale. Il faisait si chaud maintenant qu'il était obligé de haleter pour respirer.

Dans un craquement assourdissant, une partie du toit s'effondra, et des chevrons enflammés tombèrent vers les pièces du bas. Puis l'escalier s'écroula, une échelle de flammes, et une partie de la cheminée en briques s'affaissa bruyamment dans le séjour.

Mel passa son bras autour des épaules de John et le serra contre lui. Il y avait des larmes dans ses yeux, derrière les flammes orange qui virevoltaient et se réflé- chissaient dans les verres de ses lunettes, et il ne trou- vait pas de mots de réconfort qui auraient eu la moindre signification.

Le commandant des sapeurs-pompiers s'approcha, un homme au visage raviné et aux yeux bleus, coiffé d'un casque noir.

– On vient de me dire que c'était votre maison, mon- sieur, dit-il.

John baissa la tête. Il ferma les yeux un moment. Derrière ses paupières, dans l'obscurité de son esprit, il pria pour ne pas être du tout ici, pour que rien de tout cela ne soit vrai. Il allait rouvrir les yeux et s'aperce- voir qu'il se tenait à côté de Vicki dans la cuisine, et lui demandait ce qu'elle avait préparé pour le dîner.

– Oui, c'était sa maison, dit Mel au commandant des sapeurs-pompiers. Et son amie était à l'intérieur.

Le commandant regarda la maison un moment, puis il leva les yeux vers le ciel noir de fumée et vers les étin- celles qui s'envolaient.

– Je suis désolé, dit-il. S'il nous avait été possible d'entrer dans la maison, nous l'aurions fait.

– Est-ce que vous savez comment le feu a pris ? lui demanda Mel.

Il secoua la tête.

– Cela aurait pu être n'importe quoi. Nous avons eu un temps très sec dernièrement, et une vague de cha- leur. C'était peut-être une cigarette mal éteinte.

– Nom de Dieu ! fit Mel d'une voix mal assurée.

Le commandant dit :

– Vous feriez mieux de vous en aller maintenant. La
météo a annoncé que le vent allait tourner, et si cela se
produit, nous ne serons pas au bout de nos peines. Vous
avez un endroit où passer la nuit?

– Bien sûr, répondit Mel. Nous pouvons aller à
l'hôtel.

– Entendu, dit le commandant. Laissez votre numéro
de téléphone à la caserne lorsque vous vous serez instal-
lés. Nous vous appellerons s'il y a du nouveau.

– Merci, dit Mel.

Puis il serra le bras de John et murmura:

– Viens, John. Cela ne sert à rien de rester ici. Partons.

John, les yeux embués par la fumée, regarda les
décombres de sa maison, noircis et fumants, telles les
cendres d'une crémation rituelle. Il ne parvenait pas à
croire que Vicki gisait dans ces décombres, brûlée et
morte, mais il savait qu'elle ne se trouvait nulle part
ailleurs, et que, quoi qu'il fasse dorénavant, où qu'il
aille, il ne la reverrait plus jamais, ne la toucherait plus
jamais, ne lui parlerait plus jamais.

Il attendit presque une minute, des larmes formaient
des stries dans les taches de suie sur son visage, puis
il dit:

– D'accord, Mel. Partons.

26

Cette nuit-là, les sirènes retentirent et hurlèrent jusqu'à l'aube, tandis que Topanga Canyon était ravagé
par l'un des incendies les plus importants depuis des

années. Un vent chaud attisait les flammes, et l'on pouvait voir depuis des kilomètres à la ronde la lueur rouge des arbres et des broussailles qui brûlaient. Alors qu'il regagnait son studio à Venice, au volant de sa Pinto jaune primevère, T.F. croisa trois camions de sapeurs-pompiers venant d'Anaheim. Leurs gyrophares scintillaient et leurs klaxons grondaient.

Il se gara sur San Juan Avenue, verrouilla les portières de sa voiture, et monta l'escalier jusqu'à son studio. Il appuya l'étui en toile de son fusil contre l'armoire et jeta sur le lit quatre revues de cul qu'il avait achetées le matin à Hollywood. Il alluma la télévision, le son coupé, et s'assit pour retirer ses chaussures.

Le téléphone sonna. Il le laissa sonner un petit moment, puis décrocha.

— Allô ?

— T.F. ? C'est moi, Ken.

— Qu'y a-t-il ?

— On a eu un problème avec ce type, Cullen. Il est allé chez Mme Perlman ce matin, pour fouiner et poser des questions.

— Alors ?

— Alors j'ai contacté tu sais qui, et tu sais qui a dit qu'il fallait le supprimer immédiatement.

— Et ?

— Euh, on avait l'intention de l'emmener à Griffith Park et de le liquider, mais on a eu une merde durant le trajet. Il s'est sauvé, nous l'avons poursuivi, et quelqu'un nous est rentré dedans. Merton est mort. Brûlé vif dans la bagnole.

T.F. prit une cigarette dans sa poche de chemise et l'alluma soigneusement. Puis il exhala de la fumée et dit :

— C'est qui, ce type ? Superman ? Il n'est pas armé, il est tout seul, et il bousille votre voiture et tue Merton ?

— T.F., c'était un *accident* ! Un putain d'accident.

T.F. posa ses pieds sur le lit.

— Les flics t'ont demandé ce qui s'était passé ?

— Bien sûr, mais j'ai dit que c'était juste une collision banale. Ils n'ont pas insisté.

— Encore heureux ! Et que se passe-t-il maintenant ?

— Nous avons liquidé Cullen ce soir, comme nous l'avions prévu à l'origine. Je suis allé là-bas à 17 heures et j'ai foutu le feu à sa baraque. C'est ça, le gigantesque incendie. J'ai si bien foutu le feu que tout le canyon est en train de brûler.

— Parfait. Ça me plaît bien. J'ai connu un type à Seattle qui avait coutume de dire que si on veut buter quelqu'un et ne laisser aucune preuve matérielle, la meilleure chose à faire c'est de buter *cinq* personnes.

— En tout cas, reprit Ken, tous les trois ont probablement grillé, tu peux me croire. Cullen, la fille, et le gros type. Rôtis à point !

— Dommage pour la fille, fit remarquer T.F. distraitement. Elle avait le genre de silhouette qui me branche.

— J'ai apporté ton petit bijou à la maison, dit Ken. Il est planqué dans la penderie de mon dressing-room.

— Bien, fit T.F. Il me manque.

— Tu veux que je te rappelle avant samedi ?

— Non, sauf en cas d'urgence. Je te verrai à ce moment-là, d'accord ?

— Pas de problème, T.F. Porte-toi bien.

— Itou pour toi, Ken.

T.F. raccrocha, tira une bouffée de sa cigarette, puis il alla jusqu'au lit et examina ses revues de cul. L'une d'elles s'appelait *Soirées humides* et était remplie de photos en couleurs de filles en porte-jarretelles et bas noirs qui se pissaient dessus. Il regarda les photos avec une expression étrangement impassible, tout en fumant. Il contempla un long moment la photographie d'une jolie brune, la bouche grande ouverte et les yeux fermés, qui buvait la pisse de deux autres filles aux gros seins et en bas noirs. Puis il referma les revues et les rangea sur la planche du bas de son armoire.

Il songea qu'il avait faim, mais il ne parvenait pas à savoir ce qu'il avait envie de manger. Ces derniers temps, la faim en lui était devenue plus ardente, et il n'était pas sûr que cela concernât uniquement la nourriture.

27

John se réveilla peu avant l'aube avec une gueule de bois qui montait en lui telle une tonne de gravier mouillé. Il ouvrit les yeux et réalisa qu'il était couché dans un lit inconnu, étroit, et que la lumière du soleil éclairait le plafond sous un angle inhabituel. Ses yeux étaient gonflés et il avait un mal de tête qui l'élançait si profondément et si lentement qu'il lui était difficile de savoir d'où venait au juste la douleur.

Lorsqu'il se mit sur son séant, la première chose dont il se souvint fut que Vicki était vraiment morte, et qu'il se trouvait dans la chambre 21 d'un hôtel sur Franklin Avenue, à Hollywood. Mel l'avait emmené ici la nuit dernière avec sa Lincoln Capri, puis il était allé au supermarché au coin de Franklin et de Highland, où il avait acheté deux bouteilles de Jack Daniel's et un pack de six Old Milwaukee pour servir de rince-cochon.

Ils avaient beaucoup bu, beaucoup parlé, discuté, pleuré. À 2 heures du matin, titubant et pris de nausées, tellement imbibé de bourbon qu'il ne savait plus ce qui était réel et ce qui ne l'était pas, John s'était écroulé par terre. Mel l'avait porté jusqu'à son lit.

Il s'extirpa des draps et posa ses pieds sur la moquette pelucheuse. L'appartement était exigu mais bien tenu, avec une fausse cheminée, une table, deux chaises en bois foncé mexicain, et une porte-fenêtre coulissante qui donnait sur un balcon. Tout ce qu'il apercevait par la fenêtre, c'était le jardin de derrière de la maison jouxtant l'hôtel, avec des plantes grimpantes en fleur, une poussinière, et quelques palmiers rabougris. Il se leva et la tête lui tourna, puis il se dirigea vers la kitchenette en traînant les pieds.

Mel, avec sa prévoyance et sa prévenance habituelles, avait pensé à acheter de l'Alka-Seltzer et du café. John remplit la bouilloire, la posa sur la cuisinière, et chercha un verre dans les placards de la cuisine. Tandis que l'Alka-Seltzer pétillait, il garda sa main plaquée sur ses yeux, et il se demanda si la mort de Vicki aurait été plus facile à accepter s'il n'avait pas bu.

— Bonjour, John, retentit la voix de Mel.

Il risqua un coup d'œil entre ses doigts. Mel avait l'air aussi patraque que John se sentait lui-même et, sans ses lunettes, il semblait étrangement vulnérable et différent. Il entra dans la cuisine, prit deux Alka-Seltzer et les fit tomber dans un verre.

— Comment te sens-tu ? demanda Mel.

— Foutrement mal. Et toi ?

— Foutrement mal.

252

– Je fais du café, dit John. Tu en veux ?

Mel secoua la tête.

– Non, merci. Je crois que je vomirais si je buvais un café.

– Cela te ferait peut-être du bien.

Mel tira une chaise et s'assit à la table. Il déclara :

– Je me suis réveillé et je n'arrivais pas à croire que ça s'était vraiment produit. Je n'arrêtais pas de me dire que c'était un rêve.

– Moi aussi, dit John. Mais ce n'est pas un rêve. Elle est vraiment morte.

Ils burent leurs Alka-Seltzer en silence un moment, puis Mel demanda :

– Qu'as-tu l'intention de faire ?

– Je n'en sais rien, répondit John. Je n'ai même pas encore enterré mon père, et maintenant ça. Ma maison, tout ce que je possédais, mes meubles, mes tableaux. Et, par-dessus tout, Vicki.

– Ce n'était pas ta faute, John. Tu avais des types foutrement vicieux qui te cherchaient. Tu ne pouvais absolument rien faire pour les stopper.

– J'aurais pu contacter le FBI, comme Vicki voulait que je le fasse. J'aurais pu demander à la police une protection rapprochée. Mais, oh, non, je devais être une putain de brigade à moi tout seul ! Il fallait que je sois un super-héros. Ce que je n'avais pas réalisé, c'est que les héros sont toujours des héros au détriment de quelqu'un d'autre.

– John, ce n'était pas ta faute ! insista Mel.

John fit coulisser la porte-fenêtre et sortit sur le balcon. Le ciel commençait à s'éclaircir et l'air du matin était d'une fraîcheur désagréable.

– Tu vas contacter le FBI maintenant ? demanda Mel. Tu as des informations foutrement précieuses à communiquer, et tu sais que je peux corroborer tes dires.

John haussa les épaules.

— Tu ne peux pas t'occuper de cette affaire tout seul ! s'insurgea Mel. Si tu continues de gonfler ces types, ils te tueront, toi aussi !

— Et si je ne fais rien ? Combien de personnes continueront-ils de supprimer ?

— John, ce n'est pas à toi de traquer ces tueurs. Ce n'est pas ton boulot. Cela regarde la police et cela regarde le FBI.

— Excepté qu'*ils* pensent qu'il s'agit d'un Dingue de l'autoroute. Un psychopathe qui agit seul. Et que *moi*, je pense qu'il y a quelqu'un quelque part qui organise ces meurtres dans un but précis. Quelqu'un qui fait ça pour une très bonne raison.

Mel soupira.

— Tu vas un peu vite en besogne, John. Nous n'avons même pas établi s'il existe vraiment un lien cohérent entre les victimes, et encore moins que quelqu'un a une raison de les tuer, et encore moins une très *bonne* raison, putain de merde !

— C'est justement ce qui te trompe. Il y avait un lien, et c'était leurs opinions politiques.

— La plupart d'entre elles n'avaient pas d'opinions politiques.

— Précisément ! Ces gens étaient des modérés, avec une légère tendance à gauche. Mais si on leur proposait un bon programme lors d'une élection, ils pouvaient aller dans l'un ou l'autre sens. Ils auraient voté pour Kennedy, mais ils auraient également voté pour Eisenhower.

— John, je ne pige pas, avoua Mel. Nous n'avons pas d'élections avant plusieurs années.

– Bien sûr. Mais rappelle-toi ce que le Dr Pickaway a dit. Il est possible d'établir des courbes démographiques qui permettent de prévoir comment les gens voteront probablement dans les années à venir. Et rappelle-toi ce qu'il a dit : les gens *influents* politiquement ne sont pas nécessairement des gens *actifs* politiquement.

– Oui, mais…

– Mais rien. C'est de cela qu'il s'agit. Toutes ces personnes qui sont mortes étaient des personnes sympathiques. Des personnes ordinaires, sympathiques et bienveillantes. Elles exerçaient une certaine influence parce que les gens les aimaient bien et, au moment des élections, quoi qu'ils aient pensé des candidats, leurs amis auraient voté comme eux. Ou auraient été susceptibles de le faire, à tout le moins.

– D'accord, dit Mel, c'est une bonne théorie analytique. Mais tu oublies ce que le Dr Pickaway a dit au sujet de cette revue médicale. Quelques milliers de personnes seulement ont lu cet article, et je suis prêt à parier que la moitié d'entre elles n'ont absolument rien compris.

John secoua la tête.

– Il a dit que cet article avait suscité un très grand intérêt, et il se peut très bien que des personnes n'appartenant pas au monde médical en aient entendu parler.

– Mais qui ? répliqua Mel. Et même en supposant que ce soit le cas, cela leur aurait donné l'idée de liquider des gens ?

– C'est possible. C'est ce que je veux découvrir.

Mel se gratta la barbe.

– Je trouve que tu pousses le bouchon un peu loin. Allons, quelle sorte de personne éliminerait systématiquement des gens ordinaires uniquement pour influer sur une tendance politique ?

— Cela a déjà été fait, et c'est ce qui est fait en ce moment, répondit John. C'est peut-être plus flagrant dans des pays comme l'Ouganda, mais pourquoi les esprits d'hommes qui veulent s'emparer du pouvoir et le garder seraient-ils différents ici ? Ils raisonnent exactement comme leurs semblables en Afrique !

Mel demeura silencieux un long moment. Puis il dit :

— John, rends-moi un service, je t'en prie.

— Lequel ?

— Contacte le FBI. Ne te mêle pas de cette affaire. Je n'ai pas envie qu'il t'arrive quelque chose.

— Désolé, Mel, c'est impossible, répondit John.

— John, c'est ton devoir.

— Mon devoir ? Mon devoir envers qui ?

— C'est ton devoir de citoyen. Tu ne peux pas alpaguer ces gens. Le FBI, si.

— Et que fais-tu de mon devoir envers mon père ? Et que fais-tu de mon devoir envers Vicki ?

Mel frappa le mur du poing.

— Et ton devoir envers toi-même ? Le seul membre encore en vie de ta famille ?

— Je vais risquer le tout pour le tout. Mon père l'avait fait, ainsi que Vicki.

— Ils ne sont pas allés au-devant du danger de propos délibéré, comme tu le fais. Ils n'ont même pas su ce qui leur arrivait.

— Et je ne le saurai jamais, à moins d'aller au fond des choses.

— Et que comptes-tu faire ?

John s'assit à la table et se frotta les yeux d'un air las.

– Pour commencer, je vais m'acheter une arme, parce que je pense que j'en aurai besoin. Ensuite, je m'arrangerai pour avoir un entretien avec le professeur Aaron Sweetman.

– Tu ne penses pas que c'est dangereux ?

– Je pense que c'est dangereux si je ne le fais pas.

Mel le considéra attentivement pendant un moment, puis il déclara :

– Bon, je ne le dirai pas deux fois, parce que tu sembles avoir pris ta décision. Mais Vicki et toi avez toujours été mes meilleurs amis, et maintenant que Vicki est partie, il ne reste plus que toi. Je souhaiterais que tu ne le fasses pas, c'est tout.

– Il faut que je le fasse, dit John.

Mel hocha la tête.

– Je sais.

LIVRE SECOND

Les morts

1

Elle avait été décrite un jour (par le magazine *People*) comme « un croisement entre les *Drôles de dames* et la *Chevauchée des Walkyries* ». Elle mesurait presque deux mètres et avait d'épais cheveux blonds coiffés en arrière, une coiffure à la Farrah Fawcett qui était démodée depuis au moins deux ans. Elle avait des épaules aussi larges que celles d'un homme, et elle affectionnait les jaquettes de cheval en tweed et les pantalons de velours côtelé rentrés dans des bottes en cuir. Néanmoins, des bracelets s'entrechoquaient à ses poignets, et ses doigts étaient couverts de bagues ornées d'énormes améthystes, de diamants étincelants, et de minuscules clochettes en or.

Son visage était anguleux et massif, son menton toujours dressé. Elle possédait des yeux bleu clair qui pouvaient transpercer comme des lasers les personnes autour d'elle. Ses boucles de ceinture auraient pu servir à cadenasser les grilles du Bel-Air, mais sous la veste de tweed, elle portait toujours des corsages diaphanes en mousseline de soie à travers lesquels (lorsqu'elle marchait, ou prenait des poses affectées, ou se pavanait) on avait l'impression de voir les mamelons de ses seins menus, bien que ce ne fût jamais le cas. Hilary Nestor Hunter, trente-sept ans, licenciée en droit, présidente du Mouvement pour la Libération de la Femme, refusait de donner quoi que ce fut aux hommes, même pas une vision fugitive de son corps.

Elle plaisait aux femmes parce qu'elle faisait peur aux hommes. Pourtant, elle plaisait également aux hommes parce qu'elle faisait peur aux hommes. Ainsi que son ami et mécène Carl X. Chapman le lui avait souvent dit : « Trop d'hommes politiques commettent l'erreur d'être des types sympathiques, et ils s'en mordent les doigts parce que personne ne les aime. La seule façon d'amener les gens à vous aimer, c'est de leur flanquer une peur bleue. Alors ils accourent, tournent autour de vous, et cherchent où est votre cul, afin de pouvoir l'embrasser. »

Lorsqu'elle arriva pour la cinquième convention du Mouvement pour la Libération de la Femme, laquelle se tenait au Centre des congrès de L.A., elle fut accueillie par une horde de photographes de presse et un véritable tir de barrage de flashes. Elle traversa le trottoir d'un air majestueux avec son escorte maussade de jeunes femmes très belles mais sciemment négligées – sourcils non épilés et cheveux coupés à la diable. Elle ne déçut pas les photographes lorsqu'elle se retourna sur les marches à l'entrée et leva la main pour brandir son poing serré.

La salle était déjà bondée, et l'air bourdonnait de voix de femmes, un nid d'abeilles attendant impatiemment leur reine. Mais elles furent obligées d'attendre un moment encore tandis que des journalistes de la télévision se pressaient dans le hall et tendaient leurs micros vers Mlle Hunter.

Elle se retourna et fit face à la lumière éblouissante des projecteurs avec une expression lointaine et condescendante. Un journaliste lui demanda :

– Mademoiselle Hunter, ces derniers temps vous avez été soumise à une énorme pression de la part de vos militantes gays – principalement pour que le Mouvement pour la Libération de la Femme adopte une position ferme en faveur des droits des lesbiennes. Qu'allez-vous dire à ces dames aujourd'hui ?

D'une voix claire et mordante, Hilary Nestor Hunter répondit :

– Je vais leur rappeler que le Mouvement pour la Libération de la Femme est un mouvement *sexiste*, mais pas un mouvement *sexuel*. Nous nous occupons de l'infériorité politique et sociale des femmes, et non de leurs problèmes personnels.

– Cela manque plutôt de compassion, non ?

– Les femmes ne rejoignent pas ce mouvement pour obtenir de la compassion. Elles le font parce qu'elles veulent obtenir le genre de domination politique qui a été jusqu'à présent le privilège exclusif des hommes.

Une journaliste de la télévision, une éditorialiste très connue, se porta en avant avec son micro pour poser la question la plus cruciale de toutes, et les autres micros suivirent les lèvres d'Hilary Nestor Hunter tel un banc de poissons pilotes.

– Mademoiselle Hunter, j'ai l'impression que vous allez avoir une ou deux opposantes très déterminées aujourd'hui – des femmes qui estiment que votre mouvement est trop extrémiste politiquement. Que pensez-vous d'elles ?

Hilary haussa l'un de ses sourcils parfaitement épilés.

– Il y a toujours des voix dissidentes devant toute grande idée. Il y a toujours des modérés qui veulent diluer l'essence de l'originalité et du génie. Mais cela ne me dérange pas. Une grande idée sociale comme la prédominance féminine *doit* faire bouger les femmes. Elle *doit* les amener à réfléchir. Elle *doit* même les rendre furieuses. Je suis ravie que certaines femmes aient un avis contraire. C'est à la mesure de la grandeur de tout ce que je défends.

– Avez-vous conscience que certaines de vos opposantes modérées tentent de vous évincer de votre position de leader ? demanda la journaliste.

– Naturellement. Mais je ne suis pas inquiète. Ces femmes sont mes enfants, et je m'attends à ce que mes enfants se querellent, s'affrontent, et mettent en doute mon autorité. Mais elles doivent se souvenir d'une chose. Je me bats dans leur intérêt à toutes, et je ferai en sorte qu'elles obtiennent ce qui est le mieux pour elles, que cela leur plaise ou non.

– Comment ferez-vous ? demanda un autre journaliste. Leur donner une fessée et les envoyer au lit en les privant de dîner ?

Hilary Nestor Hunter rejeta en arrière ses mèches à la Farrah Fawcett et considéra le journaliste avec un dédain absolu.

– Je suis une femme qui exerce une certaine influence. Je ne suis pas une libératrice excentrique qui distribue des bulletins polycopiés sur le baby-sitting et les parties de bridge entre lesbiennes. J'ai l'appui de personnes qui ont un pouvoir considérable, et je suis convaincue que nombre de mes idées feront l'objet d'une loi dans les années à venir.

– Songeriez-vous à des fonctions publiques, mademoiselle Hunter ? demanda la journaliste. Si on vous le proposait, bien sûr.

– La question n'est pas *si*, mais *quand*, répondit Hilary d'un air malicieux.

Puis elle fit signe à ses assistantes et à ses militantes de se rassembler autour d'elle. En guise de dernier mot, elle se retourna et dit aux micros et aux caméras :

– Je mise toujours sur des certitudes, mesdames et messieurs, et, en ce moment, c'est une certitude qu'un peu de bon sens va être insufflé de nouveau à l'administration de ce pays.

Puis, entourée par son groupe de femmes gardes du corps, elle se fraya un chemin à travers la cohue, et entra dans la salle de conférences. Le bourdonnement se changea en une clameur stridente, accompagnée par un tonnerre d'applaudissements. Elle descendit l'allée centrale vers l'estrade en levant les mains pour saluer, ses poings serrés, tandis que des femmes en adoration montaient sur leurs sièges, frappaient dans leurs mains et poussaient des cris perçants. Les caméras de télévision la suivirent tandis qu'elle montait sur l'estrade et se tenait seule, éclairée par un projecteur, la tête rejetée en arrière et les bras écartés. Les applaudissements montaient vers elle, tel un océan.

– *Domination !* cria-t-elle dans les micros. Domination !

Le cri de « *Domination !* » revint de tous les côtés de la salle, et des milliers de poings serrés, la plupart ornés de bracelets, aux mains couvertes de bagues et aux ongles soigneusement vernis, se levèrent et proclamèrent leur fidélité à Hilary Nestor Hunter.

Depuis le hall, à présent quasi désert et jonché de programmes froissés et de mégots de cigarettes, Perri

Shaw avait assisté à cette entrée messianique. Elle se sentait aussi faible et transparente qu'un fantôme. Elle se tourna vers le père Leonard, qui l'avait observée attentivement. Aujourd'hui, il avait mis son plus beau veston, et il avait plaqué ses cheveux en arrière avec de l'eau. Il ressemblait à un petit garçon que l'on a fait beau le dimanche pour rendre visite à sa tante et à son oncle richissimes.

— Vous avez peur ? demanda-t-il à Perri.

Elle hocha la tête.

— Je suppose que je ne devrais pas avoir peur. Mais elles pensent que c'est la femme la plus merveilleuse de tous les temps. Comment peut-on lutter contre ça ?

— Avec l'aide de Dieu, répondit le père Leonard. Et en faisant appel à votre propre courage.

— C'est la première fois que je fais une chose pareille.

Il prit son bras et le serra en un geste affectueux.

— Vous allez réussir. Vous sortirez de cette salle et elles vous applaudiront comme elles ont applaudi Hilary Nestor Hunter lorsqu'elle est entrée. Vous verrez.

— Comme j'aimerais vous croire ! dit-elle.

— Vous pensez qu'un prêtre mentirait ?

Elle tourna la tête et le regarda avec douceur.

— Je pense qu'un prêtre mentirait afin d'encourager quelqu'un à qui il porte beaucoup d'affection.

Il demeura silencieux un moment, puis il se pencha vers elle et l'embrassa sur le front, très doucement.

— Oui, j'ai beaucoup d'affection pour vous, murmurat-il. Je vais demander à Dieu de vous aider et de vous protéger aujourd'hui. Je vais également Lui demander de nous donner à tous deux la force d'accomplir la tâche qui nous est impartie.

Une nouvelle clameur parvint de la salle. Perri jeta un coup d'œil à l'intérieur. Hilary Nestor Hunter, les bras écartés, prononçait son discours d'ouverture. Des femmes s'étaient levées pour l'applaudir, et des flashes crépitaient en un crescendo de lumière bleutée.

– Elles vont présenter les motions dans un instant, dit le père Leonard. Vous feriez bien d'aller là-bas.

– Vous direz une prière pour moi ? lui demanda-t-elle.

Il sourit.

– Je dirai une prière pour tous ces hommes et toutes ces femmes qui vont bénéficier d'une révélation politique.

– Et aussi pour moi ?

– Oui, Perri, répondit le père Leonard. Également pour vous.

Elle l'embrassa sur la joue, avec douceur et tendresse. Puis elle entra dans la salle et descendit l'allée centrale au moment où la voix amplifiée d'Hilary Nestor Hunter exigeait :

– Un *projet de loi* pour que des femmes puissent devenir des candidates politiques... un *projet de loi* pour que des femmes puissent devenir des chefs d'entreprise et des leaders...

Perri trouva son siège, à côté d'Ann Margolies de la section de Chicago du Mouvement pour la Libération de la Femme, laquelle réclamait depuis des mois une modération des opinions politiques du mouvement. Ann Margolies était une jeune femme sans beauté aux longs cheveux et aux lunettes à verres épais, et avait apparemment une collection inépuisable de chandails à col roulé beige et noir. Perri avait fait sa connaissance au cours d'un colloque régional à Phoenix.

– Je suis contente que vous ayez pu venir, dit Ann comme Perri s'asseyait. Nous allons en voir de dures aujourd'hui !

Hilary Nestor Hunter termina son discours d'ouverture, lequel fut salué par des cris, des acclamations et des applaudissements nourris pendant presque cinq minutes. Puis la présidente, Agnes Frohauer, une femme entre deux âges, républicaine, qui avait enterré trois maris et avait divorcé d'avec deux autres de façon vindicative, leva ses bras courts pour réclamer le silence.

– Nous avons plusieurs motions devant nous, dit-elle en regardant ses papiers à l'aide de lunettes à double foyer maintenues par une chaînette en or. Nous n'avons pas le temps de les discuter toutes aujourd'hui, aussi en avons-nous choisi quelques-unes au hasard. La première est une proposition de la section de l'Idaho qui constitue une sorte de feuille de route pour les femmes qui vivent dans les fermes et les exploitations agricoles de leurs maris, dans les zones rurales où il est très difficile pour elles de se soustraire à la domination masculine, ou de s'affirmer politiquement et socialement. La deuxième est une motion de la section de New York, proposant que nous nous affilions ouvertement à un parti politique. La troisième a été déposée par les déléguées de Los Angeles qui demandent, comme c'est écrit ici, « une modération des objectifs politiques de notre mouvement ». En d'autres termes, elles veulent l'*égalité* plutôt que la *domination.*

Des murmures parcoururent la salle. Perri rougit, malgré elle, et éprouva une soudaine envie d'aller aux toilettes. Mais Ann Margolies toucha sa main pour la rassurer et lui chuchota :

– Au moins, elles nous laissent prendre la parole. Il leur était impossible de nous en empêcher.

Perri répondit :

– Je me demande si nous allons obtenir l'adhésion de suffisamment de déléguées. Elles sont tellement délirantes avec Hilary. Elle n'a jamais été autant applaudie.

– Habituellement, le délire est de courte durée, affirma Ann, et habituellement, c'est le prélude à un dur réveil. Jetez-vous dans la bataille et ne les ménagez pas !

Les discussions sur les droits des femmes dans les zones rurales durèrent plus d'une heure. Lorsqu'elles prirent fin, elles n'avaient toujours pas établi un protocole satisfaisant pour l'affirmation sur le plan sexuel des femmes vivant dans des régions isolées. Ainsi qu'une femme du Kansas le déclara : « Si je dis à mon mari que je suis son égale, il me rit au nez. Si je refuse de faire l'amour avec lui, il me roue de coups. Et il n'y a personne à moins de cent kilomètres à la ronde pour m'aider. »

La motion pour une affiliation à un parti politique fut renvoyée à plus tard par le comité politique du mouvement. Puis, juste avant la pause du milieu de l'après-midi, ce fut le tour de Perri.

Aujourd'hui, elle portait une robe légère dans des tons rose et bleu pastel, et ses cheveux étaient coiffés en arrière, maintenus par des peignes rouges. Ses joues étaient légèrement empourprées lorsqu'elle quitta son siège et se dirigea vers l'estrade, saluée par quelques applaudissements. Ann Margolies fut la seule femme à se lever et à l'acclamer. Sa voix sembla désespérément isolée et ténue dans l'immense salle.

Perri s'approcha du micro et parcourut du regard les rangées et les rangées de visages attentifs. Il y eut quelques toux et le bruissement impatient de programmes, parce qu'elles savaient toutes que Perri allait s'opposer directement à Hilary Nestor Hunter, et elles s'attendaient à une mise à mort verbale.

— Mes sœurs, commença Perri, je m'appelle Perri Shaw et je représente l'un des quartiers les plus pauvres et les plus déshérités de Los Angeles. Les femmes n'y sont pas physiquement isolées, comme c'est le cas dans les zones rurales. Mais elles sont culturellement isolées de tout ce qui pourrait leur apporter une prise de conscience de leur féminité et de leurs droits naturels. Elles sont aussi opprimées par leurs maris et leurs frères que les esclaves noirs l'étaient dans le Sud. Elles doivent travailler pour avoir un foyer, elles doivent élever des enfants, elles doivent donner leur corps, et si jamais elles osent protester, elles sont battues.

« Parler de la domination de la femme est sans doute une idée divertissante pour la bourgeoisie, où les femmes sont riches et s'ennuient, et où elles ont déjà les droits fondamentaux que procurent une bonne instruction et l'argent. Mais les femmes dont je parle ne s'intéressent pas à la domination. Elles désirent seulement qu'on les reconnaisse en tant que personnes. Elles désirent seulement être traitées d'égal à égale.

Perri marqua un temps. La salle était tout à fait silencieuse.

— Dans les quartiers pauvres de Los Angeles, poursuivit-elle, j'ai vu des femmes brûlées avec des cigarettes parce que cela amusait leurs maris de les torturer. J'ai vu des femmes qui avaient été rouées de coups parce qu'elles avaient osé exprimer une opinion. J'ai vu des femmes qui avaient été obligées de partager le lit conjugal avec une autre fille parce que leurs maris avaient envie d'un peu de changement.

« Vous ne pouvez pas dire à ces femmes qu'elles doivent dominer leurs maris. Et vous ne pouvez pas éduquer leurs maris afin qu'ils acceptent l'idée que des femmes sont peut-être supérieures à eux. C'est déjà très difficile de leur faire comprendre que les femmes sont des êtres humains, et encore plus que les femmes sont peut-être capables de prendre leur vie en main.

« Nous devons œuvrer pour la prise de conscience des *deux* sexes si nous voulons libérer les femmes. Cela ne sert à rien de dire à une prisonnière que la liberté est merveilleuse, à moins de convaincre également le gardien de la prison de la laisser sortir. Jusqu'à présent, j'ai l'impression que le Mouvement pour la Libération de la Femme n'a pas obtenu de grands résultats, excepté effrayer la classe moyenne et amener les hommes à adopter une attitude rigide et intransigeante à son égard, et ce sont les femmes qui en subissent les conséquences. Nous avons besoin de dire au monde que nous *ne sommes pas* des dragons femelles de droite. Nous *ne sommes pas* des harpies politisées. Nous devons dire que nous sommes des femmes sensées et bien disposées qui sont capables de comprendre les problèmes des hommes aussi bien que l'oppression des femmes.

Perri parla pendant presque vingt minutes. Elle ne regardait pas Hilary Nestor Hunter. Celle-ci était assise sur le côté de l'estrade, les jambes croisées, et son visage affichait une expression glaciale d'ennui forcé. Perri regardait les femmes dans la salle, parce qu'elle commençait à percevoir qu'elles l'aimaient bien, et qu'elles appréciaient ce qu'elle disait. Entendre parler des souffrances des épouses réduites à la misère dans le centre de Los Angeles les surprenait et les bouleversait. C'était la dure réalité, et non une rhétorique politique abstraite. Cela les amenait à se dire qu'elles pouvaient faire quelque chose de positif pour venir en aide à ces femmes opprimées, au lieu d'imaginer des projets illusoires au cours de petites sauteries destinées à récolter des fonds.

Perri termina en racontant l'histoire d'une femme que le père Leonard avait secourue. Celle-ci avait été offerte par son mari à tous les inconnus qu'il ramenait à la maison au cours de ses nuits de beuveries. Elle avait été obligée de faire l'amour avec des adolescents, des balayeurs des rues, des clochards, des poivrots, tandis que son mari regardait. Après des mois de conversations fastidieuses et souvent déchirantes, le père Leonard avait finalement réussi à faire comprendre à l'homme l'abomination de ce qu'il faisait à sa femme, et il les avait aidés petit à petit à reconstruire leur vie de couple.

Lorsque Perri eut fini de parler, un long silence s'ensuivit. Puis Ann Margolies commença à applaudir, seule. Bientôt, une autre femme l'imita, puis une troisième. Finalement, toute la salle se leva et applaudit. Par souci de consensus, Hilary Nestor Hunter fut obligée de se lever et d'applaudir, bien que son visage fût dur et contrarié comme Perri l'avait rarement vu.

Les femmes ne poussaient pas des cris et des acclamations comme elles l'avaient fait lorsque Hilary était montée sur l'estrade. Mais leurs applaudissements sérieux et sincères étaient plus encourageants. Cela signifiait qu'elles croyaient et acceptaient tout ce que Perri venait de dire.

Perri descendit de l'estrade, et Hilary s'approcha du micro. Elle attendit avec un sourire indulgent la fin des applaudissements, puis elle déclara :

– C'était l'une des plus jolies petites contributions que j'aie entendues depuis longtemps. Je pense que nous pouvons toutes être fières de notre sœur Perri Shaw.

Elle releva la tête, et ses yeux clairs parcoururent l'assistance tels les yeux d'un grand Inquisiteur, défiant n'importe laquelle de ses militantes de la regarder avec autre chose que de l'humilité.

— Naturellement, poursuivit-elle, nous ne pouvons pas sérieusement *être d'accord* avec ce que Perri Shaw a dit. Les cas qu'elle a exposés sont émouvants, et ses convictions sont sincères. Mais elle semble oublier que nous avons engagé une guerre civile. Et une guerre, une vraie guerre, ne peut être menée avec succès si nous la considérons comme une œuvre sociale dans un quartier de Los Angeles tristement défavorisé mais très circonscrit.

« Nous ne nous battons pas pour adoucir quelques maris brutaux. Nous nous battons pour ce à quoi, après des siècles de mauvaise gestion masculine, nous avons droit : le pouvoir, l'argent et l'influence. Nous nous battons pour exister vraiment. Nous combattons le monde entier, pas simplement quelques hommes sans énergie.

« Je sais ce que sœur Perri essaie de dire, mais sœur Perri ne voit pas assez grand. C'est pourquoi, tout en la remerciant pour son discours de soutien à la motion, je pense vraiment que voter en faveur de l'égalité plutôt que de la domination serait trahir tout ce pour quoi nous nous sommes battues, et tout ce pour quoi nous nous battons.

Cette fois, les applaudissements furent nourris et très longs, et il y eut des sifflets d'approbation. Perri parcourut la salle d'un regard inquiet, et elle comprit que le magnétisme d'Hilary Nestor Hunter l'avait emporté sur son pouvoir de persuasion. Elle demanda à Ann Margolies d'une voix sifflante :

— Est-ce que nous pouvons différer le vote ? Je suis persuadée que si nous parlons à certaines déléguées en particulier, nous parviendrons à les convaincre que nous avons raison.

— Je vais essayer, dit Ann, et elle leva la main.

— Avez-vous une proposition à faire ? demanda Agnes Frohauer.

— Oui, ma sœur. Je propose que nous remettions à demain matin le vote final pour la motion prônant l'égalité. Je pense que cela nous donnerait le temps d'examiner et de soupeser les arguments.

— Qui appuie cette proposition ? demanda Agnes Frohauer.

Une jeune femme de Caroline du Sud leva la main.

— Dans ce cas, procédons à un vote à main levée, dit Agnes Frohauer.

Une épaisse forêt de mains se leva.

— Très bien. Nous voterons pour ou contre la motion demain matin à la première heure. Je pense qu'il est temps de mettre fin aux débats pour aujourd'hui, de toute façon. Merci à toutes pour votre attention. Des badges du Mouvement pour la Libération de la Femme sont en vente dans le hall.

Perri rejoignit le père Leonard à l'extérieur. Il semblait ravi et intimidé. Il tendit ses mains vers elle et dit :

— Vous avez été sensationnelle. Encore plus merveilleuse que je pensais que vous le seriez.

— Vous m'offrez un café pour fêter ça ?

— Je peux même vous offrir un verre !

— Un café suffira. Je ne veux pas que vous perdiez trop vite votre place au ciel !

Ils s'éloignèrent sur Figueroa Street dans la lumière violacée de la soirée, quasi indifférents aux déléguées qui les bousculaient et les dépassaient en hâte sur le trottoir. Ils entrèrent dans un snack-bar et commandèrent deux cafés, puis ils s'assirent à une table et ne se quittèrent plus des yeux. C'était comme s'ils voyaient leur affection s'épanouir sur leurs visages d'une seconde à l'autre. Celui du père Leonard était blême d'inquiétude, reflétant les doutes et les questions angoissantes qui le tourmentaient depuis que Perri lui avait révélé ses sentiments envers lui. C'était plus fort que lui, et il ne savait pas comment y remédier.

À 18 h 30, ils se quittèrent à l'angle de Figueroa et de Pico. Le père Leonard prit la main de Perri dans la sienne et la serra très fort.

– Je dois prendre une décision, vous savez, lui dit-il.

Elle acquiesça de la tête.

– Je pensais que cela affaiblirait ma détermination à servir Dieu, et ma capacité à accomplir mon travail, si j'avais des sentiments envers vous. Mais je crois que je me trompais. J'ai l'impression de sentir plus de force en moi, comme jamais auparavant. J'ai l'impression d'avoir un but encore plus élevé. J'ai Dieu, et je vous ai également.

– Vous ne devez pas me laisser vous influencer. Je vous aime, Leonard, mais vous ne devez pas renoncer à votre vocation à cause de moi. Je suis peut-être égoïste, mais je ne supporterais pas la responsabilité de cette décision.

– C'est ma responsabilité, répondit-il, le regard triste. Cela se passe uniquement entre Dieu et moi, et personne d'autre.

2

Perri continua seule vers le parking et déverrouilla les portières de sa Toyota marron. Elle jeta son sac à

main sur le siège à côté d'elle et s'inséra dans la circulation de l'heure de pointe pour regagner son petit appartement à proximité de Plummer Park à Hollywood. La
radio annonça un niveau élevé de smog pour le lendemain, et dit que l'Étrangleur d'Hillside avait revendiqué une nouvelle victime. Des scouts avaient découvert
le corps d'une jeune femme dans des fourrés à proximité de Griffith Park.

Perri se gara contre le trottoir devant son immeuble.
Tout était paisible lorsqu'elle sortit de sa voiture et
traversa la cour. Les palmiers poussiéreux bruissaient
dans le crépuscule. Par l'une des fenêtres du rez-
de-chaussée, elle aperçut Mme Ramonez occupée à
découper des poivrons rouges sur sa table de cuisine,
et les accents d'une musique hispanique, tel le souvenir d'une histoire d'amour criarde et romantique, réson-
naient dans la cour. Elle monta les marches sur le côté
de l'immeuble et remonta le couloir qui menait à la
porte peinte en rose de son appartement.

Elle sortit sa clé et elle s'apprêtait à l'introduire dans
la serrure lorsqu'elle s'immobilisa et tendit l'oreille.
Apparemment, elle entendait de la musique dans son
appartement. Elle se demanda un moment si elle avait
laissé la radio allumée lorsqu'elle était partie, puis elle
se rappela qu'elle avait écouté un disque le matin, et
qu'elle avait éteint la chaîne stéréo.

C'était le groupe Odyssey qui chantait : « *La
femme derrière l'homme... c'était la femme derrière
l'homme...* »

Brusquement, elle eut peur. Et si c'était un cambrioleur ? Quasiment tous les appartements sur Norton
Avenue avaient été cambriolés à un moment ou à un
autre, principalement par des drogués qui cherchaient
de l'argent pour se payer une dose, quoiqu'une Mexi-

caine de l'autre côté de la rue eût été rouée de coups et violée, aussi bien que dévalisée.

Perri hésita un moment, puis elle décida d'ouvrir la porte tout doucement et de jeter un coup d'œil à l'intérieur.

Elle introduisit lentement la clé dans la serrure et la fit jouer précautionneusement. Elle n'avait jamais réalisé auparavant à quel point le déclic du pêne était bruyant. La musique hispanique venant du rez-de-chaussée se confondait avec le disque d'Odyssey et créait une dissonance étrangement désagréable. Un chat blanc était assis tout au bout du couloir et l'observait, les paupières mi-closes.

Elle entrouvrit la porte de deux centimètres. Elle vit que les lampes étaient allumées dans le séjour, et elle entendait la musique plus distinctement. Cela ressemblait à un cambriolage plutôt bizarre. Elle avait toujours pensé que les cambrioleurs entraient, prenaient tout ce qu'ils pouvaient, puis repartaient aussitôt. Elle ne pensait pas qu'ils s'installaient confortablement pour écouter la radio.

Son cœur battait à une vitesse incontrôlable lorsqu'elle lança :

– Qui est là ?

Elle attendit. Il n'y eut pas de réponse. Le disque se termina, et elle entendit le présentateur gazouiller quelque chose à propos d'un embouteillage sur l'autoroute de San Diego. Puis il y eut de la musique à nouveau. Frank Sinatra, chantant *My Way*.

Perri fit un pas prudent dans le vestibule. Il y avait son guéridon familier, avec le courrier de ce matin posé exactement à l'endroit où elle l'avait laissé. Il y avait le baromètre qu'elle avait acheté dans une boutique d'occasion du centre-ville. Là-bas, au-delà de la porte du séjour, il y avait sa table basse, le même papier peint jaune au motif entrecroisé, et même sa tasse de café, non déplacée.

Elle appela à nouveau :

– Qui est là ? Que faites-vous dans mon appartement ?

Il n'y eut pas de réponse. Elle fit deux autres pas dans le vestibule, en jetant un regard anxieux vers la salle de bains sur sa gauche pour voir si quelqu'un ne s'y cachait pas. Depuis qu'elle avait vu *Psychose* à la télévision, elle nourrissait une certaine peur à propos des salles de bains, des cabines de douche, et des assassinats à coups de couteau.

Finalement, elle atteignit le seuil du séjour. Frank Sinatra était toujours à la moitié de *My Way*, donc cela ne lui avait pas pris aussi longtemps qu'elle le pensait. Elle demeura immobile un long moment, les bras le long du corps. Ses doigts se serraient et se desserraient, son cœur effectuait un steeple-chase frénétique et terrifié.

Elle pénétra dans le séjour. Elle poussa une exclamation de frayeur.

Assise sur son canapé en vinyle blanc, il y avait une fille aux longs cheveux châtains. Elle était vautrée tout à fait négligemment, comme si elle était chez elle, et que Perri lui rendait visite. Elle lisait un *TV Guide*. Alors que Perri s'avançait, elle leva les yeux et dit avec affabilité :

– Salut !

Perri posa lentement son sac à main et regarda la fille avec incrédulité. Elle n'avait pas plus de seize ou dix-sept ans, avait un joli visage au petit nez retroussé, et de minuscules boucles d'oreilles en or. Elle portait un gilet en jean élimé et un short, et ses bras et ses jambes très maigres étaient très bronzés. Elle donnait l'impression d'avoir simplement ôté le sable de ses chaussures et d'être rentrée en ville après une journée passée à prendre un bain de soleil sur la plage. Le short avait été découpé dans un Levi's tellement court que, telle qu'elle était assise là, les cuisses nonchalamment écartées, son bas-ventre était tout juste recouvert par une fine bande de toile de coton bleu.

— Salut vous-même, dit Perri. Puis-je vous demander ce que vous fabriquez ici ?

L'expression calme et innocente de la jeune fille ne se modifia pas.

— Je vous attendais.

— Vous m'attendiez ? Vous ne me connaissez même pas.

— Oh, mais si ! Je vous ai vue à la convention des femmes aujourd'hui.

— Vous voulez dire que vous êtes une déléguée ? demanda Perri.

La fille haussa les épaules.

— Pas exactement. Mais j'étais là-bas.

Perri s'approcha d'elle.

— Écoutez, dit-elle patiemment, j'ignore qui vous êtes, ou ce que vous faites ici, mais je vous suggère de foutre le camp en vitesse.

— Je m'appelle Star, dit la fille, comme si cela expliquait tout.

— Star ? Star qui ?

— Juste Star. Mes amis m'appellent comme ça.

— Je suis surprise que vous ayez des amis, si vous vous comportez ainsi avec les appartements d'autres personnes ! En vous introduisant par effraction comme un cambrioleur !

Star sourit. Un sourire immédiat, et néanmoins un brin menaçant.

– Vous aviez laissé la fenêtre de votre salle de bains légèrement entrouverte, déclara-t-elle.

Perri la considéra attentivement. Star ne donnait aucun signe de vouloir se lever et partir, ni de refermer ses cuisses largement écartées. Perri était troublée et étrangement effrayée, ne serait-ce que par l'aplomb incroyable de la jeune fille.

– Il faut que vous partiez, dit-elle. J'ai énormément de travail.

Star sourit à nouveau.

– Vous êtes très belle, dit-elle à Perri. C'est pour cette raison que je suis venue ici.

– Ne dites pas de telles sottises !

– Pas du tout. C'est la vérité. Tout à l'heure, au Centre des congrès, vous ressembliez à Jeanne d'Arc.

– Écoutez, Star, je ne sais pas si je ressemble à Jeanne d'Arc ou à Bernadette Soubirous, mais je vous demande de partir.

Star se leva du canapé. Elle était très petite, encore plus petite que Perri, et presque trop séduisante pour son propre bien. Elle portait l'un de ces parfums musqués qui sentent bon uniquement sur les jeunes filles.

– Je crois que je vous aime, dit-elle d'une voix candide et sincère. Je vous regardais tandis que vous parliez, et je suis tombée amoureuse de vous. Vous étiez si belle, tellement majestueuse, et vous avez défendu vos convictions avec une telle ardeur. J'ai découvert où vous habitiez, et je suis tout de suite venue ici.

Perri se dirigea nerveusement vers la commode et sortit une cigarette d'un paquet à moitié vide. Elle l'alluma et exhala rapidement de la fumée.

– Je regrette, mais je suis hétéro, déclara-t-elle.

Les yeux de Star étaient grands ouverts et avaient une expression rêveuse.

– Cela n'a aucune importance, dit-elle. Je continuerai de vous aimer tout autant, sinon davantage.

– C'est bien possible, mais je vous saurais gré de partir maintenant.

Star sourit.

– Vous ne pouvez pas être totalement indifférente aux femmes. N'est-ce pas pour cette raison que vous avez adhéré au Mouvement pour la Libération de la Femme, parce que vous trouviez que les femmes étaient si belles ?

– Bien sûr que les femmes sont belles ! Mais je ne pourrai jamais avoir des relations sexuelles avec une femme. À présent, veuillez partir. Je dois prendre une douche, me changer, et me mettre au travail.

Star s'approcha. Ses lèvres humides brillaient dans la lumière de la lampe.

– Je ne pourrais pas rester et vous regarder ? dit-elle.

– Me regarder ? Bien sûr que non. Vous partez, point final. Je ne veux pas de vous ici.

Star fronça les sourcils.

– Vous ne me trouvez pas jolie ?

– Vous voulez bien partir ? J'ai envie d'être seule.

– Je ne parlerai pas. Je me contenterai de vous regarder.

Perri écrasa sa cigarette dans le cendrier.

– Combien de fois dois-je vous le dire ? Je suis hétéro. Je suis amoureuse d'un type formidable. Je n'ai rien contre les lesbiennes, et je suis sûre que ce que vous éprouvez à mon égard est sincère. Vous êtes très jolie et très sexy. Mais je n'ai pas envie que vous me regardiez, et je n'ai pas besoin de votre amour, et je pense que la meilleure chose que vous pouvez faire, c'est mettre vos chaussures et déguerpir d'ici.

Star battit des paupières.

– Je ne mets jamais de chaussures. Et je ne porte jamais de slip.

– Eh bien, ce n'est pas très hygiénique, répliqua Perri. De ne pas mettre de chaussures, je veux dire. Vous risquez d'attraper toutes sortes d'infections.

Star la regarda. Elle était jolie d'une façon hypnotique, et Perri sentait qu'elle aurait presque pu se noyer dans ces immenses yeux gris ardoise.

– Je serai très sage, aussi sage qu'une petite souris, chuchota Star.

Perri prit une profonde inspiration.

– S'il vous plaît? Oh, je vous en prie! dit Star.

Durant un instant, Perri ne sut pas quoi répondre. C'était la première fois que quelqu'un lui faisait des avances sexuelles aussi ouvertement et, malgré son incertitude et son irritation, elle s'aperçut qu'elle était fascinée. Il émanait de Star quelque chose qui était tellement érotique que cela ne semblait avoir aucune importance qu'elle soit une fille ou un garçon. Elle avait un magnétisme magique, comme si elle était une enfant des fées, ou la progéniture de quelque amour défendu entre des gobelins et des humains. Perri se surprit à se demander quel effet cela faisait d'être lesbienne, ou bisexuelle à tout le moins, et de caresser une fille comme celle-là. L'embrasser, tenir ses petits seins ronds dans le creux de sa paume.

C'est mon orgueil, pensa-t-elle. Mon orgueil, et la tension et les peurs que j'éprouve parce que je suis amoureuse d'un prêtre.

– Je pense vraiment qu'il est préférable que vous partiez. Je suis désolée.

Star abaissa ses longs cils.

– Je vois. Vous ne m'aimez pas du tout, hein?

– Je ne vous *connais* pas. Comment puis-je savoir si j'ai de la sympathie pour vous ou non ?

Star releva la tête.

– Vous pourriez me faire confiance. C'est le premier pas pour apprécier quelqu'un.

– Pourquoi vous ferais-je confiance ? répliqua Perri. Vous vous êtes introduite dans mon appartement !

– Oui, mais je n'ai rien volé. Et je vous ai attendue.

Perri s'assit sur le canapé, et Star s'agenouilla près d'elle. Elles se regardèrent attentivement, avec circonspection. Puis Perri dit :

– Je suis désolée. Je suis flattée que vous me trouviez attirante, je suis très flattée. Mais si je vous laissais vous enticher de moi… eh bien, cela vous rendrait malheureuse au bout du compte. J'aime un homme, point final.

Star se pencha vers elle..

– Je vous aime, Perri. Cela ne compte donc pas ?

– C'est insensé ! Vous ne me connaissez même pas. Comment pouvez-vous m'aimer ?

– Embrassez-moi, Perri, chuchota-t-elle. Embrassez-moi juste une fois, ensuite je m'en irai. Embrassez-moi afin que je puisse me souvenir de ce moment.

Perri secoua la tête.

– Non, Star. Tout ce que je veux que vous fassiez, c'est vous en aller.

– Oh, je vous en prie, embrassez-moi ! Juste une fois ! gémit Star, les yeux fermés.

Elle commença à tirer sur son short. Elle le tira si fort qu'il s'enfonça encore plus profondément.

– Pour l'amour du ciel…, commença Perri.

Cela se passa en une fraction de seconde. Perri voulut se lever du canapé, mais Star se jeta sur elle et l'embrassa sur la bouche. Qui plus est, elle saisit la main droite de Perri et la pressa entre ses cuisses. Immédiatement, instinctivement, Perri essaya de dégager sa main, mais Star lui maintint le poignet avec force et appuya ses doigts sur sa chair humide.

À ce moment, la pièce fut illuminée par l'éclair bleuté du flash d'un appareil photo.

Perri gifla Star et dégagea sa main. Elle tourna la tête juste à temps pour apercevoir un homme en costume de toile clair et panama s'éloigner tranquillement dans le vestibule et se diriger vers la porte d'entrée. Il l'ouvrit et sortit vers l'obscurité. Perri se tint immobile au milieu du séjour, consternée et terrifiée, puis elle se tourna vers Star.

Celle-ci descendait déjà son short, si bien qu'il ne révélait plus ses poils pubiens comme il l'avait fait un instant plus tôt, et elle arrangeait son gilet en jean.

– Star…, dit Perri.

Star la regarda et lui adressa un sourire espiègle.

– C'était un coup monté, hein ? demanda vivement Perri.

– Bien sûr.

– Tu le reconnais ? Tu as le toupet d'être assise ici, dans mon appartement, et de reconnaître que c'était un coup monté ?

Star sourit, mais le sourire était indifférent maintenant, et toute la prétendue passion avait disparu.

– Ce n'était pas mon idée, Perri. Je ne voulais pas ça.

– Tu penses vraiment que je vais te croire ?

– Vous devez me croire.

– Pourquoi ? Tu t'introduis dans mon appartement, tu me pièges pour qu'un type prenne une photo compromettante et me fasse chanter, et tu espères que je vais te croire ?

– Perri, dit Star doucement. Vous ne devinez pas qui a eu cette idée ?

– Absolument pas. Qui aurait le culot de…

Elle s'interrompit. Star la regardait en souriant, un sourire doux, un brin niais, et néanmoins incroyablement érotique.

– Ce n'était tout de même pas Hilary !

Star se contenta de sourire.

Perri s'assit sur le canapé.

– Maintenant je comprends tout. Hilary Nestor Hunter. Elle t'a payée pour que tu viennes ici, c'est ça ? Elle t'a même indiqué mon adresse.

– Elle m'a donné cinquante tickets. Mais vous êtes très mignonne, vous savez, je l'aurais fait gratuitement si j'avais su que vous étiez aussi mignonne.

Perri se sentit glacée.

– Hilary pense vraiment que je représente une telle menace pour elle ? Elle ne peut pas se contenter de repousser ma motion ? En plus, il faut qu'elle m'humilie ! Il n'y avait qu'une chance infime pour que ma motion soit adoptée demain, et elle le sait aussi bien que moi.

– Moi, j'ignore tout de cette histoire, déclara Star avec un grand sourire. Tout ce que je sais, c'est ce que Mlle Hunter m'a dit de faire.

Perri lui lança un regard glacial.

– Je vois. Ma foi, puisque tu as fait ton boulot, et avec succès, tu ferais bien de foutre le camp avant que je sois obligée de te flanquer dehors !

– Il y a une dernière chose, dit Star. Un message.

– Quel message ?

– C'est très simple, fit Star. Hilary a dit que si vous ne retirez pas votre motion demain, elle veillera à ce que cette photo circule.

— Tu peux lui dire que je m'en fous complètement !

— Hilary a dit que vous ne devez pas oublier que si les déléguées gays voient la photo, elles voteront probablement contre vous, parce qu'elles penseront que vous avez dissimulé votre lesbianisme. Et si les déléguées hétéros la voient, elles voteront contre vous parce qu'elles penseront que vous êtes gay.

Perri prit une autre cigarette.

— Eh bien, je tenterai le tout pour le tout. Dis-lui qu'elle peut montrer la photo à qui elle veut.

Star ramena en arrière ses longs cheveux soyeux et sourit tristement.

— Hilary m'a dit de vous rappeler que cette histoire ne ferait aucun bien au père Leonard, qui que soit ce père Leonard.

Perri la regarda fixement.

— Que sait Hilary sur le père Leonard ?

— Je n'en sais rien, fit Star en haussant les épaules. Mais elle m'a dit de ne pas oublier de le mentionner.

La bouche de Perri devint sèche. Elle observa Star tandis que celle-ci récupérait son sac derrière le canapé et lui envoyait un baiser.

— Au revoir, dit Star.

Puis elle s'éloigna dans le vestibule, nu-pieds. Elle ouvrit la porte d'entrée et s'en alla.

3

Le jeudi, en début d'après-midi, ils rattrapèrent David Radetzky alors qu'il franchissait la frontière du Nevada et arrivait en Californie, sur la Route 52 traversant Pahrump Valley. Au volant de sa Monarch blanche, il avait roulé à plus de 120 depuis trois heures, et il laissait dans son sillage un épais nuage de poussière tandis qu'il fuyait Las Vegas.

Il faisait une chaleur torride, et David avait mis la climatisation à fond. Il plissait les yeux, ébloui par la lumière intense de la route poussiéreuse. Sa chemise à manches courtes était trempée d'une sueur glacée. Il mastiquait un chewing-gum tel un animal qui essaie d'arracher à coups de dents sa patte prise dans un piège.

Sur le siège à côté de lui était posée la bande où il avait enregistré la conversation compromettante du sénateur Chapman avec Lollie Methven. Sur le tableau de bord, un Smith & Wesson calibre 38 vibrait légèrement tandis qu'il roulait à toute allure.

David, Duke et Juan avaient quitté leur chambre située au-dessous de la suite Pompadour dès qu'ils avaient réalisé que Lollie était en train de vendre la mèche. Duke avait emporté la cassette vidéo et avait pris la direction de la Californie en empruntant l'Interstate 15. Juan, avec les films, avait pris la direction du nord-ouest vers Reno afin de traverser la frontière de l'État au lac Tahoe. David avait opté pour un trajet plus court mais inattendu (il l'espérait) en traversant les montagnes de Nopah jusqu'à Shoshone.

La route était déserte depuis des kilomètres, excepté des camions de temps en temps. Ses mains transpiraient sur le volant tandis qu'il négociait les longs virages à flanc de montagne. Les pneus crissaient et la suspension cahotait. Il comptait les kilomètres jusqu'à la Californie, mastiquait sauvagement son chewing-gum, et priait le ciel pour que le courroux du sénateur du Minnesota ne le rattrape pas. Il avait entendu Chapman prononcer le nom « Domani », et il savait ce que cela signifiait. Eugenio Domani faisait partie de la pègre de Las Vegas, et il avait une prédilection pour les courses de chevaux, les mutilations, et crever les yeux de ses ennemis, dans cet ordre. Si Chapman avait un homme comme celui-là pour ami, David savait qu'il avait intérêt à quitter le Nevada et à regagner la Californie aussi vite qu'il le pouvait. La Californie était le domaine de David. Là-bas, il y avait un tas de gens qui l'aideraient, à commencer par la police de la route.

Il était tenté de demander de l'assistance sur sa CB, mais tant qu'il n'aurait pas franchi la frontière de l'Etat, il estimait qu'il était plus prudent d'observer un silence radio. Il ignorait l'étendue exacte de l'influence de Chapman, mais il savait que Domani contrôlait toute la partie sud-ouest du Nevada, comme si c'était son jardin potager.

Il jeta un coup d'œil à la jauge d'essence et vit que l'aiguille indiquait que le réservoir était à moitié vide. Mais il devrait être à même d'arriver à Shoshone sans problème, et il ferait le plein là-bas. Il réalisa brusquement que son chewing-gum n'avait plus aucun goût. Il baissa sa vitre et le jeta vers la route. Il aurait voulu ne pas être aussi foutrement crispé.

C'était le genre de situation qu'il avait toujours appréhendée. Durant des années, dans son lit pour une personne, dans son appartement couleur tabac à Los Angeles Ouest, il avait fait des cauchemars à la perspective d'avoir affaire à des malfrats et à des gros bonnets du milieu. David était un détective privé expérimenté et compétent. Sa méthode de travail méticuleuse prenait parfois plus de temps, mais elle donnait presque toujours des résultats. Il n'avait aucune envie de se retrou-

286

ver mêlé à des affaires dangereuses et imprévisibles qui se terminaient habituellement par des blessures graves ou par la mort.

Il jeta un regard à la bande enregistrée. Il était presque tenté de la balancer dans le désert et de tout oublier. Mais cela ne résoudrait pas les problèmes, ni les problèmes de l'Amérique ni les siens. Apparemment, ce qu'il avait sur cet enregistrement était au moins aussi explosif et mortel que le Watergate, et quelqu'un devait en être informé. Il était terrifié, mais cela lui procurait une étrange euphorie, le fait de penser qu'il détenait quelque chose d'aussi important. Lorsque tout serait réglé et que Chapman serait traduit en justice pour complot criminel, peut-être que les journaux raconteraient cette folle virée à 120 km/h depuis Las Vegas et en feraient une véritable épopée. Il aurait juste voulu que tout soit terminé, et qu'il cesse de transpirer.

Il mit la radio. La réception n'était pas très bonne, à cause des montagnes et de la chaleur. Mais, malgré les crachotements et les sifflements, il entendit le président Carter parler de la bombe à neutrons. Il écouta un moment, tandis que le désert défilait à sa hauteur et que la route se déroulait sous les roues de sa voiture tel un ruban noir et poussiéreux, puis il chercha une station de radio diffusant de la musique.

Il se trouvait à dix ou douze minutes de la frontière de l'État.

Ce qu'il ne voyait pas, c'était l'hélicoptère Bell B-47 qui longeait les collines derrière lui, venant de la montagne Potosi. L'appareil volait très vite et à basse altitude. Il brillait dans la lumière du soleil de l'après-midi, suivant le nuage de poussière qui s'élevait de l'arrière de sa voiture mais se maintenant hors de la vue de David. Tandis que la Monarch abordait une longue série de virages qui conduisaient vers Pahrump Valley en contrebas, l'hélicoptère se mit en vol stationnaire derrière les rochers, puis il fila à nouveau, semblable à une libellule, comme la voiture atteignait la route en ligne droite au fond de la vallée.

Val, affublé d'une chemise sport criarde rouge et orange, pilotait l'hélico. Umberto, assis derrière lui, portait un pantalon blanc impeccablement repassé, une chemisette blanche, et des chaussures d'un blanc immaculé. Il tenait à la verticale entre ses genoux un fusil de chasse calibre 47 pour gros gibier.

Umberto montra du doigt un virage, quelques kilomètres plus loin, où la route suivait une côte, et il dit à Val :

— Là-bas. Dépose-moi derrière ce virage, où il ne peut pas me voir.

— Je me demande bien pourquoi on fonce pas sur lui, tout simplement, pour lui exploser la tête ! fit Val.

— Parce que c'est dangereux et stupide, voilà pourquoi, répondit Umberto d'un ton glacial.

— On fait jamais rien avec du style, grommela Val. On joue toujours la sécurité.

— C'est parce que le sénateur Chapman veut que nous procédions ainsi.

— Le sénateur Chapman ! Qu'est-ce qu'il en sait, le sénateur Chapman ?

Umberto haussa les épaules.

— Il en sait suffisamment pour être président, et cela me suffit amplement. Allez, pose-toi là-bas avant que nous laissions passer cette occasion.

Poursuivi par son ombre sur les broussailles, le Bell fila vers la côte dans le lointain. Umberto regardait vers la vallée en contrebas de temps en temps, vérifiant la petite tache blanche de la voiture de David Radetzky au loin. Ils la rattrapèrent en quelques secondes, puis ils survolèrent la montée et décrivirent un cercle pour se diriger vers la route.

Umberto montra un virage à gauche, encore caché aux regards de David Radetzky.

– Dépose-moi là-bas. Ensuite tu repars et tu te poses derrière ces collines, ordonna-t-il.

Val descendit vers le bas-côté de la route, soulevant une tempête de poussière. Le *tchac-tchac-tchac* assourdissant des rotors de l'hélicoptère diminua peu à peu. Umberto détacha sa ceinture et ouvrit la porte. Il accrocha un émetteur-récepteur à sa ceinture et prit six cartouches supplémentaires, qu'il mit dans sa poche de poitrine. Il la boutonna soigneusement et consulta sa montre Seamaster.

– Radetzky devrait être là dans deux ou trois minutes. Surtout, reste bien planqué. Je n'ai pas envie que l'hélico soit endommagé s'il y a une fusillade. Si je ne t'appelle pas dans dix minutes, tu viens me chercher.

Val grimaça un sourire.

– Tu vas lui exploser la tête, hein ?

Umberto sortit son fusil de l'hélicoptère.

– C'est exact. Juste pour te faire plaisir, je vais lui exploser la tête.

Il referma la porte et s'éloigna rapidement pour se mettre à l'abri, tandis que le moteur de l'hélicoptère grondait et que les rotors battaient l'air chaud et poussiéreux de l'après-midi. Il attendit que le Bell ait pris de l'altitude et se soit éloigné vers les collines, puis il s'avança sur le bas-côté de la route jusqu'à ce qu'il arrive devant un panneau solitaire signalant *Virage dangereux*.

Umberto sortit de sa poche un mouchoir blanc immaculé et essuya la poussière et la sueur sur son front. Puis
il consulta à nouveau sa montre. À 120 km/h, la voiture
de David Radetzky aborderait le virage dans environ
une minute et vingt secondes. Radetzky formerait une
cible rapide – plus rapide que les animaux pour lesquels
son fusil avait été conçu. Mais trois facteurs le ralen-
tiraient lorsqu'il s'approcherait de l'endroit où se tenait
Umberto : le virage, la côte, et le soleil qui brillerait
brusquement dans ses yeux quand il atteindrait la crête
à vive allure. Tout cela rendrait le tir bien plus facile,
bien qu'Umberto ne fut pas particulièrement inquiet.
Même à 150 km/h, la voiture de David Radetzky se
déplacerait à seulement trente-cinq mètres par seconde,
ce qui, par rapport à une balle de cent quatre-vingts
grammes se déplaçant à neuf cents mètres par seconde,
la rendrait quasiment immobile.

La route fut brusquement silencieuse. Le bruit de
l'hélicoptère avait diminué et s'était tu maintenant,
tandis que Val se posait derrière les collines. Le vent
soufflait très doucement et répandait de la poussière
sur l'asphalte, et il y avait seulement le grésillement
assourdi d'insectes dans les broussailles. Umberto
engagea une cartouche dans la culasse mobile de son
fusil. Le cliquetis de la culasse se remettant en place fut
sonore de façon presque gênante.

À peine audible dans le lointain, il y eut le murmure
d'un moteur de voiture, et le chuintement de pneus sur
une route poussiéreuse. Umberto sortit à nouveau son
mouchoir et s'essuya les paumes. Puis il s'adossa au
panneau de signalisation et leva le fusil pour le pointer vers l'endroit approximatif où la voiture de David
Radetzky allait apparaître.

Le bruit de moteur augmenta.

À ce moment, à seulement huit cents mètres de distance du virage, Umberto était toujours dissimulé aux regards de David Radetzky par les rochers érodés par le vent qui bordaient la route de chaque côté. À présent, David avait mis le pied au plancher et roulait à plus de 150 au milieu de la chaussée. Il regardait continuellement dans son rétroviseur pour voir si on le suivait, mais il savait qu'ils n'avaient pas pu se lancer à sa poursuite suffisamment tôt ou suffisamment vite pour le rattraper.

Il tendit la main et brancha sa CB. Dans quelques instants, il franchirait à toute allure la frontière du Nevada et serait en Californie, alors il lancerait immédiatement un appel à ses copains de la police de la route. Plus tôt il se débarrasserait de cet enregistrement, et mieux il se sentirait.

Il avait déjà eu en sa possession des pièces à conviction un grand nombre de fois, et il s'était toujours arrangé pour les revendre aux personnes incriminées avec un profit substantiel. Mais, cette fois, il savait qu'il n'aurait pas le cran de tenter de conclure un marché. Il aurait pu essayer de faire chanter Carl Chapman, ou bien vendre les informations concernant la Courbe Sweetman aux démocrates. Il aurait pu contacter Woodward et Bernstein, et leur demander s'ils étaient intéressés par le plus gros scoop depuis le Watergate.

Mais toute la carrière de Carl Chapman était liée à la Courbe Sweetman, et David savait que celui-ci n'aimerait pas du tout que quelqu'un tente d'exercer une pression sur lui. Une peur atroce tenaillait David, même s'il ne se l'avouait pas vraiment à lui-même, à l'idée que Lollie Methven était peut-être déjà morte, ou horriblement torturée, et il n'aurait pas beaucoup misé sur les chances de Duke, non plus, quelque part sur l'Interstate.

Umberto leva son fusil, le cala contre son épaule, et visa le long du canon. Une minute et trente secondes s'étaient écoulées depuis qu'il était descendu de l'hélicoptère.

David leva son pied de la pédale de l'accélérateur alors qu'il s'approchait du virage. Il s'apprêtait à tendre la main pour chercher une autre station de radio lorsque le soleil l'aveugla brusquement, et il leva la main pour abaisser son pare-soleil.

Tout se passa en quelques secondes. Umberto était adossé au panneau *Virage dangereux*, tendu et prêt, lorsque la Monarch blanche apparut brusquement. Il pressa la détente une fois. La balle de calibre 41, d'un peu plus d'un centimètre de diamètre, transperça le pare-brise de la voiture et explosa en traversant la main levée de David.

La voiture fit une embardée sur la route en un dérapage éperdu, et l'arrière heurta les rochers sur le bas-côté. Puis elle fit un tête-à-queue tandis que David donnait un coup de volant avec sa main valide. La voiture hurla comme quelque chose de vivant et laissa sur la chaussée poussiéreuse des traînées de gomme noire.

Umberto se retourna sans à-coups, visa et tira à nouveau. La balle perfora le coffre, mais rata le réservoir d'essence. Il tira une troisième fois, et la lunette arrière vola en éclats. Il tira une quatrième fois, et un pneu arrière fut déchiqueté et transformé en rubans noirs.

La Monarch cahota et brinquebala sur sa suspension endommagée, puis s'arrêta au bord de la route. Les échos de la collision furent répercutés par les collines puis s'estompèrent. Umberto abaissa son fusil et resta près du panneau *Virage dangereux*, parfaitement immobile, guettant des signes de vie.

Au bout d'un moment, comme rien ne bougeait, il se dirigea rapidement et sans bruit vers la Monarch. Il fit le tour de la voiture une fois en regardant précautionneusement par les vitres fracassées, mais lorsqu'il vit que David Radetzky était affaissé sur son siège, le visage couvert de sang, il appuya son fusil contre le flanc de la voiture et ouvrit la portière côté passager en tirant violemment.

Sur le plancher, au milieu d'éclats de verre et de garniture arrachée, il y avait la bande enregistrée. Il la récupéra, ôta les fragments de verre, et la posa sur le toit de la voiture. Puis il procéda à une fouille rapide sous les sièges et dans la boîte à gants pour vérifier qu'il n'y avait pas d'autres pièces à conviction. Il prit le calibre 38 et le glissa dans sa ceinture.

Le visage de David Radetzky était déjà enflé et violacé. Néanmoins, Umberto tendit la main et lui releva la paupière avec son pouce. L'œil était rouge foncé.

Umberto décrocha son émetteur radio, sortit l'antenne, et dit :

– Val, c'est terminé. Viens me chercher.

Alors qu'il rentrait l'antenne, l'hélicoptère surgit derrière les collines tel un tour de passe-passe bruyant. Umberto lui fit signe d'approcher. Durant quelques instants, celui-ci resta en vol stationnaire au-dessus de l'épave de la voiture en soulevant des tourbillons de poussière, tandis que Val prenait quelques photographies à des fins d'information et d'amusement pour le sénateur Chapman. Puis l'appareil s'éloigna et se posa vingt-cinq mètres plus loin dans un blizzard de sable.

Umberto se dirigea rapidement vers le Bell, la tête baissée et son mouchoir plaqué sur la bouche. Il ouvrit la porte à la volée, lança son fusil à l'intérieur, et grimpa à bord. Val décolla. Quelques minutes plus tard, ils n'étaient plus qu'une étincelle d'argent qui bourdonnait et se détachait sur le ciel clair sans nuages. La Monarch cuisait en silence sous la chaleur du milieu de l'après-midi.

Deux heures s'écoulèrent, et le soleil descendit vers l'horizon bleuté de la chaîne des montagnes de Nopah. L'ombre de la voiture s'allongea. L'air du désert commença à fraîchir légèrement, et le capot métallisé cliquetait par à-coups en se contractant. Vers 17 heures, David Radetzky bougea.

Il eut conscience de la soif avant d'avoir conscience de la douleur. Il se passa la langue sur les lèvres et sentit le goût salé du sang séché. Sa tête l'élançait et sa main droite lui donnait l'impression d'être broyée. Il ouvrit les yeux.

Tout fut flou au début, puis il distingua lentement les images d'un pare-brise de voiture fracassé, un volant complètement faussé, et ses propres jambes étonnamment tordues. Il ferma les yeux un petit moment afin de les reposer.

Une demi-heure plus tard, il les rouvrit. Il semblait faire plus frais maintenant, presque froid. Il voyait que le ciel s'assombrissait, et il pensa que s'il restait là jusqu'à ce qu'il fasse nuit, il allait probablement mourir. Il ne savait pas que la deuxième balle tirée par Umberto avait transpercé le coffre, la banquette arrière, et le dossier du siège du conducteur, et que sa colonne vertébrale avait été fracassée et transformée en une bouillie rouge d'esquilles d'os fracturés.

Un vent léger soufflait. Il se demanda ce qu'il faisait là et ce qui avait bien pu se passer. Il savait qu'il était censé se rendre à Shoshone, mais il ne savait pas très bien pourquoi. Il savait seulement que cela avait quelque chose à voir avec la Courbe Sweetman, mais il ne comprenait pas ce qu'était la Courbe Sweetman. Il réfléchit sur le nom Sweetman, mais il fut seulement à même de se représenter une sorte de bonhomme en pain d'épice fait d'une cassonade croustillante.

Une autre heure s'écoula. Lorsqu'il se réveilla, il était glacé et souffrait atrocement. Il ne sentait plus ses jambes et il ne pouvait pas les bouger. Pourtant, d'une façon ou d'une autre, la douleur lui avait éclairci les idées, et il commença à se rappeler ce qui s'était passé. Il ne se souvenait pas des derniers instants, lorsque Umberto avait tiré sur lui, mais il se souvenait qu'il s'approchait du virage et qu'il avait eu l'intention de lancer un appel sur sa CB.

Il jeta un regard à la CB. Elle était toujours branchée. Il la regarda fixement un long moment, puis il essaya de balancer sa main gauche pour saisir le micro. Il essaya à deux reprises, mais ses doigts furent incapables de se refermer sur celui-ci. Il fit une troisième tentative acharnée, et il parvint à le faire tomber entre son poignet et sa poitrine. Puis il le récupéra dans le creux de sa paume et dit d'une voix faible :

– Ici Yeux Bleus demandant aide d'urgence dans vallée de Pahrump. À toute personne recevant mon appel. Suis dans vallée de Pahrump. Ai besoin d'aide très vite.

Ce fut tout ce qu'il parvint à dire avant que la douleur saisisse son dos si impitoyablement que son système nerveux fut paralysé. Le micro lui échappa de la main et tomba sur le siège. Il resta ainsi, les dents serrées et les yeux fermés, et il pria pour qu'un ange le trouve.

L'ange fut un routier de cinquante-quatre ans, Al Rippert, de Santa Barbara. Il capta l'appel de détresse de David Radetzky alors qu'il se trouvait à seulement trois kilomètres de là, sur la Route 178 en Californie. Il transportait un chalet préfabriqué et se rendait à la station de ski de Lee Canyon, et il avait trois heures de retard à cause d'un pneu éclaté.

Il stoppa son énorme semi-remorque Mack à quelques mètres de la Monarch endommagée de David, et il s'approcha dans la lueur de ses phares, tout en remontant sa ceinture au-dessus de sa bedaine.

David Radetzky était tout juste conscient. Lorsque Al Rippert tint délicatement sa tête ensanglantée dans ses bras, David parvint seulement à murmurer :

– Élections… les élections…

Il demeura silencieux un moment, puis il marmonna :

– Courbe… danger.

4

Le téléphone sonna sur son bureau. Carl X. Chapman tendit la main pour le décrocher sans quitter des yeux l'ébauche du discours qu'il était en train de lire.

– Oui ? Qui est-ce ? demanda-t-il.

Il y eut un silence ponctué de crachotements, puis une voix dit :

– Tout va bien, monsieur Chapman. Nous contrôlons la situation.

— Vous êtes sûr ? Et pour les bandes enregistrées et les films ?

— Nous avons tout récupéré. Un magnétophone, une bande enregistrée. Deux caméras, deux films. Un Caméscope, une bande vidéo.

— Et Radetzky ?

— Radetzky est atteint de la maladie de Sweetman. Umberto y a veillé. Val a rattrapé ce Mexicain, Juan, et les hommes de Domani ont coincé l'ingénieur du son. Ils ont envoyé sa voiture dans le décor. Accident mortel.

— Parfait. Apportez-moi la bande et les films, et ne les quittez pas des yeux. Et n'oubliez pas de payer Domani. Disons 5 000 dollars, pour le dédommager de sa peine.

— Sauf votre respect, monsieur Chapman, il vaudrait mieux aller jusqu'à 10 000. Les contrats reviennent très cher au jour d'aujourd'hui.

— Harris, on ne parle pas de cette façon sur une ligne non protégée !

— Je suis désolé, monsieur Chapman.

— Vous le seriez foutrement plus si cette ligne était placée sur écoute.

— Oui, monsieur, excusez-moi, monsieur. Je vous apporte les bandes et les films imédiatement.

— Une dernière chose, Harris.

— Oui, monsieur ?

— Dès que la réunion de demain sera terminée, je veux que vous vous rendiez à Palm Springs. Téléphonez à Adele et dites-lui à quelle heure nous arriverons.

— Entendu, monsieur Chapman.

Carl raccrocha, puis il se passa la main dans ses cheveux raides. Il se sentait plus rassuré, maintenant que David Radetzky avait été liquidé. Il avait prévu des dizaines de plans pour parer à des fuites accidentelles concernant le projet Sweetman, depuis des déclarations grandiloquentes à la presse jusqu'à des preuves forgées de toutes pièces qui rendraient des « agents communistes » responsables des meurtres. Mais il se sentait plus à l'abri si le projet restait un secret, et plus il se rapprochait de la Maison-Blanche, plus il était résolu à ce que le projet reste un secret pour toujours. Inconnu des vingt-deux tueurs professionnels qu'il utilisait d'un bout à l'autre des États-Unis, Carl avait l'intention, une fois élu, de les éliminer tous dans les vingt-quatre heures. Il avait déjà préparé des dossiers qui rendaient chacun d'eux responsable d'atteinte à la sécurité nationale, et il se servirait du FBI, et en particulier de son ancien copain de fac le directeur adjoint, pour les faire supprimer rapidement et légalement.

À ce moment, les meurtres cesseraient définitivement.

Carl avait su, lorsqu'il s'était lancé dans le projet Sweetman, que des centaines d'Américains, peut-être même des milliers, devraient mourir. Il avait connu des semaines atroces avant de décider de mettre ce projet à exécution. Certes, celui-ci avait semblé scientifique et contrôlable en théorie, mais Carl était un politicien suffisamment averti pour savoir que la théorie et la réalité coïncident rarement. Si ses conseillers scientifiques annonçaient qu'il faudrait tuer huit cents personnes afin d'assurer un vote en faveur de Carl Chapman en 1980, en fin de compte ce chiffre serait probablement multiplié par trois. Ce chiffre ne comprenait pas les assassinats inévitables pour des raisons de sécurité comme ceux de David Radetzky et Lollie Methven, et de toute personne qui découvrirait par hasard la vérité sur la Courbe Sweetman.

Mais, en dernière analyse, Carl avait jugé plus important que l'Amérique en tant que nation retrouve sa fierté nationale, et estimé qu'il ne devait pas prendre en considération la vie de seulement deux ou trois mille personnes. Allons, bien plus de gens mouraient dans des accidents de la route en l'espace d'un seul mois, et leurs morts étaient bien plus tragiques parce qu'elles étaient vides de sens et inutiles. Au moins le projet Sweetman présentait l'avantage d'avoir un objectif politique. Tous ceux qui étaient susceptibles de menacer le mode de vie américain pouvaient être éradiqués, et à chaque éradication le pays serait d'autant plus fort.

Il repoussa son fauteuil et se leva. Il savait que les gens qui mouraient en ce moment étaient bien plus que des lignes abstraites sur une courbe démographique. Il était endurci, parfois impitoyable, mais il n'était pas dépourvu de sentiments. Il avait vu son père pleurer, et il savait que d'autres personnes pleuraient à cause de ce qu'il avait fait, et que beaucoup d'autres pleureraient durant les mois précédant les primaires. Pourtant, il ne ressentait aucune culpabilité. En fait, il éprouvait la profonde tristesse d'un père qui doit envoyer ses fils à la guerre. Il regrettait seulement de ne pas avoir l'occasion de parler à certains d'entre eux, et de leur expliquer pourquoi ils devaient mourir.

Tous les jours, sur les graphiques démographiques qui sortaient des ordinateurs, de plus en plus de fines lignes bleues montaient à la rencontre de la grosse ligne rouge qui représentait la Courbe Sweetman. Chacune de ces lignes était la vie politique d'un Américain, homme ou femme, et dès qu'elle coupait la ligne rouge, cela signifiait que, quelque part aux Etats-Unis, quelqu'un avait atteint un moment dans sa réflexion politique qui allait probablement l'amener à voter contre Carl X.

Chapman en 1980. Dès que la ligne bleue et la ligne rouge se croisaient, des ordres étaient immédiatement envoyés depuis le quartier général de Carl afin que la ligne bleue soit effacée pour toujours.

Carl s'approcha de la fenêtre de l'hôtel Xanadu et regarda l'artère principale de Las Vegas en contre-bas. Dans un proche avenir, il contemplerait à travers les portes-fenêtres du bureau Ovale les pelouses de la Maison-Blanche, alors sa tristesse prendrait fin. Il observa les voitures qui passaient lentement dans les deux sens, les gens qui traversaient la rue, et il éprouva un sentiment de pouvoir responsable plus fort que presque tout ce qu'il eût jamais éprouvé.

Le téléphone sonna à nouveau. Il alla jusqu'à son bureau et décrocha. La standardiste annonça :

– Votre femme vous appelle depuis Minneapolis, monsieur Chapman. Désirez-vous prendre l'appel ?

Il hésita, puis répondit :

– Bien sûr. Passez-la-moi.

Sur la ligne longue distance, la voix d'Elspeth résonna :

– Carl ? C'est toi ?

– Oui, ma chérie, c'est moi. Comment vas-tu ?

– Il fait un temps épouvantable. Nous avons eu quinze centimètres de neige ce matin. J'ai changé d'avis pour Palm Springs, et j'ai décidé de venir. C'est pour cette raison que je te téléphone.

– Tu viens ? Je croyais que tu voulais passer le week-end avec les Delancey.

– Carl, c'est vraiment trop affreux ici. Et, de toute façon, j'ai déjà fait mes valises. Il y a un vol pour Los Angeles à 9 heures demain matin.

Carl se mordilla la lèvre. Il s'était attendu à ce qu'Elspeth restât dans le Minnesota, et il avait prévu de se décommander pour la réception d'Adele Corliss ce weekend. Il n'avait pas vu Hilary Nestor Hunter depuis un mois, et il n'avait pas été en mesure de passer une soirée seul avec elle depuis bientôt un an. Il lui tardait de renouer des relations qui avaient commencé d'une manière aussi spectaculaire au cours de la dernière convention du parti républicain. Hilary excitait Carl. Elle l'avait excité dès qu'il était arrivé au cocktail et l'avait aperçue en train de parler à l'autre bout de la pièce – très grande, d'une beauté frappante, et dominant manifestement la conversation. Elle l'excitait parce qu'elle était tellement résolue et tellement agressive, politiquement et sexuellement. Et elle l'excitait parce qu'elle suscitait un soutien quasi fanatique de la part des femmes, en raison non pas d'un libéralisme modéré ou d'un idéalisme de gauche, mais d'une violence exacerbée de droite. Après le cocktail, ils étaient allés dîner, puis ils avaient couché ensemble. Au petit matin, Hilary Nestor Hunter lui avait parlé du féminisme d'une façon qui l'avait excité et intéressé. Il avait décidé que, le moment venu, il la choisirait pour qu'elle joue un rôle en 1980 au sein de son administration. Elspeth pourrait être sa Première Dame, et choisir le papier peint et les couverts pour la Maison-Blanche, mais Hilary serait son impératrice politique.

Il dit, d'une voix maîtrisée :

– Cela ne vaut vraiment pas la peine que tu viennes, ma chérie. Ce sera mortellement ennuyeux, tous ces gens du cinéma et ces Anglais qui se sont exilés pour échapper au fisc. Cela ne t'amuserait pas du tout.

– Carl, insista Elspeth, j'ai envie de profiter du soleil. Et rien ne pourrait être plus ennuyeux que Minneapolis par un dimanche de neige.

— Je présume que tu veux également me surveiller de près ? lui demanda-t-il.

Il y eut un silence. Puis Elspeth dit :

— Aurais-je des raisons de te surveiller ? À part tes roulures habituelles ?

— À toi de me le dire. C'est toi qui as engagé des détectives privés.

Il y eut un autre silence, plus long.

— Je ne vois pas de quoi tu parles, dit Elspeth.

Carl émit un grognement ironique.

— Oh, voyons ! Tu sais parfaitement de quoi je parle. Des caméras ont tourné pendant des mois, filmant tous les péchés de la chair que j'ai commis, en stéréo, couleurs et Cinémascope !

Elspeth comprit que cela ne servirait à rien de nier. Elle demanda, d'une voix posée :

— Comment l'as-tu découvert ?

— Ce n'était pas très difficile, répondit Carl. En l'occurrence, je suis tombé par hasard sur un ami à toi, un certain David Radetzky, et ce Radetzky et ses copains avaient pris leur pied en truffant ma chambre à coucher de micros et de caméras. Comme tu le leur avais demandé, bien sûr.

— Ils t'ont dit pourquoi ils le faisaient ?

— La fille, oui. Elle a dit que tu voulais divorcer. David Radetzky n'était pas en état de me parler lui-même.

— Tu ne l'as pas brutalisé ?

— Radetzky ? Je ne l'ai même pas touché.

— Dieu merci ! Parce que je n'ai pas l'intention de divorcer !

— Vraiment ? Tu engages des détectives privés, tu fais filmer en couleurs tout ce que je fais au lit, et tu me dis que tu n'as pas l'intention de divorcer ?

Il y eut un silence.

– Je voulais me protéger, si tu tiens à le savoir, dit-elle.

– Te protéger ? Te protéger de quoi ?

– Me protéger de toi, Carl. Tu es dangereux. Je sais ce que tu fais afin d'être élu.

Carl soupira. Ainsi Elspeth était également au courant pour Sweetman. Il songea que cela ne constituait pas une grande surprise. Elspeth était à ses côtés la plupart du temps. Elle avait probablement surpris des bribes de conversation avec ses conseillers et ses collaborateurs, et elle l'avait écouté parler au téléphone. Néanmoins, cela le perturbait, et il voulait découvrir ce qu'elle savait au juste. Elspeth pouvait devenir un aussi grand danger pour sa sécurité que David Radetzky. Ce qui appellerait le même genre de mesures, bien sûr.

– Qu'est-ce que tu as entendu ? lui demanda-t-il d'une voix plus douce.

– Suffisamment, répondit-elle.

– Suffisamment jusqu'à quel point ?

– Suffisamment pour que je comprenne que tu ne laisseras rien ni personne te barrer la route, moi y compris. Suffisamment pour que je comprenne que tu seras très certainement élu président en 1980. Et suffisamment pour que je comprenne que si je veux être la Première Dame, et le rester, je dois avoir un genre d'assurance-vie solide.

Carl sembla peiné.

– Tu crois vraiment que je pourrais m'en prendre à toi ? demanda-t-il.

– Oh, oui ! J'imagine très bien le capital politique que tu retirerais de la mort triste et tragique de ton épouse bien-aimée. Je te vois déjà en train de faire tes discours électoraux les larmes aux yeux et affublé d'un brassard de deuil!

Carl prit une profonde inspiration pour se calmer.

— Elspeth, dit-il d'un ton aussi cajoleur qu'il le pouvait, j'ai l'impression que tu te méprends totalement sur ce que je fais en ce moment. Écoute, tu veux bien me dire ce que tu as appris, et qui t'a mise au courant?

— Certainement pas! fit Elspeth d'un ton catégorique. Je ne suis pas stupide à ce point. Je te le dirai lorsque tout sera terminé, lorsque tu auras été élu et que tu seras installé à la Maison-Blanche. Et même à ce moment-là, j'aurai mes films et mes cassettes audio pour me tenir chaud!

— Quels films et quelles cassettes audio? J'ai récupéré tous les films et toutes les bandes enregistrées de Radetzky.

— Y compris les films et les bandes du Doral?

— Le *Doral*? Tu n'as pas...

Il referma brusquement la bouche avec colère. De toutes les personnes qu'il détestait le voir surpasser en finesse, sa femme arrivait en haut de la liste. Peut-être était-ce sa faute. Il avait toujours considéré qu'elle était orgueilleuse, élégante, et faisait partie de l'élite, mais qu'elle était essentiellement stupide, et c'était une surprise permanente pour lui, une surprise permanente et désagréable, de s'apercevoir qu'elle était capable de se débrouiller toute seule. Elle n'était pas uniquement sourcils haussés, sarcasmes et mondanités.

— Tu prends le vol de 9 heures demain matin pour Los Angeles? demanda-t-il.

— Tu ne sembles pas trop déprimé par cette nouvelle, très cher!

— À ton avis, comment devrais-je réagir alors que j'apprends que tu m'as fait filmer à Miami?

— Carl, à ton avis, comment ai-je réagi, *moi*, lorsque j'ai appris que tu t'envoyais en l'air avec cette petite pute de rouquine, pendant que j'étais alitée, souffrant d'une horrible migraine ?

— Tout ce dont tu as toujours souffert, c'est d'une conception excessive de la fidélité conjugale.

— Au contraire, Carl, dit Elspeth d'une voix posée. Je pense que ma fidélité a été ma plus grande vertu. Particulièrement quand on songe au nombre de fois où tu m'as trompée.

— Écoute ! hurla-t-il. Si tu veux divorcer, alors divorce ! Je n'ai pas besoin de t'écouter me dire à quel point tu es fidèle !

— Je ne veux pas divorcer, répondit Elspeth. Je veux simplement que nous parvenions à nous entendre, toi et moi. Je te l'ai dit bien souvent. La seule différence, c'est que je dispose maintenant de cartes bien plus fortes.

Carl laissa sa colère retomber peu à peu. Puis il dit :

— Entendu. Nous reparlerons de tout ça à Palm Springs. Nous serons peut-être plus calmes à ce moment.

— Je suis parfaitement calme, dit Elspeth.

— Parfait, parce que, moi, je ne le suis foutrement pas ! aboya Carl.

Alors qu'il raccrochait violemment, le carillon de la porte de sa suite retentit. Il cria : « Un instant, bon Dieu ! » et il se dirigea vers le bar. Il prit un verre à whisky, le posa avec colère sur la table basse, ôta la capsule d'une bouteille de Wild Turkey, et se versa quatre doigts de bourbon.

Il le but d'un trait, toussa, et fit la grimace. Il ferma les yeux et laissa la sensation de brûlure descendre en lui tel un navire en flammes s'enfonçant dans un océan sombre.

On sonna de nouveau. Plus calme, raffermi, il alla ouvrir. C'était Dan Harris, son attaché de presse. Il tenait à la main un porte-documents et une boîte ronde en aluminium. Harris était un jeune homme au teint pâle avec une petite moustache soigneusement taillée et une expression d'irrépressible assurance, comme s'il venait d'avoir une idée géniale et avait hâte de l'apprendre à tout le monde. Le seul ennui, c'est qu'il ne le faisait jamais, parce qu'il n'avait jamais d'idées géniales.

— Tout est là, dit-il en posant sur la table basse une cassette vidéo, une bobine de bande magnétique, et deux rouleaux de film.

Carl ne les regarda même pas.

— Je crois que l'opération a été rondement menée, déclara Dan Harris. Les trois types éliminés, tout le matériel récupéré.

Carl le considéra d'un air las.

— Vous aimez cette idée de tuer, Harris ? Vous aimez vraiment cette idée de descendre des gens ?

Dan Harris rougit.

— Lorsque je dis que nous les avons éliminés, monsieur, je ne voulais pas dire…

Carl s'assit dans un fauteuil massif en velours de laine et regarda fixement son verre de bourbon vide.

— Je sais ce que vous voulez dire. Et je préférerais foutrement ne pas le savoir.

5

Adele était assise au bord de la piscine et agitait l'eau paresseusement avec ses jambes. Il était minuit passé de quelques minutes en ce vendredi matin. Le ciel au-dessus d'elle était chaud, noir, et piqueté d'étoiles. Le seul éclairage provenait d'un projecteur au fond de la piscine, qui changeait l'eau en du verre liquide brillant. La lumière se répandait sur le visage d'Adele d'une manière étrange et magique, comme si elle était une naïade et détenait des pouvoirs surnaturels.

Elle portait un minuscule Bikini blanc, une création du couturier français Quéran, lequel devenait complètement transparent lorsqu'il était mouillé. Elle sirotait un mint julep et fumait une cigarette mentholée. Autour d'elle, la nuit était silencieuse et il n'y avait pas de vent.

La porte de derrière s'ouvrit et Ken Irwin apparut, en jean et chemise écossaise. Bien que ce fut la nuit, il portait des lunettes de soleil. Il se tint dans l'embrasure de la porte, sans bouger et sans parler.

Adele attendit un moment, puis elle releva la tête et dit :

– Tu rentres tard.

– Je suis rentré depuis un bon moment, répondit-il. Je cherchais quelque chose.

– Tu l'as trouvé ?

Il fit un pas ou deux vers la terrasse.

– Non, je ne l'ai pas trouvé.

Adele tira une bouffée de sa cigarette.

– C'est une nuit magnifique, non ? Et si tu te déshabillais et venais nager avec moi ?

– Ça ne me dit rien, murmura-t-il.

– Je croyais que tu adorais nager. Depuis que tu es ici, tu passes tout ton temps dans la piscine.

– Ça ne me dit rien, répéta-t-il.

Elle battit l'eau avec ses jambes, et des rides fluorescentes formèrent des cercles sur la surface de la piscine.

— Je présume que tu boudes, dit-elle.

Il s'approcha et se tint près d'elle, ses pouces glissés dans les passants de sa ceinture. Il la regarda.

— Non, je ne boude pas, répondit-il. Je cherche quelque chose, c'est tout.

— Je présume que tu penses que je sais où il est.

— Je suis foutrement sûr que vous savez où il est.

Elle sourit.

— Tu veux boire quelque chose ? Dans ce cas, tu devras le préparer toi-même. Tous les domestiques sont partis se coucher.

Ken se mit à croupetons à côté d'elle et ôta ses lunettes de soleil. Son regard était las et sérieux. Il n'était pas du tout d'humeur à jouer.

— Adele, vous ne vous rendez pas compte dans quoi vous vous embarquez.

Elle soutint son regard et lui adressa un sourire condescendant.

— Mon cher petit, lui dit-elle, toute ma vie j'ai été mêlée à des affaires que tu ne serais même pas capable de concevoir. Qui avais-tu l'intention de tuer ?

— Personne. Le fusil, c'était juste pour me protéger.

— Pour te protéger ? Un fusil très puissant, avec une hausse télescopique ? Et de toute façon, pour te protéger de quoi ? De qui ? Tu n'as pas besoin de te protéger de *moi*, hein ?

— Comment l'avez-vous trouvé ?

Adele lui effleura la joue du bout des doigts et la caressa doucement.

— Je sais tout ce qui se passe dans cette maison, Ken. Je crois que tu t'es trompé sur mon compte dès le commencement. Ce n'est pas parce que je suis une femme qui s'envoie trop de mint juleps et trop de jeunes hommes bien montés que cela signifie que je suis stupide. Je n'aurais pas survécu à toutes ces années si j'avais été stupide.

— Il faut que je récupère le fusil, Adele, dit Ken doucement.

— Tu peux me dire pourquoi ?

— Il n'est pas à moi. Un ami me l'a confié.

— Et pourquoi ton ami veut-il le récupérer ?

— Adele, je veux ce fusil.

— Je veux savoir d'abord ce que tu as l'intention d'en faire.

— Écoutez, je veux ce fusil.

Adele pencha la tête sur le côté. Ses yeux brillèrent dans la lumière émanant de la piscine.

— Tu as envie que je prévienne la police ? lui demanda-t-elle. Je suis sûre que cela les intéresserait énormément de te demander ce que tu avais l'intention de faire avec ce fusil.

Il demeura silencieux un moment, accroupi et tendu, au sein de l'obscurité. Puis, brusquement, il voulut l'empoigner. Mais Adele esquiva son bras et sauta dans la piscine en projetant une gerbe d'eau illuminée.

Elle nagea debout et s'éloigna du bord de la piscine. Sa cigarette mouillée flottait sur l'eau un mètre plus loin. Ken était immobile et la regardait.

— Qu'est-ce que tu attends ? lui lança-t-elle d'un ton sarcastique. Tu ne plonges pas dans l'eau pour m'attraper ? Tu ne vas pas me *forcer* à te rendre ton fusil ?

Il ne bougea pas. Adele continua de nager debout un moment, puis elle nagea en décrivant un large cercle paresseux.

— Tu es vraiment incompétent pour un tueur ! lui dit-elle.

Lentement, posément, Ken sortit les pans de sa chemise de sa ceinture. Il l'enleva, découvrant sa poitrine musclée, et la jeta sur les dalles. Puis il ôta ses sandales d'un mouvement brusque du pied et déboucla la ceinture de son jean. Il le retira et se tint nu au bord de la piscine. Sa poitrine se soulevait et s'abaissait sous l'effet de sa colère contenue. De chaque côté, les statues pseudo-romaines le regardaient sans curiosité. Au-dessus de lui, les étoiles scintillaient dans le ciel sombre.

– Tu es superbe, lui lança Adele tout en nageant. Tu ressembles à Ulysse sur le point d'affronter Circé !

Ken piqua une tête et plongea jusqu'au fond de la piscine, puis il nagea sous l'eau vers elle en de longues et puissantes brasses. Immédiatement, Adele commença à nager vers le petit bain. Ses jambes projetaient de l'écume et ses bras battaient l'eau. Au-dessous d'elle, dans les profondeurs de l'eau, elle apercevait la forme sombre du corps nu de Ken qui remontait vers elle, semblable à un requin tueur. Elle suffoqua et battit l'eau encore plus violemment.

Il la rejoignit au moment où ses pieds touchaient le fond de la piscine. Elle voulut marcher dans l'eau vers les marches semi-circulaires au bout de la piscine, mais les mains de Ken saisirent ses jambes et la firent tomber dans l'eau. Elle cria et émit un gargouillis comme il la plongeait sous l'eau un moment.

Elle le repoussa et parvint à se relever. Elle fit trois ou quatre pas dans l'eau, profonde de quelques centimètres seulement. Mais il l'attira dans l'eau à nouveau. Ils haletèrent et luttèrent sur toute la largeur de la piscine. Ils se donnaient des coups de pied, roulaient sur eux-mêmes et faisaient gicler de l'eau.

Il la plaqua contre les marches et la gifla violemment, d'abord avec sa paume, puis du dos de la main. Elle rejeta sa tête en arrière, mais il lui saisit le menton et l'obligea à lever les yeux vers lui. Ses cheveux trempés lui collaient au visage, et des gouttelettes d'eau coulaient sur ses joues.

— Vous croyez que tout ça est une plaisanterie, hein ? haleta-t-il. Vous croyez que ce putain de monde existe uniquement pour votre amusement personnel ? Eh bien, cette fois, vous êtes complètement à côté de la plaque !

— Sale petit voyou ! cracha-t-elle.

Il lâcha son menton.

— Garce gâtée pourrie !

Il repoussa sa tête contre les marches en marbre. Le visage d'Adele était hors de l'eau, mais le reste de son corps était à moitié sous l'eau. À travers le tissu transparent de son Bikini mouillé, ses mamelons étaient visibles, larges, rouges et durcis.

— Sale pute vicieuse sans principes, dit-il.

— Espèce de salaud, exhala-t-elle.

Il tendit la main derrière elle, saisit l'élastique de son slip, et le tira violemment vers le bas. Elle se cambra, se débattit et lui donna des coups de pied, mais il pesa de tout son poids sur elle à nouveau, et elle fut incapable de se dégager.

— Petite ordure ! lui lança-t-elle. Tu n'es qu'un porc immonde !

Il abaissa son slip jusqu'aux genoux, puis il leva la jambe et le fit glisser avec son pied. Elle parvint à dégager l'un de ses bras et agrippa ses cheveux mouillés, mais il la gifla de nouveau, et elle le lâcha.

— Tu l'auras cherché, salope, haleta-t-il. Tu vas avoir ce que tu mérites !

— Fumier ! grogna-t-elle. Pauvre petit crétin !

Il lui écarta les cuisses en enfonçant son genou entre les siens. Elle sentit l'eau bouillonner et clapoter entre ses jambes. Cela lui procura un frisson d'une étrange

intensité, comme si une langue froide l'avait brusquement léchée.

– Oh merde ! dit-elle. Tu n'es qu'un animal répu-
gnant !

– Ferme-la, dit-il.

Puis il la pénétra. Il était incroyablement dur et
énorme. Lorsqu'il s'enfonça en elle, elle ressentit une
douleur fulgurante, parce que l'eau avait dilué toutes
ses sécrétions. Elle s'agrippa à lui et grimaça de douleur, mais il ne s'arrêta pas. Il donna un nouveau coup
de boutoir, violent et implacable. Cette fois, elle cria.
Elle enfonça ses ongles dans les muscles de son dos et
de ses fesses, mais il continua de donner des coups de
boutoir. L'eau bouillonnait autour d'eux, des remous
de bulles et d'écume qui scintillaient.

Il continua et continua, mais il ne parvenait pas à
jouir. Au bout de presque cinq minutes, ses coups de
boutoir cessèrent. Il se retira d'elle et se releva.

– Qu'est-ce que tu as ? demanda-t-elle doucement.
Je ne te fais plus bander ?

Il secoua la tête.

– Alors, qu'est-ce que c'est ? Quelque chose te préoccupe ?

– Il faut que je récupère le fusil.

Elle s'assit dans l'eau et se donna de petites tapes sur
ses joues enflées.

– Il faut absolument que je le récupère, insista-t-il.
Sinon, ils me tueront.

– C'est vraiment pour te protéger ? murmura-t-elle.
Enfin, tu n'es pas un assassin, n'est-ce pas ?

– Est-ce que je l'ai l'air d'un assassin ?

– Est-ce que Lee Harvey Oswald avait l'air d'un
assassin ?

Il tendit ses mains pour l'aider à se mettre debout.

— Je suis désolé, dit-il. Je n'avais pas l'intention de te frapper. Je suppose que j'ai paniqué.

Elle hésita un moment, puis elle saisit ses mains et se leva. Elle passa ses bras autour de sa taille, le serra contre elle, et lui embrassa la poitrine.

— Tu as un goût délicieux, dit-elle, et par moments je pense que tu m'aimes vraiment, malgré toi.

Il essuya les gouttes d'eau sur son visage.

— Le fusil ? demanda-t-il.

Elle hocha la tête.

— Tu peux l'avoir, bien sûr. À condition de me promettre deux choses.

L'œil droit de Ken tressauta légèrement.

— Lesquelles ?

— Que tu utilises ce fusil uniquement en cas de légitime défense, et que tu m'emmènes au lit immédiatement pour me montrer ce que tu es capable de faire quand tu n'as pas l'esprit ailleurs.

Il parvint presque à sourire.

— Vous êtes dure en affaires, mademoiselle Corliss. Très dure.

6

Le téléphone sonnait lorsqu'il ouvrit la porte de son appartement exigu situé au-dessus de la Mission catholique sur Merchant Street. Il traversa rapidement le séjour mal aéré et décrocha le combiné. La pièce, plongée dans l'obscurité, était seulement éclairée par une enseigne au néon bleue de l'autre côté de la rue, laquelle clignotait à cause d'une installation électrique défectueuse. Il déboutonna sa veste et dit :

— Oui ?

— Leonard, c'est moi, murmura-t-elle.

— Perri ? Vous savez l'heure qu'il est ?

— Une heure du matin. J'essaie de vous joindre depuis plus de trois heures.

— Laissez-moi le temps d'allumer une lampe et de refermer la porte de mon appartement. Je rentre juste de l'hôpital. Mme Pokowski a mis au monde des triplés, et l'un d'eux était mort.

Il posa le combiné, alla verrouiller la porte d'entrée, revint et alluma la lampe de bureau. Puis il s'assit dans son fauteuil marron usé et reprit le combiné.

— Qu'est-ce qui ne va pas ? demanda-t-il à Perri.

Elle semblait hésitante et au bord des larmes.

— Leonard, il s'est passé quelque chose de tout à fait affreux. Je vais être obligée de retirer ma motion demain. Je vais être obligée de dire que j'ai réfléchi, et que je la retire.

Il n'arrivait pas à croire ce qu'elle disait.

— Vous allez faire *quoi* ?

— Je vais laisser tomber. Dire que j'ai changé d'avis.

— Mais pourquoi ? Vous avez obtenu un tel soutien ! Dans deux ans, nous aurions pu contraindre Hilary Nestor Hunter à démissionner !

— Cela n'a plus aucune importance. Je laisse tomber.

— Je ne comprends pas, dit-il. Je ne comprends absolument pas.

— Eh bien, lui dit-elle d'une voix mal assurée, vous avez déjà entendu parler de quelque chose qui s'appelle le chantage ?

— Le chantage ? Quelqu'un vous fait chanter ? Mais pour quel motif, au nom du ciel ?

Elle lui dit pour Star, lentement et en hésitant. Il écouta, le visage crispé, les yeux fixés sur l'image pieuse de la Vierge Marie accrochée au mur en face de son fauteuil. Une ou deux fois, il prit des notes sur la couverture de son annuaire du téléphone. La lumière bleue de l'autre côté de la rue clignotait, diminuait, puis brillait de nouveau.

Finalement, il dit :

– Si seulement j'avais su. J'ai l'impression de vous avoir fait faux bond.

– Leonard, vous ne m'avez jamais fait faux bond.

– J'aurais dû me montrer fort, Perri, et j'ai été faible. Chaque fois que nous péchons, il y a des conséquences terribles et inéluctables. J'ai apporté les conséquences de ce péché-là sur nous deux.

– Leonard, vous ne devez pas parler de cette façon.

– Pourquoi pas ? C'est ce que je crois. Mais je crois autre chose. Je crois que Hilary Nestor Hunter est ambitieuse et absolument sans pitié, et qu'elle est prête à tout pour obtenir le pouvoir qu'elle désire. Je crois que ce serait une erreur de lui céder. Je crois que nous devons l'affronter.

– Leonard, dit-elle, c'est pour *vous* que je suis inquiète. Cela pourrait ruiner tout ce que vous avez entrepris.

– Il ne s'agit pas de cela, l'interrompit-il. Ce que je veux savoir, c'est… *êtes-vous prête à vous battre ?*

Elle prit une inspiration et répondit :

– C'est inutile, Leonard. Il est trop tard. Le vote a lieu demain matin, et si je ne retire pas ma motion, Hilary me traînera dans la boue, ainsi que vous. Elle me brisera, moi, Ann Margolies, et toutes les femmes qui nous soutiennent. À votre avis, quelles sont nos chances si elle dit que nous sommes toutes des lesbiennes ?

Le père Leonard se frotta les yeux avec lassitude. Puis il dit :

– Perri, je vais appeler mes amis de la télévision. Je les tirerai du lit, si nécessaire. Je vais voir ce que je peux faire d'ici demain matin.

– Leonard...

– Je vais combattre ceci, Perri, parce que c'est mal. Il ne s'agit plus de luttes intestines au sein de votre mouvement. Cela concerne tout ce en quoi je crois – la question fondamentale des droits des gens, et la reconnaissance de leurs droits. Donnez-moi dix minutes. Ensuite je vous rappelle pour vous tenir au courant.

– Je vous en prie, ne faites rien qui risquerait de compromettre votre mission, le supplia-t-elle. Je vous en prie, promettez-moi au moins cela.

Le père Leonard sourit.

– Ma mission consiste à défendre les droits que Dieu a donnés à chaque homme et à chaque femme, répondit-il. Tout ce que je puis faire pour mener cette mission à son terme ne peut pas me nuire.

– Je vous aime, murmura-t-elle. Je ne vous mérite pas.

Il demeura silencieux un moment. La Sainte Vierge était éclairée par la lumière bleue qui clignotait.

– Moi aussi, je vous aime, Perri, chuchota-t-il. Davantage que je ne l'avais soupçonné.

7

Le vendredi fut une matinée spectrale de smog brumeux. Sur l'autoroute de Santa Monica entre Palms et

Highland Avenue, les voitures se traînaient pare-chocs contre pare-chocs au sein de l'air pollué. Le soleil était tout juste apparu à l'horizon, et Los Angeles était un paysage de fin du monde dans des tons orange et gris.

Dans une Plymouth Fury « empruntée », aux ailes cabossées et avec un cintre métallique en guise d'antenne radio, T.F. roulait au pas comme tous les autres conducteurs. Ses lunettes de soleil aux verres miroirs étaient posées sur le tableau de bord devant lui, et il écoutait les informations du matin. Il avait une légère irritation des sinus causée par le smog, et il émettait un petit reniflement sec de temps en temps. Il lui tardait de se rendre à Palm Springs.

Deux voitures devant lui, il y avait une Thunderbird blanche immatriculée dans l'Arizona. Il avait planqué devant une maison dans Otsego Street à Hollywood Nord alors qu'il faisait encore nuit, et il l'avait suivie patiemment jusqu'ici. Le conducteur était un vendeur de voitures âgé de vingt-sept ans du nom de Peter Hughes. Il habitait à Hollywood Nord avec sa femme Clare et sa petite fille âgée de deux ans, Sally. Clare Hughes était enceinte de leur deuxième enfant.

Peter Hughes organisait des excursions pour les personnes du troisième âge de son quartier, et c'était la plus grande erreur qu'il aurait pu commettre. La plupart des gens habitant dans les rues à proximité de Laurel Grove et de Magnolia Boulevard le connaissaient, et il était populaire. Mardi dernier, son nom était apparu sur la Courbe Sweetman.

T.F. jetait de brefs coups d'œil sur l'arrière de la voiture de Peter. La circulation commençait à devenir moins dense. Dans un moment, il pourrait se rapprocher de lui. Son colt automatique calibre 45 était posé sur le siège à côté de lui, vaguement dissimulé par le *Los Angeles Times* de la veille.

La nuit dernière avait été une nuit de célibataire pour T.F. Il s'était rendu à San Diego dans la journée pour un contrat qui avait tourné court, parce que la cible avait quitté la ville de façon imprévue. T.F. n'aimait pas les situations imprévues. Cela l'agaçait. Il avait passé une nuit blanche à écouter des disques et à feuilleter des revues pornographiques. À 4 heures du matin, il était allé dans un petit restaurant ouvert toute la nuit et avait mangé des œufs au bacon graisseux.

À la radio, le journaliste disait :

– ... le pressent de faire une déclaration sur l'avenir de la bombe à neutrons, mais hier à Washington il a affirmé que...

T.F. renifla. L'ennui, c'est qu'il commençait à se demander si tous ces meurtres servaient à quelque chose. Pourquoi flinguer tellement de gens, et pour quoi ? Apparemment, il allait devoir passer le reste de sa vie à tuer deux ou trois personnes par jour. C'était déprimant. Cela revenait à essayer d'écoper un bateau qui avait pris l'eau. Chaque jour il butait quelqu'un, et chaque jour vingt personnes naissaient pour le remplacer. Il avait le sentiment d'aller à contre-courant de l'Histoire.

Devant lui, la T-bird blanche mit son clignotant et commença à se rabattre vers la droite. Apparemment, Peter Hughes allait quitter l'autoroute à la sortie de Venice Boulevard, et peut-être continuer vers Highland. T.F. mit son clignotant à son tour et resta quinze ou vingt mètres derrière la voiture blanche tandis qu'elle ralentissait pour emprunter la bretelle de sortie.

Cela allait lui compliquer la vie. Il n'aimait pas refroidir des gens dans une rue. C'était un endroit trop exposé, trop encombré, et la possibilité de foutre le camp à toute allure n'était pas garantie. Un jour, il avait tiré sur une femme dans San Vicente Boulevard. Il l'avait manquée de quelques centimètres. Ensuite, il avait été obligé de s'arrêter à un feu rouge quelques mètres plus loin. La femme, inconsciente de ce qu'il avait fait, s'était arrêtée à sa hauteur et lui avait souri, et il y avait trop de voitures à proximité pour qu'il lui tire dessus à nouveau.

Peter Hughes tourna dans Venice Boulevard et se dirigea vers le nord-est, T.F. lui collant au train. Il y avait moins de circulation ici que T.F. ne l'avait appréhendé. Il y avait également un smog très dense, ce qui empêchait de lire une plaque d'immatriculation à plus de dix mètres de distance.

Le boulevard était dégagé sur deux blocs. T.F. accéléra et rattrapa peu à peu la T-bird blanche. Bientôt, ils roulèrent à la même hauteur. Il garda les yeux fixés sur Peter Hughes, mais il saisit son .45 et sentit son poids dans sa main droite.

À présent il voyait Peter Hughes très distinctement pour la première fois. Celui-ci faisait très jeune pour quelqu'un âgé de vingt-sept ans – un teint vif, un petit nez retroussé, des cheveux coupés court. Il portait une chemise sport bleue. Il sifflotait certainement en écoutant la radio, parce qu'il plissait les lèvres.

Le feu devant eux passa au rouge, et ils s'arrêtèrent côte à côte. Peter Hughes continuait de regarder devant lui et de siffloter, son coude posé sur le rebord de sa vitre baissée. La vitre côté passager, la plus proche de T.F., était fermée.

Quelques secondes s'écoulèrent. T.F. regarda dans son rétroviseur et vit qu'il n'y avait pas de voitures derrière eux sur toute la longueur du bloc. Devant eux, il y avait seulement un camion qui avançait lentement. Il pourrait l'utiliser pour s'enfuir rapidement.

Il vit que les voitures venant de la rue transversale ralentissaient tandis que le feu passait au rouge. Il leva le .45 et l'appuya au creux de son coude afin d'assurer sa main. Peter Hughes, à seulement cinq mètres de distance, ne le vit même pas. Il sifflotait et pensait à l'anniversaire de Clare, qui tombait mercredi prochain. Il lui avait acheté une montre et un flacon de Jontue. Il espérait que le parfum lui conviendrait.

T.F. tira. La vitre côté passager explosa en un millier d'éclats de verre. La balle atteignit Peter Hughes à l'oreille droite et traversa sa tête. On la retrouva plus tard logée dans un poteau téléphonique en bois de l'autre côté de la rue. Peter Hughes s'affaissa sur le côté, sa tête appuyée sur le rebord de sa vitre ouverte. Des ruisselets de sang strièrent la portière blanche de la Thunderbird.

T.F. jeta le .45 sur le siège du passager et démarra dans un nuage de gomme fumante. Il doubla le camion au bloc suivant et se rabattit devant lui pour que des témoins éventuels aient du mal à lire sa plaque d'immatriculation, et aient encore plus de mal à voir la direction qu'il avait prise. Dans un crissement de pneus, il tourna vers Burnside Avenue et repartit vers Washington Boulevard afin de rejoindre l'autoroute de Santa Monica et continuer vers l'ouest jusqu'à Venice aussi vite que possible.

Il n'entendit pas de hurlement de sirènes de police jusqu'à ce qu'il fût confortablement installé dans le flot de la circulation vers l'ouest. Il se détendit, renifla et mit la radio pour écouter les informations. Le journaliste disait :

– Ce matin, une grande agitation règne à la cinquième convention du Mouvement pour la Libération de la Femme. Un prêtre catholique a porté de graves accusations. Selon lui, l'une des déléguées les plus controversées aurait été victime d'un coup monté à caractère sexuel. Il affirme qu'une photo compromettante a été prise afin de la faire chanter. Écoutons le récit de Dick LaGorda...

8

John Cullen se rasait lorsqu'il entendit les informations du matin à la télévision. Il était sept heures, et la lumière du soleil de novembre, plus claire dans les collines de Hollywood, entrait de biais dans la salle de bains exiguë.

Mel préparait du café dans la kitchenette et chantonnait. Ils avaient discuté jusqu'à l'aube et harcelé leur chagrin tels des chiens furieux déchiquetant un lapin, jusqu'à ce qu'ils se trouvent aux prises avec la douleur de ce qui s'était produit. John savait qu'il y aurait bien d'autres pleurs à venir, mais pour le moment, dans la lumière de son premier matin sans Vicki, il était trop fatigué et trop enroué pour parler. Il savait également, après la mort de son père, que le lendemain matin ne serait pas aussi pénible, et que le surlendemain le serait encore moins. Ainsi que son père le lui avait dit un jour à propos de la mort : « C'est étonnamment facile de l'accepter, c'est encore plus facile qu'un divorce, parce que la personne que tu aimais n'est plus là pour t'y faire penser. Tu sais que tu pourrais la chercher dans le monde entier, sans jamais la trouver. »

Qu'il le veuille ou non, il savait qu'il finirait par accepter la mort de Vicki. Il espérait seulement, parce qu'il l'avait tellement aimée, que ce moment ne surviendrait pas trop tôt. La tristesse qu'il éprouvait était tout ce qui lui restait.

Il se rasa sous le menton et rinça son rasoir dans le lavabo. Le journaliste disait à la télévision :

— ... doit se rendre à Camp David cette semaine pour une rencontre privée avec le ministre israélien...

Mel, depuis la kitchenette, demanda :

— Tu veux du jus de fruits ? J'ai acheté du jus d'orange et du jus de pamplemousse.

— Pamplemousse, répondit John.

Puis le journaliste annonça :

— Ici à Los Angeles, où le Mouvement pour la Libération de la Femme tient une cinquième convention houleuse, un prêtre catholique a porté des accusations stupéfiantes contre la fondatrice et la dirigeante du mouvement, Mlle Hilary Nestor Hunter.

— Je me demande bien quelle est cette accusation stupéfiante, fit Mel. Quelqu'un a peut-être dit qu'elle était une femme, tout compte fait !

John se sécha le visage et vint dans le séjour. Le journaliste poursuivait :

— Au début de la matinée, le père Leonard Zaparelli, un assistant social s'occupant du quartier défavorisé de Merchant Street dans le centre de Los Angeles, a déclaré que la déléguée Perri Shaw, une ravissante blonde divorcée, avait été victime d'un coup monté la nuit dernière. Apparemment, une jeune fille à peine vêtue s'est introduite dans l'appartement de Mlle Shaw à Hollywood et, selon les termes du père Zaparelli, « elle a mis de

force Mlle Shaw dans une situation compromettante ».
Sur quoi, un photographe à l'affût a photographié la
scène et s'est enfui.

— John, ton café est prêt, appela Mel.

— Okay, Mel. J'arrive.

Le journaliste déclara :

— ... a dit qu'il ne nommerait personne, mais il
met au défi Mlle Hilary Nestor Hunter de nier que le
retrait de Mlle Shaw de la polémique en cours ne serait
pas « un avantage considérable pour elle ». Jusqu'à
présent...

— Tu peux croire ça ? demanda John comme Mel
entrait dans le séjour.

— Croire quoi ?

— Toutes ces attaques déloyales au sein du Mouvement pour la Libération de la Femme. Elles sont pires
que les hommes.

— Quelles attaques déloyales ? Je n'ai pas écouté.

John prit son café et s'assit devant la table basse.

— Apparemment, Hilary Nestor Hunter a organisé
un coup monté. Elle a fait prendre des photos bidons
compromettantes afin de faire croire que l'une de ses
adversaires était lesbienne.

— Je croyais qu'elles étaient *toutes* lesbiennes.

John éclata de rire.

— Surtout ne dis pas cela devant Vicki !

Il réalisa brusquement ce qu'il venait de dire. Il
demeura silencieux un moment, puis il ajouta :

— Elle t'aurait engueulé pendant deux bonnes heures,
tu sais.

Mel hocha la tête.

— Tu n'es pas obligé de faire comme si elle avait disparu pour toujours, dit-il avec douceur. Elle est peut-
être partie, mais elle sera toujours là, dans ton esprit et
dans tes souvenirs, alors ne la renie pas.

– J'en serais incapable même si j'essayais.

– Or, donc, ces dames du Mouvement pour la Libération de la Femme s'étripent entre elles. Je suppose que cela devait arriver tôt ou tard. Cette Hilary Nestor Hunter fait ressembler des femmes comme Kate Millett à des bunnies de *Playboy.*

– Néanmoins, elle a énormément de relations, dit John. J'ai l'impression que c'est le cas pour la plupart des extrémistes. Jack McGuire du *Liberal Journal* m'a dit qu'elle était comme cul et chemise avec Carl X. Chapman.

Mel sembla surpris.

– Chapman ? C'est le plus grand phallocrate depuis Attila ! Comment Hilary Nestor Hunter peut-elle s'entendre avec lui ?

John se renversa dans sa chaise et sirota son café.

– Leurs idées politiques sont très similaires, même si leurs idées sociales sont différentes. Tous deux sont en faveur d'une Amérique forte et pure – les chariots des premiers colons, les églises baptistes, et pas de fornication le dimanche. Je suppose qu'ils sont prêts à faire équipe s'ils estiment que c'est la meilleure façon pour eux de favoriser leurs carrières politiques respectives. Ils se livreront peut-être un combat à mort par la suite, mais je pense qu'ils pourraient parvenir à une sorte de compromis, aussi longtemps que cela les arrangera.

– Est-ce que Chapman n'a pas dit qu'il poserait sa candidature pour la présidence en 1980 ?

– Exact. C'était dans *Newsweek* ou ailleurs. Cela a provoqué un sacré tollé. Teddy Kennedy a déclaré que si Carl X. Chapman posait sa candidature, il serait obligé de se présenter contre lui, afin d'empêcher un fasciste de s'installer dans le bureau Ovale.

Mel consulta sa montre.

– Tu as toujours l'intention d'aller à San Diego aujourd'hui ?

– Bien sûr. Tu as changé d'avis ?

– M'est avis que oui. Enfin, si tu es d'accord. Je crois que je deviendrais complètement dingue si je restais ici tout seul.

John termina son café.

– Bon, entendu. On y va.

Ils débarrassèrent la table du petit déjeuner, puis ils quittèrent l'hôtel et traversèrent la rue jusqu'à l'endroit où était garée la voiture de John. Il était bientôt 8 heures maintenant, et l'air commençait à se réchauffer. À la météo, on avait dit que c'était le mois de novembre le plus chaud depuis neuf ans. Mel alluma un petit cigare à bouts coupés et jeta l'allumette dans le caniveau.

Ils montèrent dans la voiture. John effectua un demi-tour pour se diriger vers l'ouest et rejoindre l'autoroute de San Diego. Ils ne parlèrent pas beaucoup. Il y avait eu tellement de discussions ces derniers temps, parfois violentes, parfois amères, et toujours tristes. Aujourd'hui, ils étaient ravis de demeurer silencieux et de laisser le temps cicatriser leurs blessures à sa façon.

– J'espère que ce Sweetman est chez lui, dit Mel. J'espère également qu'il ne fait pas l'objet d'une protection rapprochée.

John montra de la tête la boîte à gants.

– J'ai emporté le .38, juste au cas où.

– Cela ne me rassure pas pour autant !

John sourit et regarda dans son rétroviseur. Trois voitures derrière lui, il y avait une Plymouth Fury beige cabossée, avec un cintre métallique en guise d'antenne radio.

Le père Leonard descendit les marches de la Mission catholique vers la rue. Il était allé aux studios de télévision ce matin de bonne heure, et il était juste rentré pour se raser et se changer. Ses yeux étaient cernés, et il ressemblait plus que jamais à un ange martyrisé.

Il avait réussi à joindre Perri au Centre des congrès. Autant qu'il avait pu en juger (il y avait des cris furieux et des vociférations en fond sonore), la convention était en effervescence. Hilary Nestor Hunter avait essayé de faire reporter indéfiniment le vote sur l'égalité des femmes, en argumentant que cela faisait à présent l'objet d'une action en justice. Ce qui était le cas, bien sûr. Deux avocats s'étaient déjà présentés à la Mission catholique ce matin, non rasés et avec une citation à comparaître pour propos diffamatoires.

Le père Leonard avait pris la citation à comparaître et l'avait mise dans sa corbeille à lettres avec le reste de son courrier. En ce qui le concernait, il y avait des priorités infiniment plus urgentes. Il devait aller voir Mme Jarvis dans la 16ᵉ Rue, en contrebas de l'autoroute, pour lui lire des nouvelles de Thomas Wolfe. Elle était atteinte d'un cancer des os en phase terminale, et Hilary Nestor Hunter et ses avocats lui survivraient d'un grand nombre d'années.

Il s'apprêtait traverser la rue lorsqu'un coup de klaxon retentit, et une Matador noire s'arrêta à sa hauteur. Il reconnut la voiture immédiatement. La vitre côté conducteur était baissée, et l'évêque Mulhaney, un homme courtaud et grassouillet en complet gris foncé luisant et chemise noire, se pencha vers lui depuis son siège.

– Père Leonard ! Puis-je vous déposer quelque part ?

Le père Leonard ouvrit la portière et monta dans la voiture. L'évêque, tandis qu'il démarrait, lui adressa un petit sourire distrait. Il y avait de minuscules gouttes de sueur sur ses joues. Sa climatisation ne fonctionnait pas, et il ne savait pas si c'était une simple défaillance mécanique, ou bien si c'était Dieu qui avait décidé de lui infliger un petit désagrément temporaire.

– Je vais dans la 16ᵉ Rue, juste après le croisement d'Essex Street, dit le père Leonard.

– Vous n'allez pas au Centre des congrès ?

Le père Leonard secoua la tête.

– Ce qui se passe là-bas peut attendre pour le moment.

– Jusqu'à ce que vous décidiez que votre intervention est une fois encore absolument indispensable ?

Le père Leonard ne répondit pas. Il savait pourquoi l'évêque était venu. Habituellement, des mois entiers se passaient entre deux visites, et alors elles étaient écourtées et empreintes d'un certain malaise. Non pas que l'évêque Mulhaney fût dépourvu de charité, ou de compassion envers les souffrances humaines. Il considérait simplement qu'il était un gestionnaire plutôt qu'un missionnaire, et qu'il pouvait gérer la pauvreté bien plus efficacement lorsqu'il était assis derrière son bureau. Mais le spectacle des rues sordides du centre de Los Angeles l'attristait et le préoccupait.

– J'espère que vous comprenez la gravité de votre acte, dit l'évêque Mulhaney.

Le père Leonard hocha la tête.

— Je l'ai fait en toute connaissance de cause.

— Je sais, mais vous auriez dû ne pas le faire du tout, répliqua l'évêque.

— Vous pensez que je n'aurais pas dû défendre la Constitution? Vous pensez que je n'aurais pas dû défendre la foi chrétienne, à savoir que tous les hommes sont créés égaux par Dieu?

— Je note que vous faites passer le principe politique avant les croyances religieuses, fit remarquer l'évêque.

— Vous êtes injuste, dit le père Leonard. La Constitution est chrétienne et humaine, et vous le savez parfaitement. Ce que vous voulez me faire comprendre, c'est que vous estimez que les prêtres ne devraient pas se mêler de politique.

L'évêque Mulhaney tourna à gauche et continua vers la 16e Rue.

— Vous avez raison, bien sûr, à votre façon rebelle. J'estime que les prêtres ne devraient pas se mêler de politique, en effet. En particulier de la politique sexiste.

— Au jour d'aujourd'hui, la politique sexiste fait et défait la vie des gens. Je dois m'occuper de toutes ces vies, et c'est pour cette raison que j'interviens chaque fois que je le peux, répondit le père Leonard avec une certaine aigreur.

— Je connais vos idéaux, père Leonard, et je sais que votre œuvre de missionnaire ici est excellente, reconnut l'évêque. J'irais même jusqu'à dire qu'elle est inspirée. Mais à mon avis, et de l'avis du cardinal, vous avez commis une grave erreur en vous impliquant dans ce scandale particulièrement déplaisant. Je suis venu ici ce matin pour vous faire connaître nos sentiments, et pour voir si vous avez déjà compris la nécessité de retirer votre soutien à Mlle Shaw.

Ils étaient arrivés au coin d'Essex Street, et l'évêque se rangea contre le trottoir.

Le père Leonard dit, très doucement :

— Je ne peux pas faire ça, je regrette. Il faut que je soutienne Mlle Shaw. Je me suis complètement engagé.

L'évêque le considéra d'un air de regret.

— Lorsque vous vous engagez, père Leonard, vous engagez également votre Église. Si votre Église ne peut pas approuver ce que vous avez jugé bon de promettre, alors je suis tout à fait désolé de vous dire que nous sommes obligés de reconsidérer votre situation.

— Ce qui signifie ?

— Eh bien, répondit l'évêque Mulhaney mal à l'aise, une affectation à l'étranger, pour ne pas dire plus.

Le père Leonard le considéra avec tristesse.

— Ai-je un peu de temps pour y réfléchir ? demanda-t-il.

— Bien sûr, répondit l'évêque. Peut-être aimeriez-vous venir me voir ce soir, vers 20 heures ? Je dois vous demander instamment de ne plus parler à la presse aujourd'hui. Pas de télévision, s'il vous plaît, même s'ils vous harcèlent.

Le père Leonard réfléchit un moment, puis il hocha la tête.

— Très bien. Je parlerai à Mlle Shaw cet après-midi. Merci de m'avoir conduit jusqu'ici.

Il ouvrit la portière. L'évêque Mulhaney tendit la main et le retint par la manche.

— Nous avons besoin de personnes comme vous, dit-il avec sincérité. Je vous en prie, ne commettez pas une terrible erreur.

Le père Leonard posa sa main sur celle de l'évêque.

– Je suis toujours prêt à reconnaître que je me suis peut-être fourvoyé, répondit-il. Mais je suis toujours prêt à me battre pour ce que je pense être juste.

L'évêque Mulhaney poussa un petit soupir.

– Je craignais cette réponse.

Le père Leonard referma la portière, et l'évêque Mulhaney repartit.

Le père Leonard passait devant l'entrepôt de pneumatiques, avec sa porte en tôle ondulée rouillée couverte de graffitis, lorsqu'il entendit le camion tourner le coin d'Essex Street et venir lentement dans sa direction. Il n'aurait su dire ce qui l'amena à se retourner pour le regarder. C'était un diesel Mack d'aspect délabré qui transportait des palettes en bois. Il continua de marcher, mais il avait le sentiment très étrange d'être proche d'un moment de grande peur.

Le grondement du camion augmenta. Le père Leonard regarda à nouveau par-dessus son épaule et vit que le camion se trouvait à moins de six mètres de lui. Puis – au moment où il se retournait – il entendit le chargement du camion brinquebaler et ferrailler. Il lança un coup d'œil et vit à sa grande horreur que le camion était monté sur le trottoir et fonçait sur lui.

Il se retourna, trébucha, et essaya de courir. Le camion vomit un nuage de fumée noire tandis qu'il arrivait sur lui. Il entendait uniquement le grondement assourdissant du moteur. Le grondement remplit son monde.

L'énorme pare-chocs avant le heurta de côté et l'écrasa contre la porte en tôle ondulée de l'entrepôt. Dans un moment d'horreur et de douleur incroyables, il sentit son bassin céder puis se briser, et son estomac éclater. Le camion rugit, changea de vitesse bruyamment, et fit une marche arrière. Le père Leonard s'écroula sur le trottoir et mourut.

Ils vinrent annoncer la nouvelle à Perri une heure plus tard. Une femme-agent portant un élégant tailleur en tweed gris l'emmena dans l'une des petites salles de conférences du Centre des congrès et lui apporta du café dans un gobelet en plastique.

– Je suis désolée, mais il y a eu un accident de la circulation. Le père Leonard est mort, dit-elle.

Perri ne sut pas quoi dire. C'était impossible à croire. Pourtant elle le croyait. Elle s'assit à la table de conférences.

– Comment est-ce arrivé ? demanda-t-elle dans un chuchotement.

– Personne ne le sait. Quelqu'un a dit qu'un camion l'avait heurté.

– Un camion ?

La femme-agent acquiesça de la tête.

– Il était allé dans la 16e Rue pour rendre visite à l'une de ses protégées. Nous n'avons pas plus de détails pour le moment.

Perri enfouit son visage dans ses mains. Brusquement, toute la douleur de cette nouvelle la submergea, et elle sanglota et sanglota jusqu'à ce que sa gorge lui donnât l'impression d'être à vif, et qu'elle n'eût pratiquement plus la force de pleurer. Les yeux rougis, elle leva la tête vers la femme-agent.

– Oh, mon Dieu, pourquoi lui ? Il était si bon. Il était tellement parfait. Il aurait pu être un saint.

– Je suis désolée de vous poser cette question aussi tôt, mais pensez-vous que cet accident aurait pu être intentionnel ? demanda la femme-agent.

– Intentionnel ? Que voulez-vous dire ?

– Je veux dire que le père Leonard se mêlait beaucoup de politique. Particulièrement à propos de cette
polémique lors de la convention du Mouvement pour la
Libération de la Femme ce matin. Nous devons prendre
en considération que quelqu'un aurait pu vouloir lui
causer du tort, ou même le tuer.

Perri réfléchit un moment, puis elle secoua la tête
lentement.

– Non, c'est impossible. D'accord, Hilary Nestor
Hunter est une dure à cuire, mais jamais elle ne tuerait
quelqu'un pour des motifs politiques. Voyons, qui tue
des gens pour des motifs politiques ?

La femme-agent lui adressa un léger sourire de travers.

– Ce ne serait pas la première fois.

– Mais Hilary Nestor Hunter ?

– Ce n'était pas nécessairement elle. Cela aurait pu
être le fait de l'une de ses militantes. Vous pensez à
quelqu'un ?

Perri réfléchit à nouveau, puis elle répondit :

– Non. Personne ne fait quoi que ce soit sans la per-
mission formelle d'Hilary. Si quelqu'un a tué délibéré-
ment le père Leonard, alors c'était elle.

10

Tandis qu'ils se dirigeaient vers le sud sur l'Interstate 5, l'habitacle illuminé par la lumière du soleil,
Mel parcourut les journaux du matin. Avec un stylo-
bille rouge, il entourait d'un cercle tout ce qui ressemblait à une mort inexplicable. Une mère de famille âgée

de vingt-quatre ans avait été tuée par balles dans l'allée de sa maison à Watertown, Dakota du Sud. Un grand-père âgé de soixante-douze ans avait été abattu depuis une voiture passant à sa hauteur à Rolla, Missouri. Un enseignant âgé de trente ans avait trouvé la mort en Virginie lorsque sa voiture avait été heurtée et envoyée dans le décor, à proximité du lac Barcroft.

– Une sacrée moisson aujourd'hui ! déclara Mel. Peut-être dix ou douze victimes.

– Dans des circonstances similaires ? demanda John.

– Pour la plupart, oui, répondit Mel. J'ai l'impression que nos amis ne chôment pas !

Ils approchaient de San Juan Capistrano. John déboîta pour dépasser un camion de fruits vide allant vers le sud. Durant un moment, il entrevit la Plymouth Fury beige dans son rétroviseur. Il aperçut un reflet lumineux sur le pare-brise de celle-ci, mais il ne réalisa pas que c'était le soleil qui se reflétait sur des lunettes de soleil aux verres miroirs.

Mel ouvrit un autre journal et commença à éplucher les articles.

– Nous avons parlé de Carl X. Chapman ce matin, tu te rappelles ? dit-il. Il y a ici une photo de lui à Vegas. Apparemment, il vient de conclure un contrat avec des promoteurs immobiliers d'un montant de plusieurs millions de dollars.

– Tant mieux pour lui ! Tu peux me verser un café ? La bouteille Thermos est sur la banquette arrière.

– Oh, bien sûr.

Mel se retourna sur son siège et prit la Thermos. Il tint le gobelet en plastique entre ses genoux tandis qu'il ouvrait la bouteille, et il le remplit précautionneusement de café noir fumant.

— Hé, encore un meurtre ! dit-il en tendant le gobelet à John.

— Que dit l'article ? demanda John en buvant une gorgée de café brûlant.

Il avait plus envie d'un petit verre d'alcool que d'un café, mais il savait ce qui se produirait s'il se mettait à carburer au bourbon. Toute la tristesse concernant Vicki qu'il refoulait dans un recoin de son esprit referait surface, cette tristesse affreuse et solitaire, et ce serait le coup de grâce pour leur travail de la journée. Il avait besoin de tenir le coup, sinon il finirait chez les dingues. Et, indépendamment de ce fait, il voulait trouver le professeur Aaron Sweetman bien plus qu'il ne désirait donner libre cours à son chagrin. Il voulait venger Vicki, la venger vraiment, elle et son père. Il commençait à comprendre que l'on pouvait tuer sous le coup de la colère, ou par passion, ou par jalousie. Mais tuer pour des votes ?

— « Un détective privé probablement assassiné par un gang », lut Mel. Qu'en penses-tu ?

— Ce n'est pas très prometteur. Que dit la suite ?

— Un détective privé a été découvert, agonisant dans sa voiture, dans la vallée de Pahrump, Nevada, la nuit dernière. La police est convaincue qu'il s'agit d'un règlement de comptes en liaison avec la guerre des gangs qui se livre actuellement à Las Vegas dans le monde du jeu.

— Bon, ce meurtre est parfaitement explicable. Nous recherchons tout ce qui est inexplicable.

— Tu peux attendre une minute ? L'article dit ensuite : « Les dernières paroles du détective privé, cependant, continuent d'intriguer la police de Las Vegas. Selon Alphonse Rippert, cinquante-quatre ans, le routier qui a découvert le détective privé agonisant dans sa voiture,

il a murmuré : « Élections… les élections. Courbe…
danger. »

— *Courbe… danger ?* s'exclama John.

— Exact, dit Mel. Écoute plutôt : « Sur une distance
de dix kilomètres, il n'y avait qu'un seul panneau signalant un virage dangereux, lequel se trouvait à vingt
mètres du détective privé agonisant. »

John demeura silencieux un long moment. Ils traversèrent San Juan Capistrano, passèrent devant des maisons peintes en blanc, des palmiers et des toits, et sous
Del Obispo Road. L'autoroute décrivait une courbe
vers Capistrano Beach et le scintillement lointain de
l'océan.

— Je suppose que tu essaies d'en déduire quelque
chose, dit John.

— Je ne sais pas, répondit Mel. Je ne sais vraiment
pas. Mais regarde ce que nous avons ici. Ce type a été
abattu sans mobile apparent, il parle d'élections, et il
mentionne une courbe dangereuse. En outre, c'était un
détective privé. Il avait peut-être découvert quelque
chose concernant la Courbe Sweetman, et quelqu'un
l'a peut-être éliminé comme ils ont essayé de t'éliminer.

— L'article mentionne son nom ? demanda John.

— David Radetzky. Un détective privé très connu en
Californie, spécialisé dans les affaires de divorce pour
le compte d'acteurs célèbres du cinéma et de la télévision.

— Un détective privé spécialisé dans des affaires de
divorce qui enquêtait sur le monde du jeu à Las Vegas ?
Cela sonne faux. Sauf s'il enquêtait sur la vie privée de
l'un de ces gangsters.

— C'est possible, dit Mel en repliant le journal. Mais
il n'avait aucune raison de parler d'élections ou de

courbes dangereuses, à moins qu'il ne soit tombé sur un truc politique, d'accord ?

— Las Vegas est toujours un truc politique, fit remarquer John. Au jour d'aujourd'hui, n'importe quel gros bonnet du crime est obligé d'avoir de solides relations à Washington s'il veut survivre.

Ils doublèrent un camion de supermarché et une camionnette à plateau où étaient entassées des chaises et des tables, semblant sortie des *Raisins de la colère*. Ils atteignirent l'échangeur de l'autoroute du Pacifique et continuèrent vers le sud. La matinée était brumeuse et ensoleillée. Huit cents mètres derrière eux, la Plymouth Fury délabrée continuait sa poursuite obstinée.

Mel entoura d'un cercle rouge l'article sur David Radetzky et revint à la première page. Là, les cheveux grisonnants et arborant un large sourire, il y avait le visage du sénateur Carl X. Chapman durant son séjour à Las Vegas. Mel examina la photo et demeura silencieux pendant une minute ou deux, mais il se gratta la barbe et se renfrogna.

— Qu'est-ce que tu as ? lui demanda John. On dirait que tu viens de te rappeler que tu n'as pas fermé le gaz.

— C'est juste l'une de ces impressions bizarres, répondit Mel. Le genre d'impression que j'ai eue lorsque ton père a été abattu.

— Encore ta pensée analytique ?

— Juste une coïncidence. Nous avons ici ce cher Carl X. Chapman, l'ambitieux sénateur républicain de droite du Minnesota, l'homme qui déclare qu'il sera président en 1980. Et nous avons ici ce pauvre bougre de David Radetzky, un détective privé qui a été tué parce qu'il savait apparemment quelque chose à propos des élections. Et ils se trouvaient tous deux à Las Vegas le même jour.

– Tu penses que *Chapman* pourrait organiser ces meurtres ?

– Ça collerait parfaitement, répondit Mel. Réfléchis un peu. Tu connais combien de politiciens qui sont aussi bellicistes que Chapman, et qui sont également des candidats probables à la présidence comme Chapman ?

– Walstrom ?

– Oh, bien sûr, Walstrom, mais je ne vois pas Walstrom faire une chose pareille qui dénote une insensibilité totale, d'accord ? C'est un faucon, mais c'est un fanfaron. Il parle haut et lâche des bourdes. Chapman, lui, se contrôle parfaitement.

John finit son café et rendit le gobelet en plastique à Mel. Il vit que la Plymouth Fury était plus près maintenant. Elle le rattrapait peu à peu sur la voie rapide.

– Je pense que Chapman est une possibilité, mais je n'aime pas arriver prématurément à des conclusions. Il me faut des preuves irréfutables.

– Ce sera foutrement difficile d'en trouver. Il y a quelques années de cela, Chapman a fait l'objet d'une enquête menée par deux commissions spéciales du Sénat, parce qu'elles pensaient qu'il touchait des pots-de-vin de compagnies pétrolières, mais elles n'ont jamais réussi à prouver quoi que ce soit. Si une commission du Sénat a été incapable de le coincer, comment diable le pourrons-nous ?

– Peut-être que le professeur Sweetman nous le dira.

– Et peut-être qu'il ne dira rien. Et peut-être qu'il n'est même pas au courant.

La Fury était presque arrivée à leur hauteur. John lui lança un regard, vit son aile cabossée et sa peinture rafistolée. Ses pneus produisaient un bruit de grésillement sur l'asphalte.

– Nous sommes néanmoins contraints d'envisager l'éventualité que nous avons affaire à une manie à l'échelon national qui consiste à flinguer des gens, déclara Mel. On a déjà vu des trucs encore plus dingues !

John jeta à nouveau un regard vers la Plymouth. Son esprit enregistra ce qu'il voyait comme un appareil photographique. *Clic-clac.* Au volant, il y avait un homme à cheveux bruns portant des lunettes de soleil aux verres miroirs. L'un de ses bras était levé, et il le pointait directement vers le visage de John.

– *Mel... baisse-toi !* hurla John.

Il donna un coup de volant brutal. L'énorme Lincoln blanche fit une embardée et traversa deux voies de l'autoroute. Des coups de klaxon furieux retentirent de tous les côtés, mais il réussit à se faufiler vers la voie de droite, et il mit le pied au plancher. Dans un grondement sourd, le moteur réagit et donna toute sa puissance. Ils filèrent sur l'autoroute dans des nuages de caoutchouc brûlé et de gaz d'échappement.

La Lincoln monta à 130 en quelques secondes. John regarda rapidement dans le rétroviseur et vit que la Fury le suivait, mais il l'avait déjà distancée de presque quatre cents mètres.

Mel releva la tête précautionneusement et regarda derrière eux.

– Ce type voulait nous descendre ? demanda-t-il d'une voix mal assurée.

– C'est le même type, répondit John d'une voix tendue. Le type avec les lunettes de soleil aux verres miroirs. Celui qui a tué mon père.

Mel ouvrit la boîte à gants et prit le .38. Il vérifia qu'il était chargé et adressa à John un sourire crispé.

— Je ne me suis jamais servi d'un flingue.

— Espérons que nous n'aurons pas à nous en servir !

Ils filaient sur l'autoroute à plus de 150 maintenant et se faufilaient entre les voitures. Les pneus hurlaient sur l'asphalte chaud, des coups de klaxon furieux retentissaient sur leur passage. John regarda à nouveau dans son rétroviseur. La Plymouth beige était à moins de trente mètres derrière eux, laissant une traînée de fumée grasse tandis qu'elle les poursuivait. Il aperçut à nouveau le reflet lumineux des lunettes de soleil, et il se sentit à la fois vindicatif et effrayé.

Devant eux, les trois voies de l'autoroute étaient obstruées par deux camions qui se traînaient et par un camping-car familial. John marmonna : « *Dégagez, bordel de merde !* » et il fit des appels de phare. Les camions et le camping-car continuèrent de rouler lentement vers la longue pente à la hauteur de San Clemente. Ils grossirent de plus en plus comme la Lincoln fonçait sur eux.

La Plymouth les talonnait à présent. John donna des coups de klaxon et fit des appels de phare à nouveau, mais il comprit que les camions ne l'avaient même pas vu. Il faisait du 160, et les camions n'étaient plus qu'à soixante mètres. Ils arrivaient sur lui tel un mur sans ouvertures.

À quelques secondes de la collision, le camping-car doubla le camion sur sa gauche. John braqua éperdument et suivit le camping-car, puis il zigzagua et se glissa dans l'espace étroit entre le pare-chocs avant du camion et l'arrière du camping-car. La suspension de la Lincoln tressauta et grinça, les pneus émirent une plainte sur l'asphalte, mais John contrôla le dérapage et écrasa la pédale de l'accélérateur tandis qu'il redressait la voiture et fonçait.

Derrière eux, le camping-car avait ralenti sous l'effet de la surprise, et la Fury fut coincée. John en profita pour reprendre de la vitesse et mettre la plus grande distance possible entre eux. L'aiguille du compteur indiqua 130, 140, 160. L'autoroute défilait et sinuait sous eux tel un fleuve d'asphalte impétueux.

– Il nous file toujours le train, dit Mel. Il a doublé les camions. J'aperçois sa fumée.

John regarda dans le rétroviseur.

– Nous allons lui en donner pour son argent. Si nous réussissons à le tenir à distance jusqu'à San Diego, nous pourrons le semer. L'autoroute est son terrain de chasse favori. Emmenons-le dans les rues.

– Si tu le dis, fit Mel. Mais j'espère qu'il ne se mettra pas à tirer.

– Itou pour moi. Mais riposte, s'il le fait.

Mel considéra le .38 d'un air malheureux.

– Je n'ai jamais aimé jouer aux cow-boys quand j'étais petit. J'étais toujours le gosse grassouillet et impopulaire qui préférait se balader seul dans la nature.

– Voilà ta chance de changer tout ça !

Il y avait encore plus de soixante kilomètres jusqu'à San Diego. Ils filaient sur l'autoroute, et la Fury les suivait obstinément. La circulation était plus fluide à présent, et John pouvait laisser la voiture ancienne donner tout ce qu'elle avait. Ils dépassèrent San Onofre Beach tel un rappel météorique de 1958.

– Ça ira pour l'essence ? demanda Mel.

– Pas de problème. Nous avons un réservoir de la taille du stade des Dodgers !

Malgré leur vitesse, l'écart entre la Fury et la Lincoln s'amenuisait peu à peu. Lorsqu'ils traversèrent en trombe Camp Pendleton, l'homme aux lunettes de soleil aux verres miroirs se trouvait à seulement soixante mètres derrière eux. Lorsqu'ils remontèrent un long convoi de camions militaires, seulement trente mètres les séparaient. À trois kilomètres d'Oceanside, la Fury commença à les rattraper.

John se déportait d'une voie à l'autre pour essayer de rester à distance de leur poursuivant. Les pneus chuintaient et crissaient sur l'asphalte, l'arrière de la voiture tanguait d'un côté et de l'autre. Mais la Fury s'accrochait, à quelques mètres d'eux, même si elle crachait maintenant une fumée noire. Elle devait consommer autant d'essence qu'une raffinerie Exxon.

– Mel ! cria John. Tu vas être obligé de te servir du flingue ! Essaie d'atteindre ses pneus, ou son moteur !

– Et si je le touche, *lui* ?

– Et alors ? À ton avis, qu'essaie-t-il de nous faire ?

Mel baissa sa vitre. Le remous de l'air s'engouffra dans la voiture en grondant et souleva ses cheveux telle une perruque d'effroi.

– D'accord ! hurla-t-il. Si tu le dis !

Il s'agenouilla sur son siège et tint le pistolet à deux mains. L'homme dans la Fury vit ce qu'il faisait. Il braqua pour sortir de sa ligne de tir, puis revint du côté de John. Immédiatement, John baissa les vitres arrière pour permettre à Mel de tirer en diagonale à travers l'habitacle. Le souffle de l'air à plus de 130 était tellement assourdissant que c'était à peine s'ils s'entendaient l'un l'autre.

– *Tire !* lança John en un cri rauque. *Tire, bordel de merde !* Mel obtempéra. La balle toucha probablement l'avant du capot de la Fury mais ricocha, parce que la voiture ne ralentit pas. Elle se rapprocha et toucha presque le côté de leur aile profilée.

– *Encore !* cria John.

Mel tira. La balle transperça le radiateur de la Fury. Une giclée d'eau enveloppa l'avant de la voiture, puis il y eut un jet de vapeur.

– *Encore !* hurla John.

La Fury les tamponna dans un crissement de métal froissé. La Lincoln chassa et fit une embardée, mais John donna un coup de volant et la redressa. La Fury les heurta à nouveau. Cette fois, John faillit perdre le contrôle de la Lincoln. Durant un moment, l'énorme voiture dérapa sur le côté, son garde-boue avant coincé dans le pare-chocs de la Fury. Puis John freina à mort. La Lincoln pivota et se dégagea. Mel tira à nouveau, mais la balle se perdit dans la nature.

Les deux voitures se heurtèrent et se tamponnèrent une fois encore. Puis la Fury ralentit brusquement et resta en arrière. En quelques secondes, ils l'avaient laissée loin derrière eux, et ils virent qu'elle se rangeait péniblement sur l'accotement. De la vapeur s'élevait du capot. La deuxième balle de Mel avait fait éclater le système de refroidissement, et le moteur avait chauffé.

John remonta les vitres. Mel se rassit sur son siège en aplatissant ses cheveux de la main. Il respirait bruyamment. Il sortit du .38 les douilles utilisées. Durant un moment, ils ne parlèrent pas.

– Tu crois qu'on devrait faire demi-tour et aller nous occuper de lui ? demanda Mel. Tu sais, pour lui régler son compte une bonne fois pour toutes ?

– J'aimerais bien ! Mais la meilleure chose à faire, c'est de nous arrêter à Oceanside et de prévenir les flics.

Mel leva le .38 et le contempla.

– Tu sais quoi ? Je n'avais jamais soupçonné qu'une arme pouvait te donner une telle sensation de pouvoir. C'est terrifiant !

342

Ils sortirent de l'autoroute à la périphérie d'Oceanside dans un nuage de poussière. John repéra une cabine téléphonique et appela la police. Il attendit un long moment avant qu'un inspecteur laconique prenne la communication.

– C'est au sujet du type qui bute des gens sur les autoroutes de L.A., dit-il.

– Oh, vraiment ?

– Écoutez, je m'appelle John Cullen et mon père a été tué la semaine dernière. Le même type qui a fait ça a essayé de me tuer aujourd'hui sur l'Interstate 5, à trois kilomètres d'Oceanside.

– Vous écrivez Cullen avec un « K » ou un « C » ?

– Un « C ». Écoutez, le type est là-bas en ce moment, juste à trois kilomètres de la ville. Sa voiture est tombée en panne. Une Plymouth Fury beige ou havane. Plutôt délabrée.

– Sa voiture est tombée en panne ?

– C'est exact. Il me filait depuis Los Angeles, et il avait un flingue, mais sa voiture est tombée en panne. Si vous allez là-bas en vitesse, vous pourrez l'alpaguer.

Il y eut un long silence tandis que l'inspecteur griffonnait des notes. Puis il demanda :

– Vous voulez porter plainte contre cet homme, quel qu'il soit ?

– Porter plainte ? Mais c'est un tueur en série ! C'est le type que la police recherche à L.A. depuis des mois !

Il s'ensuivit un autre silence, puis l'inspecteur dit :

– Entendu, nous allons vérifier. Où êtes-vous ?

– Dans une cabine téléphonique, à la périphérie de la ville.

– Restez où vous êtes. Nous envoyons deux officiers de police dans un petit moment.

La communication fut brusquement coupée. John contempla le combiné un moment, puis il le reposa sur son socle. Il revint lentement vers la voiture.

– Tu les as eus ? demanda Mel.

– Oh, bien sûr ! J'ai parlé à un inspecteur à la con. À l'entendre, abattre des gens sur les autoroutes était à peu aussi criminel que de rouler dans une Winnebago avec des pneus lisses.

Ils attendirent pendant presque une demi-heure. Ils écoutèrent la radio et burent le restant de leur café. Il était presque 11 heures lorsqu'une voiture de patrouille arriva et se rangea sur le bas-côté derrière eux. Un flic en descendit et s'approcha de la Lincoln sans se presser. Il se pencha vers la vitre baissée. Il avait un visage massif couvert de taches de rousseur.

– Bonjour, dit-il. C'est vous qui avez téléphoné à propos du tueur de l'autoroute de L.A. ?

– C'est exact, répondit John. Vous l'avez attrapé ?

Le flic secoua la tête lentement.

– Nous avons retrouvé la voiture là où vous aviez dit. Mais le conducteur avait filé. La Plymouth a été volée chez un vendeur de voitures d'occasion il y a environ une semaine, donc il nous est impossible de remonter jusqu'à ce type. Vous pouvez me donner son signalement ?

– Le lieutenant Morello du Département de police de Los Angeles a son signalement complet, répondit John. Tout ce que je peux vous dire, c'est que c'est le même type qui a tué mon père, et qui nous a tiré dessus, mon ami et moi, au début de la semaine.

– Vous êtes sûr ?

John prit une profonde inspiration.

– Croyez-moi, lorsque quelqu'un tue votre père et essaie ensuite de vous tuer, vous n'oubliez pas son visage !

344

Le flic eut un sourire compatissant.

– Oui, je comprends. Écoutez, le mieux, c'est que vous veniez au commissariat, où l'on prendra votre déposition.

Il était presque 15 heures lorsqu'ils passèrent à la hauteur du campus de l'université de San Diego et arrivèrent à San Diego. Il faisait très chaud, et le ciel bleu foncé était strié de cirrus effilochés. Tout là-haut, un hydravion ronronnait tandis qu'il entamait sa descente vers la base militaire de Coronado.

Ils n'avaient pas beaucoup parlé depuis qu'ils avaient quitté Oceanside. Tous deux étaient fatigués, secoués, et déprimés par ce qui s'était passé. L'océan scintillait et le vent murmurait doucement à travers les palmiers, mais leurs peurs de la Courbe Sweetman et des hommes qui l'utilisaient les glaçaient. Tous deux savaient qu'il était inutile de faire comme si l'Amérique était traversée par une épidémie de tueries au hasard, ou bien de prétendre qu'un psychopathe agissant seul se rendait par avion de ville en ville tous les jours, pour descendre tous les libéraux appréciés par leurs voisins qu'il pouvait trouver. S'ils *n'avaient pas* découvert la vérité de ce qui se passait, et s'ils *n'étaient pas* une menace pour le tueur aux lunettes de soleil aux verres miroirs et pour l'homme aux cheveux blonds qui avait probablement mis le feu à la maison de John dans Topanga Canyon... alors pourquoi les pourchassait-on avec une telle obstination ?

– Le professeur Sweetman habite dans Fairmount Avenue, à proximité de l'université, dit Mel en consultant son plan de la ville et les notes qu'il avait griffonnées la veille au soir. Si tu tournes à gauche dans Mission

Valley Road, tu devrais tomber dessus. Ensuite tu prends à droite dans Fairmount.

John tourna au croisement suivant, et ils continuèrent dans des rues ensoleillées vers le campus de l'université de San Diego.

– J'espère qu'il est chez lui aujourd'hui, dit Mel. Je n'aimerais pas m'être tapé tout ce trajet pour que dalle !

John mit son clignotant et tourna à droite dans Fairmont Avenue.

– Je n'aimerais pas avoir fait *tout ça* pour que dalle ! dit-il. Si je me réveillais demain matin et découvrais qu'il n'y a pas de Courbe Sweetman, et que Vicki et mon père sont morts tous les deux sans le moindre motif, alors je crois que je disjoncterais complètement !

Ils trouvèrent la maison facilement. C'était une hacienda espagnole à deux étages mal entretenue, avec une peinture rose qui s'écaillait, et un toit de tuiles rouges. Elle comportait un petit jardin sur le devant, avec un pan d'herbe brûlée par le soleil et rabougrie, et une allée aux dalles en ciment craquelées. La porte d'entrée était en chêne massif, garnie de clous noirs. L'un des volets du rez-de-chaussée pendait de guingois. Toute la maison donnait l'impression d'avoir besoin d'une bonne couche de peinture et de quelques travaux.

John gara la voiture, et ils descendirent. Mel se tint devant la maison et l'examina, essayant de voir s'il y avait quelqu'un à l'intérieur.

– Bon, c'est parti ! dit John.

Il se dirigea vers la porte d'entrée. Une plaque en cuivre non astiquée indiquait « Aaaron J. Sweetman, Docteur en Philosophie ». Au milieu de la porte en chêne, il y avait une toute petite lucarne en verre martelé jaune, mais il était impossible de voir quoi que ce soit au travers, excepté une lumière ténue émanant du vestibule. Le vent agitait la vigne vierge autour de la porte.

John appuya sur la sonnette. Il l'entendit retentir quelque part à l'intérieur de la maison. Il se retourna et regarda Mel. Celui-ci, occupé à essuyer les verres de ses lunettes, lui adressa un petit sourire crispé.

La porte s'ouvrit tout à fait brusquement. Un homme âgé de haute taille apparut sur le seuil. Il portait un costume léger gris et une chemise crème froissée, sans cravate. Il avait des cheveux argentés coupés très court, et sa peau avait la couleur jaunâtre de celle des personnes qui ont vécu dans des pays chauds pendant si longtemps qu'elles ne se donnent plus la peine d'entretenir leur bronzage. Il avait un nez charnu proéminent où se voyaient les marques en creux laissées par des lunettes, même s'il n'en portait pas pour le moment. Ses yeux étaient bleu clair.

– Oui ? demanda-t-il d'une voix sèche, irritée.

– Je suis désolé de vous importuner, monsieur, répondit John. Je cherche le professeur Aaaron Sweetman.

– Ah ! fit le vieil homme. Dans ce cas, vous êtes venu au bon endroit. (Il tendit la main.) Je suis le professeur Aaron Sweetman.

11

L'arrivée d'Anthony Seiden aux studios de la Fox ce vendredi matin s'effectua selon le style habituel, théâtral et imprévu. Sa longue Fleetwood noire aux vitres teintées à l'épreuve des balles franchit le portail en trombe, tourna le coin du bâtiment administratif, et se gara sur un emplacement de parking portant l'inscription *G. Wilder.* Les portières arrière de la voiture s'ouvrirent, et deux hommes, cheveux coupés en brosse et costumes légers, descendirent. Ils vérifièrent rapidement le parking à la recherche de visages louches, puis Anthony Seiden lui-même, un homme de petite taille, T-shirt vert et lunettes, fut autorisé à sortir de la voiture et à se diriger rapidement vers la porte d'entrée.

Il prit l'ascenseur jusqu'au deuxième étage où se trouvait son bureau, escorté par les deux hommes aux cheveux coupés en brosse qui ne dirent pas un mot. Sa secrétaire, une jeune et jolie Californienne aux cheveux blonds décolorés par le soleil et aux grandes dents blanches, dit : « Bonjour, Tony. Désirez-vous du thé ? » et elle prit son attaché-case.

– Bonjour, Trixie, répondit-il. Avec plaisir. Et du pain aux raisins secs, s'ils en ont.

Les deux hommes aux cheveux coupés en brosse s'assirent dans l'antichambre et sortirent de leur poche intérieure des livres de poche aux pages cornées. Ils attendraient ici, en silence et patiemment, jusqu'à ce que ce soit l'heure pour Anthony Seiden de repartir de son bureau. Ils donnaient l'impression d'être absorbés par leur lecture, mais chaque fois que la porte s'ouvrait, ils levaient vivement les yeux pour vérifier qui entrait.

Anthony Seiden s'assit derrière son imposante table de travail et prit une cigarette. Il l'alluma, exhala un petit nuage de fumée, puis il parcourut rapidement son courrier. Trixie réapparut avec un verre de thé russe et du pain aux raisins secs.

– Voilà de quoi vous sustenter ! dit-elle. Y a-t-il une lettre à laquelle vous voulez répondre tout de suite ?

Il secoua la tête.

– Rien qui ne puisse pas attendre. Je dois visionner les derniers rushes ce matin, ensuite je rentrerai directement chez moi et je rattraperai du sommeil !

– Dana est là-bas en ce moment ?

Il but une gorgée de thé et hocha la tête.

– Elle a décidé de rester hier soir. Je pense qu'elle viendra avec moi à Palm Springs demain. Je crois que nous avons plus ou moins décidé de faire une nouvelle tentative.

– Je suis ravie de l'apprendre, dit Trixie en souriant. Je crois que tout Hollywood a été désolé lorsque vous vous êtes séparés, Dana et vous.

Anthony haussa les épaules.

– Lorsque vous subissez le genre de pression que nous connaissons tous, une séparation ne constitue pas une grande surprise. Vous prenez un tas de somnifères, vous picolez comme un dingue, et puis cela vous tombe brusquement dessus. Mais je suis vraiment content qu'elle soit revenue. Dès l'instant où elle a franchi la porte, je me suis rappelé pourquoi je l'avais épousée.

Le téléphone sonna, et Trixie le décrocha. Elle parla un moment, puis elle posa sa main sur le micro.

– C'est Daniel. Tout est prêt pour la projection des rushes.

– Dites-lui que je viens dans cinq minutes.

Anthony Seiden bouclait les dernières prises de vues de *Numéro Dix-Sept*, un thriller politique sur la corruption au sein du gouvernement. On disait déjà dans *Variety* et *Hollywood Reporter* que c'était son film le plus virulent à ce jour. Lorsqu'il sortirait dans les salles, Anthony s'attendait à être dans l'impossibilité de se séparer de ses gardes du corps. Son film précédent, *Nuits secrètes*, la dénonciation de pots-de-vin versés durant la campagne électorale d'un candidat républicain, avait suscité un si grand nombre de menaces de mort et de kidnapping que le studio avait décidé de lui offrir une protection rapprochée vingt-quatre heures sur vingt-quatre. C'était en partie une peur véritable et en partie une affaire de publicité, mais c'était fait professionnellement et rigoureusement. Il ne quittait jamais sa maison à Bel-Air à la même heure le matin, et il ne prenait jamais le même itinéraire pour venir au studio deux jours de suite. Ses gardes du corps vérifiaient toujours les rues avant qu'il soit autorisé à descendre de sa voiture, et ils l'encadraient de près lorsqu'il allait dans des magasins ou entrait dans des restaurants. Même sur le plateau de tournage, ils n'étaient jamais très loin, lisant assidûment leurs livres de poche et scrutant tous ceux qui allaient et venaient.

Anthony n'était pas le genre d'homme à prendre plaisir à cette protection rapprochée. Il était calme, chaleureux, et persuasif, et il aimait à penser que l'Amérique était un pays où l'on pouvait dire tout ce qu'on voulait, sans craindre des réactions violentes. Il considérait que la liberté d'expression était non pas un droit inaliénable, mais un droit qu'un homme obtenait par la souffrance. Son père, Dan Seiden, avait été l'un des meilleurs chefs opérateurs que Hollywood ait jamais connus, mais sa carrière et sa santé avaient été brisées durant la « chasse aux sorcières » engagée contre les communistes au cours des années cinquante. À présent, Anthony espérait que la situation avait changé. Mais c'était uniquement en luttant contre l'intolérance et l'extrémisme que cela resterait ainsi. McCarthy lui-même avait beau être parti, il restait néanmoins beaucoup trop de membres de la vieille garde, bien trop d'amis de celui-ci et de sympathisants de sa cause, bien trop de riches aux idées sectaires. Anthony connaissait leurs noms et les attaquait avec virulence dans ses films.

Les hommes qu'il haïssait étaient des hommes comme John Walstrom et Carl X. Chapman. Les vieux ennemis datant de deux décennies, qui n'avaient pas renoncé.

La croisade qu'il avait engagée n'avait guère favorisé sa vie de couple, ni son bien-être. Sa femme, une actrice norvégienne sculpturale, l'avait quitté six mois auparavant, après lui avoir dit qu'elle en avait assez de vivre sous verre. Anthony avait pris l'habitude de s'envoyer une bouteille de Jack Daniel's partout où il allait, et il avait dirigé une scène cruciale de Numéro Dix-Sept alors qu'il était complètement ivre. Mais le tournage était pratiquement terminé, Dana avait décidé de revenir, et il se rétablissait peu à peu.

Il avait un corps frêle, un visage aux traits fins et à l'air sérieux, des cheveux bruns. Ses yeux étaient gris et vifs. Il parlait doucement, avec une assurance qui séduisait. Il avait une prédilection pour les sweaters français et les pantalons italiens, et son réalisateur préféré était Bo Widerberg.

Le téléphone sonna à nouveau. Trixie répondit. C'était Adele Corliss. Anthony prit la communication.

– Adele, ma chérie, comment vas-tu ?

– Très bien, répondit-elle. Un peu désaxée, mais je vais très bien.

– Désaxée ?

– J'ai un nouvel amant, lui confia-t-elle. Il est tour à tour puéril et menaçant.

Anthony sourit.

– Je pensais que tous les amants l'étaient.

– C'est ce que tu crois savoir. Mais il faut dire que tu n'as pas trompé Dana pendant toutes ces années !

Anthony exhala un petit nuage de fumée.

– Tu sais qu'elle a décidé de rester ? Elle aimerait venir à ta réception demain.

– C'est ce qu'on m'a dit, répondit Adele. Je suis ravie. En fait, nous sommes *tous* ravis. Vous formez le plus gentil couple que je connaisse.

– C'est très aimable à toi de dire ça, lui dit Anthony. Tu es certainement la personne la plus gentille que nous connaissions.

Adele éclata de rire.

– Si nous mettions fin à cette séance de congratulations mutuelles, d'accord ? Cela me permettrait de te dire pourquoi je t'appelle. Je sais que tu es un réalisateur très, très occupé, mais je suis un brin inquiète pour demain soir.

– Pour quelle raison ? C'est juste une petite sauterie, non ?

– Oui, bien sûr. Mais il s'agit précisément de cela. Je n'ai pas envie que cette petite sauterie tourne mal. Tu es sûr que tu pourras t'entendre avec Carl, Hilary, et tous les autres ? Cela ne finira pas en insultes et claquements de portes, hein ?

– Pour quelle raison ?

– Il me demande pour quelle raison ! Carl X. Chapman est tout simplement ultraconservateur, et tu es tout simplement ultralibéral ! Une combinaison idéale pour une réception amicale et décontractée, tu ne trouves pas ?

– Adele, ce sont tes *amis* ! s'insurgea Anthony. Carl était l'un de tes admirateurs bien longtemps avant que tu me connaisses. On ne peut pas lui battre froid au cours de la réception la plus importante que tu aies donnée cette année, uniquement à cause de sa politique ! Je combats ses opinions, la politique qu'il représente, mais je n'ai rien contre lui personnellement. J'espère

352

que c'est un mari et un père formidable, et qu'il fait des dons généreux pour la recherche sur l'anémie céré-brale !

Adele soupira.

— Il a connu des moments difficiles avec Elspeth, il n'a pas d'enfants, et la seule chose qu'il regrette concernant l'anémie cérébrale, c'est de ne pas l'avoir inventée.

— Allons, Adele, il n'est pas aussi mauvais ! Je ne peux pas le sentir, mais il n'est pas mauvais à ce point !

— Non, répondit-elle, et c'est bien l'ennui. Certaines fois, Carl s'est montré si prévenant et affectueux que je me suis demandé pourquoi je ne l'avais pas épousé lorsque j'en avais l'occasion.

— Tu en avais l'occasion ? Alors pourquoi ne pas l'avoir épousé ?

— Oh, le moment était mal choisi. À cette époque, épouser Carl X. Chapman, cela aurait été comme si la sœur du pape épousait Attila ! Mais il ne m'a pas demandé de l'épouser. Elspeth n'est pas au courant, ce qui est probablement tout aussi bien, et je pense qu'elle a été une meilleure épouse pour lui que je n'aurais pu le faire. À dire vrai, il n'est pas le genre d'homme que l'on épouse. Il ressemble plus à un père qu'à un mari.

Anthony fit signe à Trixie de lui apporter un autre thé. Son premier verre était froid, comme d'habitude. Il enchaîna :

— Adele, si tu éprouves ces sentiments envers Carl, alors je suis sûr qu'il n'y aura aucun problème demain soir. De toute façon, je pense que c'est une excellente publicité tout à fait ironique. Le politicien archi de droite qui participe à une réception organisée en l'honneur d'un cinéaste de gauche ! Regardons les choses en face… s'il n'avait pas eu envie de venir, il aurait refusé

courtoisement ton invitation, il t'aurait envoyé une dou-
zaine de roses rouges, et il aurait acheté une cassette
vidéo des *Bérets verts* pour la regarder samedi soir.

Adele ne sembla pas convaincue, mais elle dit :

— Si sa présence ne te dérange pas, alors je suppose
que tout se passera bien.

— Adele, *bien sûr* que tout se passera bien ! répondit
Anthony. Je suis un libéral, d'accord ? Et le libéralisme
consiste en cela, être libéral. Si tu veux qu'il vienne,
qui suis-je pour dire qu'il ne peut pas venir ?

— Et Hilary ?

— Ma foi, Hilary n'est pas exactement la douceur
et la raison incarnées, mais pourquoi pas ? Peut-être
qu'elle s'habillera comme une femme, pour changer, et
non comme un garde-chasse anglais. Je crois que Dana
l'aime bien, à sa façon féministe.

Adele éclata de rire, toujours un brin inquiète mais
plus détendue que précédemment.

— Si tu penses que tu es capable de les supporter,
alors je suis sûre que tout se passera bien, dit-il.

Ils échangèrent des baisers au téléphone et pro-
mirent de s'embrasser pour de vrai samedi soir. Puis
Anthony consacra dix minutes à lire attentivement son
courrier. L'une des lettres qu'il avait reçues était une
lettre de menaces. Trixie avait ajouté une note : « C'est
une photocopie. J'ai téléphoné à l'inspecteur Prince,
et il enverra l'un de ses hommes dans la journée pour
prendre l'original. *Nil desperandum !* »

La lettre disait comme suit :

> « *Seiden, sale traître puant, ton dernier jour est
> arrivé. Demain, tu seras effacé de la surface de cette
> terre, écrasé comme le ver répugnant que tu es.* »

Anthony tint la lettre à deux mains un moment et la regarda fixement. Puis il en fit une boule et la jeta dans sa corbeille à papiers. Même après des centaines de menaces, et des dizaines d'appels téléphoniques anonymes, ces divagations haineuses continuaient de lui flanquer la trouille. Un jour, un agité du bocal le coincerait à l'improviste, et alors Dieu sait ce qui se passerait. Il y avait un pistolet dans le tiroir de sa table de nuit, mais cela ne le rassurait pas pour autant.

Il dicta des réponses rapides à deux des lettres les plus urgentes – concernant le financement et le lancement de son film – puis il récupéra ses gardes du corps et se rendit à la salle de projection afin de visionner les rushes de la veille. Ce n'était pas une séquence très importante, juste une conversation de quelques secondes entre deux personnages secondaires dans un bureau de la Maison-Blanche, mais Anthony avait insisté pour tourner la scène deux fois afin de restituer toutes les nuances d'un complot politique. Les films politiques étaient toujours les plus difficiles à réaliser. Quelles que soient les implications, il n'y avait rien d'excitant, visuellement parlant, à propos de deux hommes d'un certain âge aux complets d'un bleu luisant qui se parlaient au téléphone.

Lorsqu'il entra dans la salle de projection, Anthony fut surpris d'apercevoir Hilary Nestor Hunter assise au premier rang, entourée de trois ou quatre jeunes femmes à la mine renfrognée. Hilary semblait aussi arrogante et dédaigneuse que d'habitude. Elle portait un austère tailleur noir, un turban noir, et une broche noir de jais. Anthony dit : « Bonjour, Daniel » à son assistant, Daniel Kermak, fit un signe de la main amical à son producteur délégué, et descendit l'allée jusqu'à l'endroit où était assise Hilary.

— Ma foi, je suis très honoré, dit-il.

Hilary croisa ses longues jambes gainées de noir et lui adressa un sourire indulgent au rouge à lèvres écarlate.

— J'ai forcé la main à Joel, déclara-t-elle. Il m'a dit que c'était votre meilleur film à ce jour, et je n'ai pas pu résister à l'envie d'y jeter un coup d'œil.

— Je ne pensais pas que mes films étaient votre tasse de thé, répondit Anthony d'une voix unie. Idéologiquement parlant, bien sûr.

L'une des compagnes d'Hilary, une superbe brune, lui adressa un rictus carnassier. Cela n'aurait pas du tout surpris Anthony qu'Hilary nourrisse ses filles de viande crue.

— Vous ne devez pas vous méprendre sur mon compte, Anthony, déclara Hilary. Je ne suis pas sectaire. En fait, je ne suis pas du tout politisée. Je suis ce que l'on pourrait appeler une étudiante de l'opportunité sexuelle, mais c'est à peu près tout.

— Je n'aurais jamais imaginé que l'on puisse trouver une grande opportunité sexuelle ici, répondit Anthony d'un ton légèrement sarcastique. Vous savez à quoi ressemble l'industrie cinématographique.

— Je sais que le cinéma a une très grande influence. Il suffit que Steven Spielberg fasse un film sur les soucoupes volantes, et brusquement tout le monde scrute le ciel. Il suffit qu'Anthony Seiden fasse un film sur la corruption dans le monde politique, et brusquement tout le monde commence à se demander si Karl Marx n'avait pas vu juste, tout compte fait.

— Je ne suis pas marxiste, dit Anthony en souriant. Je ne suis même pas léniniste. Je suis centriste, légèrement à gauche, c'est tout.

Hilary esquissa un sourire.

– Je ne vous critique pas, mon cher. J'adore vos films. J'ai trouvé que *Nuits secrètes* était positivement orgasmique.

Daniel Kermak lança :

– Quand tu veux, Tony. Nous sommes prêts.

Anthony acquiesça d'un geste de la main, puis il dit à Hilary :

– Cela m'étonnerait que celui-ci vous donne un orgasme. Mais vous pouvez toujours essayer. La scène que nous allons visionner montre deux escrocs à la Maison-Blanche qui s'entendent pour déloger de son poste le secrétaire d'État afin de décrocher un marché immobilier qui leur rapportera à chacun deux millions de dollars.

Hilary haussa un sourcil.

– Cela semble amusant.

Anthony approuva de la tête.

– Quatre choses dans la vie sont toujours amusantes. Le sexe, la politique, l'argent et la vengeance.

Il regagna son fauteuil au fond de la salle, et Daniel Kermak fit signe au projectionniste de commencer. Alors que l'écran scintillait et que des chiffres apparaissaient, Anthony regarda dans la direction d'Hilary Nestor Hunter. Il vit qu'elle le fixait avec une expression pensive et glaciale qui le fit trembler de façon étrange.

Sur l'écran, un acteur affligé de bajoues en costume de mohair bleu disait :

– Nous avons un problème, Bradley. Nous avons un foutu problème et nous avons vingt-quatre heures pour le résoudre.

Une demi-heure plus tard, Hilary Nestor Hunter se trouvait dans un bureau que l'on avait mis à sa disposition. Ses filles l'entouraient, adoptant des attitudes d'indifférence étudiée, et parlaient du film d'une voix traînante très Hollywood.

Elle décrocha le téléphone et composa un numéro qu'elle connaissait par cœur.

– Carl ? C'est moi. Vous pouvez parler ?

Elle marqua un temps, puis elle dit :

– J'ai vu les rushes. C'est encore pire que ce que vous aviez dit. Et Seiden va faire un battage du tonnerre. Oui, bien sûr. Absolument. C'est la meilleure chose que vous pouvez faire.

Elle s'interrompit et écouta. Puis elle dit :

– Je sais. Mais vous ne l'aurez jamais autrement. Il est toujours accompagné de ses deux gardes du corps. Oui, bien sûr. Naturellement. Bon, entendu. Je vous vois demain soir. Oui, moi aussi. Vous le savez très bien. À demain, Carl.

Elle reposa le combiné, puis elle le décrocha à nouveau et composa rapidement un autre numéro. Elle obtint manifestement un répondeur, parce qu'elle attendit un petit moment, puis elle dit, clairement et lentement :

– Tout se passe comme prévu. Il va donner le feu vert. Je vous verrai dimanche soir lorsque tout sera terminé. Oh… je me suis occupée du barjo.

Elle réfléchit un moment, comme si elle voulait ajouter autre chose. Mais elle dit simplement : « Je vous aime », puis elle raccrocha.

La fille aux cheveux bruns coupés ras la regarda et lui adressa un rictus animal aux dents saillantes ; Hilary tendit la main vers son paquet de cigarettes.

12

Le professeur Sweetman les fit entrer dans son vestibule aux dalles foncées. À travers une grille en fer forgé
tout au fond, ils aperçurent une cour envahie de plantes
grimpantes où trônait une fontaine en pierre tarie. Une
odeur de champignon tropical moisi flottait dans l'air,
ainsi qu'une autre odeur prenante, évoquant des pas-
tilles pour la toux ou du camphre, comme s'il y avait
un malade dans la maison. Le professeur Sweetman
les précéda dans un séjour sentant le renfermé, où
deux fauteuils aux housses en chintz faisaient face à
un canapé pitoyablement usé. Des aquarelles, des paysages d'Égypte, étaient accrochées aux murs. Les murs
et les peintures étaient tachetés d'humidité et de crasse.
Sur un bureau à cylindre étaient disposés une série de
crocodiles en cuivre, des plumiers gravés, des presse-
papiers, des crayons mâchonnés et des boîtes à tabac
où l'on avait inscrit avec un marqueur « trombones »,
« punaises » ou « ? ».

— Vous avez eu de la chance de me trouver chez
moi, déclara le professeur Sweetman tout en se tapotant
la poitrine à la recherche de ses lunettes. Normalement,
je suis toujours au laboratoire ces derniers temps. Je
suis très occupé, vous comprenez. Un projet très important.

Il trouva ses lunettes sur un guéridon en cuivre à côté
de l'un des fauteuils, et il les chaussa soigneusement. Il
battit des paupières d'abord vers John, puis vers Mel,
et dit :

– Veuillez vous asseoir. Maintenant que vous m'avez trouvé, autant que vous en profitiez !

Ils s'assirent côte à côte sur le canapé qui grinça. La chaude lumière du soleil filtrait à travers des stores en bambou, et la pièce était imprégnée d'une tristesse intemporelle, comme s'ils se trouvaient sur une vieille photographie. Le bruit d'une radio provenait d'une autre pièce dans la maison.

– Nous sommes désolés de venir ici à l'improviste, dit John, mais nous avons estimé que c'était urgent, et nous avons également estimé que ce serait plus sûr pour nous tous si nous venions sans vous prévenir.

– Plus sûr ? fit le professeur Sweetman d'un air distrait. Désirez-vous un verre de madère ?

– Non, je vous remercie.

– Euh, qu'entendez-vous par *plus sûr* ? Je ne suis pas certain de comprendre.

John sortit son mouchoir de sa poche et essuya la sueur sur son visage. Le professeur Sweetman était peut-être un grand scientifique, mais il ne semblait pas partisan d'une installation scientifique dernier cri comme la climatisation. L'air dans la maison était figé et désagréablement chaud.

– Je sais tout au sujet de la Courbe Sweetman, répondit John. J'ai découvert ce que c'est, et à quoi elle sert.

Il espérait qu'il n'annonçait pas au-dessus de ses moyens. Pour ce qu'il en savait, Aaron Sweetman était l'instigateur impitoyable du complot. Et si ce n'était pas le cas, il y avait de fortes chances pour qu'il soit profondément impliqué, et pour qu'il n'apprécie pas qu'un jeune freluquet vienne fourrer son nez dans ses affaires personnelles.

Il s'ensuivit un silence. À présent le professeur Sweetman allait et venait dans la pièce, à la recherche d'autre chose. Il regarda sous des revues, dans des tiroirs, et semblait incapable de le trouver, quoi que ce fût.

– Continuez, continuez, dit-il.

John lança un regard à Mel et fronça les sourcils. Mel haussa les épaules et donna l'impression qu'il aurait volontiers accepté une grande bière glacée.

– C'est tout. Je sais ce qui se passe.

Le professeur Sweetman sourit.

– Dans ce cas, j'en suis ravi pour vous. C'est un sujet très intéressant, n'est-ce pas ? Les possibilités sont quasiment infinies. Savez-vous que, en disposant des données exactes, nous pouvons à présent prévoir la hausse et la baisse de la plupart des valeurs boursières dans le monde entier ?

Il renifla.

– Je suppose que je ne devrais pas vous le dire. C'est tout à fait secret. Mais cela n'a pas grande importance. À moins de savoir comment établir une courbe de pré-vision, toutes ces informations n'ont aucune utilité pour vous. Absolument aucune utilité. Est-ce que vous savez comment on établit une courbe de prévision, mon-sieur… euh… ?

– Cullen, dit John. John Cullen. Et voici mon ami Mel Walters. J'ai bien peur que nous n'ayons pas la moindre idée de la façon d'établir une courbe de pré-vision.

– Oh, quel dommage ! fit le professeur Sweetman.

Il s'assit en face d'eux et croisa une jambe sur l'autre, laissant apparaître une cheville blanche décharnée et une chaussette de tennis blanche à l'élastique avachi. Il joignit ses doigts et adressa un sourire radieux à ses visiteurs.

– Bon, que puis-je faire pour vous ? dit-il.

John prit une profonde inspiration.

– C'est difficile d'exprimer cela par des mots, professeur Sweetman. En fait, cela se résume à une série de conjectures, guère plus, et il se peut que nous soyons complètement à côté de la plaque. L'ennui, c'est que nous avons tellement réfléchi à cette affaire au cours de la semaine dernière que cela devient tout à fait convaincant. Est-ce que nous avons raison ou non d'en être convaincus, personne ne peut nous le dire, excepté vous. C'est pourquoi nous sommes venus ici.

Le professeur Sweetman hocha la tête lentement.

– Je vois, dit-il.

– Nous ne sommes pas ici pour un motif futile, professeur Sweetman, intervint Mel. John a perdu son père la semaine dernière, tué par balles sur l'autoroute de Los Angeles, et son amie a péri dans un incendie au début de la semaine.

– Je vois, dit le professeur Sweetman. Veuillez accepter mes condoléances. Vous devez être tout à fait bouleversé.

– Ce qui me bouleverse par-dessus tout, professeur, c'est la raison pour laquelle ils sont morts, répondit John.

Il regarda Sweetman aussi durement qu'il le pouvait, mais le vieux professeur se contenta de secouer la tête tristement, comme s'il était navré d'apprendre cette nouvelle, mais ignorait tout ce qui se rapportait à des meurtres ou à des incendies.

– Pouvez-vous penser à une raison pour laquelle on aurait pu les tuer ? lui demanda John. Enfin, pouvez-vous penser à un quelconque motif ?

Le professeur Sweetman ôta ses lunettes.

– Ma foi, non. Bien sûr que non. Je ne savais même pas qu'ils étaient vivants, je le crains, et encore moins qu'ils étaient peut-être morts.

– Oh, ils étaient bien vivants, croyez-moi ! répliqua John.

Mel toucha son bras pour l'avertir. Le moment était mal choisi pour l'amertume, la colère, ou le sarcasme.

– Bien sûr, ce n'est pas votre problème, professeur, reprit John. Pas à première vue. Néanmoins, Mel et moi sommes persuadés que la Courbe Sweetman a joué un rôle dans la mort de mon père et dans la mort de mon amie, et dans la mort de beaucoup d'autres personnes. En fait, nous sommes persuadés que l'on a utilisé la Courbe Sweetman pour tuer des centaines de personnes innocentes d'un bout à l'autre des États-Unis.

Il s'ensuivit un silence étouffant, imprégné de sueur, et tout à fait gênant. Le professeur Sweetman toussa et croisa les jambes à nouveau. À l'étage, la radio gazouillait, et il y avait le bruit de quelqu'un qui passait l'aspirateur.

Finalement, le professeur Sweetman toussa à nouveau et déclara :

– Monsieur Cullen, je dois dire que c'est une allégation tout à fait singulière.

– Je sais, répondit John. Mais des faits tout à fait singuliers se sont produits. Ce n'est pas toutes les semaines que vous perdez les deux êtres que vous aimiez le plus dans tout ce foutu monde !

– Oui, je comprends, monsieur Cullen, mais vous devez réaliser que la Courbe Sweetman n'est pas une arme. Elle ne peut pas être considérée comme *dangereuse*, en aucune façon. Elle n'est qu'un moyen permettant de tracer une ligne sur un graphique, laquelle indiquera avec une très grande précision le développement physiologique et psychologique d'un être humain durant la plus grande partie de sa vie. C'est tout ce qu'elle est. Uniquement cela, et rien de plus, comme Poe l'aurait énoncé.

– Nous le savons, dit Mel. Ce que nous disons, c'est que quelqu'un utilise la courbe pour repérer les gens qu'il faut tuer.

– Nous n'insinuons pas que *vous* avez tué qui que ce soit, professeur, expliqua John en hâte. Nous disons simplement que quelqu'un, quelque part, utilise la Courbe Sweetman pour organiser ses assassinats. Ce que nous aimerions savoir, c'est si vous pouvez nous dire comment cela est effectué, et si vous avez une idée de qui il pourrait s'agir.

– C'est parfaitement impossible, affirma le professeur Sweetman d'une voix desséchée.

– Vous en êtes certain ?

– Naturellement ! J'ai écrit plusieurs articles sur la courbe dans des revues spécialisées, et j'ai présenté certains de mes travaux à l'université de San Diego. Mais il n'y a personne sur cette planète, à part moi, qui sache comment programmer un ordinateur pour établir une Courbe Sweetman. Si quelqu'un est coupable des meurtres dont vous parlez, monsieur Cullen, alors c'est moi, et c'est de toute évidence ridicule, bien sûr.

– Vous n'avez pas un assistant qui aurait pu se procurer les détails de votre procédé et les communiquer hors de votre laboratoire ? Peut-être par mégarde ? demanda John.

– Je dirige une équipe de cinq personnes au laboratoire d'informatique de l'université. Toutes sont parfaitement dignes de confiance mais, indépendamment de ce fait, aucune d'elles ne pourrait préparer les formules nécessaires sans mes instructions. C'est quelque chose de très compliqué, monsieur Cullen, des mathématiques tout à fait d'avant-garde. Cela demande un cerveau exceptionnel, si je puis me permettre de le dire, et un grand nombre d'années s'écoulera avant que des cerveaux qui n'ont rien d'exceptionnel soient à même d'utiliser cette courbe.

John s'appuya contre le dossier du canapé. Il commençait à se sentir très fatigué et tendu. Il avait été en mesure de contenir la plus grande partie de sa fatigue et de sa douleur affective tant qu'il avait eu le sentiment qu'il y avait quelque chose à chercher, quelque chose à traquer, mais à présent tout donnait l'impression qu'il s'était peut-être trompé. La question était la suivante : si les meurtres *n'avaient pas été* programmés à partir d'une Courbe Sweetman, alors quel était leur but ?

Le professeur Sweetman déclara :

— Je comprends parfaitement votre tentation d'attribuer la mort de votre père à quelque chose d'inhabituel et de scientifique, monsieur Cullen. Mais je vous jure que je n'ai jamais établi une courbe destinée à décimer le peuple américain, et qu'aucune des courbes de mes clients ne pourrait être utilisée en ce sens. Et de surcroît, tous sont au-dessus de tout soupçon.

— Des clients ? demanda John. Je crains de ne pas comprendre.

— Des clients sont des clients. Des gens qui viennent ici et me demandent un service, et qui paient lorsqu'ils ont obtenu ce service.

— Quelle sorte de service ?

— Des Courbes Sweetman, naturellement. Quel autre service pourrais-je leur fournir ? répondit le professeur Sweetman avec une certaine exaspération. Lorsque j'ai publié mes articles dans *Analytical Medicine*, j'ai été contacté plusieurs fois par des industriels et d'autres entreprises, qui m'ont demandé d'établir des courbes afin d'améliorer leurs programmes de ventes, ou le secteur qui les intéressait. J'ai accepté, bien sûr. Cela signifie que je dispose d'une très grande quantité de données intéressantes sur lesquelles je puis travailler et, indépendamment de ce fait, ils me versent de très grosses sommes d'argent. Entièrement déductibles de leurs impôts, aussi ne rechignent-ils pas à payer. Ce qui m'a permis d'acheter deux autres ordinateurs.

John lança un regard à Mel. Du fait du manque d'air dans la pièce, Mel semblait avoir très chaud, et son visage était congestionné.

— Vous seriez surpris si je vous disais les noms très connus que je compte parmi mes clients, poursuivit le professeur. Un constructeur d'automobiles, par exemple, qui veut des études de modèles pour les dix années à venir. Une société de produits de beauté. Deux entreprises pharmaceutiques, qui veulent savoir quelles maladies nous frapperont très probablement dans les vingt ans à venir. Ce genre de choses.

— Avez-vous des clients... dans le monde politique ? demanda John précautionneusement.

Le professeur Sweetman secoua la tête lentement.

— Il m'est impossible de divulguer cela. En fait, je suis censé n'en parler à personne. Mes clients comptent sur un secret absolu.

— Vous ne pouvez même pas me dire si vous avez un client qui entretient des liens étroits avec le monde politique, ou avec la sociologie politique ?

— Ma foi, non, c'est tout à fait impossible.

John dit, d'une voix aussi calme qu'il le pouvait :

— Il ne vous est pas venu à l'esprit que si tel était le cas, ce pourrait être la personne que nous recherchons ? Ou bien avez-vous soigneusement éludé toute idée que vous pourriez être responsable de certains des meurtres les plus brutaux que ce pays ait jamais connus ?

Le professeur Sweetman pinça les lèvres.

— Tous mes clients sont des personnes honorables. C'est tout ce que j'ai l'intention de dire. Comment pouvez-vous vous attendre...

— Je m'attends à ce que vous regardiez en face ce que vous êtes peut-être en train de faire, c'est tout ! l'interrompit John. Si vous avez un homme politique parmi vos clients, alors dites-le-nous, pour l'amour de Dieu ! Vous *pensez* peut-être que votre courbe n'est pas dangereuse, mais vous êtes un charmant professeur de San Diego dont l'esprit ne fonctionne pas comme les esprits des politiciens. Ce qui est pour vous des informations innocentes, propres et utiles, peut ressembler à une liste noire pour une autre personne. Ou pire encore, une liste de condamnations à mort.

Le professeur Sweetman se leva avec raideur. Son visage était blême, et il ôta ses lunettes d'un air contrarié.

— Monsieur Cullen, vous avez abusé de mon hospitalité, déclara-t-il. Lorsque vous êtes arrivé, je m'attendais à une discussion sur mes travaux et sur leur avancement, et non à ces allégations forgées de toutes pièces. Vous dites des absurdités totales, et des absurdités offensantes. Je dois vous demander de partir.

De manière inattendue, la sonnerie d'un interphone retentit dans le vestibule. Le professeur Sweetman tourna la tête dans cette direction, puis il se retourna vers John et Mel.

— J'ignore ce que vous essayez de prouver contre moi, mais je vous avertis que c'est parfaitement ridicule, et que si vous vous obstinez à me calomnier, je vous poursuivrai en justice !

La sonnerie retentit à nouveau. Le professeur Sweetman fit un pas vers le vestibule, mais John dit :

— Écoutez, professeur Sweetman, je pense que vous
ne réalisez pas à quel point cette affaire est grave. Je
pense que vous ne réalisez pas le nombre de gens qui
sont morts. Il ne s'agit pas seulement de mon père et
de mon amie. Il s'agit de centaines de personnes innocentes dans des villes d'un bout à l'autre de l'Amérique.
Des gens qui ne savent même pas qu'ils ont fait quelque
chose de mal.

— Je n'ai pas eu connaissance de tueries en Amérique,
monsieur Cullen, aussi je ne sais même pas si vous dites
la vérité. Peut-être essayez-vous simplement de me soutirer le nom de mon client appartenant au monde politique. Vous pourriez être n'importe qui. Je n'ai même
pas vu la moindre preuve de votre identité.

— Donc vous *avez* un client appartenant au monde
politique ?

— Quoi ? s'exclama le professeur Sweetman en battant des paupières.

— Vous venez de dire que j'essayais de vous soutirer
le nom de votre client appartenant au monde politique.
Vous avez dit cela comme si vous en aviez effectivement un.

La sonnerie de l'interphone retentit à nouveau. Le
professeur Sweetman dit, d'un air énervé :

— Tout cela est parfaitement ridicule, monsieur
Cullen. Partez immédiatement. Ma femme...

— Professeur, le menaça John, si vous ne me dites
pas tout de suite le nom de ce client, je vais trouver
de ce pas la police de San Diego et je déposerai une
plainte contre vous, en déclarant que vous êtes impliqué dans un complot machiavélique !

— C'est un véritable cauchemar ! s'écria le professeur Sweetman. Vous ne pouvez pas dire des choses pareilles ! Je crois que vous êtes fou !

Mel secoua la tête, lentement et calmement.

— Il n'est pas fou, professeur. Il essaie simplement de découvrir la vérité au sujet de cette affaire foutrement terrifiante. Vous ne pensez pas que vous feriez mieux de nous la dire ?

À ce moment, une frêle silhouette en blanc apparut dans l'embrasure de la porte. C'était une femme d'une soixantaine d'années au moins, portant une longue chemise de nuit. Ses cheveux blancs étaient coiffés en arrière et retenus par un ruban blanc, ce qui accentuait le teint cireux de sa peau et la proéminence malsaine de ses pommettes. Ses yeux bleus étaient ternis, comme s'ils avaient été décolorés par le soleil pendant des années.

— Mima, tu n'aurais pas dû descendre, dit le professeur Sweetman en la rejoignant et en prenant son bras. Tu aurais pu tomber.

La femme esquissa un faible sourire.

— Je suis sûre que tu m'aurais relevée, Aaron. J'ai entendu des voix. Était-ce une dispute ?

— Ces messieurs s'apprêtaient à partir, répondit le professeur Sweetman. Ils sont venus ici sur une méprise. Ils m'avaient confondu avec quelqu'un d'autre.

— Apparemment, c'était une méprise très bruyante, fit remarquer Mme Sweetman. Est-ce que tu leur as proposé un verre de vin ?

— Ils s'en vont, insista le professeur Sweetman.

John se tourna vers lui. Il n'avait pas la certitude que le professeur Sweetman avait un client appartenant au monde politique, mais il y avait de fortes chances pour que ce fût le cas.

– Beaucoup de gens comptent sur vous pour rester en vie, professeur. Êtes-vous disposé à changer d'avis ?

Le professeur Sweetman secoua la tête vigoureusement.

– Non, monsieur Cullen. Certainement pas. Maintenant vous devez partir. Ma femme est très malade, et ses médecins ont dit qu'elle devait se reposer.

– Très bien, fit John. Mais ne croyez surtout pas que cette affaire s'arrêtera là. Et si jamais vous changez d'avis, voici mon numéro de téléphone à L.A.

Le professeur Sweetman prit la carte de l'hôtel et la déchira en petits morceaux. Mima Sweetman lui lança un regard inquiet mais ne dit rien. De toute évidence, elle lui avait fait confiance toute sa vie, et cette confiance n'allait pas la quitter maintenant. Elle glissa son bras sous le sien et observa John et Mel sortir du séjour et se diriger vers la porte d'entrée.

Depuis une Buick Regal verte garée à l'angle de Fairmount et d'University Avenue, T.F. les observa sortir de la maison des Sweetman et s'arrêter un moment sur la pelouse rabougrie. Il jura à voix basse. Cela avait été une journée merdique d'un bout à l'autre. D'abord il avait loupé le contrat sur l'autoroute, et maintenant Cullen et Walters avaient choisi le moment exact où un flic leur collait un PV pour stationnement interdit pour sortir de la maison.

Il jeta un coup d'œil au siège du passager où son colt automatique .45 était dissimulé sous un cardigan vert clair qu'il avait trouvé dans la voiture lorsqu'il l'avait volée sur un parking à proximité de la base aéronavale de Miramar. Au moins il avait eu de la chance. Quelqu'un l'avait pris en stop sur l'autoroute. Mais il allait prendre un énorme plaisir à faire un gros trou dans le bide de Walters, ce tas de graisse barbu. Personne ne faisait passer T.F. pour un con et pouvait espérer s'en tirer à bon compte.

Il vit Cullen et Walters parler avec le flic. Tandis qu'il regardait et attendait, il pensa à son M-14, magnifiquement graissé et prêt pour le boulot de demain soir. Il attendait ce moment avec impatience. Ce boulot avait de la classe, bien plus que ces contrats de merde sur l'autoroute. Le M-14 lui manquait plus qu'il n'aurait cru que c'était possible. Il se voyait presque le tenant dans ses mains, il visait soigneusement, puis il *appuyait* sur la détente.

Ils lui avaient dit que demain soir était le contrat le plus important depuis des mois. Ils lui avaient dit que c'était quelque chose de spécial. Il savait qu'ensuite il se sentirait comme purgé sexuellement. Il se demanda quel effet cela faisait d'enfoncer une grenade à main dans le cul d'une fille, en laissant seulement la goupille dépasser, et ensuite de tirer sur la goupille de telle sorte que la fille maintînt l'anneau en place uniquement par la contraction musculaire de son anus. Faire l'amour avec une fille de cette façon devait être le superpied. Cela le fit bander, rien que d'y penser. Il se dit que le seul problème serait de retirer la grenade ensuite. Peut-être qu'il la laisserait dans le cul de la fille et lui dirait : « Vas-y mollo quand tu rentreras chez toi. »

Il émit deux ou trois reniflements secs, amusé par son sens de l'humour.

Apparemment, Cullen et Walters avaient fini de parler avec le flic. À présent ils montaient dans leur Lincoln antédiluvienne. T.F. mit le contact et sortit lentement d'University Avenue pour s'engager dans Fairmount.

À ce moment, le flic vint dans sa direction en levant la main. T.F. s'arrêta et regarda à nouveau vers le cardigan vert clair, pour le cas où il aurait besoin de saisir son automatique rapidement. Le flic s'approcha de l'avant de la voiture, puis il lui tourna le dos.

T.F. se demanda ce qui se passait. Puis, tournant le coin, apparut la première voiture d'un cortège funèbre. Cinquante voitures, pare-chocs contre pare-chocs, avec leurs phares qui brillaient dans la lumière du soleil à 4 heures de l'après-midi. Le fourgon mortuaire, une longue Cadillac noire, suivi de limousines noires et luisantes, puis de berlines soigneusement astiquées, et enfin de quelques breaks anciens et de camionnettes délabrées appartenant à des proches moins riches.

Cela prit dix minutes au cortège pour passer. T.F. regardait, le visage impassible, tandis que ses doigts battaient le rappel sur le volant en des rafales irrégulières et que sa mauvaise humeur grandissait rapidement. Quelle que fût la direction que Cullen et Walters avaient prise, il les avait perdus, et il allait être obligé de rendre compte de cet échec. Il mit ses lunettes de soleil aux verres miroirs et fronça les sourcils jusqu'à ce que le flic se retourne, lui adresse un grand sourire, et lui fasse signe de passer.

Ils apprirent la nouvelle à la radio durant le trajet de retour vers Los Angeles. C'était le crépuscule maintenant, violet et doux, et ils roulaient au milieu d'une rivière de feux arrière rouges. Tous deux étaient fatigués et déçus. Le journaliste disait :

– ... continue de rechercher le camion qui a écrasé et tué le père Leonard Zaparelli ce matin, quelques secondes seulement après que l'évêque Mulhaney l'eut déposé dans la 16e Rue...

John augmenta le volume de la radio.

– Zaparelli ? Ce n'est pas le prêtre dont ils ont parlé ce matin ? Celui qui affirmait que Hilary Nestor Hunter

372

avait fait prendre des photos compromettantes pour accuser l'une des déléguées de lesbianisme ?

Mel bâilla.

– Ouais, je crois bien.

Le journaliste poursuivit :

– ... son implication dans la controverse au sein du Mouvement pour la Libération de la Femme, la police estime que sa mort n'a pas été le fait de militantes d'Hilary Nestor Hunter. Mlle Hunter a déclaré aujourd'hui qu'elle était « bouleversée et attristée » par la mort du père Leonard, et elle a ajouté qu'elle était d'autant plus affligée qu'elle n'avait pas eu le temps de lui prouver qu'elle n'avait rien à voir avec cette tentative de chantage.

– De toute façon, cela lui aurait pris le restant de sa vie, fit remarquer Mel. Elle est à peu près aussi innocente dans cette affaire que John Wilkes Booth !

Le journaliste déclara :

– ... son amie proche, Perri Shaw, a maintenu ce soir que la mort du père Leonard n'était pas accidentelle, bien qu'elle soit inexplicable. Elle a dit qu'elle avait « une idée très précise » de la personne qui avait fait ça, et qu'elle mettrait tout en œuvre pour faire traduire en justice les meurtriers du prêtre qui lui avait apporté son soutien.

Puis ce fut le bulletin météo : la température allait baisser et il y aurait peut-être des orages. Dans les États du Nord, la neige tombait déjà abondamment, et on annonçait un hiver exceptionnellement rude.

– Je me demande quelles sont les prévisions du professeur Sweetman pour ici, à San Diego ? dit John.

Mel émit un grognement.

– La même chose, à mon avis. Un hiver exceptionnellement rude.

13

Ce soir-là, Dana Seiden attendait son mari lorsque sa limousine remonta l'allée de sa maison de style italien dans Siena Way à Bel-Air. Elle posait en haut des marches en marbre qui menaient à la porte d'entrée, portant une robe du soir lamée or tellement décolletée que cela donnait l'impression qu'elle allait glisser de ses épaules d'un instant à l'autre. Ses cheveux blond platine, coiffés en arrière, étaient retenus par un ruban doré. À côté d'elle, leur lévrier afghan, Cecil, posait avec le même dédain.

Les deux gardes du corps descendirent de la voiture et scrutèrent rapidement la façade de la maison. L'un d'eux dit : « C'est bon, monsieur Seiden », et Anthony descendit à son tour. Il avait l'air fatigué, et il avait mis sa veste en tweed sur ses épaules parce qu'il commençait à avoir froid.

Dana tendit la main vers lui.

– Chéri, dit-elle de sa voix rauque. Je commençais à m'inquiéter.

Il monta les marches et l'embrassa. Le baiser fut un brin incertain, parce qu'il ne s'était pas encore habitué à ce qu'elle soit revenue.

– Cela a pris longtemps pour choisir la bonne prise, lui dit-il. Mais c'est dans la poche maintenant. Tu as dit à Franco de faire du feu ?

– Bien sûr. Un dans le séjour et un dans la salle à manger. Tu veux une tequila ?

– Je crois que je vais d'abord prendre un bain.

Il était allongé dans la baignoire dans leur salle de bains de style italien avec ses carreaux vénitiens authentiques et ses dalles en terre de Sienne, et laissait la tension de la journée le quitter lentement. Dana était assise dans un fauteuil orné de dorures près de lui. Elle buvait un Martini et fumait une cigarette rose. Durant un long moment, ils se regardèrent et ne dirent rien, deux êtres qui étaient devenus des étrangers l'un pour l'autre et qui avaient besoin de temps et de sensibilité pour redevenir amis.

Il songea qu'il avait probablement su lorsqu'il avait épousé Dana qu'ils n'étaient pas faits l'un pour l'autre. Il était de petite taille, brun, énergique. Il se dépensait sans compter, et il avait la réputation dans les milieux du cinéma d'être l'un des réalisateurs les plus exigeants. Il faisait d'innombrables prises de chaque scène jusqu'à ce que les membres de son équipe technique s'envoient des injures et que les acteurs aient l'impression qu'ils allaient passer le restant de leur vie à jouer et rejouer cette scène. Dana, quant à elle, considérait que la vie était une occasion magnifique pour nager, prendre des bains de soleil, aller à des réceptions, sniffer de la cocaïne, danser et flirter avec le plus grand nombre possible d'hommes jeunes. Elle avait épousé Anthony parce qu'il était un passionné, et parce qu'il était célèbre, et parce qu'il y avait quelque chose de merveilleusement martyrisé chez lui. Il réalisait des films que les gens respectaient, et c'était la première fois qu'elle rencontrait un respect intellectuel. Malheureusement, une fois savouré ce respect, elle s'était rendu compte que cela reposait sur un engagement politique et des heures de travail acharné aux studios, et que c'était parfaitement ennuyeux. Ils avaient commencé à se disputer parce qu'il passait trop de temps sur les plateaux de tournage.

Puis ils avaient commencé à se disputer à propos de la politique, du sexe, et de la couleur qu'on devait utiliser pour repeindre la serre. Et par-dessus tout, ils s'étaient disputés à propos des gardes du corps et des contraintes nécessaires pour leur sécurité, et à propos de tout ce qui dans la vie d'Anthony amenait Dana à se sentir cloîtrée. Dans une scène à la Bergman, il était entré dans la cuisine au cours de l'une des soirées organisées par Dana (personne n'aurait jamais pensé que c'était *ses* soirées) et il l'avait trouvée avec son demi-frère Tad, un surfeur. La paume de Dana était poissée du sperme de Tad. C'était à ce moment qu'ils avaient mis en pièces leur mariage, s'étaient envoyé des injures au visage, et s'étaient séparés.

Elle était partie pendant cinq mois. Et puis, il y avait deux jours de cela, il était rentré chez lui pour la trouver assise sur les marches. Elle avait simplement dit : « Ne me demande pas pourquoi. »

Tandis qu'il se prélassait dans son bain, Anthony dit :

— Qu'est-ce que tu as fait aujourd'hui ?

Elle sourit.

— J'ai fait le tour de la maison. Je pense que c'est ce qu'on appelle se réadapter.

— Tu as réfléchi ?

— À quoi ?

— À nous deux.

Elle exhala de la fumée et écrasa sa cigarette à moitié fumée dans un porte-savon doré en forme de coquillage.

— Bien sûr. Je crois que j'ai réfléchi uniquement à ça.

— Et ?

Elle sourit à nouveau et secoua la tête.

– Je pense que j'ai décidé de prendre les choses comme elles viennent. C'était mon problème la première fois. Je ne t'acceptais pas tel que tu étais, et je ne prenais pas les choses comme elles venaient.

Il s'allongea dans la mousse.

– Par-dessus tout, tu t'ennuyais, non ? Tu étais persuadée que vivre avec un réalisateur consistait à faire la fête et à s'amuser. Ma foi, je suppose que c'est vrai pour certains réalisateurs, mais ce n'est pas le cas avec moi.

– J'étais plus jeune alors, dit-elle.

Pour une raison qu'il fut incapable de trouver, la façon dont elle dit cela sous-entendait une autre signification, en dehors de celle qui était évidente. Pour la première fois depuis qu'il la connaissait, il eut le sentiment qu'elle lui cachait quelque chose. Au début de leur mariage, elle avait toujours été tellement transparente. À présent, il percevait que quelque chose d'autre était entré dans la vie de Dana. Ses pensées décrivaient une orbite autour d'un autre soleil, en dehors de lui.

Il dit, prudemment :

– Tu crois que tu seras heureuse cette fois ? Je n'ai pas beaucoup changé. Je viens de boucler un film, et je vais avoir du temps libre. Mais il y aura d'autres films.

– Je vais être heureuse, répondit-elle. J'en suis sûre. Tu veux que je te frictionne le dos ?

Il se redressa dans la baignoire. Dans sa robe du soir lamée or étincelante, elle s'agenouilla sur le tapis de bain et lui savonna le dos en le caressant lentement. Elle lui massa le cou et les épaules avec ses doigts enduits de savon, puis elle fit descendre sa main le long de son échine. Ses seins fermes et pleins, à peine dissimulés par sa robe, étaient pressés contre lui. Ses lèvres étaient légèrement entrouvertes, et ses yeux marron avaient pris une expression rêveuse. Elle était probablement défoncée aux Quaaludes, mais il se força à ne pas y penser. Elle était revenue, elle l'avait accepté selon ses conditions, et il allait devoir l'accepter selon les siennes.

Elle embrassa et lécha ses joues, ses lèvres, ses yeux. Ses mains savonnaient sa poitrine, pinçaient ses tétons entre son pouce et son index. Puis elle lui frictionna le ventre et promena le bout de ses doigts sur ses flancs. La tête de son pénis durci et rougi se dressa hors de la mousse. Finalement, elle referma son poing autour de sa hampe.

Tandis qu'il s'allongeait dans l'eau, elle le caressa lentement en le taquinant. Il ferma les yeux tandis que la sensation entre ses jambes commençait à se tendre, et sa main le caressa plus vite. Il songea à des fantasmes sexuels. Il était masturbé devant des jeunes filles nues, il était masturbé pendant une réunion de travail par une femme cachée sous son bureau. Dana commença à chantonner, à chuchoter des obscénités. L'eau du bain clapotait tandis qu'elle le masturbait plus vite et plus violemment.

Finalement, il sentit un spasme intense, et il éjacula.

Il flotta dans l'eau un moment, les yeux toujours fermés. Puis il les ouvrit petit à petit. Dana était toujours agenouillée à côté de la baignoire, et il y avait un curieux sourire sur son visage.

– Tu n'as pas perdu la main, dit-il. C'était formidable.

Elle continua de sourire, mais ce fut seulement au bout d'un long moment qu'il se rendit compte que son sourire ne contenait aucun humour, n'exprimait ni amour ni empathie. Il ouvrit les yeux tout grands. Elle tendait vers lui sa paume, tournée vers le haut.

– Qu'est-ce que cela te rappelle ?

Ils dînèrent en silence à la lueur des chandelles dans la salle à manger plongée dans la pénombre. Les domestiques entraient, posaient les plats, et repartaient. Il n'y avait aucun bruit, excepté le tintement et le crissement de leurs couteaux et de leurs fourchettes sur leurs assiettes.

Tandis qu'ils sirotaient leur café, Dana dit :

– Je suppose que tu me trouves vindicative. Je suppose que tu penses que je suis revenue pour te faire du mal.

Anthony alluma une cigarette.

– Pas du tout. Je ne sais pas quoi penser. Je ne pense pas que tu es revenue parce que tu m'aimes.

Elle remua son café et posa la petite cuillère sur la tasse.

– Je ne t'aime pas. Pas encore. Je suis revenue parce que j'ai pensé que je pouvais t'aimer. Tu devras me donner une chance.

– J'en ai bien l'intention.

– Alors, cessons de jouer cette comédie ! Je ne pensais pas ce que je viens de dire. Ce que j'essaie de te faire comprendre, c'est que je ne suis pas rancunière. J'ai simplement pensé que nous devrions regarder en face, maintenant, ce qui s'est passé entre nous. Et essayer de crever l'abcès.

Anthony soupira et exhala de la fumée.

– Je procéderai beaucoup plus lentement, Dana. Cela a été un mariage tumultueux, et une séparation pénible, et je ne m'attends pas à ce que la situation entre nous deux s'améliore. Pas pendant quelque temps, en tout cas. Nous devrons y travailler.

– Le travail, le travail, le travail ! dit-elle avec une exaspération feinte. C'est ce que tu as toujours fait. Tu travailles quand tu tournes des films, tu travailles quand tu dînes, tu travailles quand tu fais l'amour.

Il haussa les épaules.

– Mon père m'a toujours dit que le travail était le côté pratique de la prière. Un homme n'est jamais aussi proche de Dieu que lorsqu'il travaille, avait-il coutume de dire.

– Je n'ai pas envie que tu sois proche de Dieu, Anthony ! le supplia Dana. Je veux que tu sois proche de moi !

Il se leva et alla jusqu'à la baie vitrée. Au-dehors, la pelouse était brillamment éclairée par une lumière verdâtre. Cela ressemblait à un décor pour une pièce de Shakespeare. Entrée de Malvolio, venant d'un buisson en carton-pâte sur la droite.

– Parfois je voudrais que nous ne nous soyons jamais connus, dit Anthony. Apparemment, nous avons à peu près autant de choses en commun que le lièvre et la tortue.

– La tortue a gagné la course, lui remémora Dana.

Anthony se tourna vers elle et eut un sourire de regret.

– Bien sûr. Mais le lièvre s'est bien plus amusé.

Elle se leva et vint vers lui. Elle prit sa main et dit :

– Tu peux t'amuser, toi aussi, tu sais. C'est permis aux tortues. Tu t'amuseras demain, à la réception d'Adele, n'est-ce pas ?

– Bien sûr, répondit-il. J'attends ce moment avec impatience. Adele Corliss est la seule personne qui m'amène à me dire que je n'ai pas besoin de travailler

aussi dur. Je la regarde et je pense, pourquoi s'inquiéter à la perspective de vieillir ? Si je peux ressembler à
ça et me comporter de cette façon lorsque j'aurai l'âge
d'Adele, alors il me reste largement le temps de réaliser
tous les films dont je rêve depuis toujours.

Dana l'embrassa sur la joue.

– Tu penses uniquement à ça ? Aux films et à la politique ?

Anthony l'embrassa en retour, sur les lèvres. Leur
baiser se prolongea un moment, et elle passa le bout de
sa langue sur ses lèvres.

– Je pense à toi, murmura-t-il.

– Et aux films et à la politique.

Il eut un rire forcé.

– Je suis un cinéaste politique. À quoi d'autre
devrais-je penser ?

Elle sourit mais ne répondit pas.

– De toute façon, dit-il, demain soir sera un événement politique aussi bien qu'un événement mondain.
Est-ce que je t'ai dit que Hilary Nestor Hunter sera là,
ainsi que Carl X. Chapman ?

Dana baissa les yeux.

– Cela semble amusant, d'une façon bizarre.

– Je croyais que tu avais toujours eu une admira-
tion inavouée pour Hilary Nestor Hunter. Ou bien était-
ce du temps où tu t'éclatais avec la domination de
la femme ? Hilary est très puissante aujourd'hui, du
moins c'est ce qu'on m'a dit. La voix de la majorité
bruyante.

– Aujourd'hui, je suis branchée sur la méditation, et
sur le jai-alai, répondit Dana simplement.

Anthony la considéra un moment. Ses yeux réfléchis-
saient les flammes dansantes des deux chandelles sur
la table.

– Pourquoi es-tu revenue ? demanda-t-il.

Elle demeura silencieuse un instant, puis elle répondit doucement :

– Je suis revenue à cause de l'amour. Peut-être pas *par* amour, mais à cause de l'amour.

– Et tu penses vraiment que nous pouvons nous entendre ? Le lièvre et la tortue ?

– Je ne sais pas. Mais j'essaierai, d'accord ?

– Oui, probablement. J'ai l'impression d'être un inconnu avec toi, c'est tout.

Elle se dirigea vers le buffet en chêne sculpté et ouvrit un coffret en argent. À l'intérieur, il y avait de la marijuana marocaine et du papier à cigarettes.

– Nous sommes tous des inconnus au début. Et nous sommes tous des inconnus à la fin, déclara-t-elle.

Il n'était pas certain de comprendre ce qu'elle entendait par là, et il la regarda en fronçant les sourcils. On frappa discrètement à la porte de la salle à manger, et les domestiques mexicains entrèrent pour débarrasser les tasses de café. Anthony se demanda pourquoi il se sentait aussi mal à l'aise. C'était comme si un séisme était imminent, ou bien un violent orage. Quelque chose de désagréable, et même d'effrayant.

Cette nuit-là, aux premières heures après minuit, tandis qu'il dormait et respirait régulièrement, elle alla dans la salle de bains, alluma la lumière, et referma la porte derrière elle. Nue, elle s'approcha sur la pointe des pieds du grand miroir avec son magnifique cadre doré et se contempla. De larges épaules, des seins fermes et pleins, une taille fine. Une peau bronzée et luisante. De longs cheveux, blonds et plats.

Elle se tint tout près du miroir et se regarda dans les yeux. Puis, lentement et tendrement, elle embrassa son reflet. Sa main gauche, presque distraitement, titilla un mamelon entre ses doigts, jusqu'à ce qu'il devienne dur, turgescent et rose. Sa main droite se promena sur son corps et se glissa entre ses cuisses. Ses doigts explorèrent la chair tendre. Elle ferma les yeux à demi et poussa un long soupir quasi silencieux.

Cela ne prit pas longtemps. Comme son orgasme approchait, elle pressa son corps contre le verre froid du miroir. Elle haletait et tremblait. Son visage et ses seins luisaient de sueur. Puis elle frissonna, trembla, et tomba à genoux en grimaçant.

Cela n'aurait peut-être pas gêné Anthony s'il l'avait vue à ce moment. Après tout, elle avait été allongée à côté de lui et s'était masturbée certaines nuits alors qu'il était épuisé après seize heures de tournage. Mais il aurait été bouleversé s'il l'avait *entendue*, parce qu'elle chuchotait un nom à n'en plus finir, comme une femme chuchote le nom d'un amant caché.

14

Elle franchit la porte battante de la morgue, et il se tenait dans le couloir. Il portait un blouson en cuir élimé et un jean de velours côtelé. Il n'était pas rasé et avait l'air fatigué sous l'éclairage fluorescent jaunâtre. Il était un peu plus de 21 heures, le bâtiment était sonore et désert, et empestait le formol.

Elle remonta le couloir dans sa direction, et ses talons cliquetèrent sur les carreaux en plastique vert. Ce bruit lui rappelait toujours les films policiers à la télévision, lorsque la fille est poursuivie par le violeur à travers les rues sombres de la ville.

— Mademoiselle Shaw ? Mademoiselle Perri Shaw ? demanda-t-il comme elle s'approchait.

Elle fit halte. Elle portait une robe gris foncé qui ne lui allait pas, et ses yeux étaient rougis.

— Oui ? dit-elle. Que voulez-vous ?

— On m'a dit à l'accueil que vous étiez ici. Je m'appelle John Cullen. Est-ce que je pourrais vous parler un instant ?

— À quel sujet ?

Il regarda vers la porte battante au fond du couloir. Elle s'humecta les lèvres.

— Je ne suis pas sûre qu'il y ait quoi que ce soit à dire. J'ai déjà fait une déclaration à la télévision et aux journaux. Et à la police, bien sûr. La police semble penser que je me comporte d'une façon quelque peu hystérique.

— C'est ce qu'ils ont pensé de moi.

— Je ne comprends pas, dit-elle.

Cet homme de haute taille et d'aspect débraillé commençait à la mettre mal à l'aise. Il était très beau, et il *semblait* normal, mais tout était possible. Il y avait tellement de viols de nos jours, et qui savait à quoi ressemblait l'Étrangleur d'Hillside ?

— Je peux vous offrir une tasse de café ? lui demanda-t-il. Il y a un endroit tranquille de l'autre côté de la rue. Mon ami m'attend là-bas.

Elle répondit :

— Je regrette, monsieur...

— Cullen. John Cullen.

— Eh bien, je suis désolée, monsieur Cullen, mais je dois rentrer chez moi. J'ai eu une journée très pénible, et je n'ai qu'une envie, me reposer. Si vous voulez bien m'excuser.

— Je crois que vous ne comprenez pas, dit John. Mon père et mon amie ont été tués cette semaine, de la même façon que le père Zaparelli. Sans mobile apparent, excepté peut-être une raison politique. J'essaie de…

Il s'interrompit. Il se sentait exténué. Perri Shaw le regardait, attendait qu'il lui donne des réponses, et il n'en connaissait aucune. Le professeur Sweetman avait peut-être raison, et ses théories n'étaient peut-être rien de plus que des élucubrations forgées de toutes pièces. Après tout, le chagrin affectait des gens différents de différentes manières. Peut-être que son chagrin l'avait amené à imaginer un complot politique.

Il ajouta, d'une voix mal assurée :

— J'essaie de découvrir qui les a tués. Jusqu'à présent, sans grand succès.

— Vous me dites la vérité ? Votre père a vraiment été tué ? Et votre amie ?

Il acquiesça de la tête.

— Mon père a été abattu sur l'autoroute. Mon amie, Vicki, est morte lorsqu'on a incendié ma maison.

— Qu'est-ce qui vous fait penser qu'il existe un lien entre leurs morts et celle du père Leonard ?

— Une sorte d'intuition complètement dingue. C'est tout. Je ne possède aucune preuve concrète. La seule chose qui me donne la certitude que je suis dans la bonne voie, c'est que l'homme qui a tué mon père m'a traqué durant toute la semaine. Ce matin, il m'a poursuivi jusqu'à San Diego.

Perri ne savait pas quoi dire. Lorsque la femme-agent lui avait appris la mort du père Leonard, elle avait été incapable de croire que quelqu'un ait voulu se débarrasser de lui au point de le tuer. Tout ce qu'il avait fait, après tout, c'était de s'élever contre une dirigeante du Mouvement pour la Libération de la Femme.

Perri savait que Hilary Nestor Hunter était déterminée et ambitieuse, mais elle ne parvenait pas à imaginer que celle-ci pût être impliquée dans un meurtre politique.

L'ennui, c'est qu'elle était incapable de trouver un autre motif pour lequel on aurait pu tuer le père Leonard, et d'après ce que les témoins oculaires avaient dit à la police, il était clair que le camion l'avait écrasé intentionnellement. Même si Hilary ne l'avait pas tué, *quelqu'un* l'avait fait, et c'était ce qu'elle avait dit aux journalistes.

— Laissez-moi vous dire juste une chose, reprit John. Je suis persuadé qu'un grand nombre de meurtres d'un bout à l'autre des États-Unis ont été commis dans l'intérêt politique de quelqu'un. Je ne suis pas tout à fait certain de l'identité de cette personne, ni du mobile, mais d'après ce que j'ai découvert jusqu'ici, il semble que le sénateur Carl X. Chapman pourrait bien être impliqué dans cette affaire.

— Vous voulez dire que des gens ont été assassinés pour un motif politique ? fit Perri d'un air incrédule.

— Je peux vous donner des détails plus tard. Mais je suis venu vous voir ce soir parce que le sénateur Chapman et Hilary Nestor Hunter sont de grands amis politiques, et d'après ce que vous avez dit à la radio, j'ai eu l'impression très nette que vous montriez du doigt Mlle Hunter.

Perri jeta un coup d'œil dans le couloir. Un concierge noir en blouse verte cirait assidûment les carreaux en plastique. Au moins elle n'était pas toute seule.

— Ce n'est pas une sorte de canular, hein ? dit-elle. Vous n'êtes pas un fou furieux ?

John sortit son portefeuille de sa poche revolver. Il lui montra son permis de conduire, sa carte de presse, puis il lui montra une coupure du *Los Angeles Times* qui comportait le gros titre : « Un enseignant du New Jersey tué par balles sur l'autoroute ».

Elle les examina soigneusement, puis elle dit :

– Bon, entendu. Allons prendre ce café.

Ils sortirent de la morgue et traversèrent la rue pour aller au café Coronado. À l'intérieur, au milieu de palmiers poussiéreux et de peintures murales malhabiles représentant des jungles mexicaines, Mel était occupé à manger de la soupe à la tomate avec des crackers. Il faisait tomber des miettes sur sa barbe.

– Voici Perri Shaw, dit John comme ils s'asseyaient. La déléguée du Mouvement pour la Libération de la Femme qui est à l'origine de toute cette agitation.

– Enchanté de vous connaître, mademoiselle Shaw, dit Mel. J'ai été navré d'apprendre tous vos ennuis.

Et il lui serra la main avec chaleur.

Ils commandèrent des cafés. De toute façon, être assis ici était, pour tous les trois, la première chose normale qu'ils faisaient depuis plusieurs jours, et ils se détendirent. John parla succinctement de la Courbe Sweetman à Perri et lui apprit tout ce qu'ils avaient découvert ou tâché de deviner.

– Et voilà, termina John. Nous ne savons pas très bien si nous sommes complètement barjos ou super-intelligents. Je suppose que cela dépend de la chose suivante : y a-t-il effectivement quelqu'un quelque part qui est suffisamment dénué de pitié pour agir de la sorte ?

– Vous pensez vraiment que cela aurait pu être Hilary Nestor Hunter et Carl Chapman ? demanda Perri. J'ignorais qu'ils étaient aussi proches.

– Je suppose que des intérêts communs amènent toutes sortes de personnes à s'entendre, déclara Mel. Et ces deux-là ont des intérêts en commun. Le pouvoir, le pouvoir, et encore le pouvoir !

— Vous connaissez Hilary Nestor Hunter mieux que nous, dit John à Perri. Pensez-vous qu'elle pourrait vraiment faire équipe avec un type comme Chapman ? J'ai plutôt du mal à avaler ça. Chapman est un tel phallocrate.

— Hilary est l'équivalent du joueur de flûte d'Hamelin, répondit Perri. La seule différence, c'est que lorsqu'elle arrivera à la Terre promise, *tous* les gens qui dansaient derrière elle en seront exclus. Hilary sera la seule à y pénétrer.

— Par conséquent, c'est tout à fait concevable qu'ils soient de connivence dans cette affaire ? Vous savez, si Hilary désire se débarrasser de quelqu'un, ce serait dans l'intérêt du sénateur Chapman de régler ça pour elle ?

Le regard de Perri alla de John à Mel, puis elle eut un petit haussement d'épaules.

— Oui, probablement, répondit-elle. À condition que votre théorie ne soit pas... euh... complètement erronée.

John s'appuya sur le dossier de sa chaise.

— Je ne sais rien de plus. Je ne crois pas que cela me préoccupe désormais. Mais essayer de découvrir quelque chose vaut mieux que de rester dans une chambre d'hôtel à contempler le mur.

— J'aimerais vous aider.

— Vous l'avez déjà fait.

— Non, insista-t-elle. J'aimerais coopérer vraiment, et vous aider à traquer ces gens.

— Je regrette, Perri, mais c'est hors de question, dit Mel. C'est foutrement trop dangereux. Je suppose que si nous continuons nos recherches, c'est uniquement parce que nous voulons avoir *leur* peau avant qu'ils aient la *nôtre.*

— Le danger ne me fait pas peur. Le père Leonard n'en avait pas peur.

— Perri, dit John, vous nous avez donné toutes les informations dont nous avions besoin pour prendre en considération les relations que Hilary Nestor Hunter a nouées avec Carl Chapman. Nous avons tout ce qu'il nous faut. La meilleure chose que vous pouvez faire maintenant, c'est essayer d'oublier que cette conversation a eu lieu.

Perri secoua la tête.

— Vous oubliez que vous avez affaire à une féministe, répliqua-t-elle. Et les féministes ne restent pas docilement à la maison à tresser des galons en macramé pendant que les hommes vont faire le sale boulot. Je veux vous aider, et je pense qu'un coup de main vous serait très utile. Mais regardez-vous, tous les deux, vous êtes épuisés ! Vous avez besoin d'un esprit frais et dispos qui réfléchira pour vous !

Elle ajouta d'un ton ferme :

— Pour commencer, vous avez besoin de vous alimenter convenablement. Et si vous commandiez un steak et une salade ? Nous parlerons de cette affaire pendant que vous mangerez. Vous ne pouvez pas vous nourrir uniquement de cafés !

John regarda Mel et Mel regarda John. Puis John se tourna vers Perri.

— Entendu, dit-il en souriant. Tout ce que vous direz sera le bienvenu. Et si vous voulez vraiment nous aider, vous êtes également la bienvenue. Mais ne venez pas nous dire ensuite que nous ne vous avions pas prévenue !

John commanda un steak et une salade verte. Tandis qu'il mangeait, Perri leur parla d'Hilary Nestor Hunter et du Mouvement pour la Libération de la Femme, du

père Leonard, puis elle leur fit part de ses idées concernant la Courbe Sweetman.

– D'après ce que vous avez dit, déclara-t-elle, j'ai
l'impression que le professeur Sweetman en sait bien
plus que ce qu'il vous a dit. Pourquoi s'est-il mis en
colère lorsque vous l'avez interrogé au sujet de ses
clients ? Je pense qu'il *a* un homme politique parmi ses
clients, et s'il y a une parcelle de vérité dans ce que
vous m'avez dit, alors il s'agit probablement de Carl
Chapman.

– Le seul truc qui me chiffonne dans cette conclusion, dit Mel, c'est que s'il s'agit *effectivement* de Carl
Chapman, alors il est sur un putain de siège éjectable !
Si nous sommes capables de démontrer qu'il est derrière
tous ces meurtres, pourquoi les flics et le FBI n'ont-ils
pas été capables de découvrir la même chose ?

– Parce qu'ils sont obsédés par des psychopathes
qui agissent seuls, voilà pourquoi, répondit Perri.

– Vous pensez que ce serait une bonne idée de retourner voir le professeur Sweetman ? lui demanda John.

– Certainement, dit Perri. Demain, ce serait possible ?

John secoua la tête.

– Ce sont les obsèques de mon père, mais si vous
voulez que nous y allions tout de suite après, cela me
changerait les idées.

Elle toucha son bras. Il la regarda.

– Est-ce que je pourrais venir, moi aussi ? demanda-
t-elle. Aux obsèques ?

– Votre présence me fera le plus grand plaisir. Vous
êtes la première personne qui nous croie que nous ren-
controns depuis une semaine.

15

Adele et Ken étaient assis dans des chaises longues au bord de la piscine à Palm Springs tandis que les étoiles apparaissaient dans le ciel. Ils sirotaient des Martini et observaient Holman, Mark et des employés mexicains suspendre des guirlandes de lampions entre les arbres pour la réception du lendemain soir. Adele portait une robe blanche de style médiéval au profond décolleté carré et aux épaules bouffantes. Elle fumait une cigarette dans un fume-cigarette d'une longueur grotesque. Ken portait un short de bain rouge et une chemise rouge à col ouvert.

– Je continue de me demander comment tu as bien pu te laisser embarquer dans cette affaire, le fusil et tout le reste ! dit Adele.

Ken ne répondit pas. Il était toujours embarrassé par ce qui s'était passé la nuit dernière. Il n'avait jamais manqué de satisfaire toutes ses petites amies, et perdre son érection alors qu'il essayait de prouver sa virilité à une femme comme Adele Corliss était plus humiliant que tout ce qu'il avait jamais connu. Il se sentait incompétent en tout. En tant qu'homme, en tant qu'amant et, le pire de tout, d'une façon insidieuse, en tant que tueur. Il savait que T.F. avait des goûts sexuels plutôt spéciaux, mais il aurait parié cinquante tickets que T.F. n'avait jamais de problèmes pour bander.

– Tu n'as pas le profil, de toute façon, poursuivit-elle. Tu es bien trop gentil. Bien trop mou. Un extérieur musclé et un intérieur en pâte de guimauve.

— Je suis suffisamment dur, grommela Ken.

Il n'aimait pas qu'on se moque de lui.

— Pas toujours, répliqua Adele.

Il lui lança un regard irrité.

— Ce qui signifie quoi ?

Elle eut un sourire béat.

— Un étalon ne doit jamais demander ce que quelque chose veut dire. Un étalon doit être beau, stupide, et avoir le gourdin en permanence.

— J'étais préoccupé. Tu avais pris le flingue. Tu sais ce qui se passe quand un type est préoccupé.

— *Tu* étais préoccupé ? À ton avis, qu'est-ce que j'ai ressenti ? (Elle se pencha vers lui.) Je pense qu'il est grand temps que j'aie quelques réponses, Ken. Tu t'es implanté chez moi. Tu savais que j'allais emprunter cette route depuis Laguna Beach. Tu savais que je te prendrais en stop. Et pour quelque raison, et de quelque façon, tu as apporté un fusil dans ma maison.

Elle se leva et s'avança vers le bord de la piscine.

— Je ne t'ai pas demandé jusqu'à présent de me dire qui tu es et la raison de ta présence ici parce que je ne suis pas ce genre de personne. Si je veux t'avoir à portée de main, alors je t'aurai à portée de main, et nous avons droit tous les deux à notre intimité. Mais je sens que quelque chose d'épouvantable va se produire, et je veux savoir ce que c'est.

— Je te l'ai dit, Adele. Le fusil, c'est pour me protéger.

— Je ne te crois pas.

— On ne pourrait pas rentrer, et en parler tranquillement ?

— Non, lui dit Adele. Je veux une réponse maintenant, Ken. Tout de suite. Je veux que tu me dises à quoi doit servir ce fusil.

— Adele, j'ai des ennemis, c'est tout. Des gens qui me veulent du mal. J'ai apporté le fusil pour cette seule raison.

— Où l'as-tu trouvé ? Tu ne l'avais pas quand je t'ai pris en stop.

— Un ami me l'a donné. Je l'ai rencontré en ville un matin, et il me l'a donné.

— Tu mens, fit Adele d'un ton sec. J'en ai assez de tes mensonges, et je commence à en avoir assez de toi.

— Tu n'as pas dit ça la nuit dernière !

— Depuis la nuit dernière, mon cher petit gars, j'ai eu tout le temps de réfléchir. Et l'une des choses à laquelle j'ai réfléchi, c'est que tu es incroyablement faible et dangereux. Si tu avais réussi à me violer la nuit dernière, la situation aurait probablement été différente. Tu aurais pu prouver que tu étais un homme complet, sur tous les plans. Mais tu ne l'as pas fait. Tu n'es qu'un ver de terre, et tu as creusé ton trou dans cette pomme pour une putain de bonne raison !

Ken bascula ses jambes de la chaise longue et se leva. Il s'approcha d'Adele.

— Tu vas me pousser à bout comme ça longtemps ?

Il dit cela doucement mais, d'une certaine façon, cela rendit les mots encore plus menaçants. Cependant, Adele ne se laissa pas intimider. Elle le considéra avec un mépris glacial et répondit :

— Je te pousserai à bout aussi longtemps que je choisirai de le faire. Je suis chez moi, et tu es ma chose.

Ken la regarda fixement un long moment. Son regard était ferme et sans expression. Il y avait quelque chose chez lui qui était anormal de façon troublante, comme s'il avait des antécédents de maladie mentale. Il ressemblait à une version adulte de ces enfants placés dans des institutions, qui ont été battus par leurs pères, torturés par leurs frères, violés par leurs mères, trahis par la vie avant même de commencer à la vivre.

— D'accord, je suis ici pour une certaine raison, dit-il. Je suis un agent de la sécurité.

Adele eut un rire aigu, sonore.

— Un agent de la sécurité ?

Ken prit un air maussade et sérieux.

— Je suis ici parce que nous avons appris que quelqu'un essaierait peut-être d'attenter à la vie du sénateur Chapman lorsqu'il viendra ici demain pour ta réception. Je suis ici pour le protéger.

— Je ne te crois toujours pas, déclara Adele.

Mark avait fait le tour de la piscine et se tenait à côté d'eux. Il était de haute taille et large d'épaules. Ses yeux brillaient dans le crépuscule. Il dit, lentement :

— Si vous êtes un agent de la sécurité, monsieur Irwin, alors je pense que nous avons le droit de voir votre plaque.

— Je, euh, je ne l'ai pas sur moi, répondit Ken, les yeux fixés sur Adele.

Il s'ensuivit un silence. Puis Mark dit :

— Très bien, monsieur Irwin. Dans ce cas, je pense que je vais prévenir la police de Palm Springs.

Ken leva la main. Il continuait de fixer Adele.

— À votre place, je ne ferais pas ça, le prévint-il.

— Oh, vraiment ? Vous allez m'en empêcher ?

Finalement, Ken se tourna vers lui. D'une voix maî-trisée, il dit lentement :

— Vous avez entendu parler de l'Étrangleur d'Hill-side ?

— Comme tout le monde !

— Eh bien, poursuivit Ken en s'essuyant les lèvres du dos de la main, cela ferait quel effet si l'on découvrait qu'Adele Corliss, la célèbre actrice de cinéma, le cachait chez elle ? Et qu'elle couchait avec lui ?

À nouveau, il y eut un silence. Puis Mark dit :

– Vous voudriez nous faire croire que *vous* êtes l'Étrangleur d'Hillside ?

Adele lança un regard à Mark, puis elle se tourna vers Ken et éclata de rire.

– Tu es cinglé, dit-elle. Je crois que tu es complètement cinglé. J'aurais dû m'en apercevoir plus tôt. Tu as complètement pété les plombs. Mark, allez prévenir la police.

– Je suis l'Étrangleur d'Hillside, répéta Ken d'une voix aiguë. Je peux vous dire les noms et je peux vous indiquer les endroits. Et si vous téléphonez, je prendrai un énorme plaisir à dire aux flics qu'Adele Corliss savait parfaitement qui j'étais et ce que je faisais, et qu'elle me laissait toujours revenir chez elle pour me planquer.

Mark regarda Adele. Elle se contenta de hocher la tête et dit :

– Allez-y, Mark. Prévenez la police.

Mark se dirigea vers la maison, mais Ken fut plus rapide que lui. Il le saisit par l'épaule et lui assena sur l'arête du nez un violent coup de karaté porté avec le tranchant de la main. Un *crac* aigu retentit... Le nez brisé, Mark tomba à genoux et s'affaissa sur le côté. Ken le releva en tirant sur sa chemise et le frappa violemment à la bouche. Puis il lui donna un coup de pied rageur. Mark s'écroula et Adele entendit sa tête heurter les dalles du patio.

Ken retourna le chauffeur, puis il fit face à Adele. Il respirait bruyamment. De l'autre côté de la piscine, Holman et les Mexicains, les guirlandes de lampions dans leurs mains, les regardaient avec stupeur, mais ils n'osèrent pas s'approcher.

– Tu m'écoutes à présent, dit Ken à Adele d'une voix sourde et menaçante. Tu vas continuer de te comporter comme si de rien n'était, tu vas donner cette réception, et tu ne diras rien à personne. Surtout pas aux flics.

Adele était très pâle, mais elle garda la tête haute et, lorsqu'elle parla, sa voix était calme et posée.

– Qu'as-tu l'intention de faire ? Couper les fils de mes téléphones ? À la seconde où cela se produira, la police foncera ici. Ta situation est désespérée, Ken, et tu devrais le comprendre. L'Étrangleur d'Hillside ? Oh, ne me fais pas rire ! La seule chose que tu aies jamais étranglée, c'est ton intelligence, même si celle-ci est très réduite !

– Adele, dit Ken, tu vas donner cette réception, point final.

– Bien sûr que oui ! De toute façon, il est trop tard pour décommander mes invités. Mais je peux te certifier que *tu* ne seras pas là. Ni toi, ni ton fusil. Je vais appeler la police tout de suite, et te faire mettre derrière les barreaux, que tu sois un agent de la sécurité ou un auto-stoppeur ou l'Étrangleur d'Hillside !

– *T.F. !* hurla Ken.

Adele le regarda en battant des paupières.

– Quoi ? Qu'est-ce que tu as dit ?

Ken, le visage crispé par la peur, cria :

– *T.F. ! Bordel de merde ! Amène-toi !*

Adele fit un pas vers lui, mais il recula.

– Tu es très stupide, tu sais, dit-elle. J'ignore ce que tu essaies de faire ici, mais tu ne t'en tireras pas à bon compte, crois-moi !

– *T.F. !* vociféra Ken. *T.F. !*

Mais il n'avait pas besoin de crier. La porte de la maison s'ouvrit et un homme de haute taille aux cheveux gominés plaqués en arrière apparut. Il portait une chemise noire, un jean de velours côtelé noir, et des lunettes de soleil aux verres miroirs. Il avait un air slave, et il se déplaçait en de grandes enjambées souples. Il tenait au creux de son bras le fusil que Holman avait découvert dans la penderie de Ken.

T.F. s'approcha d'eux et jeta un regard à la ronde. Il considéra Mark, étendu sur les dalles du patio, sonné, et il le poussa avec le canon de son fusil. Puis il regarda dans la direction des domestiques abasourdis et silencieux. Finalement, il regarda Adele.

— Dis donc, Ken, fit-il sèchement, j'ai l'impression que tu t'es foutu dans la merde.

— Je t'ai dit qu'elle avait trouvé le flingue, répondit Ken. Elle n'arrêtait pas de me poser des questions sur le flingue. J'ai essayé de la faire taire, mais elle a continué.

T.F., les yeux inexpressifs, considéra Adele et grimaça un sourire.

— La curiosité a tué le chat, dit-il, le visage impassible.

— J'exige de savoir ce qui se passe ! s'insurgea Adele. Vous ne pouvez pas vous introduire de force dans ma maison et...

T.F. se rapprocha. Le M-14 était posé sur son bras, mais son doigt était sur la détente. Grand, sombre et menaçant, il dominait Adele, et elle percevait la froideur de sa personnalité telle une aura d'oxygène liquide. Elle avait toujours considéré qu'elle était glaciale et hautaine, mais cet homme irradiait une indifférence absolue pour toute personne autour de lui qui aurait pu craqueler des miroirs. Il continuait de sourire.

— Nous avons une espèce de complication, Ken, chuchota T.F. Nous avions espéré que tout se passerait sans la moindre complication.

— Tout *quoi* ? s'exclama Adele.

— Nous sommes ici pour un petit boulot, c'est tout. Un petit boulot à terminer. Nous avions espéré l'exécuter sans que vous vous rendiez compte de quoi que ce soit. Mais, apparemment, l'ami Ken s'est montré négligent et trop émotif, comme d'habitude. C'est plus fort que lui.

— Vous avez l'intention d'abattre le sénateur Chapman, hein ? C'est bien ça, non ? Vous avez l'intention d'assassiner le sénateur Chapman.

T.F. secoua la tête, sans lui répondre. Son sourire donnait l'impression qu'il s'était écorché le visage avec un patin à glace sur un lac gelé. Il se tourna vers Ken.

— Nous allons le garder en otage, dit-il en montrant Mark de la tête. Je vais l'enfermer dans ta chambre. La réception se déroulera comme prévu, sinon sa cervelle giclera sur le plafond.

Adele fut glacée jusqu'aux os.

— Vous ne pouvez pas faire ça. Vous ne vous en tirerez pas impunément. Holman, appelez la police immédiatement ! ordonna-t-elle.

Holman hésita, puis il fit un pas vers la maison. D'un geste presque désinvolte, T.F. leva le fusil dans le creux de son bras et tira une fois vers le côté opposé de la piscine. La détonation fut assourdissante, et les échos se répercutèrent dans la nuit du désert. Holman, pétrifié, baissa les yeux vers la guirlande de lampions qu'il tenait dans ses mains. L'une des ampoules de couleur avait été fracassée.

— Mademoiselle Corliss, dit T.F. doucement, je ne veux pas que quelqu'un qui n'a pas besoin d'être blessé soit blessé. Mais je vous avertis dès maintenant que si cette réception ne se déroule pas comme prévu, sans clins d'œil, hochements de tête ou signes de votre part indiquant qu'il se passe quelque chose d'anormal, votre employé noir sera abattu sur-le-champ, ainsi que vous, et la plupart de votre personnel.

– Mais vous allez *tuer* quelqu'un, rétorqua Adele. Si je maintiens cette réception, vous allez tuer l'un de mes invités.

T.F. arbora un large sourire.

– Peut-être que oui. Et peut-être que non. Et même si c'est notre intention, vous ignorez qui ce sera. Alors, que décidez-vous de faire ? Miser sur la vie de quelqu'un qui ne représente peut-être absolument rien pour vous, ou bien faire buter quelqu'un que vous connaissez et à qui vous tenez ?

Mark, étendu sur les dalles du patio, commençait à reprendre connaissance, et il gémit. Son visage était éclaboussé de sang, et il était blême en raison de la commotion.

– Il a besoin d'un docteur, dit Adele.

T.F. leva une main.

– Il en aura un dimanche matin. Après la réception. En attendant, il vient à l'étage avec moi.

– Et moi, je fais quoi ? demanda Ken.

– Tu t'assures que les domestiques ont pigé le topo. Ensuite, tu surveilles la petite dame. Tu lui fais bien comprendre que ni l'un ni l'autre nous n'avons absolument rien à perdre.

– Qu'est-ce que cela signifie ? demanda Adele.

– Cela signifie que si les flics se pointent, nous ne jetterons pas nos armes par terre et que nous ne nous rendrons pas. Nous tirerons pour tuer et nous nous en sortirons probablement à bon compte.

16

Cette nuit-là, dans leur suite à deux cents dollars la nuit au Century Plaza Hotel de Los Angeles, les Chapman, de nouveau ensemble après plusieurs jours de séparation, avaient un sommeil agité. À 3 heures du matin, Carl s'extirpa du lit, glissa ses pieds dans ses pantoufles, et alla dans le séjour. Il alluma la lampe de bureau, prit une feuille de papier à lettres à en-tête de l'hôtel, et commença à écrire.

Quelques minutes plus tard, Elspeth apparut, emmitouflée dans une robe de chambre ouatinée rose, des bigoudis dans les cheveux.

– Tu veux quelque chose pour t'aider à dormir, Carl ? demanda-t-elle. Tu n'as pas arrêté de te tourner et de te retourner dans le lit.

– Je prendrai un cognac dans un moment. Je suppose que je suis tendu.

– Tendu à propos de quoi ? Pas à cause de moi, assurément.

– Un peu.

Elle se dirigea vers le plateau des alcools sur la desserte et se versa un vermouth sec avec des glaçons. Elle le sirota lentement tandis qu'elle allait jusqu'à la fenêtre et contemplait les lumières du Boulevard des Stars. Jusqu'à présent, ils n'avaient pas parlé de son appel téléphonique depuis Minneapolis, ni de ce qu'elle avait dit, qu'elle devait se protéger de lui. Leur conversation durant le dîner avait porté principalement sur la réception du lendemain soir, et sur la sciatique de cousine Kate qui la faisait atrocement souffrir, d'autant plus qu'il neigeait maintenant dans le Nord-Est. Ils avaient prudemment évité de parler de menaces, d'élections, et de tout ce qui touchait à la politique.

Carl se renversa dans son fauteuil avec lassitude et considéra Elspeth d'un air grave.

— Elspeth, comment un couple marié peut-il en arriver à ce genre de conflit ? demanda-t-il doucement.

Elspeth ne se retourna pas.

— Ce n'est pas un conflit, Carl. C'est un dysfonctionnement dans notre confiance mutuelle.

— Ma foi, soupira-t-il, je suppose que c'est en grande partie ma faute. Les filles, et tout le reste.

— Oui, acquiesça-t-elle. Les filles, et tout le reste.

Il demeura silencieux un moment, puis il dit :

— Je présume que cela ne servirait à rien si je promettais de te rester fidèle ?

— Pourquoi le ferais-tu ? lui demanda-t-elle. Pourquoi me rester fidèle alors que tu peux m'avoir, ainsi que la présidence, et toutes les jeunes femmes sexy que tu veux ? Cela ne rime à rien !

— Elspeth, je n'aime pas avoir une épée de Damoclès suspendue au-dessus de la tête. Ces films et ces bandes enregistrées que le type que tu avais engagé a faits au Doral… cela me préoccupe. Cela me préoccupe vraiment. Enfin, tout va bien si tu les gardes comme une sorte d'assurance-vie. Cela ne me dérange pas, parce que je sais que je me conduirai correctement avec toi. Tu n'auras jamais à t'en servir. Mais supposons qu'ils tombent entre les mains de quelqu'un qu'il ne faut pas ? Supposons que quelqu'un fasse un cambriolage politique style Watergate chez nous, juste pour voir ce qu'il peut dénicher, et qu'il tombe dessus ? À ton avis, quel serait le sort du prochain président des États-Unis, si les gens apprenaient qu'il trompait sa femme et, de surcroît, qu'il trompait sa femme avec une fille qui est morte ?

Elspeth se retourna.

– Morte ?

– Tu ne savais pas qu'elle est morte ?

– Non. Bien sûr que non. Comment est-elle morte ?

– Aussitôt… euh… peu de temps après que je l'ai quittée. Elle, euh, elle a pris un bain. L'eau devait être trop chaude. Ou bien elle avait pris trop de somnifères. Elle, euh, s'est noyée. Elle s'est noyée.

– Elle s'est *noyée* ?

Carl se leva et rejoignit Elspeth pour poser ses mains sur ses épaules.

– C'était un accident, dit-il. J'ai veillé à ce que la police fasse une enquête approfondie. Ils ont tout vérifié. Le coroner de Las Vegas a dit que c'était un accident.

Elle le regarda avec une expression effrayée.

– Et qu'est devenu David Radetzky ? demanda-t-elle. Je l'ai appelé aujourd'hui mais je n'ai obtenu que son répondeur.

– Radetzky ? Comment le saurais-je ? Un futur président ne peut pas veiller sur chaque individu de ce pays !

– Carl, je l'ai appelé hier et je l'ai appelé quatre fois aujourd'hui, et il n'était pas là.

– Elspeth, tu t'aventures dans des domaines qui ne te concernent pas. Nous avons parlé à Radetzky, bien sûr, mais c'est tout. S'il a choisi de ne pas venir à son bureau pendant deux jours, cela n'a rien à voir avec moi. Il a peut-être pris une semaine de vacances pour Thanksgiving. Je ne sais pas.

Elspeth prit les poignets de son mari et ôta ses mains de ses épaules. Son visage était crispé et sévère.

– Tu l'as fait tuer, hein ? dit-elle.

Carl émit un grognement en s'efforçant de prendre un air amusé.

– Le tuer ? Tu crois que je l'ai fait tuer ? Pour qui me prends-tu ? Pour Al Capone ?

– Je pense que tu es pire qu'Al Capone. Je pense que tu fais tuer des gens afin de remporter les élections présidentielles en 1980. Je pense que tu as fait tuer un grand nombre de gens.

Il ne répondit pas. Il alla jusqu'au plateau des alcools, trouva le cognac, et se versa un grand verre, qu'il remplit à ras bord de soda. Il arpenta la pièce et but son cognac en quatre ou cinq grosses gorgées. Puis il posa son verre vide sur la desserte.

– Tu ne m'as pas répondu, Carl. Je veux savoir la vérité.

– La vérité ? La vérité sur quoi ? La vérité sur la situation complètement pourrie de ce pays ?

– La vérité sur ce que tu fais, Carl.

– Elspeth, ce que tu ignores ne peut pas te nuire. De toute façon, il me semble que tu en sais déjà foutrement trop.

– Comment puis-je t'aider si tu ne me dis rien ?

Il devint rouge de colère.

– Je n'ai pas *besoin* de te dire quoi que ce soit ! Tu m'as fait suivre partout par tes détectives privés, ils ont enregistré mes conversations, ils ont filmé ma vie sexuelle ! Tu en sais plus sur moi que moi-même !

– Carl, inutile de t'emporter !

– Tu me le reproches ? J'essaie d'être conciliant, j'essaie de te parler en époux, et tu ne m'écoutes jamais. Tu m'as toujours tenu à distance. Tu as toujours veillé à avoir une assurance-vie. Lorsque nous nous sommes mariés, tu as veillé à garder ton petit cottage à Wealthwood, juste au cas où. Ensuite tu as veillé à avoir beaucoup d'argent sur ton compte en banque, juste au cas où. Et maintenant, tu t'es procuré un film pornographique sur moi, juste au cas où. Tu parles de confiance trahie, Elspeth, mais lorsque tu en parles, tu devrais te remémorer toutes tes petites assurances-vie, et réaliser qu'elles sont un démenti formel à ta confiance en moi !

Elle le regarda avec mépris.

— Du vent tout ça ! répliqua-t-elle. Tu es à peu près aussi sincère qu'une grenouille-taureau !

— Tu veux des insultes ? gronda-t-il. Je peux te dire des insultes. Mais j'espère être suffisamment adulte pour ne pas prendre cette peine.

— Je ne veux pas des insultes, répondit Elspeth. Je veux la vérité.

— Bon, d'accord. Tu me donnes ce film et tu auras toute la vérité que tu désires. Un geste de confiance en mérite un autre.

— La confiance d'abord, Carl. Le film ensuite.

Il s'approcha d'elle et la regarda avec une expression dure, impatiente. Il respirait péniblement, comme s'il venait de courir.

— Je veux ce film, Elspeth, et je le veux maintenant.

Elle se détourna d'un air dédaigneux.

— Tu connais mes conditions.

— Tes *conditions* ? Mais qu'est-ce que tu racontes ? Nous sommes mari et femme, Elspeth, et nous essayons de rafistoler un mariage qui n'a probablement jamais eu la moindre chance de marcher. Mais au moins, nous essayons. Alors, tu me le donnes, ce putain de film ?

Elle secoua la tête.

– Tu dis tes sottises, Carl. Tu parles comme si nous étions un couple ordinaire. Mais ce n'est pas le cas, d'accord ? Tu es un homme sans scrupules, un débauché, qui ne pense qu'à la Maison-Blanche, et je suis une femme qui réalise que sa seule chance de faire quelque chose de sa vie consiste à vivre avec cet homme sans scrupules, ce débauché.

Carl tremblait. Il sentait sa colère monter en lui tel du mercure noir montant dans un thermomètre. Il prit trois profondes inspirations, puis il dit d'une voix tendue :

– Elspeth, donne-moi le film.

– Non, Carl.

Il marqua un temps, puis il rugit :

– *Donne-moi ce putain de film !*

Elle lui adressa un sourire de mépris, et c'était la pire chose qu'elle aurait pu faire. Carl la saisit par les cheveux et la poussa sur le canapé, lui arrachant une poignée de bigoudis et de cheveux. Elle cria : « Carl ! » et tenta de se protéger, mais Carl était un homme massif et robuste, et son jogging l'avait maintenu en forme. Il était également en colère, après toutes ces années de frustration, ces années où on l'avait traité avec condescendance, ces années de dénigrement sexuel et de gêne en société.

Il la leva de force du canapé et lui donna un coup de poing dans les côtes. Il était un homme politique suffisamment avisé pour ne pas la frapper au visage. Elle se courba en deux, sans émettre un son, et s'affaissa sur la moquette.

En haletant, Carl se pencha et la remit debout. Elle essayait de respirer, la bouche grande ouverte, et son visage était violacé. Il attendit qu'elle ait avalé un peu d'air dans ses poumons et que ses couleurs commencent à réapparaître.

– Maintenant, dit-il, je veux que tu me donnes ce film.

Tout en continuant d'avaler de l'air, elle secoua la tête.

– Elspeth, la prévint-il d'une voix blanche, je veux que tu me dises où est le film.

– Non.

Sa bouche se tordit en quelque chose qui aurait pu être un sourire. Il dit, très doucement :

– Je ne te donne pas cinq minutes pour te décider. Je te le demande maintenant.

Elle fut seulement à même de secouer la tête.

– Tu as envie d'être la Première Dame, n'est-ce pas ? Tu as envie de t'installer à la Maison-Blanche tout autant que moi. Mais tu ne seras pas à mes côtés si tu n'apprends pas à faire ce que je te dis, Elspeth. Je ne puis tolérer la moindre désobéissance. Cela compromettra peut-être mes chances d'être élu, si nous nous séparons, mais tu me causeras encore plus de tort si tu te comportes de cette façon, parce que tu rendras ma vie dangereuse, et cela je ne peux pas l'accepter !

– Lâche-moi, Carl.

Il lui tordit le bras et la tira vers lui.

– Tu me dis où est le film, et je te lâcherai.

– Jamais de la vie, Carl ! Si je te donne ce film, tu me feras tuer, moi aussi. Comme tu as fait tuer tous les autres.

Il la poussa violemment contre le mur en appuyant sur elle de tout son poids. Puis il saisit ses seins dans ses mains épaisses et dures, les serra haineusement, lui tordit les mamelons jusqu'à ce qu'elle crie. Il la frappa de nouveau à l'estomac, et elle s'écroula sur la moquette.

Tandis qu'elle était étendue là, il retourna vers le plateau des alcools et se versa un autre cognac soda. Il se sentait transi, irréel, et fou de rage. Il se sentait capable de saccager toute la suite. De jeter par la fenêtre ce foutu téléviseur. D'arracher les tableaux des murs. Mais il savait qu'il avait besoin de se maîtriser. Il devait se calmer. Il but son cognac d'un trait et revint lentement vers l'endroit où sa femme était allongée.

Elle cherchait à respirer et gémissait.

— Alors ? On est bien par terre ?

Elle fut incapable de répondre.

— Tu acceptes de me dire où est le film ?

À nouveau, elle secoua la tête.

Il jeta un regard vers le plateau des alcools. Une bouteille de cognac, une bouteille de vodka, un siphon d'eau de Seltz, une bouteille de vermouth, une bouteille de soda, à moitié vide.

— Tu sais, on faisait quelque chose à l'armée, lorsqu'un type nous balançait.

Elspeth demeura allongée, sans rien dire. Il se mit à croupetons à côté d'elle.

— Ça fait atrocement mal, lui dit-il. Et si tu ne me dis pas où est le film, je suis foutrement tenté de te faire la même chose.

Elle secoua la tête faiblement. Il la considéra un moment, puis il se redressa et alla jusqu'à la desserte. Il revint avec la bouteille de vodka tout en ôtant la capsule.

Il se mit à croupetons de nouveau. Elle l'observa, mais elle avait trop mal pour bouger.

— Espèce de sale garce prétentieuse, dit-il. Quand je pense à toutes ces années de merde que tu m'as données, cela m'amène à comprendre que j'aurais dû te battre dès la première nuit de notre mariage. J'aurais dû te rouer de coups. Alors on se serait parfaitement compris.

Elle détourna les yeux.

— Écoute, je te donne une dernière chance, dit-il doucement. Ou bien tu me donnes ce film, ou bien je vais te faire mal, Elspeth. Très, très mal.

Elle ne bougea pas. Elle ne montra même pas qu'elle l'avait entendu. C'était bien d'elle ! Même lorsqu'elle avait été battue et humiliée, elle se montrait méprisante !

Carl la retourna pour la mettre à plat ventre sur le sol. Puis il se mit à califourchon sur elle, face à ses pieds, en pesant sur sa taille de ses quatre-vingt-quinze kilos. Il releva sa robe de chambre sur son dos, découvrant son derrière pâle, puis il lui écarta les fesses d'une main aux doigts boudinés. Avec l'autre main, il saisit la bouteille de vodka, aux trois quarts pleine. Il entreprit de verser de la vodka sur ses cuisses et entre ses jambes.

La première fois qu'il enfonça la bouteille, elle se contorsionna sous lui et cria « *Aah !* » Il attendit qu'elle cède, qu'elle lui donne le film et qu'elle lui dise qu'elle ne se livrerait plus jamais à ce genre d'entourloupes. Après tout, à l'armée, il avait vu des hommes adultes demander grâce dès la première poussée.

— Tu te rends ? demanda-t-il brutalement.

Il n'y eut pas de réponse.

— Tu te rends ?

Il attendit un moment encore. Toujours pas de réponse.

— D'accord, tu l'auras cherché, sale garce ! lui dit-il.

Il recourba son bras afin d'enfoncer la bouteille de vodka de plus en plus fort, et il la tourna tandis qu'il la poussait. Il grognait et transpirait tellement que c'était à peine s'il entendait Elspeth hurler. Il prit une inspiration, puis il poussa la bouteille à nouveau, jusqu'à ce que pratiquement la moitié ait disparu.

— *Retire-la! Retire-la! Carl! Pour l'amour du ciel! Retire-la!*

Lorsque ce fut terminé, elle resta étendue sur le sol et sanglota, et il se tint près de la desserte et finit son cognac soda. Il voyait son reflet dans la vitre sombre de la fenêtre, avec les lumières de Century City au-delà, et il songea qu'il avait l'air très vieux et harassé.

Elspeth se redressa sur les genoux en tremblant, puis elle se traîna jusqu'au canapé. Elle s'y allongea, le visage blême, commotionnée, et serra ses bras sur sa poitrine, recherchant chaleur et sécurité. Il la regarda mais demeura silencieux.

Au bout d'un moment, elle chuchota :

— Le film est dans la salle des coffres de la Security Pacific Bank, l'agence sous le restaurant chinois de Century Plaza. Le coffre est au nom de McCarthy.

— C'est ta conception d'une plaisanterie ? demanda-t-il.

Mais elle ne dit rien de plus. On frappa discrètement à la porte de la suite, et Carl fut obligé d'aller ouvrir.

C'était le gérant de nuit.

— Je suis désolé de vous déranger, sénateur, dit-il poliment, mais deux de nos clients sont très inquiets. Ils ont entendu des cris venant de votre suite. Est-ce que tout va bien ?

Le sénateur lui adressa un sourire rassurant.

— Tout va bien, répondit-il en lui donnant une tape sur l'épaule dans le plus pur style de ses tournées électorales. Tout va très bien.

17

Le matin des obsèques, il y avait une épaisse couche de nuages. Il faisait très lourd dans le cimetière, et on étouffait, comme à l'intérieur d'un placard à linge. John se tenait légèrement à l'écart des autres. Il transpirait dans son costume noir et avait l'impression que sa chair se liquéfiait et se détachait de ses os. Perri était venue, comme elle l'avait promis. Elle se tenait derrière lui, elle portait un tailleur gris et un chapeau noir avec un voile de deuil.

Dans la lumière brumeuse sans ombres, le cercueil de William Cullen fut descendu dans la fosse, et John fit tomber une poignée de terre desséchée sur le couvercle en bois ciré. Puis il s'éloigna en espérant que son père avait été accueilli quelque part dans la joie, la dignité et le pardon. Mel le rejoignit et passa son bras autour de ses épaules. Ils se dirigèrent vers le portail du cimetière, suivis de Perri.

Le lieutenant Morello les attendait à l'entrée, près de la Lincoln blanche. Il leur serra la main et John le présenta à Perri.

— J'espère que vous ne pensez pas que je suis importun, dit le lieutenant Morello. Je peux vous voir plus tard si vous voulez.

— Ne vous inquiétez pas, dit John. Je suis curieux d'apprendre ce que vous avez découvert.

— En fait, pas grand-chose, répondit le lieutenant Morello. Nous avons quelques résultats en balistique, mais ils ne sont pas très concluants. Nous avons également examiné la Fury qui vous avait donné la chasse jusqu'à San Diego, mais il n'y avait pas d'empreintes, excepté celles du propriétaire. Elle avait été volée, vous comprenez. Par quelqu'un qui était suffisamment intelligent pour porter des gants.

— Alors, vous êtes encore loin de procéder à une arrestation ? demanda Mel.

— Je le crains. Nous faisons des progrès, mais très lentement.

John desserra sa cravate noire. Il n'était que 11 heures, mais l'humidité dans l'air augmentait.

— C'est pour cette raison que vous êtes venu ? demanda-t-il au lieutenant Morello. Juste pour nous dire ça ?

— Eh bien, pas exactement. En fait, je suis venu en raison de la présence de mademoiselle Shaw ici. Certains de mes hommes vous ont vu avec elle hier soir, et cela m'a préoccupé. J'ai pensé que vous essayiez peut-être d'établir un lien entre la mort du père Zaparelli hier matin et ce qui est arrivé à votre père et à votre amie.

— Je ne devrais pas ? fit John.

— Pas en soi. Mais je crains que nous n'approuvions pas beaucoup que de simples particuliers essaient de mener leur propre enquête, au lieu de laisser ce soin à la police. La plupart du temps, cela gêne considérablement notre travail – parfois tragiquement. Au cours de ces deux dernières années, nous avons eu deux affaires de planque qui ont été bousillées par un amateur enthousiaste. Celui-ci a déboulé avec un colt spécial samedi soir, en se prenant tout à la fois pour Cannon, Kojak et le commissaire McMillan.

John lança un regard à Mel. Celui-ci se contenta de hausser les épaules.

– Je sais ce que vous ressentez à propos de votre père, poursuivit le lieutenant Morello. Je sais que vous souffrez profondément et que vous êtes fou de rage. Je sais que vous voulez faire coffrer celui qui l'a tué, mais je vous serais vraiment très reconnaissant de nous laisser nous occuper de ce Dingue de l'autoroute, parce que nous sommes des professionnels et parce que nous allons l'alpaguer. Je vous dis cela dans votre intérêt. Je ne veux pas que vous gêniez notre travail et, par-dessus tout, je ne veux pas qu'il vous arrive quelque chose. À vous, à monsieur Walters, ou à mademoiselle Shaw.

John ouvrit les portières de la Lincoln.

– Entendu, lieutenant, dit-il doucement. Nous ne vous gênerons pas. Trouvez le Dingue de l'autoroute, et nous ne serons plus dans vos jambes.

Le lieutenant Morello considéra John un moment. Il ne savait pas très bien s'il devait le croire ou non.

– Je n'essaie pas de vous faire comprendre que nous n'apprécions pas vos efforts, dit-il. Nous les apprécions, croyez-moi.

– Merci, répondit John. J'apprécie les vôtres.

– En résumé, nous ne pouvons pas vous laisser mettre votre vie en danger, ajouta le lieutenant Morello. C'est notre boulot de traquer des assassins, et nous connaissons les risques. Mais nous ne pouvons pas laisser des civils prendre ces risques à notre place.

– Je comprends, dit John.

– Ce n'est pas que nous n'appréciions pas la coopération du public, dit le lieutenant Morello. Le Département de police de Los Angeles en dépend dans une large mesure.

– Bien sûr, acquiesça John.

– Dans ce cas, nous sommes d'accord, fit le lieutenant Morello.

Il ne savait pas quoi dire d'autre. John monta dans sa voiture, referma la portière, et baissa sa vitre. Il se tint immobile, comme s'il attendait que le lieutenant Morello prononçât une sentence sonore et définitive.

— Eh bien, c'est tout, dit le lieutenant Morello.

— C'est tout ? répéta John.

— Contactez-nous si jamais il se passait quelque chose, si quelqu'un d'autre s'en prenait à vous de nouveau. Et prévenez-nous si vous changez d'hôtel.

— Entendu, dit John. Au revoir.

Il mit le contact, et ils empruntèrent Forest Lawn Drive vers l'autoroute de Ventura. Mel était assis à droite et Perri était assise entre eux. La matinée était brumeuse lorsqu'ils se dirigèrent vers le sud pour rejoindre l'autoroute de Golden State. Ils ne parlèrent pas beaucoup tandis qu'ils roulaient. L'ambiance triste des obsèques de William Cullen ne les avait pas quittés, et la mise en garde du lieutenant Morello n'avait guère aidé à leur remonter le moral.

Ils filèrent le long de la côte, dépassèrent Oceanside et Leucadia. Lorsqu'ils atteignirent la périphérie de San Diego, il était un peu plus de 16 heures. John continua vers Fairmount Avenue, tourna au coin, et se gara devant la maison du professeur Sweetman. Ils descendirent de la voiture, traversèrent la pelouse rabougrie, et sonnèrent.

La porte d'entrée fut brusquement ouverte. Une Mexicaine portant un tablier apparut. Elle les considéra sans rien dire.

— Est-ce que le professeur Sweetman est là ? demanda John.

Elle le regarda avec méfiance.

— Le professeur Sweetman ? répéta-t-il. Est-ce que le professeur Sweetman est *a casa* ?

La femme secoua lentement la tête d'un côté et de l'autre.

— Vous êtes sûre ? lui demanda Perri.

La femme hocha la tête.

— S'il n'est pas chez lui, où est-il ? Où pouvons-nous trouver le professeur Sweetman ?

La femme réfléchit un moment. Puis elle dit :

— Laboratoire. Par là. À université.

Ils remercièrent la Mexicaine, remontèrent en voiture, et suivirent Fairmount Avenue jusqu'au campus de l'université. Il n'y avait quasiment personne dans les environs. Deux étudiants faisaient leur jogging sur les pelouses. Un jardinier s'activait avec une tondeuse à gazon. Ils se garèrent sur le parking principal et firent le tour des bâtiments jusqu'à ce qu'ils repèrent un écriteau avec une flèche pointée vers la gauche et l'inscription *Laboratoire de recherches démographiques.*

— C'est certainement ça, dit John.

Ils traversèrent la pelouse vers un petit bâtiment trapu en brique et béton. Ils se dirigèrent vers l'entrée et arrivèrent devant une porte en acajou avec des panneaux vitrés. John s'abrita les yeux de la main et risqua un coup d'œil à l'intérieur.

— Vous voyez quelque chose ? demanda Perri.

— Il y a un petit vestibule, puis une autre porte. Bon, on entre.

Ils ouvrirent la porte sans bruit et se retrouvèrent dans un petit couloir carrelé. Il y avait également des panneaux vitrés dans la seconde porte, et ils entendirent le ronflement d'une énergie électrique et, de temps en temps, le claquement sec d'ordinateurs. John s'avança à pas feutrés dans le couloir et regarda par l'un des panneaux vitrés.

— Qu'y a-t-il dans cette salle ? demanda Perri d'une voix sifflante.

John leva la main pour lui indiquer qu'elle devait rester silencieuse. Puis il chuchota :

— Il y a toute une batterie d'ordinateurs IBM, sur trois côtés de la salle. Ils fonctionnent à plein rendement. Je vois deux assistants. Il y a quelqu'un d'autre. Je ne peux pas distinguer qui c'est. Un type avec une chemise sport jaune et un pantalon gris.

— Tu vois Sweetman ? demanda Mel.

— Non. Oh, le voici ! Il apporte une liasse de tirages papier. Il parle au type à la chemise sport et il lui explique quelque chose.

Durant trois longues minutes, John observa le professeur Sweetman parler à l'homme courtaud et trapu tout en lui montrant les tirages papier qu'il tenait sur son bras. Il ressemblait à un maître d'hôtel qui explique le menu du jour à un garçon. L'homme courtaud n'arrêtait pas de hocher la tête et, d'après sa façon de le faire, John devina qu'il avait entendu toutes ces explications de nombreuses fois auparavant. Ouais, professeur. Bien sûr, professeur.

L'homme trapu se retourna brusquement et se dirigea vers la porte, avec un bref mouvement de la main par-dessus son épaule à l'adresse du professeur Sweetman et un salut de la tête aux deux assistants.

— Il va sortir ! Vite, on fiche le camp !

Ils battirent précipitamment en retraite, franchirent la porte d'entrée, et firent le tour du bâtiment pour se cacher. Ils entendirent la porte d'entrée claquer et virent l'homme trapu traverser la pelouse vers le parking. Les tirages papier qu'il portait sur son bras voletaient dans le vent de l'après-midi.

— Nous devrions arrêter ce type, suggéra Perri. Il sait peut-être quelque chose.

— L'arrêter ? s'exclama Mel. Vous êtes cinglée ? Et on fait comment ?

— Je ne sais pas. Comment un homme fait-il pour arrêter un autre homme ?

— Perri a raison, dit John. Nous nous sommes débrouillés jusqu'ici. Tentons le coup !

Tous trois quittèrent l'abri du bâtiment et se dirigèrent rapidement vers le parking. L'homme trapu se tenait près d'une Cadillac coupe De Ville vert clair. Il cherchait maladroitement ses clés dans sa poche-revolver. John fit signe à Mel de s'approcher par-derrière, et à Perri de rester à côté de lui.

Alors qu'ils se trouvaient à trois ou quatre mètres de l'homme, celui-ci releva la tête. Il les regarda en plissant les yeux, ébloui par la lumière intense dans le parking. Son regard alla de John à Mel, puis revint se poser sur John.

— Excusez-moi, monsieur, dit John.

L'homme ne répondit pas. Il ouvrit la portière de sa voiture et posa sa liasse de tirages papier sur le siège avant, puis il se redressa et les considéra en silence.

— Est-ce que je peux vous poser une question ? demanda John.

L'homme avait un visage revêche, au nez aplati.

— Si c'est de l'argent que vous voulez, vous tombez mal. J'ai pas été à la banque cette semaine, répondit l'homme.

— Est-ce que nous avons l'air d'être des voleurs à main armée ? fit Perri.

L'homme haussa les épaules.

— Et merde, comment est-ce que je le saurais ?

416

– Nous voulons vous poser quelques questions au sujet de ces tirages papier, déclara John.

– C'est quoi, cette entourloupe ?

Mel se rapprocha derrière l'homme et dit :

– Ce n'est pas une entourloupe. Mais je suis sûr que vous ne demandez qu'à coopérer avec la police.

– La police ? Vous vous foutez de moi ? Vous n'êtes pas plus flics que moi !

John s'approcha lentement.

– Vous nous montrez les tirages papier, c'est tout. Ensuite vous pourrez partir.

– Je vous montrerai que dalle ! Maintenant, barrez-vous, avant que j'appelle quelqu'un !

– Mel, dit John.

Et il lui fit signe de se jeter sur l'homme, mais celui-ci était sur ses gardes. Il se glissa rapidement derrière le volant, claqua la portière, et la verrouilla au moment où Mel saisissait la poignée. Puis il mit le contact, emballa le moteur, et sortit du parking dans une embardée pour filer vers la sortie dans un crissement de pneus.

Mel se montra calme et décidé. Il sortit le .38 de sa ceinture, le tint fermement à deux mains, et tira. La balle atteignit le pneu avant comme la voiture tournait dans l'allée. La Cadillac monta sur le trottoir devant le bâtiment des recherches démographiques et heurta un arbre. Le moteur émit une plainte durant un moment, puis il cala.

Ils coururent vers la voiture. À l'intérieur, l'homme trapu était hébété et secoué, mais indemne. Mel le menaça avec le pistolet. Il déverrouilla la portière maladroitement et descendit. Il s'assit sur le trottoir, la tête entre les genoux, le visage blême, puis il vomit brusquement.

John prit les tirages papier sur le siège avant et les examina. Il y avait des listes et des listes de noms, d'adresses et de dates, suivis de commentaires codés. En tout, il devait y avoir plus d'un millier de noms.

Timothy P. Sheldon, Attleboro, Mass. Intersecté au plus tôt 77.

Margarita Ramones, Hemet, Ca. Intersection prochaine au plus tard 78.

Herman T. Kreisler, Lansing, Mich. Intersecté normalement 77.

En haut du tirage papier, il y avait l'en-tête : *Traitement de la Courbe Sweetman 35/710/409. CXC. Privé & Confidentiel.*

John montra l'en-tête à Perri.

— Vous voyez ça ? CXC. Je ne crois pas qu'il s'agisse d'une coïncidence. CXC sont les initiales de Carl X. Chapman, d'accord ?

— Tu penses que cela tranche la question ? demanda Mel. On fait quoi maintenant ? On prévient la police ?

— Je ne sais pas, répondit John. En soi, cette liste ne signifie pas grand-chose. Enfin, nous nous doutons de ce qu'elle représente, mais c'est tout. Et même s'il s'agit effectivement d'une liste de personnes que Chapman a l'intention de faire éliminer, aucune d'elles n'est morte pour le moment, et ce sera foutrement difficile de prouver que nous avons ici une liste de condamnations à mort.

— Allons poser la question au professeur Sweetman, suggéra Perri. Cette fois, il se montrera peut-être plus loquace.

Mel fit se lever l'homme trapu, et ils retournèrent rapidement vers le bâtiment des recherches démographiques. Cette fois, ils franchirent la seconde porte et firent irruption dans la salle des ordinateurs.

Le professeur Sweetman était penché sur un clavier et tapait le commencement d'un programme. John dit d'une voix distincte : « Professeur Sweetman ! » et le vieil homme redressa la tête et les regarda comme s'il ne parvenait pas à croire qu'ils étaient réels. Il y avait une petite verrière ambrée au-dessus d'eux, et son visage ridé et émacié semblait étrangement malsain dans la lumière qui en émanait.

– Dennis, vous êtes revenu, dit-il.

Il était incapable pour le moment de comprendre pourquoi le coursier chargé des tirages papier était revenu en compagnie de deux hommes qu'il avait mis à la porte la veille et d'une jeune femme qui lui était parfaitement inconnue.

– Quelque chose ne va pas ? demanda-t-il.

– Interrogez donc ces deux abrutis ! répondit Dennis. Et merde, je fais juste les courses et on me tire dessus !

Le professeur Sweetman hésita, puis il parcourut la salle du regard.

– Vous feriez mieux de venir dans mon bureau, dit-il. Il est juste à côté.

Mel se tint derrière Dennis, et ils entrèrent dans une pièce exiguë qui sentait le renfermé. Elle était encombrée de meubles modernes bon marché, de lampes de bureau, et de revues scientifiques. Des graphiques étaient fixés aux murs, des tableaux couverts de courbes démographiques, et de dizaines de notes griffonnées. La pièce ressemblait plus à un débarras qu'à un bureau, à l'exception d'une chose. Dans un cadre doré sur la table de travail, il y avait le portrait en couleurs d'une femme d'un certain âge au doux visage triste. Elle semblait plus jeune et moins décharnée qu'elle ne l'était dans la réalité, mais John la reconnut. C'était Mme Sweetman.

Le professeur Sweetman referma la porte derrière eux.

– Maintenant, dit-il, vous voulez bien m'expliquer ce que cela signifie ?

John lui montra les tirages papier.

– Je pense que c'est ce qu'on appelle arriver au bout de la route, dit-il doucement. Nous savons qui est l'homme politique qui fait partie de vos clients, et nous savons à quoi lui sert votre courbe, et nous avons la certitude que vous le savez parfaitement. Nous allons vous emmener à la police de Los Angeles, professeur Sweetman, avec tous ces tirages papier comme preuves.

Dennis haussa les épaules et sortit de sa poche de chemise un paquet de cigarettes froissé.

– Moi, je sais que dalle, dit-il. Je venais chercher ces trucs toutes les semaines et je les portais au bureau de M. Chapman, c'est tout. Je sais foutrement pas à quoi ça sert.

Le professeur Sweetman s'assit à sa table de travail, ôta ses lunettes, et regarda par la fenêtre un long moment. Finalement, il tourna la tête, les regarda, et esquissa un sourire plein de regrets.

– Je présume que c'était une idée trop radicale pour durer, déclara-t-il d'un air las. On ne peut pas espérer modifier du jour au lendemain le tissu politique d'une nation comme la nôtre, d'une manière ou d'une autre.

– Je dois dire que votre manière était plutôt contestable, répliqua John d'un ton brusque.

Le professeur Sweetman approuva de la tête.

– Vous avez probablement raison. Je n'ai pas l'intention d'avouer quoi que ce soit. Je vais m'en remettre à mon avocat.

— Mais c'est *vrai*? demanda Perri. C'est la vérité?
Vous avez vendu cette courbe pour que l'on commette
des meurtres politiques?

Le vieil homme secoua la tête.

— Ce n'est ni le moment ni le lieu pour reconnaître
des choses de ce genre. Je me contenterai de dire ceci.
Lorsque la personne que vous aimez le plus au monde
a une chance de survivre, une chance de vivre quelques
années de plus, alors j'ai bien peur que vos principes
moraux ne changent du tout au tout. Mima était atteinte
d'une tumeur au cerveau qui allait très certainement la
tuer. Elle était souffrante et dépourvue de raison depuis
trois ans. Ils m'ont dit que les opérations nécessaires
coûteraient plus d'un demi-million de dollars.

Il chaussa ses lunettes avec soin.

— Grâce aux applications politiques et commerciales
de la Courbe Sweetman, j'ai gagné environ 750 000 dollars, la plus grande partie de cet argent provenait de
mes clients dans le monde politique. Mima a été opé-
rée, et elle se rétablit. Comme vous avez pu le constater
par vous-même, monsieur Cullen, elle a toute sa tête à
présent.

John lança à Mel un regard presque triste. Maintenant qu'il savait que leurs théories et leurs soupçons
étaient exacts, maintenant qu'il savait que leurs pires
appréhensions à propos de la Courbe Sweetman étaient
fondées, il se sentait vidé et épuisé. Il aurait pu se laisser tomber dans un fauteuil et dormir pendant vingt-
quatre heures. Mel ne savait pas quoi dire. L'horreur de
ce que le professeur Sweetman avait fait était presque
trop difficile à assimiler.

Dennis, peu impressionné par les explications du professeur Sweetman, demanda :

— Dites, je peux m'en aller? Moi, j'ai rien fait. C'était juste un boulot.

— Vous ne bougez pas d'ici, ordonna John. Nous allons appeler la police.

Le professeur Sweetman se leva et alla jusqu'à un classeur métallique d'un gris sale. Il ouvrit le tiroir et en sortit une bouteille de madère et un verre.

— Vous permettez? Je crois que j'en ai besoin pour me calmer les nerfs.

John éprouvait un tel dégoût pour le professeur Sweetman qu'il eut du mal à le cacher dans sa voix.

— Allez-y, dit-il. Vous pouvez boire toute cette putain de bouteille.

Le professeur Sweetman remplit modestement la moitié du verre. Il but une petite gorgée, puis il consulta sa montre.

— Je suppose que je pourrais vous dire quelque chose qui atténuerait toute poursuite judiciaire ultérieure, dit-il. Quelque chose qui pourrait jouer en ma faveur.

— Je ne vois pas *quoi que ce soit* qui pourrait jouer en votre faveur, professeur, répliqua John.

Le professeur Sweetman parut quelque peu peiné.

— Oui, bien sûr. Vous, sans doute pas. Mais un jury se montrerait peut-être plus indulgent. Et je présume que je dois à moi-même, et à Mima, d'essayer. À dire vrai, nous avons un projet très important pour ce soir. Un projet spécial qui a nécessité une courbe très intéressante. Je l'ai établie moi-même, et c'était fascinant.

— Un *meurtre*? demanda Perri.

— Ma foi, le résultat final est un meurtre, mais…

— C'est un *meurtre*, et c'est *fascinant*? s'exclama Perri, scandalisée.

Le professeur Sweetman sembla décontenancé par la réaction agressive de Perri.

– Je ne *planifie* pas les meurtres, vous savez. Je n'ai rien à voir avec leur exécution. Je me contente de…

– Je ne fiche complètement de vos excuses, professeur, dit John. Je veux juste entendre ce que vous avez à dire.

Le professeur Sweetman soupira et se leva. Il décrocha un graphique du mur et l'étala sur la table. Le graphique était couvert de lignes et de courbes compliquées, et comportait des dizaines de lignes plus indistinctes portant l'inscription « tangentes de probabilité ».

– Ceci est une courbe pour une personnalité très complexe et de valeur, expliqua le professeur Sweetman. Habituellement, nous nous occupons uniquement de gens tout à fait ordinaires, des gens dont l'influence se fait ressentir dans le milieu où ils vivent en raison de leur popularité, mais pour aucune autre raison. Dans ce cas particulier, nous avons affaire à un homme qui exerce une influence politique non seulement en raison de sa popularité, mais en raison de son talent et de la façon dont il l'utilise.

« Cette courbe concerne Anthony Seiden, le réalisateur, et elle montre que son influence politique sur les spectateurs américains sera suffisante durant les trois prochaines années pour influer sur le résultat des votes lors des élections présidentielles de 1980, à raison de 0,02 %.

John regarda fixement le graphique.

– Vous allez tuer Anthony Seiden ?

Le professeur Sweetman acquiesça de la tête.

– C'est prévu pour ce soir. C'est une affaire très spéciale, vous savez, parce qu'il est habituellement inaccessible. Il a des gardes du corps jour et nuit, une limousine blindée, un service de sécurité très strict. Je sais que dès que son nom est apparu sur la courbe, l'un des hommes de Chapman l'a traqué pendant trois semaines, et qu'il n'a pas réussi à l'entrevoir une seule fois.

– Et pourquoi est-ce différent ce soir? demanda Mel.

– Eh bien, ce soir il y a une réception donnée en l'honneur de Seiden à Palm Springs. Elle est organisée par Adele Corliss... vous savez, l'ancienne actrice de cinéma. Je ne sais pas exactement comment le sénateur Chapman a l'intention de procéder, mais il semblait très sûr de lui. Tout à fait certain de réussir.

Il s'ensuivit un long silence glacial. Puis John dit :

– Donnez-moi un téléphone. Si vous avez de la chance, nous pourrons peut-être joindre Seiden à temps. Dans le cas contraire, je me présenterai personnellement à la barre des témoins, n'importe où, et je leur dirai quel individu abject et quel malade vous êtes !

18

La montre à affichage digital de T.F. indiquait 5 h 05. À l'étage, dans la chambre de Ken Irwin à Palm Springs, T.F. était assis à califourchon sur une petite chaise dorée devant la fenêtre ouverte. Son M-14 était appuyé sur la tablette de la fenêtre, et il fumait une cigarette. La chambre était décorée dans des ors et des verts, et des tableaux représentant le San Francisco d'autrefois ornaient les murs. T.F. avait légèrement écarté et fixé les rideaux afin de voir la cour en forme de E sur le devant de la maison, et pour être à même de viser avec son fusil l'aile opposée du E, l'endroit où se trouverait la cible.

Là-bas, il y avait une fenêtre au rez-de-chaussée, ornée de petits carreaux plombés en forme de losanges. Pour le moment, elle était fermée, et essayer de tirer à travers la vitre aurait été trop aléatoire. La balle pouvait être déviée par l'angle de la fenêtre et si elle touchait le verre. Elle pouvait même toucher les tiges de plomb autour des carreaux.

Au moment du tir, cependant, la fenêtre serait ouverte. Même lorsque les battants seraient écartés, elle n'offrirait à T.F. qu'un espace de huit ou dix centimètres pour tirer au travers et, à une distance d'environ soixante-dix mètres, c'était très juste. Mais T.F. avait la certitude de réussir.

Il leva son fusil et vérifia la hausse télescopique. Au-delà de la fenêtre fermée, il apercevait vaguement la table basse et le fauteuil où sa cible serait assise. Il apercevait également le téléphone – le téléphone qui sonnerait à 23 h 01 très précisément et qui ferait venir sa cible sur le lieu de l'exécution.

Sur le lit, ses poignets attachés au dosseret en cuivre, Mark, le chauffeur, toussa et poussa un gémissement. T.F. se tourna vers lui, sa cigarette au bec, et l'observa tandis que celui-ci essayait de se mettre dans une position confortable. Le visage de Mark était maculé de sang séché.

T.F. entendait, venant de l'arrière de la maison, apportés par le vent chaud, le bruit que faisaient les domestiques en train de disposer des tréteaux pour le buffet tout autour de la piscine, et celui du groupe de rock hispanique testant la sonorisation. Il y avait de brusques envolées de guitares électriques, et le fracas de bongos. T.F. grimaça un sourire. Il espérait que le groupe savait jouer une marche funèbre.

On frappa doucement à la porte. T.F. ôta le mégot de cigarette de sa bouche et le lança d'une chiquenaude par la fenêtre. Puis il se leva de la chaise et alla jusqu'à la porte. Il l'entrouvrit de cinq centimètres, en pointant le canon de son fusil devant lui.

C'était Adele Corliss. Elle portait un peignoir de dentelle diaphane et son visage était enduit de crème.

– Comment va-t-il ? Est-ce que je peux le voir ?

T.F. secoua la tête.

– Lorsque ce sera terminé, vous pourrez le prendre dans vos bras et le bercer comme un petit enfant, mademoiselle Corliss. Pour le moment, allez donc vous préparer, et comportez-vous comme si tout était parfaitement normal.

– Comment le pourrais-je ? dit-elle, au bord de la crise de nerfs. Vous gardez mon chauffeur en otage et vous avez l'intention de tuer l'un de mes invités. Comment pourrais-je me comporter normalement ?

T.F. tapota le canon de son fusil sur le montant de la porte, un *tap-tap-tap* régulier. Il dit doucement :

– Vous êtes actrice, non ? Alors faites semblant !

Puis il referma la porte de la chambre et la laissa seule dans le couloir.

19

Chez elle, dans les collines de Hollywood, un chalet massif dessiné par un architecte, avec un toit à forte pente et une terrasse qui dominait le bassin de retenue,

Hilary Nestor Hunter faisait les cent pas d'un air irrité. La jupe-culotte bleu foncé qu'elle allait porter à la réception de ce soir n'avait pas été encore livrée par la maison de haute couture. Elle fumait rageusement et agitait son long fume-cigarette en des gestes d'exaspération tandis qu'elle allait d'une pièce à l'autre. Elle portait uniquement une chemise d'homme en jean, une petite culotte transparente ornée de pâquerettes brodées à la main, et des bottines à talons hauts de Chelsea Cobbler de Londres.

Les jeunes femmes de son entourage étaient assises dans le séjour, sur le canapé de style chinois ou bien sur l'épaisse moquette blanche, et elles faisaient ce qu'elles faisaient toujours lorsque Hilary piquait une colère. Elles se taisaient, évitaient son regard, et attendaient patiemment qu'elle se calme.

Il était 17 h 20, selon la pendule de gare ancienne au mur. Le soleil de novembre commençait déjà à descendre vers le smog marron au-dessus de Los Angeles, et le bassin de retenue avait pris une teinte jaune de chrome. Hilary sortit de sa chambre et aboya à l'adresse de l'une des filles :

– Prépare-moi un Collins. Et appelle cette satanée maison de couture et dis-leur que s'ils ne sont pas ici dans cinq minutes, je leur intenterai un procès et je leur prendrai tout ce qu'ils ont et tout ce qu'ils n'ont pas !

Un carillon retentit à la porte d'entrée, les premières notes du *Boléro* de Ravel. À une certaine époque, Hilary avait été fascinée par le *Boléro* et sa monotonie décadente, et elle avait dansé seule sur cette musique dans des dîners, tandis que ses invités la regardaient, sirotaient leurs verres et souhaitaient être ailleurs. Hilary fit claquer ses doigts. Une jeune femme aux cheveux

427

bruns ramena autour d'elle les pans de son peignoir en soie coréenne et traversa le séjour pour aller ouvrir.

Il y eut quelques instants de conversation étouffée à la porte, tandis que Hilary continuait de prendre des attitudes affectées et de fulminer, puis la jeune femme réapparut dans le séjour, suivi d'un homme de haute taille au profil d'aigle qui portait un costume léger gris. C'était Henry Ullerstam.

– Bonjour, mon petit chou, dit-il à Hilary. J'ai terminé de bonne heure au bureau, alors je suis venu.

La mine courroucée d'Hilary s'estompa. Elle tendit les bras en un geste théâtral de bienvenue et s'écria :

– *Henry*, c'est tellement merveilleux de vous voir ! Je pensais que vous ne viendriez pas avant 21 heures. Dites bonjour à Henry, les filles !

Les filles sourirent et firent des petits signes de la main. Seulement une ou deux d'entre elles savaient qui était Henry, mais toutes étaient soulagées et ravies qu'il soit là, parce qu'il avait mis fin à l'humeur exécrable d'Hilary.

– Vous pouvez rester combien de temps ? lui demanda Hilary. Vous voulez boire quelque chose ? Vous venez à la réception ?

– Je dois m'en aller à 19 heures, désolé, répondit Henry. Il y a une réunion de l'OPEP en Iran en ce moment même, et je dois adopter une ligne de conduite durant le week-end. Toujours le même train-train assommant, j'en ai peur.

Hilary prit place sur le canapé et dit aux jeunes femmes de filer. Elles s'attardèrent un moment, puis elles allèrent dans la chambre voisine d'un air boudeur et refermèrent la porte.

– Un groupe peu gracieux, fit remarquer Henry.

– Je les adore, dit Hilary en souriant. À quoi bon avoir des gens autour de soi qui font absolument tout de bon cœur ? Ce n'est absolument pas une mise à l'épreuve du pouvoir de quelqu'un. (Elle tapota le coussin à côté d'elle.) Asseyez-vous, Henry. Vous avez une mine superbe. Vous ressemblez de plus en plus à Basil Rathbone, de jour en jour !

Henry releva soigneusement les genoux de son pantalon et s'assit à côté d'elle. Bien qu'Hilary fût à peine vêtue, il n'était pas troublé ni déconcerté, et il se comportait avec elle comme si elle portait un ensemble en tricot. Ils avaient été amants, le temps d'une nuit, mais au lever du soleil ils en étaient venus, affectueusement et tacitement, à la conclusion que l'athlétisme distingué d'Henry et son envie à elle de sauvagerie et de sadisme étaient incompatibles, et ils en étaient restés là. Néanmoins, ils avaient nourri leurs relations des deux besoins qu'ils partageaient : le besoin de richesse et le besoin de pouvoir.

– C'est le grand soir, alors, dit Henry. Est-ce que Carl emmène sa femme ?

– Oui. Il espérait qu'elle ne viendrait pas. Croyez-moi, je suis ravie qu'elle l'accompagne. Être pelotée par un homme est une chose. Être pelotée par un poulpe humain, c'est tout à fait différent.

– Savez-vous s'il a fait tous les préparatifs nécessaires ? Enfin, tout se passera en douceur ?

Hilary haussa les épaules.

– Autant que je sache. Il ne m'informe jamais des détails. Mais il a introduit un coucou dans la maison il y a une semaine environ, et le coucou a fait entrer le tueur.

Henry se renversa dans le canapé et croisa les chevilles. L'une des filles survint de la cuisine et lui tendit un Martini qu'il accepta avec un hochement de tête poli.

— Certaines de vos jeunes femmes sont très jolies, fit-il remarquer comme la fille allait rejoindre les autres dans la chambre voisine. Même si elles sont maussades.

Hilary sourit.

— Jolies, maussades, mais lesbiennes, je le crains.

— J'avais toujours pensé que les lesbiennes étaient musclées et avaient de grosses voix.

Hilary éclata de rire.

— J'avais toujours pensé cela des hommes !

Henry embrocha son olive avec son bâtonnet et la glissa dans sa bouche.

— Pauvre Carl, dit-il d'un air pensif. Il me fait vraiment pitié.

— Vous voulez porter un toast ? demanda Hilary. À la pitié ?

Henry secoua la tête.

— Je ne porte jamais de toasts à la pitié. Ni à la bêtise. Uniquement au succès.

Hilary lança à l'une des filles :

— Tu veux bien m'apporter mon peignoir, Etta ? Et prépare-moi un autre Collins.

La fille s'exécuta, puis Hilary se pencha vers Henry d'un air confidentiel et lui demanda :

— Vous avez parlé à Cault ?

Henry acquiesça d'un signe de tête.

— Il est satisfait ?

— Jusqu'ici. Il est encore trop tôt, bien sûr, et la situation pourrait changer. Mais si l'on peut se régler sur notre ami le professeur Sweetman, l'avenir est aussi prévisible qu'une voie de chemin de fer.

— Qu'a dit Cault ?

430

– Pas grand-chose, répondit Henry. Mais si quelqu'un lui apporte la tête du prochain président sur un plateau, ce sera le nirvana pour Cault !

– Il a accepté tout ce que vous demandiez ?

Henry rayonna de joie.

– Davantage !

La fille revint avec le peignoir. Hilary ôta sa chemise en jean le plus naturellement du monde, laissant voir un moment ses seins menus aux mamelons foncés, puis elle s'emmitoufla dans le peignoir en soie moirée. Elle s'assit de nouveau et ramena ses jambes sous elle. Ses yeux bleu clair regardèrent Henry avec une chaleur et une franchise qui auraient profondément irrité Carl Chapman s'il l'avait vue à ce moment.

– Cault ronge son frein depuis deux ans, dit Henry. Vous ne pouvez pas imaginer à quel point il a été frustré par la politique étrangère de ce pays jusqu'à maintenant. Il m'a dit que, parfois, il s'était demandé dans quel camp étaient les trois derniers présidents.

Hilary but une gorgée de son cocktail.

– Cault est à fond CIA, non ? dit-elle.

– Ma foi, ce n'est guère surprenant, déclara Henry. La CIA est un organisme très compétent, très professionnel, et très efficace. Elle prend le pouls de tout ce qui se passe à l'étranger, et elle est à même de réagir à tous les coups d'État, prises de pouvoir et révolutions, en quelques minutes, sans parler de préparer les siens. Ce n'est pas étonnant que des hommes comme Cault deviennent des faucons, lorsqu'ils ont en face d'eux des présidents qui confondent le Mozambique avec Memphis, et qui bloquent toute action que la CIA désire entreprendre, uniquement parce que la CIA est impopulaire auprès du grand public, et parce que les présidents eux-mêmes ne comprennent pas ce qui se passe.

Henry se leva. Au-dehors, la nuit tombait, et on entendait un léger gazouillis d'oiseaux. Un vent frais ridait la surface du bassin de retenue.

— Cault estime qu'il dispose de tous les moyens et de tous les contacts dont il a besoin, et il est persuadé qu'il peut recruter les hommes, poursuivit-il. Pendant des années et des années, il a lutté pour que la CIA garde le contrôle de l'Angola, mais Nixon n'a rien voulu savoir, pas après le Viêt Nam, lui et tous les autres, bien sûr. Oh, ils étaient disposés à contenir la propagation du communisme dans certaines limites, et ils apportaient vaguement leur soutien, mais ils n'étaient pas prêts à autoriser un putain de bain de sang, ce que voulaient Cault et la CIA.

— Et Carl donnera son accord, une fois élu ? demanda Hilary.

— Naturellement, répondit Henry avec douceur. Carl sera notre marionnette. Si nous disons « donnez votre accord, Carl », alors Carl donnera son accord.

Il marqua un temps, puis il dit :

— Je n'aurais pu imaginer un politicien plus approprié pour ce rôle que Carl. Il arrive de temps en temps qu'un esprit naïf ait une idée géniale, mais c'est très rare. L'idée de Carl d'appliquer la Courbe Sweetman à la politique était tout simplement géniale. Éliminer suffisamment de personnes afin d'influer sur le cours des prochaines élections présidentielles – en fait, il n'en faut pas un si grand nombre –, je n'y aurais jamais pensé ! Une idée géniale.

Henry fit une grimace.

— Il a parfaitement tout organisé. Un excellent réseau de tueurs dans tout le pays. Certains semblent moins fiables que d'autres, bien sûr. Mais, pour la plupart, ils

432

font leur boulot sans être repérés, et c'est tout ce qu'on pouvait leur demander, n'est-ce pas ?

Il regarda Hilary avec une expression d'amusement satisfait.

— Malheureusement, ce pauvre Carl est irréfléchi aussi bien que sans pitié, et il est sentimental aussi bien que cruel. Il croit qu'il peut infliger ce qu'il veut à d'autres, et néanmoins être aimé. Il a oublié, dans son désir impétueux d'être président à tout prix, qu'il doit un tas de faveurs à énormément de gens, et que énormément de gens ont un tas de vieux comptes à régler.

Henry s'assit de nouveau et prit son verre.

— Il a pris des dispositions pour couvrir ses arrières, une fois qu'il sera élu. Il a l'intention de se débarrasser de ses tueurs à gages, je ne sais pas exactement comment. Mais il oublie que lorsqu'il sera installé dans le bureau Ovale, il devra affronter de vieux ennemis comme Cault à la CIA, Stepanski au FBI, et tous ces gens au Pentagone qui ont été couverts de ridicule lorsqu'il a passé ce contrat de vente d'armes avec le Sénégal. Il ne les a pas *courtisés*. Il ne leur a fait aucune *promesse*. C'est pourquoi ils m'ont apporté leur appui. Carl Chapman ne sait pas dire *merci*.

— À qui le dites-vous ! fit Hilary d'un air mécontent.

Henry grimaça un sourire.

— C'est un authentique politicien primitif. Il est rusé et retors, et il sait comment survivre. Mais, cette fois, il a voulu jouer dans la cour des grands. Tout cela a été tellement facile que j'en ai presque les larmes aux yeux lorsque j'y pense.

— Est-ce que Cault a parlé du pétrole ? demanda Hilary en essayant de prendre un air désinvolte.

— Bien sûr.

— Alors ? Ne me laissez pas en haleine !

– Eh bien, il a concocté un petit projet, répondit Henry. Ce projet repose en grande partie sur une suggestion que je lui ai faite, mais Cault l'a beaucoup améliorée. Je m'incline toujours devant la plus grande générosité d'autres personnes, sans parler de leur cupidité.

Il traça approximativement le contour de la côte angolaise sur le canapé.

– Une fois le coup d'État réussi, déclara-t-il, le nouveau régime angolais annoncera son intention de demander l'aide économique de pays occidentaux. L'une des façons d'obtenir cette aide consistera à morceler certaines régions de terre aride et non cultivée, et de les louer à des sociétés étrangères où elles construiront des immeubles de bureaux et des usines. Ces baux seront merveilleusement bon marché, bien sûr. (Il sourit.) L'une de ces parcelles de terrain sera louée à une compagnie, les Assurances panafricaines. Assez curieusement, les Assurances panafricaines font partie d'un holding, la société financière Ullerstam, à Jersey. Et encore plus curieux, lorsque les Assurances panafricaines commenceront à creuser les fondations de leur nouveau siège angolais, elles découvriront à leur grande stupeur que le sous-sol abonde en pétrole.

« Les droits miniers, ainsi qu'un certain pourcentage de pots-de-vin versés au nouveau régime, sont compris dans le bail. Par conséquent, les Assurances panafricaines seront tout à fait dans leur droit lorsqu'elles installeront des derricks et des pipelines, et commenceront à exploiter leur trouvaille.

Henry prit un air sérieux pendant un moment.

– Je ne vous en ai pas parlé plus tôt, parce que j'attendais d'avoir la confirmation. Mais lorsque nous avons découvert ce gisement pétrolifère, voilà huit ans, nous avons subodoré que c'était probablement la plus grande réserve de pétrole à l'extérieur des États-Unis. Je dirais que nous pourrons produire approximativement cent millions de barils en Angola, et c'est une production aussi importante que celle de Llano N° 4, qui a été l'une des plus grandes sources de pétrole jaillissantes de tous les temps. Ce gisement s'étend sous la mer, et il ne demande qu'à être libéré.

– Libéré ? demanda Hilary en faisant semblant d'être choquée.

Henry but une gorgée de son Martini, puis il la regarda.

– Un puits de pétrole ressemble à une très belle femme, mon petit chou. Tous deux ont des ressources naturelles très précieuses, et tous deux méritent d'être délivrés.

– Du moment que tous deux sont délivrés pour *votre* profit et *votre* jouissance, répliqua Hilary.

Henry la considéra attentivement, puis il comprit qu'elle le taquinait.

– Même l'argent a son prix, vous savez, dit-il calmement. En fait, il a un prix plus élevé que la plupart des choses, peut-être à l'exception du pouvoir.

Hilary ferma les yeux.

– Pauvre Carl, murmura-t-elle. Pauvre, infortuné Carl !

La pendule murale sonna cinq heures et demie.

20

John était assis à la table de travail du professeur Sweetman, en sueur et tendu, tandis que la pendule sur le mur du bureau avançait lentement vers 5 h 45. Il avait essayé de joindre Anthony Seiden en appelant aux studios, mais la secrétaire de Seiden était rentrée chez elle, et personne ne voulut lui donner le numéro de téléphone personnel de celui-ci. Il essaya de trouver le numéro d'Adele Corliss à Palm Springs, mais elle était sur liste rouge.

– Et si tu téléphonais au lieutenant Morello ? suggéra Mel. Si tu racontes aux flics ce qui se passe, à tout le moins ils seront obligés d'aller vérifier.

John acquiesça et composa le numéro que le lieutenant Morello lui avait donné. Il attendit pendant que le téléphone sonnait. Assise en face de lui, son visage ombragé par le soleil qui baissait lentement, Perri l'observait d'un air inquiet. Le professeur Sweetman, silencieux, regardait par la fenêtre, tandis que Dennis semblait s'être résigné à son sort. Assis dans un fauteuil, il fumait un petit cigare à embout en plastique.

Après une longue attente, quelqu'un finit par décrocher. Une voix lasse annonça :

– Bureau du lieutenant Morello.

– Est-ce que le lieutenant Morello est là ?

Il y eut un silence. Puis la voix dit :

– Je ne le pense pas.

– Euh, je m'appelle John Cullen. Mon père, William Cullen, a été tué par balles sur l'autoroute de San Diego la semaine dernière.

– Oh, bien sûr. Je m'en souviens, Cullen.

– Écoutez, dit John, c'est difficile à expliquer, mais j'ai tout lieu de croire qu'un autre meurtre va être commis ce soir. Il y a une réception dans une maison à Palm Springs, en l'honneur d'Anthony Seiden, le réalisateur, et quelqu'un a l'intention de le tuer.

Il y eut un autre silence. Puis la voix demanda :

— Qu'est-ce qui vous fait croire ça ?

— Je ne peux pas entrer dans les détails maintenant, mais, je vous en prie, envoyez quelqu'un à Palm Springs et faites fouiller la maison. C'est urgent.

— Je peux appeler la police de Palm Springs.

— Vous feriez ça ? Pouvez-vous leur dire que c'est tout à fait sérieux et urgent ? La réception a lieu chez Adele Corliss.

— Adele Corliss, hein ? La dame de *Prétendants passionnés* ?

— C'est exact.

— Vous savez à quoi ressemble le tueur ?

John posa sa main sur le micro et demanda au professeur Sweetman :

— Professeur ? Est-ce que vous savez à quoi ressemble le tueur ? Ou la moindre chose sur lui ?

Le professeur Sweetman secoua la tête.

— Ils ne m'ont absolument rien dit, désolé.

John reprit la communication.

— Nous n'en avons pas la moindre idée.

— Entendu, dit la voix. Merci pour votre information, en tout cas. Je vais faire vérifier tout ça.

John raccrocha.

— Tu sais ce qu'est un sceptique ? demanda-t-il à Mel.

— Bien sûr, répondit Mel. C'est un type qui refuse de croire qu'il est mort jusqu'à ce qu'on lui fasse vérifier son pouls.

— C'est exactement ce que ce flic était ! Je pense que nous allons être obligés de nous rendre nous-mêmes à Palm Springs.

— Qu'est-ce qu'on fait du professeur Sweetman ? demanda Mel.

John se tourna vers le vieil homme en blouse blanche et dit :

— Professeur ?

— Je ne m'enfuirai pas, déclara le professeur Sweetman d'une voix enrouée. Je ne peux pas abandonner Mima.

— Et lui ? dit Mel en montrant Dennis de la tête.

Dennis haussa les épaules.

— Probable que je foutrai le camp.

— C'est un risque que nous sommes obligés de prendre, dit John. Nous avons votre signalement, nous avons le numéro d'immatriculation de votre voiture, et je vous dirai seulement la chose suivante : si vous aimez le Mexique, vous y êtes le bienvenu. Vous pouvez prendre un taxi pour aller jusqu'à la frontière.

Mel remit le .38 dans sa ceinture, sous son blouson en coton fauve. Puis, sans un autre mot, tous les trois quittèrent le bureau, traversèrent la salle des ordinateurs qui ronronnaient doucement, et sortirent vers la lumière du soleil de la fin de l'après-midi.

— À votre avis, combien de temps nous faut-il pour arriver à Palm Springs ? demanda Perri. Ce n'est pas la porte d'à côté !

John consulta sa montre tandis qu'ils se dirigeaient rapidement vers le parking.

— Si je passe par Paloma Valley et Sun City, cela représente environ trois cents kilomètres. Il est bientôt 18 heures… nous devrions arriver là-bas vers 11 heures du soir. En règle générale, ces réceptions à Palm Springs commencent très tard. Avec un peu de chance, nous arriverons peut-être à temps.

— Oh mon Dieu ! s'exclama Perri. Je l'espère !

Il était 18 h 07 lorsqu'ils quittèrent San Diego en empruntant Murphy Canyon Road. Le soleil éclairait en oblique l'asphalte poussiéreux, et l'air fut brusquement rempli d'insectes volants. Tout en conduisant, John releva ses lunettes de soleil pour se frotter les yeux, et il espéra qu'il aurait la force nécessaire pour tenir le coup. Par la fenêtre du bureau du professeur Sweetman, Dennis observa la longue Lincoln blanche sortir du parking dans une embardée et se diriger vers le nord. Immédiatement, il éteignit son cigare dans le cendrier, se dirigea vers le téléphone, et composa un numéro.

Une voix fluette dit :

– Qui est à l'appareil ?

– Dennis O'Fallon. Je suis toujours à San Diego. Nous avons eu un problème.

– Quel genre de problème ?

– Un jeune type qui s'appelle... comment s'appelle-t-il, professeur ?

– Cullen, répondit le professeur Sweetman d'une voix triste.

– C'est ça, un jeune type du nom de Cullen, une fille blonde, et un type grassouillet. Ils savent tout. Sur Sweetman, sur les tirages papier, absolument sur tout. Le professeur leur a également dit pour Seiden, et ils ont mis les bouts pour aller à Palm Springs.

La voix fluette ne trembla pas et ne manifesta pas la moindre surprise.

– Quand sont-ils partis ?

– Il y a un moment.

– Quelle route empruntent-ils ?

– Apparemment, ils vont passer par Murphy Canyon Road pour rejoindre l'autoroute de Cabrillo à Miramar. Ensuite, je pense qu'ils prendront la 15 E jusqu'à Riverside, et qu'ils continueront vers l'est.

Il y eut un silence, puis la voix fluette dit :

– Entendu, vous avez bien fait d'appeler. Restez là-bas et surveillez Sweetman jusqu'à ce que nous vous rappelions.

– Ma voiture est nase, dit Dennis. Ils ont tiré sur mes pneus.

– Ils sont armés ?

– Juste le gros type. Un .38 spécial police.

Il y eut à nouveau un silence, puis la communication fut coupée. Dennis garda le combiné dans sa main un moment, mais il ne se passa rien d'autre, et il le reposa sur son socle.

– Professeur, dit-il, j'ai l'impression que vous et moi avons une longue nuit devant nous.

21

À 18 h 32, Henry Ullerstam baisa la main d'Hilary Nestor Hunter et descendit les marches jusqu'à l'endroit où sa Rolls-Royce Silver Cloud III l'attendait. Son chauffeur referma la portière derrière lui, et Hilary vit seulement le poignet de sa chemise blanche amidonnée et sa montre Cartier en or comme il lui faisait au revoir de la main. Tandis que la voiture descendait l'allée dans un chuchotement, elle se surprit à désirer ardemment 1980, l'Angola, les puits de pétrole, et les richesses que Henry allait amonceler sur sa tête.

Alors qu'elle se tenait dans la lumière pâlissante du jour, une Buick havane surgit sur la route à vive allure. Elle s'engagea dans son allée et stoppa devant les marches. Un jeune homme au visage rougeaud en jean blanc en descendit en hâte. Il tenait un grand carton à la main.

— J'apporte votre ensemble, dit-il d'une voix essoufflée. Je suis vraiment désolé pour le retard.

Hilary eut un sourire absent.

— Tout va bien. Ne vous inquiétez pas.

Le jeune homme battit des paupières. Hilary fit claquer ses doigts à l'adresse d'une fille aux cheveux bruns et dit :

— Donne-lui 5 dollars pour sa peine. Ensuite viens m'aider à m'habiller.

Elle retourna à l'intérieur d'un air majestueux. Le jeune homme et la fille aux cheveux bruns se regardèrent dans un moment de stupeur partagée, puis ils haussèrent les épaules.

Anthony Seiden sortit de la cabine de douche, les reins ceints d'une serviette de toilette bleu foncé, et traversa la chambre jusqu'au dressing-room. Dana, dans un négligé vaporeux fleur de pêcher sauvage, était assise devant son miroir et se maquillait. La chambre et le dressing-room étaient de style rococo Bel-Air, avec un grand lit au cadre doré et des meubles crème ornés de dorures. Il y avait sur les murs des tableaux tarabiscotés représentant des dames de la Régence sur des balançoires, guignées amoureusement par des dandys affublés de perruques poudrées et de lorgnons. Anthony avait hérité cette décoration du précédent propriétaire, Abraham Spiro, le costumier légendaire des films d'époque, et il adorait tellement son manque de goût qu'il avait décidé de la laisser telle quelle. Les générations futures, avait-il coutume de dire, se promèneraient dans ces pièces et seraient ébahies.

— J'espère que tu ne te disputeras pas avec Carl Chapman, dit Dana.

— Pour quelle raison le ferais-je ? répondit Anthony. Il ne peut pas s'empêcher d'être un fasciste fanatique, tout comme je ne peux pas m'empêcher d'être un libéral au grand cœur !

— Tu as l'intention de lui dire ça ?

Anthony éclata de rire.

— Oh, bien sûr. Je ne vais pas me gêner !

— Tu peux rire. Tu as bien dit à Richard Nixon qu'il avait la folie des grandeurs.

— Mais c'était la vérité. Indépendamment de ce fait, je ne pense pas qu'il m'ait entendu.

Dana commença à se faire le contour des yeux.

— Tous ceux qui se trouvaient à proximité ont entendu, et c'était ce qui avait de l'importance.

Anthony apparut à l'entrée du dressing-room et regarda le visage de Dana dans les trois miroirs de sa coiffeuse. De face, le profil gauche, le profil droit. Trois superbes femmes nordiques blondes avec six yeux bleus magnifiques, six mains aux doigts effilés et aux ongles nacrés, six seins fermes et pleins, six larges épaules.

— Pourquoi devrais-je faire attention à ce que je dis à Carl Chapman ? rétorqua-t-il. C'est un extrémiste de droite de la pire espèce, et son nom a été cité à deux reprises à propos de l'assassinat de Bobby Kennedy.

— Je pense que tu devrais laisser tes films parler par eux-mêmes, c'est tout.

Anthony considéra attentivement le reflet de Dana.

— Tu essaies de me dire quelque chose ? demanda-t-il.

— Te dire quelque chose ? Mais qu'est-ce que tu racontes ? Que devrais-je te dire ?

442

— Quelque chose sur toi, pas sur moi. Quelque chose sur ce que tu éprouves. Tu as changé, Dana, plus que je ne le pensais.

Elle leva les yeux pour croiser son regard dans le miroir.

— Vraiment ?

Il la scruta et réfléchit un moment.

— Je ne t'attire plus, dit-il simplement. Je perçois que tu es attachée à moi émotionnellement, mais ce n'est pas sexuel, et ce n'est peut-être même pas sentimental. Tu pourrais même me haïr.

Elle eut un petit sourire hésitant.

— Tu dis des bêtises, répondit-elle.

— Tu crois ça ? fit-il. Je te connais depuis longtemps, Dana. Nous nous sommes aimés. Toutes les sortes d'amour. Je sais quand je t'excite, et quand je ne t'excite pas, et je ne t'excite pas en ce moment. Je ne t'ai pas excitée une seule fois depuis que tu es revenue ici.

— Tu ne m'en as pas laissé le temps, murmura-t-elle.

— Le temps ? dit-il d'un ton de regret. Pourquoi laisser du temps à quelque chose qui n'est même pas là ? Pourquoi arroser une parcelle de terre où il n'y a pas de graines ? Regarde-moi.

Avec sa main gauche, il tourna la tête de Dana vers lui. Elle leva les yeux vers lui, puis elle détourna son regard. Ses joues avaient légèrement rougi.

— Est-ce que tu peux dire sincèrement que tu m'aimes ? voulut-il savoir.

Elle ne répondit pas.

— Est-ce que tu peux dire sincèrement que tu es revenue parce que tu pensais que notre vie de couple pourrait marcher ?

— Non, chuchota-t-elle.

— Alors *pourquoi* es-tu revenue ? Si tu ne m'aimes pas et si sauver notre vie de couple ne t'intéresse pas, pourquoi as-tu pris cette peine ?

Elle répondit, si doucement que ce fut à peine s'il l'entendit :

— Je suppose que parfois chacun de nous fait des choses étranges.

— Je ne t'ai jamais vue faire quoi que ce soit d'étrange. Pas une chose aussi étrange que celle-là, en tout cas. Tout ce que tu as toujours fait, c'était pour ton propre plaisir. Tu ne ferais jamais le moindre geste pour quelqu'un. Alors pourquoi es-tu revenue ? Tu détestes être dans cette maison avec moi. Cela ne s'accorde pas avec ton caractère.

Elle le regarda fixement, et son visage exprimait de la rancune.

— Mon caractère ? Que sais-tu de mon caractère ? Tu ne t'es jamais soucié de découvrir quel était mon caractère ! Tu m'as larguée comme une figurante dans ce merveilleux film controversé qui s'appelle la vie d'Anthony Seiden. Tu ne m'as jamais prêté la moindre intelligence, la moindre profondeur, le moindre goût. Regarde cette chambre à chier ! Tu l'as gardée telle quelle uniquement parce que tu pensais que j'étais une starlette stupide, et que c'était exactement le genre de chambre que j'adorais !

Anthony baissa les yeux.

— Si c'est la vérité, Dana, ne serait-ce qu'une toute petite parcelle de vérité…

— Bien sûr que c'est la vérité ! À ton avis, pourquoi suis-je partie en claquant la porte ? J'en avais assez d'être traitée comme une idiote qui n'avait rien à t'apporter.

444

– Alors pourquoi es-tu revenue, si tu me haïssais à ce point ? aboya Anthony.

Elle posa ses mains à plat sur la coiffeuse. Elle faisait manifestement un effort pour contenir sa colère.

– Parce que j'avais quelque chose d'important à faire, lui dit-elle. Pour la première fois de ma vie, quelqu'un m'a donné quelque chose d'important à faire.

Il se redressa lentement. Il n'avait pas l'intention de lui demander ce qu'était ce « quelque chose d'important ». Elle veillerait à le lui dire au bon moment, à sa manière. Ils avaient eu ce genre de dispute, avec d'innombrables variantes, durant toute leur vie de couple.

– Bon, je ferais mieux de m'habiller, dit-il.

Et il retourna dans le dressing-room. Sa montre Baume & Mercier indiquait qu'il était 19 h 15.

22

À 19 h 58, T.F. se leva de sa chaise devant la fenêtre de la maison d'Adele Corliss, appuya son M-14 contre le rebord de la fenêtre, et fit les cent pas dans la chambre pour se dégourdir les jambes. Mark dormait, ce qui, selon T.F., était probablement la meilleure thérapie que le chauffeur pouvait avoir, vu les circonstances.

Il faisait sombre dans la chambre à présent. Au-dehors, le ciel du désert était quasi obscur. Les guirlandes de lampions suspendues entre les arbres étaient allumées, et il y avait l'odeur appétissante des hors-d'œuvre qui cuisaient sur le hibachi du chef cuisinier. T.F. alluma une cigarette. Il n'avait pas faim, et il savait qu'il n'aurait pas envie de manger jusqu'à ce qu'il ait tiré cette balle à travers cet interstice de dix centimètres et qu'il ait éliminé Anthony Seiden pour toujours. Un boulot qui avait du style. Beaucoup de classe. Et une encoche supplémentaire pour sa réputation de tueur à gages.

T.F. se demanda pourquoi le monde était ainsi fait. Pourquoi était-on obligé de tuer des gens afin d'imposer son point de vue. Cela semblait bizarre, irrationnel, pourtant il savait que cela se passait toujours de cette façon. Il rêvait parfois d'une existence où l'on pourrait faire tout ce qu'on avait envie de faire – tuer qui on voulait de la façon que l'on voulait, et avoir des centaines de filles autour de vous, disposées à faire tout ce que vous leur demanderez.

On donna de petits coups rapides à la porte.

– Qui est-ce ? dit-il doucement.

– C'est moi, Ken.

T.F. alla jusqu'à la porte et la déverrouilla.

– Qu'y a-t-il ? Je croyais que tu étais en bas pour surveiller les domestiques.

– C'est ce que je faisais. Mais j'ai eu Allen au téléphone, et il a dit que Cullen et le gros type, Walters, avaient découvert ce qui se passe. Ils ont prévenu les flics et ils ont pris la route pour venir ici.

T.F. écouta cette nouvelle en silence. Puis il dit :

– Cullen, hein ?

– C'est exact.

– Et Allen va faire quoi ?

Ken haussa les épaules.

– Il ne l'a pas dit. Mais je pense qu'il va essayer de les intercepter.

T.F. tira des bouffées de sa cigarette d'un air maussade.

– Et merde ! Cet enfoiré de fouineur de Cullen ! J'aurais dû lui exploser la tête la première fois que je l'ai vu !

Il était 20 h 04.

Adele Corliss était assise à sa coiffeuse. Dolores, sa femme de chambre, se tenait à côté d'elle avec ses serviettes de toilette et ses lotions. Une lumière tamisée émanait des lampes en cuivre de sa chambre, et son miroir à maquillage brillamment éclairé ressemblait à un autel, devant lequel la grande prêtresse de Palm Springs était assise et faisait ses dévotions à la jeunesse et à la beauté physique. Elle commençait à se demander si ses yeux n'avaient pas besoin d'un nouveau traitement antirides. Le soleil et le fait d'avoir un jeune amant infatigable commençaient à laisser des traces sur elle. Son corps superbe était destiné uniquement à être contemplé, et non à être malmené.

– Ces sales types, vous ne pouvez vraiment rien faire ? dit Dolores.

Adele lui adressa un sourire crispé.

– Tu n'oublies pas que Mark est là-haut, hein ? Ils le tueront à l'instant où ils penseront que nous tentons de déjouer leur plan. Tu as vu cet homme ? Celui aux cheveux noirs ? On dirait un serpent à sonnette.

Dolores ne sembla pas impressionnée.

– Même les serpents à sonnette ont leurs points faibles.

– C'est bien possible, dit Adele, mais je n'ai pas l'intention de mettre la vie de Mark en danger pour le prouver.

— Juste la vie de quelqu'un d'autre, quelqu'un de plus important, peut-être.

— D'accord, Dolores. Que ferais-tu dans ma situation?

— Je vais vous dire ce que je ferais. Ce type brun est assis devant la fenêtre dans la chambre de M. Ken. La plupart du temps, il regarde au-dehors. Je l'ai vu en passant devant la maison. Bon, si vous preniez le fusil de chasse qui se trouve dans la bibliothèque, et si vous alliez dans la petite chambre verte, vous pourriez tirer sur cet homme avant même qu'il comprenne ce qui lui arrive.

Adele hésita un moment, puis elle commença à ôter la crème autour de ses yeux avec des tampons de coton.

— Dolores, dit-elle, tu es emportée d'une façon tellement absurde. Cet homme a un fusil d'assaut, et c'est un tueur professionnel. Aucun de nous dans cette maison ne toucherait une grange à un mètre de distance. À ton avis, que fera-t-il si nous tirons sur lui, et que nous le manquons?

Dolores ne répondit pas. Adele leva les yeux vers elle et dit :

— Tu n'as pas l'intention d'essayer, hein? Parce que si tu essaies, tu es renvoyée. Enfin, si notre serpent à sonnette ne te descend pas d'abord.

Dolores poussa un grognement de déception. La pendulette sur la coiffeuse d'Adele Corliss indiquait 20 h 43.

À 21 h 11, Carl X. Chapman arriva à bord d'un Learjet privé à l'aéroport de Palm Springs, accompagné de Mme Elspeth Chapman. Un correspondant d'UPI remarqua que Mme Chapman portait des lunettes de soleil, bien qu'il fît nuit.

Lorsque les journalistes demandèrent à Carl Chapman ce qu'il pensait des films d'Anthony Seiden, il répondit, avec un large sourire :

— Tout un chacun aux États-Unis a le droit de dire ce qu'il pense, et je dirai que Tony Seiden dit ce qu'il pense avec une grande éloquence et une grande force. Je vais à cette réception parce que Adele Corliss est mon amie, et parce que je respecte les films de Tony Seiden, que je sois d'accord ou non avec ses opinions politiques.

Tandis qu'ils notaient ses paroles, les journalistes étaient loin de se douter qu'ils aidaient ainsi à établir l'alibi de Carl X. Chapman.

À 21 h 17, les premiers invités commencèrent à arriver à la maison d'Adele, et la musique démarra. Dans le silence de la nuit, on pouvait entendre à plus d'un kilomètre à la ronde les bongos et le roucoulement amplifié de chansons hispaniques. À l'étage, assis à califourchon sur sa chaise, T.F. attendait avec la patience dont il avait toujours tiré vanité – la patience d'un tueur professionnel dont l'esprit est concentré sur l'exécution parfaite d'un acte d'une durée d'une fraction de seconde.

23

Dans un grondement saccadé, l'hélicoptère Bell décolla du tarmac à Morrow Field, à la périphérie de

San Bernardino, et s'éloigna dans le ciel nocturne. Ses feux de navigation envoyaient des rayons de lumière blanche vers le sol broussailleux. Dans le cockpit, Umberto continuait de rentrer dans son pantalon les pans de sa chemise blanche immaculée. Un Schmeisser MP40 était appuyé contre sa jambe, un fusil-mitrailleur noir et graisseux. Sur le plancher, il y avait un sac de sport en toile, bourré de chargeurs de réserve.

Val était aux commandes, en jean crasseux et T-shirt bleu, orné sur le devant de deux merdes de dessin animé. Les merdes arboraient un grand sourire et se serraient la main, sous une inscription qui proclamait « Ramassez votre merde ! ». Val portait des lunettes à vision nocturne, et un étui d'épaule, encore non atta-ché, contenant un colt Python .357 Magnum, pendait lourdement sous son bras.

Il était 21 h 44. Dans son interphone, Umberto dit :

– Dirige-toi vers le circuit automobile de Riverside. Ils devraient arriver bientôt là-bas.

Le monde était sombre au-dessous d'eux, tacheté de temps en temps de lumières vives. Ils volèrent bruyam-ment vers le sud-est, jusqu'à ce qu'ils repèrent l'auto-route de Riverside à Grand Terrace, ponctuée de feux arrière de voitures, puis Val vira pour continuer vers l'échangeur de Riverside.

– Autant chercher un brin d'herbe dans la pelouse de quelqu'un ! grommela Val. Et la nuit, en plus !

– Ça pourrait être pire, répondit Umberto. Ils roulent à bord d'une grosse Lincoln blanche de 58. C'est comme s'ils envoyaient des fusées éclairantes !

Val survola à basse altitude la bretelle d'accès de Box Springs et ses projecteurs illuminèrent brièvement le flot de voitures sur l'autoroute de Riverside en contre-bas. Umberto, tout en nouant sa cravate blanche, scrutait consciencieusement l'autoroute depuis le cockpit du Bell, essayant de repérer la longue forme blanche de la Lincoln de John Cullen.

– On leur explose la tête ? demanda Val.

Umberto acquiesça.

– Exact. Cette fois, on leur explose la tête.

Val passa au-dessus d'un énorme camion de déména-gement, éclairé de lumières rouges et orange. Il rasait presque le toit des voitures, et Umberto aperçut des visages blêmes qui regardaient d'un air surpris tandis qu'ils les dépassaient bruyamment.

Durant dix minutes, ils survolèrent l'autoroute dans les deux sens. Ils s'arrêtèrent en vol stationnaire à deux reprises au-dessus de deux voitures blanches, mais l'une était une Cadillac neuve et l'autre, une Chrysler délabrée.

– Ils veulent qu'on trouve une voiture en pleine nuit ? Ils sont complètement dingues. Elle pourrait être n'importe où ! gémit Val.

– Allen a fait un timing très précis. Il a calculé qu'ils atteindraient cette portion de l'autoroute entre 21 h 50 et 22 heures. Cette Lincoln est une vieille bagnole qui jette du jus, c'est ce que T.F. a dit. Ils fonçaient à plus de 150 lorsqu'il les a poursuivis jusqu'à San Diego.

– Alors, pourquoi ils s'amènent pas ? répliqua Val. Si on traîne ici trop longtemps, la patrouille de la circu-lation routière ne va pas tarder à se pointer !

Umberto posa le Schmeisser sur ses genoux et enga-gea un chargeur.

– On essaie encore deux passages. Il n'est que 21 h 55.

Val obtempéra et survola rapidement l'autoroute 60, se dirigeant vers l'est, vers le saupoudrage de lumières

que formait Beaumont. Ce fut à ce moment que, miraculeusement, Umberto s'exclama :

– Attends, attends ! On dirait… là-bas, juste devant
nous !

L'hélicoptère ralentit et décrivit un cercle au-dessus
de l'autoroute. En contrebas, roulant à plus de 130, il y
avait la longue silhouette blanche de la Lincoln de John
Cullen. Ses flancs étaient maculés de la poussière rouge
du désert. Apparemment, une jeune femme dormait sur
la banquette arrière.

Umberto fit un rond avec son pouce et son index,
puis il fit signe à Val de voler plus bas. Une giclée du
Schmeisser devrait leur régler leur compte une bonne
fois pour toutes. Il ouvrit le petit hublot de sa porte
en Perspex et appuya le fusil-mitrailleur contre son
épaule.

Mel fut le premier à apercevoir l'hélicoptère. Il crut
que c'était la police, ou la patrouille de la circulation
routière, mais lorsque l'appareil décrivit un cercle
autour d'eux, ses rotors scintillant dans la lueur de leurs
phares, il distingua les lettres d'un hélicoptère privé sur
le fuselage, et le pilote en jean et T-shirt.

– Il est après nous ! hurla-t-il. John… il est après
nous, Bon Dieu !

À l'arrière, Perri se réveilla brusquement et s'exclama :

– Qu'y a-t-il ? Que se passe-t-il ?

– Un hélicoptère, répondit John d'une voix tendue.
J'ai l'impression qu'ils veulent nous stopper à tout
prix.

Il mit le pied au plancher, et la Lincoln monta à plus
de 150. Son moteur grondait de puissance. Des papil-

lons de nuit et des insectes fouettèrent le pare-brise telle une averse en été. Il doubla une longue file de voitures et de camions, puis il n'y eut plus devant lui que le tunnel de lumière que ses phares traçaient dans l'obscurité.

Il jeta un coup d'œil vers sa droite. L'hélicoptère les suivait en utilisant la ligne blanche au milieu de la route pour se guider. Il volait très bas maintenant, à seulement quatre ou cinq mètres de la route. Un semi-remorque qui arrivait en sens inverse fit un appel de phares et klaxonna éperdument.

— Impossible de le semer, dit John à Mel. Il est foutrement trop rapide. Il nous rattrapera où que nous allions.

Mel glissa la main sous son blouson et en sortit le .38. Il le tendit à John et dit :

— Essaie d'atteindre le pilote. Ça les stoppera.

Tenant le volant avec sa main gauche, John leva le pistolet et visa la bulle en Perspex du cockpit de l'hélicoptère. Il tira, mais il ne se passa rien, apparemment. L'hélicoptère continua de voler près d'eux, ses rotors produisant un vacarme assourdissant, et il se rapprocha encore plus.

— Tirez encore ! dit Perri depuis la banquette arrière.

John appuya son poignet sur le rebord de sa vitre et tira à nouveau. Immédiatement, l'hélicoptère vira sur le côté et prit de l'altitude. Ils tendirent le cou pour voir où il allait, mais l'appareil disparut au-dessus de leurs têtes et quelque part derrière eux.

— Ils ont peut-être eu peur et ils nous lâchent la grappe, dit Mel.

John secoua la tête.

– Ne crois pas ça. Ils veulent juste se mettre hors de portée. Je ne peux plus les atteindre. J'ai peut-être fait un trou dans le cockpit, mais c'est tout.

Ils continuaient d'entendre l'hélicoptère, même s'ils ne le voyaient plus. Perri baissa sa vitre, regarda au-dehors, et dit :

– Ils sont derrière nous, à vingt mètres de hauteur environ. Je ne crois pas qu'ils vont nous lâcher.

L'autoroute était déserte à présent, derrière et devant eux. Si l'hélicoptère avait l'intention de les attaquer, c'était le moment idéal. John se déportait d'un côté de la route à l'autre, afin de faire de la Lincoln une cible difficile pour quelqu'un armé d'un fusil.

Ils entendirent un bruit semblable à une volée d'oiseaux qui sifflaient. Puis, brusquement, trois ou quatre trous furent percés dans le capot de la voiture, et la lunette arrière se craquela.

– C'est un fusil-mitrailleur ! cria Mel.

Il y eut d'autres sifflements. Des éclats d'asphalte et de béton giclèrent contre le pare-brise. Puis il y eut un coup sourd dans le coffre, et John entendit une explosion de caoutchouc et d'air comme le pneu de secours éclatait.

Son esprit fonctionnait avec un calme étrange. Huit cents mètres plus loin, sur la droite, il aperçut une petite rampe de sortie. Il ne savait pas où elle menait, mais n'importe quoi valait mieux que de rester sur l'autoroute pendant que les tueurs de Carl Chapman les mitraillaient. Il appuya sur l'accélérateur jusqu'à ce que la Lincoln fonçât dans la nuit à plus de 160.

Les huit cents mètres défilèrent à toute allure. Alors que la rampe de sortie se ruait à sa rencontre, il vit qu'elle était à forte pente, mais il était trop tard maintenant. Il se rabattit vers la sortie sans freiner, et l'énorme voiture s'envola quasiment vers la nuit, dans un grincement de sa suspension. Durant deux secondes terrifiantes, il pensa qu'il avait perdu le contrôle de la voiture.

Puis il entendit les pneus vibrer et hurler, le crissement du sable sous les roues, et la Lincoln effectua un long dérapage sur le côté. Ils descendirent la rampe vers la route secondaire, tout en perdant de la vitesse, mais ils étaient toujours à plus de 100.

– Sainte Mère de Dieu ! murmura Mel.

Au bas de la rampe, John accéléra à nouveau, et la Lincoln s'élança sur une route sinueuse, approximativement empierrée, dans un nuage de poussière blanche et de caoutchouc brûlé. La voiture cahota et brinquebala tandis qu'ils abordaient des virages non bombés, passaient sur des nids-de-poule, et négociaient des ponts en béton qui enjambaient une série de canaux asséchés.

Perri aperçut la lueur des projecteurs de l'hélicoptère qui les suivaient, telles les pattes lumineuses d'un monstre monté sur des échasses.

– Ils continuent de nous poursuivre ! s'écria-t-elle. Ils nous rattrapent ! Vous ne croyez pas qu'on devrait descendre et nous enfuir à pied ?

– Nous avons besoin de la voiture ! répondit John. Indépendamment de ce fait, ils n'auront aucune difficulté à nous poursuivre si nous sommes à pied !

Alors qu'ils franchissaient un autre pont, ils entendirent le sifflement de balles de fusil-mitrailleur. Trois ou quatre balles transpercèrent le toit de la voiture et provoquèrent une averse de capitonnage, de cuir et de tissu de crin.

Ils n'avaient plus aucune chance de s'en sortir maintenant. Sur cette route raboteuse, ils ne pouvaient pas rouler à plus de 50 ou 60, et l'hélicoptère se trouvait au-dessus d'eux, les cernant dans la lueur bleuâtre de ses projecteurs. Une autre giclée de balles fit voler de la poussière et des fragments de pierre tout autour d'eux, et l'une des vitres latérales de la voiture vola en éclats.

John fonça vers le canal suivant aussi vite qu'il le pouvait. Cependant, au lieu de franchir le pont, il fit une embardée vers le talus en pente qui menait au lit du canal. Ils furent ballottés et secoués tandis qu'ils déva- laient la berge. Le lit du canal était jonché de rochers, mais John réussit à braquer vers la droite et à engager la longue voiture blanche sous le pont.

Ils entendirent l'hélicoptère survoler le canal, et une autre giclée de balles ricocha sous le pont. Mais ils étaient à l'abri ici. John coupa le moteur, et ils se tinrent immobiles dans l'obscurité, attendant de voir ce que leurs poursuivants allaient faire.

– Nous ne pouvons pas rester ici indéfiniment, dit Perri. Même s'ils ne peuvent plus nous atteindre main- tenant, ils vont envoyer quelqu'un d'autre pour nous abattre.

John rechargea le .38.

– Il vaut mieux rester ici plutôt que de tenter notre chance à découvert. Dehors, nous sommes fichus.

Ils entendirent à nouveau l'hélicoptère passer au- dessus d'eux. Puis ils virent ses feux de navigation illu- miner le canal, et ils l'entendirent décrire un cercle. Petit à petit, l'appareil descendit et apparut. Ses projecteurs étaient braqués dans leur direction et les aveuglaient. L'hélicoptère se posa sur le lit asséché du canal, et ils distinguèrent les portes qui s'ouvraient. Le moteur fut coupé, les rotors s'immobilisèrent et se turent.

Deux hommes descendirent de l'appareil et mar- chèrent dans leur direction. L'un d'eux était armé d'un fusil-mitrailleur. Ils s'arrêtèrent à proximité du pont, et l'un d'eux appela :

— Cullen ? Est-ce que c'est vous, Cullen ?

— Ne réponds pas, dit Mel d'une voix sifflante.

— Si vous êtes bien Cullen, dit l'un des hommes, nous voulons que vous descendiez de la voiture, les mains levées. En douceur, pas d'entourloupes, compris ? Vous descendez de la voiture et vous venez vers nous, les mains bien en vue !

— Si vous n'obéissez pas, on vous explose la tête, ajouta l'autre homme.

— J'ai une idée, dit John à Mel. Je vais faire ce qu'il dit.

— *Quoi* ? Il va nous descendre, de toute façon !

— On fait ce qu'il dit. Perri et toi, descendez et marchez vers eux, les mains en l'air.

— John..., commença Perri.

Il se tourna vers elle et serra sa main.

— Je vous en prie, Perri. Faites-le.

— D'accord, dit Mel d'un air résigné.

Depuis l'entrée du pont, l'homme cria :

— Grouillez-vous ! Nous n'avons pas toute la nuit devant nous !

Mel ouvrit sa portière et sortit vers la lumière éblouissante qui émanait de l'hélicoptère. Perri ouvrit la portière arrière et descendit à son tour.

Il y eut un instant de silence, tandis que Mel et Perri se tenaient face aux deux tueurs dans la lumière poussiéreuse. Puis John mit le contact, passa la marche arrière, et recula le long du canal, le pied au plancher.

Une rafale de fusil-mitrailleur crépita et cingla le radiateur de la Lincoln. Mais John donna un coup de volant, et la voiture remonta en marche arrière le talus du canal dans un gémissement. Ses pneus dérapaient sur la terre meuble, ses portières latérales toujours ouvertes oscillaient et battaient. Dans une dernière poussée de puissance, il arriva en haut du talus. Durant quelques secondes, il fut à l'abri des regards des tueurs.

Il passa la première et se dirigea vers le pont aussi vite qu'il le pouvait. Il voyait les lumières de l'hélicoptère qui s'élevaient au-delà du pont. Alors qu'il se rapprochait, il entrevit Mel et Perri en contrebas, et il aperçut les deux tueurs qui retournaient vers le Bell en courant, le long du lit du canal asséché et rocailleux.

Durant un moment atroce, John se demanda s'il n'avait pas mal calculé son coup, et si tout ce qu'il réussirait à faire serait de se faire descendre. Mais il était trop tard à présent. La Lincoln avait presque atteint le pont, elle fonçait vers lui en diagonale à plus de 80. Il tira sur la poignée de sa portière et sauta vers l'obscurité sablonneuse.

La grosse voiture blanche s'envola du rebord du pont et retomba sur l'hélicoptère au moment où Umberto et Val l'atteignaient. Il y eut un grincement et un craquement, puis une violente déflagration qui fit trembler le sol, tandis que les réservoirs de fuel de l'hélicoptère explosaient. Une boule de feu orange enveloppa celui-ci, puis elle monta dans le ciel en laissant sur le sol des débris de métal embrasés.

John, contusionné et écorché, se releva en chancelant. Il se dirigea en boitillant vers le bord du talus et aperçut Mel et Perri qui montaient la pente pour le rejoindre. Ils étaient commotionnés, eux aussi, mais sains et saufs.

Il serra Perri contre lui, et il réalisa pour la première fois à quel point il tenait à elle. Ni l'un ni l'autre ne parlèrent.

Mel s'éclaircit la gorge et dit :

– Ma montre s'est arrêtée à 22 h 10. À ton avis, il faut combien de temps maintenant pour arriver à Palm Springs ?

John s'aperçut que ses lèvres étaient très sèches, et qu'il tremblait. À proximité du pont, les débris de l'hélicoptère continuaient de brûler.

– Il y a peut-être une maison ou quelque chose dans les environs, répondit John. Essayons de trouver un moyen de transport.

– Ces hommes… je sais ce qu'ils avaient l'intention de faire, mais…, balbutia Perri.

John passa son bras autour de ses épaules. Le feu baissait maintenant, et l'obscurité de la campagne réapparaissait rapidement autour d'eux.

– Je sais, murmura-t-il. Mais en ce moment, c'est Anthony Seiden qui compte.

24

T.F. se raidit. En contrebas, dans la cour devant la maison style hacienda, une limousine noire venait de s'arrêter, et deux hommes trapus en étaient descendus. Il y eut des applaudissements de la part de certains des invités qui se dirigeaient lentement vers la maison, et plusieurs se retournèrent et applaudirent, les mains levées.

Sortant de la voiture, dans un smoking bleu marine, apparut Anthony Seiden, la cible de T.F. Seiden se retourna et offrit sa main à sa femme, Dana. Celle-ci descendit de la voiture. Elle portait une magnifique robe du soir fleur de pêcher au décolleté vertigineux, et une étole de vison était passée sur ses épaules. Ce fut sans doute un effet de l'imagination de T.F., mais il aurait juré voir Dana jeter un coup d'œil vers la fenêtre du côté opposé de la maison – la fenêtre où se trouvait le téléphone.

Depuis le lit, Mark demanda d'une voix pâteuse :

– Qu'est-ce que c'est ? Que se passe-t-il ?

– Ferme-la, dit T.F. sans se retourner.

Il vérifia les chiffres rouges sur sa montre à affichage digital, ils indiquaient 22 h 37.

Trois minutes plus tard, à 22 h 40, un Piper Cherokee privé atterrit à l'aéroport de Palm Springs et roula lentement vers le terminal. Hilary Nestor Hunter franchit la porte. Elle portait sa jupe-culotte bleue toute neuve et des bottes en cuir de Russie, et ses cheveux étaient tirés en arrière de façon austère. La nuit scintilla des flashes des photographes tandis qu'une limousine traversait le tarmac pour venir la chercher. Alors qu'elle montait dans la voiture, une journaliste tendit le micro de son magnétophone vers elle et demanda :

– Mademoiselle Hunter... qu'est-ce qu'une militante de droite comme vous vient faire à une réception donnée en l'honneur d'un cinéaste de gauche ?

Hilary sourit.

– C'est toujours positif de nous voir tels que d'autres personnes nous voient. Cela nous aide à les comprendre.

– Les comprendre, ou bien apprendre comment l'emporter sur elles ? demanda la journaliste.

Hilary sourit mais ne répondit pas. Un instant plus tard, la limousine était partie.

La moto mugissait dans la nuit à plus de 120 km/h. L'autoroute était quasi déserte sur cette dernière portion jusqu'à Palm Springs, et John avait mis les gaz à fond durant tout le trajet. Il était 22 h 50, et il leur restait encore une dizaine de kilomètres à parcourir.

Ils négocièrent un long virage dans un grondement, penchant leur poids contre le bombement de la chaussée, et doublèrent un camion qui se traînait et un break. John plissait les yeux en raison du souffle de l'air et des insectes volants. Devant lui, il apercevait les lumières de Palm Springs.

Le moteur de la moto crachota à deux reprises et pétarada. John pria pour qu'il y ait suffisamment d'essence. Ils avaient trouvé la moto dans la cour d'une petite maison sur un chemin de terre à proximité d'Eden Hot Springs, les clés de contact dessus. Tandis que Mel choisissait de repartir vers l'autoroute pour essayer de faire du stop, John et Perri avaient sorti la moto de la cour sans faire de bruit, avaient mis le contact, et étaient partis dans la nuit. John espérait que le propriétaire lui pardonnerait.

– Quelle heure est-il ? hurla John comme ils atteignaient la périphérie de Palm Springs.

– Onze heures moins cinq, répondit Perri, en criant à pleine gorge. Vous savez où se trouve la maison d'Adele Corliss ?

– Je n'en ai pas la moindre idée. Nous devrons demander à quelqu'un.

Il ralentit alors qu'ils entraient en ville. Il était 22 h 58.

Anthony Seiden se tenait avec Dana près de la piscine. Il savourait son premier verre et les félicitations de ses amis. L'orchestre jouait une samba lente, les tables, étaient surchargées de plateaux en argent contenant du saumon frais, du rosbif froid et du homard. Déjà, les conversations devenaient plus bruyantes et les rires moins contenus.

Anthony jeta un regard à la ronde, à la recherche d'Adele Corliss. Elle l'avait accueilli brièvement à la porte lorsqu'il était arrivé, mais il avait été frappé par sa retenue et sa mauvaise grâce à parler. Il l'aperçut un peu plus loin. Elle donnait des instructions à son maître d'hôtel, Holman. Il s'excusa auprès de Dana et de ses amis, et il se dirigea vers elle.

Elle ressemblait plus que jamais à la reine des glaces dans une robe du soir en soie blanche style années quarante, aux épaules rembourrées et au profond décolleté orné de paillettes en argent. Mais lorsqu'il dit « Bonsoir, Adele », elle se tourna vers lui avec un sourire maladroit, hésitant, et il ne vit aucune trace de son attitude coutumière, distante et amusée.

— Adele, dit-il doucement, quelque chose ne va pas ?

Elle ne le regarda pas. Elle n'arrêtait pas de jeter des coups d'œil à ses invités, comme si elle s'attendait à ce que quelque chose d'inhabituel se produise.

— Pardon ? dit-elle. Pourquoi quelque chose n'irait pas ?

— Adele, tu es très crispée. Je ne t'ai jamais vue dans cet état. On dirait que tu t'attends à ce que les agents du fisc débarquent ici d'un instant à l'autre !

Elle ne parvint même pas à esquisser un sourire. Elle baissa les yeux vers son verre, vit qu'il était vide, et dit :

— Anthony, mon chéri, tu veux bien aller me chercher un autre verre ?

— Adele...

— Regarde, dit-elle, c'est Carl Chapman là-bas. Près du plongeoir de la piscine. Et si tu allais lui dire bonjour ?

Anthony la retint par le bras. Il fut surpris de constater qu'elle était glacée.

— Adele, dit-il, quelque chose ne va pas du tout. Tu es froide comme la glace.

Adele se détourna.

— Les reines des glaces le sont toujours, répondit-elle d'une voix tendue.

Il était 23 heures. L'horloge de parquet dans le vestibule sonna chaque heure avec un carillon en cuivre majestueux. Assis devant sa fenêtre au premier, T.F. ôta le cran de sûreté de son M-14 et se pencha en avant vers l'appui de la fenêtre, calant la crosse contre son épaule. Il vit dans sa ligne de mire la fenêtre aux carreaux plombés, la table basse, le téléphone. Sa cigarette non terminée se consumait dans le cendrier à côté de lui. Il aurait largement le temps de la terminer, une fois le boulot exécuté.

À 23 h 01, le téléphone sonna. L'un des domestiques mexicains le décrocha et dit :

— Résidence Corliss. Qui est à l'appareil, s'il vous plaît ?

Une voix grêle répondit :

— Ici les studios de la Fox. J'ai un appel urgent pour M. Anthony Seiden. Dites-lui qu'il s'agit des épreuves couleurs de ses derniers rushes.

— Oui, monsieur. Ne quittez pas, je vous prie.

L'homme posa le combiné sur la table basse, s'éloigna rapidement dans le couloir, et se dirigea vers la porte donnant sur le patio. La réception était encore plus bruyante et joyeuse que précédemment, et quelques couples dansaient. Le domestique s'approcha d'Anthony, lequel avait été arrêté au passage par deux producteurs alors qu'il se dirigeait vers Carl X. Chapman, et il toucha sa manche.

— Monsieur Seiden ? Excusez-moi, monsieur, mais on vous demande au téléphone. Les studios de la Fox.

— Cela ne peut pas attendre ? demanda Anthony. Dites-leur que je rappellerai.

— L'homme a dit que c'était urgent, monsieur. Quelque chose à voir avec les épreuves couleurs.

Anthony soupira.

— Bon, d'accord. Vous voulez bien m'excuser, messieurs ? Apparemment, le travail d'un réalisateur n'est jamais terminé.

Dana, de l'autre côté du patio, l'avait observé attentivement. Alors qu'il posait son verre et se dirigeait vers la maison, elle interrompit sa conversation avec une jeune actrice et le rejoignit précipitamment. Elle glissa son bras sous le sien et demanda :

— Quelque chose ne va pas ?

— Ce n'est rien. Juste un coup de fil à la con des studios.

— Je viens avec toi, dit-elle.

Ils entrèrent dans la maison. À l'intérieur, il faisait frais, les pièces étaient sombres, et on entendait à peine les conversations et la musique au-dehors. Leurs pas résonnèrent bruyamment tandis qu'ils s'avançaient dans le vestibule au parquet ciré.

— Tu as parlé à Carl Chapman ? lui demanda Dana.

— J'étais sur le point de le faire. Mais Peter et Carlo tenaient absolument à me parler.

Ils arrivèrent devant la table basse où était posé le combiné. Anthony le prit et dit :

– Allô ? Ici Anthony Seiden.

Dana prit une cigarette dans sa pochette et l'alluma. Elle se sentait la tête étrangement vide. Maintenant que le moment était vraiment arrivé, tout ressemblait à un rêve, où l'air était aussi visqueux que du sirop de sucre transparent, ralentissait et paralysait chaque geste, grossissait toute chose jusqu'à trois fois sa taille normale. Elle vit sa main se tendre vers le loqueteau de la fenêtre, et celle-ci lui donna l'impression de prendre plusieurs minutes pour l'atteindre. Elle entendait Anthony parler au téléphone, et ses paroles ressemblaient à des marmonnements incompréhensibles et sans fin.

Puis la fenêtre fut ouverte, et elle la poussa du bout des doigts pour qu'elle soit ouverte en grand. La musique et les rires des invités flottaient dans l'air chaud de la nuit, et une autre limousine venait de s'arrêter devant la maison.

T.F. vit la fenêtre s'ouvrir, et la femme de Seiden s'écarter rapidement. Maintenant il voyait Seiden distinctement, assis devant la table basse, en smoking, la tête penchée et parlant au téléphone. Il cala le M-14 contre son épaule et visa l'arrière du crâne de Seiden. Une légère pression, et ce serait une coupe de glace à la cervelle. Il était 23 h 05 et huit secondes.

Du coin de l'œil, il vit la limousine s'arrêter. L'un des domestiques d'Adele Corliss ouvrit la portière, et trois ou quatre jeunes femmes descendirent. Elles restèrent près de la voiture un moment, puis elles commencèrent à traverser la cour pour se diriger vers la maison.

T.F. dit « Merde ! » à voix basse. Une par une, les jeunes femmes passèrent devant son point de mire.

Elles marchaient tranquillement, sans se douter qu'elles coupaient une ligne invisible qui reliait la hausse téles-copique de T.F. à la tête d'Anthony Seiden. L'une des jeunes femmes, une grande blonde en jupe-culotte bleu foncé, s'attarda plus longtemps que les autres dans la ligne de tir de T.F.

Finalement, les femmes s'éloignèrent. Seiden était toujours assis et parlait au téléphone. T.F. tint le fusil d'assaut aussi fermement qu'un roc, et il appuya sur la détente.

25

Ils arrivèrent devant la maison dans un gronde-ment, et John fit un dérapage sur l'allée de gravier. Le domestique mexicain s'avança vers eux, la main levée. Il ne savait pas très bien s'il s'agissait de resquilleurs ou d'invités. Près de la porte, Hilary Nestor Hunter et ses trois filles se retournèrent d'un air surpris en enten-dant le vacarme.

Perri descendit de la moto et cria « *Hilary !* » d'une voix forte.

Hilary Nestor Hunter fit un pas en arrière et ce pas fut suffisant. Il y eut un craquement sonore, comme une branche que l'on brise, et la nuque d'Hilary éclata dans un jet écarlate. Elle virevolta et s'écroula, le visage contre le gravier.

John coucha la moto sur le flanc et rejoignit Perri en deux enjambées. Il l'entraîna à l'abri derrière la limou-sine et hurla :

— *Couchez-vous par terre ! Et ne bougez pas !*

Le domestique mexicain se laissa tomber par terre à côté d'eux, les mains plaquées sur ses oreilles.

John sentit les battements de son cœur s'accélérer. Il sortit le .38 de sa poche et courut, courbé en deux, vers le côté de la maison en forme de E. Puis il sprinta vers l'arrière, se faufila entre les yuccas et les dragonniers, et se retrouva brusquement au beau milieu d'une réception animée.

Il se fraya un chemin parmi la foule et franchit la porte à l'arrière de la maison. Il s'arrêta et essaya de s'orienter. L'escalier en crépi se trouvait sur sa gauche. Il releva le chien du .38 et gravit les marches aussi vite qu'il le pouvait, se dirigeant vers l'obscurité du couloir au premier. Au-dehors, les invités éclatèrent de rire et frappèrent dans leurs mains tandis qu'un producteur ventru exécutait une rumba.

John s'avança sans bruit vers la chambre d'où il pensait que le coup de feu avait été tiré. Il n'avait vu que le canon noir d'un fusil, et une lueur soudaine, pendant une demi-seconde. Mais c'était venu de l'une des chambres au premier, et il devait trouver quelle chambre c'était, même si cela causait sa mort. Ce qui pourrait très bien être le cas.

Il faisait très sombre dans le couloir, mais il ne trouva pas les interrupteurs. Il progressa à pas feutrés, le pistolet pointé devant lui, jusqu'à ce qu'il atteignît la porte de la première chambre. Il colla son oreille contre le battant, retint sa respiration, et écouta. Il écouta pendant plus de trente secondes, mais il n'entendit pas le moindre bruit.

Il se dirigea silencieusement vers la deuxième porte et écouta de nouveau. Venant du dehors, il entendit des cris et des exclamations horrifiées, et la musique s'arrêta brusquement. Les invités avaient probablement découvert ce qui s'était passé. Quelqu'un hurla : « *Prévenez la police ! Bon Dieu, prévenez la police !* »

John n'entendit rien à la porte de la deuxième chambre. Il s'apprêtait à se diriger vers la troisième porte lorsqu'il entendit un cliquetis métallique derrière lui. Il se retourna, glacé de terreur, et l'homme était là, juste derrière lui, grand et brun, bien plus grand que John ne l'avait imaginé. Son visage était aussi implacable qu'un hiver dans le Maine.

– Lâche ce flingue, dit l'homme.

John hésita un instant, puis il obtempéra. Le pistolet tomba lourdement sur le plancher.

– Maintenant, dit l'homme dans un chuchotement rauque, tu vas m'aider à sortir d'ici. Tu vas descendre l'escalier devant moi, sortir de la maison et traverser la cour. Ensuite nous monterons dans cette limousine et nous mettrons les voiles. Tu as compris ?

– Qu'y a-t-il à comprendre ? fit John.

L'homme leva son fusil un peu plus haut.

– N'essaie pas de finasser. Fais simplement ce que je t'ai dit.

John sentait la sueur ruisseler de ses aisselles.

– Vous avez tué mon père, et vous avez tué la jeune femme que j'aimais, répondit-il d'une voix enrouée. Je ne ferai absolument rien pour vous aider.

L'homme sourit.

– À toi de voir. Si tu ne veux pas me servir d'otage, je trouverai quelqu'un d'autre, ce n'est pas un problème. Une fois que j'en aurai terminé avec toi.

Il pointa son fusil vers la tête de John, à seulement un mètre de distance. John voyait le canon noir, et le regard froid de l'homme.

– Alors, tu décides quoi ? demanda l'homme calmement. Maintenant, ou plus tard ?

– Je veux savoir pourquoi vous avez fait ça, dit John.
Je veux savoir pourquoi vous les avez tués.

L'homme renifla.

– J'ai fait ça parce qu'on m'avait dit de le faire.
C'est tout. Bon, tu décides quoi ?

– *Qui* vous a dit de le faire ?

– Quelle importance ?

– C'est important pour moi. Je veux savoir qui vous
l'a dit. Je veux savoir qui c'était.

Une autre voix, plus âpre, dit :

– Ne répondez pas, T.F.

T.F. se retourna. Carl X. Chapman se tenait un peu
plus loin dans le couloir, un automatique à la main.

– Vous avez fait un sacré gâchis, T.F., dit Chapman.
Vous avez fait un putain de gâchis, et ils vont vous arrêter. Mais vous savez que je ne peux pas les laisser faire
ça.

T.F. était entraîné à tuer, ce qui n'était pas le cas de
Carl X. Chapman.

Avant même que Carl ait eu le temps de lever son
automatique, T.F. fit pivoter son fusil à hauteur de
hanche et tira. L'impact projeta Carl en arrière, et du
sang gicla de sa poitrine comme si quelqu'un avait ren-
versé un pot de peinture. T.F. leva son fusil et tira à
nouveau. La tête de Carl éclata dans une bouillie de
cervelle, de cheveux et de sang.

La détonation sèche du fusil résonna dans le couloir.
Ses oreilles toujours sourdes, John se laissa tomber à
genoux, récupéra son pistolet, et le pointa vers la silhouette maigre et sombre de T.F.

T.F. se retourna vers lui. Mais le canon du M-14 était
pointé de l'autre côté, et, comme dans un problème de

géométrie, il fut obligé de le faire pivoter en un arc de cercle pour le pointer vers John. Durant les secondes qui furent nécessaires à T.F. pour effectuer ce mouvement, John appuya sur la détente, puis à nouveau, puis une troisième fois.

Le fusil de T.F., son précieux M-14, lui échappa des mains. T.F. s'affaissa contre le mur en suffoquant et en toussant. Dans la pénombre, John tira à nouveau, une explosion de feu et de bruit, et T.F. s'écroula par terre. Il y eut une légère expiration, un doux sifflement, puis il ne bougea plus.

John se remit debout en tremblant. Une fumée bleutée et âcre avait envahi le couloir. Il entendit des gens monter l'escalier précipitamment, et quelqu'un qui criait.

Assis autour de la table dans leur chambre d'hôtel à Hollywood, ils mangèrent des grillades et burent du champagne Mumm Cordon Rouge. Ils ne parlèrent pas beaucoup. Une fois le dîner terminé, ils prirent leurs verres de champagne, s'assirent devant le radiateur à gaz et contemplèrent les flammes. La vague de chaleur était terminée, et il faisait plus frais à présent.

– J'ai décidé d'aller en Europe quelque temps, annonça Perri. Je crois que j'ai besoin d'être seule un bon moment. Loin de tous ces souvenirs.

John approuva de la tête. Il n'avait pas envie qu'elle parte. Il sentait qu'il avait besoin d'elle. Mais il savait ce qu'elle éprouvait, et il n'essaierait pas de la faire revenir sur sa décision. Lorsqu'elle reviendrait – et il savait qu'elle reviendrait –, peut-être seraient-ils à même de vivre ensemble, sans le traumatisme du passé pour les hanter trop violemment. Une semaine, songeat-il. Une semaine durant laquelle il avait appris à pleurer la mort de son père, à pleurer la mort de Vicki, et à tuer un homme afin de les venger.

— Tu penses qu'il va se passer quelque chose ? demanda Mel. Pour Sweetman, je veux dire ? Ou pour ceux qui étaient impliqués dans cette affaire ?

John haussa les épaules.

— Cela dépend de la police, je présume – en fonction des preuves qu'ils trouveront. Je leur ai dit tout ce que nous avions découvert. Je ne suis toujours pas certain que nous avons fait ce qu'il fallait faire pour les bonnes raisons, mais au moins nous l'avons fait.

Le téléphone sonna. Perri dit : « Je vais répondre » et elle se leva du canapé.

— Allô ? dit-elle. (Puis :) Oui. Oui, je vois. Ne quittez pas.

Elle posa sa main sur le micro et dit :

— John, c'est une femme, une certaine Mme Benduzzi. Elle a essayé de te joindre toute la semaine, et elle vient juste d'apprendre que tu habitais ici. Elle demande si tu pourrais promener Ricardo lundi matin ? Et peut-être astiquer la voiture ?

John leva les yeux. Il eut l'impression que toute cette semaine s'était complètement volatilisée, comme si elle n'avait jamais existé. Il regarda Mel et dit :

— Tu entends ça ? C'est la réalité qui vient nous chercher.

Épilogue

Il n'y eut jamais de poursuites judiciaires concernant la Courbe Sweetman. Le professeur Aaron Sweetman fut interrogé par la police et le FBI, ses disques durs examinés, mais on ne trouva absolument rien permettant de l'incriminer. Kenneth Irwin, chômeur, originaire de Seattle, resta en détention préventive au commissariat principal de Palm Springs pendant deux jours avant d'être remis en liberté, faute de preuves matérielles.

Le coroner conclut que Carl X. Chapman, le sénateur de l'État du Minnesota, avait été mortellement blessé par une balle de fusil tirée par Terence Faust, chômeur, habitant à Venice, Los Angeles, ainsi que Hilary Nestor Hunter, et que Terence Faust avait été abattu à son tour par John Cullen. Le coroner félicita M. Cullen pour sa présence d'esprit, mais il lui fit des remontrances pour port d'arme non autorisé.

Le FBI, après trois semaines d'enquête, conclut que Terence Faust était un extrémiste politique et un détraqué sexuel qui avait nourri une rancune de caractère psychotique contre les politiciens de droite. Il était probablement le Dingue de l'autoroute, bien qu'il fût impossible de lui imputer tous les meurtres commis sur les autoroutes. Le FBI écarta l'hypothèse que la véritable cible de Faust eût été Anthony Seiden, malgré les affirmations de M. Cullen. La seule preuve irréfutable de ce qui s'était passé, firent-ils remarquer, était les deux corps du sénateur Chapman et de Mlle Hilary Nestor Hunter. Tout le reste n'était que des suppositions.

Vicki Wallace fut inhumée dans sa ville natale d'Oxnard, Californie, le mercredi suivant, au cours d'une cérémonie très simple et très triste. Hilary Nestor Hunter fut enterrée à Forest Lawn deux jours plus tard. La couronne mortuaire la plus importante était faite de roses blanches et comportait un message sibyllin « Adieu Angola ». Le corps du sénateur Carl X. Chapman fut transporté par avion à Minneapolis et incinéré au cours d'une discrète cérémonie privée. Sa veuve, Elspeth, ne pleura pas.

Un mois plus tard, Dana Seiden quitta son mari pour la seconde fois et engagea une procédure de divorce en invoquant la cruauté mentale. Un arrangement à l'amiable fut finalement trouvé et fixé à neuf millions de dollars. Le nouveau film d'Anthony Seiden, *La Nuit de la vengeance*, sortit dans les salles et reçut un accueil mitigé.

Adele Corliss, au cours d'une interview télévisée, déclara que cette épreuve terrifiante lui « avait fait prendre conscience de la dépravation humaine, mais aussi de la grandeur humaine ». Elle donna à Mark, son chauffeur, l'argent nécessaire pour les soins de chirurgie plastique pour son nez.

Le lieutenant Morello fut chargé de l'enquête sur l'Étrangleur de L.A., mais après qu'il eut arrêté trois suspects, tous relâchés par la suite, on lui confia l'affaire de l'homicide d'Orange Grove Avenue, laquelle était si complexe et tellement insoluble que cela revenait à l'envoyer en Sibérie pour effilocher des passemontagnes jusqu'à la fin de ses jours.

John Cullen et Mel Walters vont pêcher ensemble de temps en temps durant les week-ends. Mais durant la plus grande partie de la semaine, on peut toujours voir John Cullen occupé à astiquer des voitures, ou à parler avec Yolande dans le jardin de Mme Benduzzi, ou bien à promener des chiens dans les sentiers odorants de Bel-Air, en T-shirt et jean élimé. Certains jours, il reçoit des lettres avec des timbres français ou allemands, alors il s'assied sur un banc, la laisse du chien attaché à sa cheville, et il les lit.

Henry Ullerstam, le milliardaire du pétrole, a laissé entendre qu'il envisageait de soutenir un nouveau candidat républicain pour les élections présidentielles de 1980, et que son candidat était « à peu près certain d'être élu ».

Tout cela s'est passé il n'y a pas très longtemps, au pays de la liberté.

Du même auteur :

CHEZ POCKET :

Apparition
Démences
Le Démon des morts
Le Djinn
L'Enfant de la nuit
Les Escales du cauchemar
Hel
Le Jour J du jugement
La Maison de chair
Le Maître des mensonges
Le Miroir de Satan
La Nuit des salamandres
Le Portrait du mal
Les Puits de l'enfer
Rituel de chair
Sang impur
Tengu
Transe de mort
Le Trône de Satan
Les Visages du cauchemar

Walhalla
Le Sphinx
Les Gardiens de la Porte

Série Jim Rook :
Magie vaudoue
Magie indienne
Magie maya
Magie des neiges
Magie des eaux

La trilogie du Manitou :
1. *Manitou*
2. *La Vengeance du Manitou*
3. *L'Ombre du Manitou*

La trilogie des Guerriers de la nuit :
1. *Les Guerriers de la nuit*
2. *Les Rivages de la nuit*
3. *Le Fléau de la nuit*

AUX ÉDITIONS LES BELLES LETTRES
Condor
Coll. « Le Grand Cabinet noir »

AU FLEUVE NOIR :

Kathie Maguire
Manitou
Le Miroir de Satan
Les Papillons du mal
Le Démon des morts
Corbeau